Harper
Collins

Carys Bray

Das Zimmer der verlorenen Träume

Roman

Aus dem Englischen von
Julia Walther

HarperCollins

HarperCollins®

FSC
MIX
Papier
FSC® C014496

1. Auflage: April 2020
Deutsche Erstausgabe

Originaltitel: »The Museum of You«

First published as »The Museum of You« by Hutchinson,
an imprint of Cornerstone.
Cornerstone is part of the Penguin Random House group of companies.

Die Zitate auf S. 7 stammen aus: Rebecca Lindenberg, Love, an Index.
© 2012, McSweeney's Publishing

Umschlaggestaltung: Sabine Kwauka, Gröbenzell
Umschlagabbildung: Shutterstock, Valery Brozhinsky, Aboard, VectorWeb
Lektorat: Dr. Rainer Schöttle
Satz: GGP Media GmbH, Pößneck
Printed in Germany
Dieses Buch wurde auf FSC®-zertifiziertem Papier gedruckt.
ISBN 978-3-95967-421-8

www.harpercollins.de

N.B. – wie gewünscht

Ich hoffe, es macht dir nichts aus, aber ich
habe ein paar deiner Sachen behalten,
für meine private Sammlung.

Rebecca Lindenberg

Eines Tages kann ich mich hoffentlich
mit dem Wissen abfinden,
dass es das nicht Wissen ist,
das ich ertragen muss.

Rebecca Lindenberg

Kapitel 1

So fühlt sich Glück an, denkt Clover, während sie die Gießkanne und einen alten Eimer hochhievt. Der klarblaue Himmelsbogen. Die schmelzheiße Sonne. Das Summen der Insekten. Der Geruch von Wachsen und Gedeihen. Die Rot- und Brauntöne der Zäune, die wie nach einem Tetris-Muster die Parzellen abteilen. Grün in allen Schattierungen. Die warme Luft. Ihr eigenes mühsames Schleppen. Wie die Steine unter ihren Sneakers knirschen, der Staub aufwirbelt und sich auf ihre nackten Beine legt.

Ihre Bewegungen sind so kontrolliert und konzentriert wie auf einem Drahtseil, die Schulterblätter wie zwei Segel aufgestellt, als das Wasser bis zum Eimerrand schwappt und sie innehält, um nichts zu verschütten. Es ist niemand sonst hier, weil es die heißeste Zeit des Tages ist. Dad wäre es lieber, sie würde mit dem Gießen bis zum kühleren Abend warten, wenn das Wasser nicht verdunstet. Doch sobald die Temperaturen sinken, kommen die Moskitos, und die Stiche schwellen an und brennen, selbst wenn sie es schafft, nicht zu kratzen. Einmal musste sie in die Notaufnahme, weil ihr Knöchel so dick wie ein Ballon wurde. Dad war fix und fertig. Deshalb gießt sie tagsüber, wenn die Schrebergärten leer sind und die Sonne die oberste Erdschicht zu einer harten Kruste bäckt. Das ist echte Arbeit, denkt sie. Das ist *Tun*. Ihr Gesicht ist feucht und butterglänzend vor Hitze. Sie leckt sich die Lippen und schmeckt Salz. Die Schule ist aus, und der Sommer gehört ihr. Ganz und gar.

Zuerst nimmt sie die Kanne. Sobald die leer ist, füllt sie Wasser aus dem Eimer nach. Sie gießt die Zwiebeln, die bereits so groß geworden sind, dass sie gerade noch in Dads Handfläche passen, anschließend die Karotten. Den Erbsen mit ihren geringelten, trockenen gelben Stängeln gibt sie eine Extraration als Entschuldigung dafür, dass sie um diese

Tageszeit kommt. Irgendetwas hatte sich über die Kohlköpfe hergemacht, sodass ein paar Tage nach dem Setzen nur noch Gerippe übrig waren. Doch nun haben sie sich einigermaßen erholt und sprießen spärlich, mit drei oder vier Blättern pro Pflänzchen. Clover beträufelt sie mit dem Rest des Wassers, ehe sie über den staubigen Pfad zurück zum Hahn schlurft, den leeren Eimer und die Gießkanne schwingend.

Sie lauscht dem dumpfen Plätschern des Wassers in der Kanne. Tröpfchen spritzen auf ihre Beine, wo sie den Staub in Matsch verwandeln. Kurz vor dem Überlaufen dreht Clover das Wasser ab. Dann hievt sie die Kanne zur Seite und stellt den Eimer darunter. Sobald auch dieser gefüllt und der Hahn fest zugedreht ist, herrscht Stille. Erst als sie wieder den Weg entlanggeht, dringt erneut das Flüstern und Pulsieren von Lebendigem an ihre Ohren.

Als Nächstes wässert sie die Kürbispflanzen. Ihre Idee, für Halloween. Die pelzigen Blätter erinnern ein bisschen an Rhabarber, und die papierdünnen Blattfinger der gelben Blüten sind immer noch fest eingerollt, wie Fäuste. Clover gießt die Kartoffeln und die verschiedenen Brokkolisorten. Als sie damit fertig ist, versteckt sie die leere Kanne unter dem Rand des großen Teppichstücks, mit dem Dad ein leeres, gejätetes Beet abgedeckt hat, um die frischen Brennnesselschösslinge zu ersticken.

Sie wickelt eine der Plastiktüten von ihrem Fahrradlenker und füllt sie mit Stangenbohnen, wobei sie darauf achtet, nur die zarten, glatten zu nehmen und die dicken, holzigen Schoten als Samen fürs kommende Jahr in der Sonne trocknen zu lassen. Sie sucht sechs riesige Zwiebeln aus und zieht zur Probe ein paar Karotten. Oben, nahe am Grün, sind sie dick und fett, doch dann werden sie zu bleistiftdünnen, mickrigen Wurzeln. »Zeitverschwendung«, wird Dad sagen. »Keine Ahnung, warum ich mir die Mühe mache.« Aber dann überlegt er es sich anders, und nächstes Jahr werden sie es wieder versuchen.

Hinten an der Mauer, zwischen Brennnesselbüschen und den Blumen, die Dad und sie im Frühling für Mr. Ashworths Bienen gepflanzt haben – Krokusse und Glockenblumen, aber auch Rosmarin und Weidenkätzchen –, wachsen Himbeeren. Clover pflückt eine Handvoll und setzt sich damit im Schneidersitz auf den Teppich. Die Beeren sind dick und staubig. Sie passen auf Clovers Fingerspitzen wie Fingerhüte. Eine nach der anderen steckt sie sich die Früchte in den Mund und lutscht sie wie Bonbons.

Anschließend streckt sie sich mit geschlossenen Augen auf dem Teppich aus. Um sie herum ringelt sich der Sommer wie eine gelbe Katze. Sie hat Pläne, aber sie wird noch warten. Manchmal ist das Warten der beste Teil. Zu wissen, dass etwas kommt, und das Gefühl zu genießen, dass es gleich passieren wird – wie an Heiligabend: Der ist auch immer besser als der erste Weihnachtsfeiertag.

Da ist dieses Glücksgefühl wieder. Flatternd, wie eine Motte, direkt unter ihrem Brustbein. Clover drückt mit der Hand auf die Stelle. Wenn sie die glühende Schwärze hinter ihren Augenlidern verlassen und an den Ort reisen könnte, wo Gefühle gemacht werden, dann könnte sie vielleicht die richtigen anpflanzen. Sie hat sich daran gewöhnt, dass Dad in letzter Zeit immer versucht, ihre Stimmungen zu messen und aufzuzeichnen. Sobald sie lächelt, hört er damit auf. Ein kleines Lächeln reicht dabei aber nicht aus, sie muss alle Zähne zeigen, um ihn zu überzeugen, und selbst dann studiert er mitunter weiterhin ihre Miene wie ein besorgter Zahnarzt. Jeden Abend vor dem Schlafengehen fragt er: »Drei Dinge, die dich heute glücklich gemacht haben?« Das ist ziemlich leicht. Es gibt immer irgendwelche Wettererscheinungen: Sonne, Schnee, Regen, Wind. Außerdem Essen – ihr Lieblingsmüsli oder ein leckerer Nachtisch. Und dann noch irgendein anderes bisschen Glück. Das kann wirklich alles sein: frische Bettwäsche, ein Buch, eine von Dads Ideen – dabei ist egal, ob aus der Idee tatsächlich was wird. Der Optimismus fällt wie ein Dominostein von ihm auf sie, so oder so.

Sie würde ihn gern fragen, was diese ständige Vermessung ihrer Stimmung soll, aber Dads Antworten lassen regelmäßig zu wünschen übrig. Sie erinnert sich noch daran, wie sie vor Jahren mal gefragt hat, wo die Babys herkommen. »Zwischen deinen Beinen«, lautete seine Erklärung. Danach studierte sie jedes ihrer Beine vom Fuß bis zum Oberschenkel und kam zu dem Schluss, dass die Stelle *dazwischen* – also das weiche, geäderte Hautstück in ihren Kniekehlen – nicht glaubwürdig war.

Grinsend streckt sie nun Arme und Beine aus, spreizt Finger und Zehen; ihr ganzes gestrecktes Wesen, wie ein Schneeengel auf dem Teppich – eine Opfergabe an die Sonne. Sonnenanbetung, das ist es. Sonnenanbetung, während die Vögel zwitschern und eine leichte Brise die Baumwipfel kitzelt. »Pssst«, flüstern sie. »Pssst.« Dad versteht nicht, dass Menschen oft nicht glücklich sind. Und dass das in Ordnung ist. Sie tagträumen oder denken nach oder planen oder warten einfach. Nichts weiter.

Nachdem Clover das Warten ausgiebig genossen hat, öffnet sie die Augen und setzt sich auf. Ihre Haut ist angenehm warm, und ihre Arme und Beine zieren einige neue Sommersprossen. Sie stellt die Tasche mit dem Gemüse in den leeren Eimer, den sie an den Lenker ihres Fahrrads hängt. Dann löst sie den Helm, den sie um die Sattelstütze geschnallt hatte, setzt ihn auf und schiebt das Rad über den Pfad bis zum großen Tor, das immer sorgfältig geschlossen werden muss. Das ist eine der Regeln. Nachdem kräftiges Rütteln bestätigt, dass das Schloss fest eingerastet ist, steigt Clover aufs Rad und fährt Richtung Straße. Zwischen der Buchenhecke auf der einen Seite und den ordentlichen Reihen der Obstplantage auf der anderen, den Weg entlang, der über die Schleuse führt, und dann zur Moss Lane. Der Eimer schaukelt fröhlich hin und her. Ihr Mund schmeckt nach Himbeeren, und das Glücksgefühl bläht sich auf wie eine Kaugummiblase – irgendetwas wird es später zum Platzen bringen, aber jetzt gerade ist es ein herrlicher Zustand.

Als sie das Ende der Moss Lane erreicht, riecht sie Teer in der Sonne und hört die Geräusche des echten Lebens: Verkehrslärm, einen Presslufthammer und das Schnauben eines Busses, der im Kreisverkehr anhält. Clover fährt auf den Gehweg und strampelt am Getränkeladen, an der Post und Jo Kellys Zeitschriftenkiosk vorbei. Den Hügel hinauf, der in Wirklichkeit ein Bahnübergang ist, am blauen Geländer entlang, das die Böschung zu Jewson's hinunter abschirmt. An der Einfahrt zur Polizeiwache von Meols vorbei, über die Kreuzung und dann in freier Fahrt bergab, die Finger über den Bremsen bereit, weil das Schaukeln des Eimers ihr Vorderrad zum Schlingern bringt. An den Ahornbäumen und den hohen Zypressen vorbei, die hinter einem anderen blauen Zaun wachsen. Ihre Reifen hüpfen über Hubschrauber-Samen und trockene Nadeln, eine Erinnerung daran, dass der Herbst die Jagd auf den Sommer bereits aufgenommen hat.

Am Fuß des Hügels biegt sie ins Wohngebiet The Grove ein. Sie tritt jetzt langsam in die Pedale, zwischen der grasbewachsenen Böschung der Brücke auf der einen Seite und einer Reihe Doppelhaushälften auf der anderen hindurch. Am Ende der Sackgasse steigt sie ab und schiebt ihr Fahrrad in die Einfahrt des allerletzten Hauses. Es steht in der rechtwinkligen Kuhle zwischen den Straßen, die sich auf der Brücke über die Bahngleise kreuzen: die eine steigt parallel dazu hinauf, die andere auf der Seite. Das Haus hat darauf gewartet, dass sie zurückkommt, das spürt sie. Wie es mit geschlossenen Schiebefensteraugen geduldig dahockt. Die schon lange durchhängende, metallrostige Regenrinne vermittelt den Eindruck, dass es keinen Sinn hat, sich zu beeilen. Seit über hundert Jahren steht es an diesem Platz, von den Vibrationen des Verkehrs und der Züge erschüttert, manchmal auch von Ereignissen, aber abgesehen von Haarrissen im Putz völlig unverändert.

Clover weicht den Stapeln aus leeren Blumentöpfen und Joghurtbechern aus, den abgeschnittenen Milchkartons und Colaflaschen, in denen nächstes Jahr die Setzlinge heranwachsen werden. Bevor sie ihr Fahrrad an die Hauswand lehnt, nimmt sie den Eimer ab und öffnet die Schnalle ihres Helms. Sie kramt in der Tasche ihrer Shorts. Der Schlüssel ist frisch nachgemacht und glänzt noch. Er gehört ihr, weil sie mit ihrem zwölften Geburtstag eine unsichtbare Grenze überschritten hat. Beim Aufschließen hört sie, wie ein Zug in Richtung Bahnhof kriecht. Die Räder quietschen bei der Fahrt durch die Kurve in den Gleisen. Clover wirft einen Blick über die Schulter auf die grasbewachsene Mulde, wo die beiden Böschungen aufeinandertreffen, auf den blauen Metallzaun oben und die hohen Bäume, die daneben wachsen. Sackgasse – ein totes Ende, der Boden eines Sacks. Es bedeutet, dass nie jemand auf dem Weg irgendwohin an ihrem Haus vorbeikommt. Dad ist unschlüssig, ob das gut oder schlecht ist, ob Clover deswegen sicherer oder weniger sicher ist. Sie macht einen Schritt über die Post am Boden, denn die wird er selber sortieren wollen, und schließt die Haustür hinter sich ab.

An den Wänden im Flur ist die Tapete heruntergeschabt, und ein abgeschraubter Heizkörper lehnt an der Tür zum Schrank unter der Treppe. Neben dem mit einem Stopfen abgedichteten Leitungsrohr zieren Wasserflecken den Teppich. Auf der Treppe türmen sich Berge von Sachen, die Dad umräumen oder eines Tages verwenden will. Mehrere Stapel Bücher, die es letztes Jahr bei der Schließung der Bücherei für zwanzig Pence das Stück zu kaufen gab, ein Haufen mit alten Kleidungsstücken von ihr, die er weggeben will, zwei Motorradhelme, ein Stapel Werbezeitungen, die im Herbst mit den Schrebergartenabfällen verbrannt werden, und sechs Dosen Dulux-Farbe Satin Schwarz aus dem Discounter, die man vielleicht mal brauchen kann. Seit Dad die Farbe so billig erstanden hat, winkt er immer schadenfroh, wenn sie an dem neuen Schild bei Jewson's vorbeikommen – *Wir mischen Original Dulux-Farben an* –, als hätte er ihnen ein Schnippchen geschlagen.

Auf dem Weg durch den Flur macht Clover einen Bogen um einige Fahrradteile und einen Berg aus gefalteten Abdeckplanen und geht weiter an der Wohnzimmertür vorbei ins

Esszimmer, wo nie jemand isst und Dads Sachen verschiedene Regale belegen. Einige davon stehen frei im Raum, andere sind angeschraubt, und wieder andere sind improvisiert: auf leeren Babynahrungsdosen aufgebockte MDF-Platten oder auch eine alte Tür.

Die Küche zweigt direkt vom Esszimmer ab. Clover stellt die Tüte mit dem Gemüse auf die Arbeitsplatte und teilt die Stangenbohnen in drei Portionen auf: eine für den Kühlschrank und jeweils eine für Mrs. Mackerel und Grandad. Zu jeder legt sie noch zwei Zwiebeln, aber die Karotten behält sie – die aufzuteilen lohnt sich nicht. Im Brotkasten liegt ein Weißbrotlaib, von dem sie sich eine ordentliche Scheibe abschneidet, die sie dick mit Biscoff Schoko-Keks-Creme bestreicht. Sie macht sich eine Tasse Tee mit einem Löffel Zucker – einem großen, weil Dad es ja nicht sieht. Einen Teller braucht sie auch nicht. Stattdessen trägt sie Brot und Tee zurück ins Wohnzimmer, wo sie es sich auf dem kunstledernen Fernsehsessel bequem macht, der bei Colin vom Lastwagen gefallen ist. Bis sie mit ihrem Brot und dem Tee fertig ist, kleben die Rückseiten ihrer Beine am Sessel fest, und als sie versucht, sich davon zu lösen, schnalzt auf einmal die Fußstütze nach oben. Mühsam klettert sie hinunter und knallt die Fußstütze mit Schwung zurück in Position.

Jetzt ist es an der Zeit.

Clover geht die Treppe hinauf. Vorsichtig, um nicht über die Bücher, Kleider und Zeitungen zu stolpern. Ihr Zimmer ist das nach vorn raus, das größte der drei. Die Fenster befinden sich auf Augenhöhe mit dem oberen Rand der Böschung. Zwischen den Bäumen und durch die Lücken im Zaun kann man den Verkehr auf der Brücke sehen – Autos, Busse und Lkw. Im Zimmer gibt es eine Menge Platz, Platz für viele Dinge. Ein Skateboard, mit dem sie nicht fährt, eine Gitarre, die sie nicht spielen kann, einen Plattenspieler, den Dad demnächst reparieren wird. Einige Regale voller Kinderbücher, vor allem Bücherei-Ausschuss aus den Flohmarktverkäufen, denen Dad im Lauf der Jahre nicht widerstehen konnte –

»vielleicht liest du die mal, irgendwann.« Ihr Strickzeug: der ein Meter fünfzig lange Doctor-Who-Schal, an dem sie letzten Sommer mit Mrs. Mackerel gearbeitet hat, und der Anfang des blau-weißen Fußballschals für Dad, den sie diesen Sommer hoffentlich noch fertigkriegt. Ein Sitzsack in Form eines Mundes, Dads Musik-CDs aus den Neunzigern, ihr Kleiderschrank und jede Menge Stofftiere. Sie klappt den Deckel der alten Schulbank auf, die Colin eigentlich auf den Sperrmüll hätte bringen sollen, und nimmt ihr neues Notizheft und einen schwarzen Stift heraus. Die blauen Handschuhe sind unterm Bett versteckt. Auf dem Boden kniend tastet sie danach, das Gesicht gegen den Rand der Matratze gedrückt.

Irgendwo zwischen hier und Liverpool fährt Dad seinen Bus, die Fenster heruntergelassen, den rechten Arm in der Sonne aufgestützt. Mrs. Mackerel nebenan hält vermutlich im Wintergarten ihren Mittagsschlaf. Clover erinnert sich noch gut an frühere Ferien, als sie in diesem Gewächshauszimmer saß und darauf wartete, dass der Sand von sechs Wochen durch die Sanduhr des Sommers rieselte, während Mrs. Mackerels Kopf mitten im Satz nach hinten fiel, als wäre sie tot, bis ihr pfeifender Atem ertönte.

Clovers Finger berühren Polyethylen. Sehr gut. Sie zieht die Handschuhe unterm Bett hervor. Es sind solche, wie man sie an der Tankstelle bekommt. Dann steht sie einfach nur da und wartet noch ein bisschen länger, um den Augenblick auszudehnen. Drei Glücksdinge: der Sonnenschein, Schoko-Keks-Creme auf ihrem Brot und *das hier*, das Warten auf das, was als Nächstes kommt – davon kann sie Dad aber nichts sagen, also muss sie sich etwas anderes einfallen lassen, ein anderes *Oh, und das hier!*

Als es sich anfühlt wie Schlafenszeit an Heiligabend und es vor lauter vorfreudiger Erwartung in ihr kribbelt, schlüpft sie in die blauen Handschuhe und tritt, das Notizbuch und den Stift fest umklammernd, hinaus auf den Flur.

Museen

Museen, die ich schon besucht habe
(in alphabetischer Reihenfolge):

Das *Botanic Gardens Museum* – mit Dad, bevor es zugemacht hat, jedes Mal, wenn wir im Park waren

Museum der Internationalen Sklaverei – mit der Schule

Merseyside Maritime Museum – mit der Schule

Museum of Liverpool – mit Dad nach einigen Weihnachtseinkäufen bei Liverpool One

Das *National Football Museum* – letzten Sommer mit Colin: »Sportliche Männer in kurzen Hosen, Clo. Was will man mehr?«

Rasenmähermuseum – mit Grandad: »Sehr informativ. Wir sollten sie mit fünf Sternen bewerten.«

Das *World Museum* – mit Dad, Kelly und den Jungs. An der Decke sitzt eine riesige Spinne. Igitt!

Meine drei Lieblingsmuseen:

Das *Botanic Gardens Museum*
Sie hatten dort ein 1500 Jahre altes Kanu, eine Krabbenkutterkiste und eine große Sammlung ausgestopfter

Tiere. Nebendran war eine Eisdiele. Die Stadtverwaltung hat das Museum geschlossen, um Geld zu sparen.

Das *World Museum*
Gut, trotz der riesigen Spinne. Es gibt dort ein Aquarium und Schubladen voller Falter und Schmetterlinge und schönen Steinen. Oben hat es ein Planetarium.

Merseyside Maritime Museum
Ein Museum über das Meer direkt an den Docks. Mir gefiel *Die Titanic und Liverpool – eine unerzählte Geschichte*. Da kam mir auch die Idee.

Kapitel 2

Sein Vater hatte einmal einen Mann überredet, nicht von einer Brücke zu springen. Seine Mutter erzählte diese Geschichte nur, wenn sein Dad nicht dabei war. Hinter dessen Rücken. »Stille Wasser sind tief«, sagte sie dann immer. »In ihm steckt mehr, als man denkt.«

Als Kind stellte sich Darren vor, sein Vater würde, wie einer der Steine im Garten, geschickt eine wuselige Betriebsamkeit verbergen.

»Was hat er denn zu dem Mann gesagt?«

»Ich weiß es nicht.«

»Also hat er vielleicht auch gar nichts gesagt?«

»Er hat ihn *überredet, nicht zu springen.*«

»Wie denn?«

»Weiß ich nicht.«

Darren stellte sich vor, wie der Mann in der Hocke auf dem Brückengeländer balancierte. Auf die Plätze, fertig ... und dann schlängelten sich plötzlich Dads Worte durch die Luft, wie ein verbales Lasso, packten den Mann und setzten ihn sicher und wohlbehalten unten auf dem Boden ab. Darren war immer davon ausgegangen, dass dieselbe Fähigkeit ungenutzt auch in ihm schlummerte. Dass er eine Reserve an Wörtern geerbt hatte, für den Notfall.

Wo genau war diese Brücke, wo hatte dieses Überreden stattgefunden? Mum wusste es nicht. Es könnte die hier sein, denkt Darren und wird langsamer. Hier oben, wo der Zaun von schwarzen Backsteinen abgelöst wird, hoch genug, um Kinder vom Klettern abzuhalten, aber niedrig genug, dass jemand von seiner Größe ein Bein darüber schwingen konnte. Er könnte sich draufsetzen, wenn er wollte. Die Mauer ist nicht durch Glasscherben oder Stacheldraht gesichert, wie bei einigen der anderen Brücken. Aber es reicht ihm, einen Moment stehen zu bleiben und zu beobachten, wie sich die Gleise Richtung Manchester davonschlängeln.

Links und rechts werden die Schienen von Gras und Gestrüpp gesäumt. Im Gebüsch liegen Radkappen und Plastiktüten, ein eingedellter Fußball, einige schlaffe Zeitungsblätter – mein Gott, machen die Leute viel Müll. In der Ferne kann er einen Zug hören. Er wartet. Da kommt die Lok angezuckelt, mit nur zwei Waggons. Nachdem der Zug unter ihm verschwunden ist, spaziert Darren den Hügel der Brücke hinunter in Richtung Stadt.

Es hilft, zu Fuß zur Arbeit zu gehen. Entweder zum Busdepot oder in die Lord Street, je nach Schicht. Es hilft, gut gefrühstückt zu haben. Drei Weetabix und eine Tasse Tee, ohne Zucker. Manchmal setzt er sich zum Essen hin. Manchmal nicht. Es kommt darauf an. Selbst nach all der Zeit träumt er ab und zu von Becky. Dann wacht er im kleinen Zimmer auf, in seinem Einzelbett, und weiß nicht, wo er ist. Während es ihm langsam wieder einfällt, trifft ihn der alte Schmerz des Verlusts mit voller Wucht, und er liegt da und versucht sich vorzustellen, wie Becky wohl das Leben beurteilen würde, das er führt. Auf dem Weg nach unten sieht er das Haus dann so, wie es ist, und so, wie es mal war. Er isst sein Weetabix im Stehen, der unaufgeräumten Küche den Rücken zugekehrt. An solchen Morgen, wenn Traumfetzen noch an ihm hängen wie Spinnweben und sich das klebrige Gefühl mit noch so viel Reiben oder Wischen nicht vertreiben lässt, dann reinigt ihn der Spaziergang.

Er kommt an einer gelben Tonne mit Streusalz vorbei. Der Winter scheint in endlos weiter Ferne zu liegen. Der Himmel ist wie Glas. Darren hat keine Jacke mitgenommen. Wozu auch? Nur sein Mittagessen und eine Flasche Wasser in einer Tragetasche.

Der dumpfe Klang seiner Schritte und das Ein-Aus seines Atems skandieren Clovers Namen im Takt mit seinen Gedanken. Clo-ver. Clo-ver. Wie kann es ein, dass sie schon zwölf ist? Zwölf Jahre alt und ganz in Ordnung, soweit er das beurteilen kann – nein, besser noch: völlig in Ordnung, wie *jeder* sofort erkennt.

Einmal gab es im Bus Ärger zwischen einigen jungen Kerlen aus dem Ort und den Straßenmusikern. »Warum geht ihr mit euren Akkordeons nicht dahin zurück, wo ihr hergekommen seid?« – so was in der Art. An der nächsten Haltestelle drehte sich Darren in seinem Sitz um und brachte die Jungs dazu auszusteigen. Es gibt niemanden, der Clover davon erzählen könnte: *Einmal hat dein Vater ein paar rassistische Idioten dazu überredet, den Bus zu verlassen.* Er könnte es ihr natürlich selbst erzählen, aber das wäre nicht dasselbe. Und es rankt sich auch kein Geheimnis um seine Worte, die da lauteten: »He, ihr da! Los! Raus mit euch!«

Auf halber Höhe der Lord Street wird es Zeit für den Fahrerwechsel. Darren stellt sein Handy auf stumm und legt es zu seinem Wasser und den Sandwichs in die Tasche.

Ed hält auf die Minute genau am Straßenrand. Er lässt zuerst die Fahrgäste aus- und einsteigen, bevor er die Klappe der Fahrerkabine öffnet und aus dem Bus klettert. »Viel Vergnügen«, sagt er. »Alles klar?«

»Bestens. Wieder ein heißer Tag heut«, erwidert Darren.

»Höllisch heiß. Ich hab dafür gesorgt, dass alle Fenster offen sind.« Ed reibt sich mit dem Handrücken über die feuchte Stirn, um die Hand dann an der Hose abzuwischen. »Das ist echt ein Wetter für kurze Hosen. Jeder vernünftige Arbeitgeber würde einem die Wahl lassen. Irgendwann zieh ich doch mal die Hose aus und fahr in Unterwäsche. Vielleicht kapieren sie's dann!«

Die Luft im Bus ist zum Schneiden dick. Darren klettert auf den Fahrersitz, hängt seine Tasche an den Haken und schließt die Klappe hinter sich. Dann stellt er mit Blick aufs Trittbrett den Sitz ein. Keine schlechte Schicht, von zehn bis sechs. Man muss sich keine Sorgen machen, alte Damen zu enttäuschen, die früh an der Haltestelle Schlange stehen und dann meckern, weil er sie um neun Uhr siebenundzwanzig nicht einsteigen lässt, drei Minuten bevor ihre Fahrausweise gültig sind. Auch keine spätabendlichen Techtelmechtel. Liverpool und zurück, zwei Mal. Das war's. Er stellt den linken Fuß auf die Stütze, umfasst mit den Händen das warme Plastik des Lenkrads, setzt den Blinker und fädelt sich in den Verkehr ein. Ein Kind fängt an zu weinen, woraufhin eine Frau mit schmeichelnder Stimme »The Wheels on the Bus« anstimmt.

»Der Fahrer im Bus fragt: ›Zahlt noch wer? Zahlt noch wer? Zahlt noch wer?‹ Den ganzen Tag.«

Darren hat noch nie »Zahlt noch wer?« gefragt. Nie. Weinende Kinder machen ihm nichts aus, schlechte Musik schon. Es sollte eine Liste erlaubter Songs geben – sie könnten sie neben das Schild *KEINE STEHENDEN FAHRGÄSTE HINTER DIESER LINIE* oder die Werbung *BUSTICKET AUFS HANDY* kleben. Sie könnten die Kunden befragen, ha! Aber keine Autofreaks, die würden es wieder ganz falsch verstehen: Man könnte während »Highway Star« nicht anhalten, um jemanden einsteigen zu lassen, man müsste vorbeifahren, durch eine knietiefe Pfütze. *IN DIESEM BUS ERLAUBTE SONGS*, das würde auf dem Schild stehen, mit einer Liste drunter: »Bus Stop« von den Hollies und »Magical Mystery Tour« von den Beatles. Was würde sonst noch funktionieren? »Magic Bus« von The Who und »National Express« von The Divine Comedy natürlich … Scheiße – er bremst und hupt einen alten Knacker an, der einfach auf die Straße läuft, nur ein paar Meter von einem Fußgängerüberweg entfernt. Verdammt noch mal! Was ist bloß los mit den alten Leuten, die so was machen?

»Die Hupe im Bus macht tuut tuut tuut! Tuut tuut tuut! Tuut tuut tuut!«

Darren winkt dem seltsamen Jungen zu, der während der Schulferien vor dem Mecca Bingo steht, in der Hand ein Notizheft, in dem er sich alle Busse notiert. Dann bremst er ab, weil die letzte Haltestelle an der Lord Street naht. Er öffnet die Türen. Die »Wheels on the Bus«-Frau steigt mit ihrem immer noch weinerlichen Kind aus. Geschafft! Und die wartenden Leute drängen herein.

»Ist es – und laut Vorhersage kein Regen.«

»Hier, bitte schön.«

»Klimaanlage? Ha!«

Während er Monatskarten kontrolliert und Fahrkarten ausstellt, bemerkt er Jim, der draußen auf dem Bürgersteig steht und mit überschwänglichen Gesten Leute in der Schlange vorlässt. Er erntet dafür ein Lächeln und Dank von einer Frau mit Buggy und einem alten Mann mit Hund auf dem Arm. Darren versucht, ihn zu ignorieren. In den letzten Wochen hat er ihn immer wieder gesehen, dünn wie ein Hering, durch die Straßen ziehend. Etwas an seinem Gang erinnert Darren an den Storchenschritt der Thunderbird-Puppen aus dem Fernsehen früher. Es liegt am federnden Wippen in seinen Knien, der Art, wie seine Füße beim Marschieren auf den Asphalt klatschen und seine Arme schwingen und er geschäftig die Finger spreizt und dann wieder zur Faust schließt.

Als alle eingestiegen sind, streckt Jim den Kopf herein, unentschlossen. »Alles klar?«, fragt er.

Darren nickt. »Und selbst?«

»Ich pflanz mich mal kurz hierhin für ein oder zwei Stationen.« Er steigt in den Bus und stellt sich vor die gelbe Linie, hinter der eigentlich alle warten müssen. Seine Hände zittern, und er hat Essensflecken auf dem T-Shirt – Ketchup oder ein bisschen Tomatensauce von gebackenen Bohnen. »Volle Fahrt voraus!«

Darren schüttelt den Kopf.

»Keine Sorge. Ich hüpf sofort raus, falls einer von euren Jungs einsteigt. Pfadfinderehrenwort.«

»Du kannst dich auf einen Sitz ›pflanzen‹, nachdem du bezahlt hast.«

»Ach, komm schon, Dazza.«

»Nachdem du bezahlt hast.« Darren verschränkt die Arme und deutet mit dem Kopf aufs Lenkrad. Keine Hände, keine Chance.

»Schau dich doch an. Schuftest für die Ausbeuter.«

»Lass gut sein. Willst du jetzt bezahlen?«

»Ich seh nicht ein, warum.«

»Dann steig aus.«

»Niemand käm auf die Idee, dass wir verwandt sind.« Jim hebt wie zum Beweis den Arm, wobei er einen entzündeten Ring aus Schuppenflechte am Ellbogen zeigt.

Seine schmuddeligen Klamotten und zitternden Hände, der offensichtliche Juckreiz und der Zwang, sich zu bewegen – das alles sind Warnzeichen, leicht erkennbar für jeden, der genauer hinsieht, und egal wie unaufmerksam er in der Vergangenheit war – oder vielleicht gerade deshalb –, ist Darren jetzt jemand, der genau hinsieht. »Verwandt, wenn es dir gerade passt«, sagt er. »Du hast Clover seit Wochen nicht mehr gesehen.«

Jim scheint sich über das Problem seiner Abwesenheit auslassen zu wollen, doch nach einem Blick auf die Rentner, die die vorderen Sitze im Bus belegen, überlegt er es sich anders. »Ja. Nun«, sagt er und steigt die Stufen hinunter auf den Bürgersteig.

Darren ruft: »Schönen Tag noch«, während sich die Türen schließen. Jim zeigt ihm den Stinkefinger. Die Versuchung ist groß, die Geste zu erwidern, aber das ist es nicht wert.

Er setzt den Blinker und reiht sich in den Verkehr ein. Darren Quinn hat Jim Brookfield aus dem Bus hinauskomplimentiert – nun wird er ihn besuchen müssen, aber nicht heute. Heute ist in seinem Kopf kein Platz für neue Sorgen. Er hat bereits zu viele.

Nach Clovers Geburt brachen tiefe Schichten seiner Vorstellungswelt auf, und er kann nicht umhin, dann und wann in sie hinabzutauchen. Er verspürt eine Welle des Mitleids für die Tochter in seinen düsteren Tagträumen, für das fiktionale Geschöpf, das sich genau in diesem Moment nach Gesellschaft sehnt. Er erlaubt sich einen Augenblick lang, Angst zu haben, sich vorzustellen, dass dieser Meilenstein, diese ersten Schulferien, die sie unbeaufsichtigt verbringt, möglicherweise genau das auslösen könnten, was er versucht hat zu verhindern. Dann begräbt er das Gefühl. Denn natürlich ist die Veränderung notwendig und zum Besten. Er zwingt sich zurück an die Oberfläche, wo es möglich ist, über längere Zeit hinweg zu existieren, ohne sich um ihre Verletzbarkeit zu sorgen. Er erinnert sich noch daran, wie sie mit drei diese Augenklappe tragen musste. Völlig arglos hielt sie still, während der Arzt das Ding an ihrem Gesicht befestigte und erklärte, dass sie auf ihrer nun blinden Seite möglicherweise gegen Dinge stoßen könnte und man an Treppen besonders gut auf sie aufpassen solle. Darren nahm an, dass er, sollte irgendjemand Clover auch nur irgendwie schief ansehen, sofort auf ihn losgehen würde – oder in Tränen ausbrechen, was völlig lächerlich war, denn es ging ja wirklich um nichts Dramatisches. Nur ein quadratisches Pflaster unter ihrer Brille. Aber es schmerzte zuzusehen, wie sie plötzlich klein und unsicher wirkte. In den folgenden Wochen brachte er ihr bei, »Arrrgh« zu sagen und auf den Namen »grausame Piratin Roberts« zu hören. Wenn sie dann unterwegs waren und Leute durch ihn mit ihr sprachen – »Möchte sie gern was trinken?«, »Ist sie ein braves Mädchen?« –, dann antwortete er: »Ich fürchte, da müssen Sie die grausame Piratin Roberts selbst fragen. Sie ist der Boss.« Woraufhin Clover »Arrrgh« knurrte. Die Leute wussten dann nicht, ob es okay war zu lachen, was bedeutete, dass *sie* sich blöd vorkamen und es *ihnen* peinlich war, nicht Clover, die viel zu sehr damit beschäftigt war, sein verschwörerisches Grinsen zu erwidern.

Ab da, wo die Lord Street in die Lulworth Road übergeht, kommt es einem vor, als würde man plötzlich durch eine andere Stadt fahren. Einfamilienhäuser stehen am Ende langer Einfahrten, und italienisch anmutende Springbrunnen zieren gepflegte Rasenflächen. Die Häuser mögen vornehm sein, aber das ändert nichts daran, dass sie etwas von den Vibrationen der Busse und ein Stück weiter von den Zügen abbekommen, die durch den Bahnhof Hillside fahren. Jede Unebenheit und jedes kleine Loch in der Straße lässt die Räder des Busses zittern und den Unterboden beben. Die Fenster klappern in ihren Rahmen und der Motor singt die abwechselnd hohe und tiefe Melodie seines Stadtgesangs, ein wogendes Lied von Beschleunigung und Abbremsen. Dieses Geräusch – das ratternde Beben, das an seinen Füßen und Händen beginnt, ehe es seine Beine und Arme durchläuft, bis es schließlich seine Brust erreicht – ist das lauteste in Darrens Leben.

Er meint, er sei auf seine Arbeit konzentriert, während er auf die Glocke reagiert und die letzte Haltestelle vor der Umgehungsstraße ansteuert, um eine alte Dame aussteigen zu lassen, doch als er wieder losfährt, taumelt eine zweite Seniorin am Fahrersitz vorbei. Sie stolpert und er muss hilflos zusehen, wie sie sich gerade noch fangen kann. Er bremst sofort, öffnet die Türen erneut und ruft eine Entschuldigung, die sie entweder nicht hört oder nicht annehmen will. Fünfundneunzig Prozent aller Unfälle passieren, weil die Fahrer abgelenkt sind. Darren, konzentrier dich.

Auf der Umgehungsstraße rauscht die Luft durch die offenen Fenster herein. Auch wenn sie heiß ist und geschwängert vom Staub der Weizen- und Roggenfelder, ist sie willkommen. Beim ersten Kreisverkehr verlässt er die Schnellstraße wieder und zuckelt durch Formby. Während er eineinhalb Minuten am Formby Cross Green wartet, um im Zeitplan zu bleiben, beschließt er, nicht an zu Hause zu denken. Stattdessen lauscht er dem unterdrückten Geräusch des Motors im Leerlauf und der ächzenden Turbine, die das Herz in der Brust eines alten Mannes beim Pumpen unterstützt. Wieder zurück auf der Umgehungsstraße wird er von Autos überholt, von weißen Lieferwagen und einem Umzugs-Lkw. Auf dem letzten Stück der A 565 gibt er noch mal Gas und brettert die Straße entlang, bevor er die nächste Dreißigerzone erreicht. Die Macht und Masse all dessen hinter ihm – das Leben der Passagiere, fünfzig Sitze, gebogenes Metall, Plastik, Hartschaum, Stoff, der heiße Motor – drücken ihm in Rücken und Schultern. *He's got the whole bus in his hands* – ha!

Die Landschaft und der Bus werden belebter, je näher er der Stadt kommt. Rote Backsteinreihenhäuser säumen die Straßen, und die rauchigen Klänge von Autostimmen gehen stotternd in Husten über. Fast geschafft. Er kann Windkraftanlagen sehen, die Spitzen von Hochhäusern, und einen Blick auf die Docks erhaschen, auf die John Moores University und den Radio City Tower – überall Busse, die am World Museum, an St. John's Gardens und dem Marriott Hotel vorbeituckern. Schließlich biegt er in den Queen-Square-Busbahnhof ein, der letzte Halt auf der Hinfahrt, und alle steigen aus.

Als er schließlich allein ist, zuckelt er langsam den Hügel hinunter zur Haltestelle der Linie 10, wo er die Türen öffnet und der Bus sich wieder füllt: eine Gruppe junger Burschen mit nach hinten gedrehten Baseball-Mützen, ein Typ mit einem Assistenzhund für Gehörlose, eine alte Frau, die ihre Einkaufstüten mit einem Seil und Karabiner in einen Buggy geschnürt hat.

»Ja, wie in der Sauna, was?«

»Vergessen Sie Ihr Wechselgeld nicht.«

Irgendwann hat er sich mal gefragt, ob der Mann auf der Brücke vielleicht einfach nur dasaß. Gar nicht hatte springen wollen. Sich bloß ein bisschen ausruhen. Die Beine baumeln lassen. Ein Risiko eingehen, wie manche Leute das brauchen, um sich richtig lebendig zu fühlen. Ein kleines, privates Wagnis, in den Zeiten vor Handys und YouTube, vor Planking und Skywalking. Einfach nur mit baumelnden Beinen auf der Brücke sitzen und denken: Ich *könnte*, ich *könnte*. Vielleicht war es das.

An der Ampel beim The Royal hält er an und starrt auf das baufällige Gebäude. Die Fensterläden im Erdgeschoss sind verschlossen, im zweiten und dritten Stock fehlen die Scheiben, genau wie der Großteil des Daches, abgesehen von einem runden Türmchen, das an einer Ecke in die Höhe wächst und von einer umgedrehten Eiswaffel aus Schieferplatten gekrönt wird. Als das Auto hinter ihm hupt, blinzelt er. Darren, konzentrier dich.

Auf dem Weg aus der Stadt steigen einige Leute aus. Die verbleibenden machen es sich auf ihren Sitzen gemütlich, ein paar dösen ein, die Wange an die Scheibe gedrückt. Nachdem er die Läden bei Crosby passiert hat, ist die Straße wieder von

Bäumen gesäumt, und während er unter dem Blätterdach hindurchfährt, spürt er, wie es ihn nach Hause zieht.

Beim Verlassen der Umgehungsstraße merkt er, dass er auf den Innenseiten seiner Backen herumkaut. Er lässt die Haut los und fährt mit der Zunge über den Wulst auf beiden Seiten, der den Abdruck seiner Zähne trägt. Clover geht es bestens. Vielleicht wird er sie anrufen, wenn er in der Lord Street ankommt und Pause hat.

Es hilft, am Formby-Cross-Green-Halt kurz auszusteigen und sich die Beine zu vertreten. Die Passagiere beobachten ihn, was ihn dazu bemüßigt, seine Streckübungen zu übertreiben, damit sie beruhigt sind, den Zweck seines Tuns nachvollziehen können. Arme hoch, Rücken durchbiegen – genau so.

Zurück auf dem Fahrersitz lauscht er dem Motor, der sein hoch-tiefes Lied brummt; Geräusche, die signalisieren, dass sich hinten im Bus, unter den schützenden Schichten aus Metall, Kolben bewegen, Sprit in die Zylinder gespritzt wird und sich die Auspuffdichtungen öffnen. Als er sich der Lord Street nähert, erlaubt er sich schließlich, über die Geräusche nachzudenken, die Jim macht, und darüber, was wohl unter seinen schützenden Schichten aus Pampigkeit vor sich geht. Er fragt sich, was dieses Mal der Katalysator sein könnte und wie viel der Verantwortung er wird schultern müssen, weil es von ihm erwartet wird.

Der Junge mit dem Notizblock ist immer noch auf seinem Posten. Darren winkt ihm zu, bevor er in die Haltebucht einbiegt. Er lässt die Leute aus- und einsteigen, dann öffnet er die Klappe, nimmt seine Tasche vom Haken und klettert hinaus.

»Terry, alles klar?«

»Jep. Bei dir auch?«

»Heiß.«

»Wünsch ja keinen Regen herbei! Ich fahr nächste Woche nach Cornwall.«

Nachdem Terry losgefahren ist, überquert Darren die Straße und steuert ein schattiges Plätzchen auf den Stufen am Fuß einer der Kriegerdenkmalsäulen an. Vielleicht ist Clover inzwischen aus dem Schrebergarten zurück und isst auch zu Mittag. Er könnte sie auf dem Handy anrufen. Aber an schulfreien Tagen lässt sie es oft in ihrem Zimmer, damit es ihr beim Radfahren nicht aus der Tasche rutscht. Er könnte stattdessen zu Hause auf dem Festnetz anrufen. Aber wenn er das tut und sie nicht da ist, macht er sich bloß Sorgen, und das wäre schlimmer, als gar nicht anzurufen. Er entscheidet sich für eine SMS.

Hoffe, dir geht's gut. Denk an die Sonnencreme und den Helm. Pass gut auf den Schlüssel auf. Schließ die Tür hinter dir ab. Vorsicht beim Überqueren der Straße. Er hält inne. Löscht alles bis auf den ersten Satz. *Hoffe, dir geht's gut.* Fügt noch ein paar Küsse hinzu und drückt auf *Senden*.

Eine hoffnungsvolle Taube landet auf der Stufe und beäugt seine Sandwichs. Früher saß er manchmal samstagnachmittags mit Colin hier, nachdem sie im Silcock's-Vergnügungspark ihr ganzes Kleingeld ausgegeben hatten. Damals gab es auf der anderen Seite des Denkmals noch einen Woolworths, mit zwei Gängen voller Süßigkeiten. Die Skater-Kids übten Kickflips und Grinds auf den Stufen des Denkmals, aber Colin und er machten sich nichts aus Skateboards. Sie hofften, der Vogelmann würde auftauchen und eine kleine Show abliefern. Der Vogelmann sprach mit einer unheimlichen, vogelartigen Stimme. Sein Mantel war aus kratzigem Wollstoff, an dem vermutlich lauter Hirsekörner klebten, denn die Vögel hockten überall auf ihm drauf, noch bevor er anfing, händeweise Körner aus seinen Taschen zu holen.

Darren schlurft ein paar Stufen hinunter, weg von der Taube und aus dem Schatten. Der Stein wärmt die Rückseiten seiner Beine durch die Arbeitshose. Er schließt für einen Moment die Augen und wendet das Gesicht gen Himmel. Mit dem Älterwerden ist auch die Welt geschrumpft. Manchmal fühlt es sich an, als würde sich alles um ihn herum bewegen und nur er feststecken, die Füße im Beton. Das ist nachvollziehbar, wenn er zu Hause ist und die Züge Richtung Manchester und noch weiter am Haus vorbeiquietschen, aber es passiert auch, wenn er Bus fährt: Er sitzt hinterm Steuer, und es kommt ihm vor, als würden die Häuser und Bäume und Wiesen vorbeisausen, während er selbst ganz reglos bleibt, sich festhält, bis er aussteigen darf. Eigentlich hatte er angenommen, inzwischen längst weg zu sein, doch stattdessen ist er immer noch hier, den schmalen Orbit seines Lebens umkreisend: sein altes Haus, seine Grundschule und die weiterführende Schule, die Parks, das Krankenhaus, das Hospiz. Wenn er noch mal ein kleiner Junge sein könnte, dann würde er jeden Wunsch, die Zeit möge schneller vergehen, zurücknehmen. Diese Eile, endlich zehn zu sein, dreizehn, siebzehn – als er sich das wünschte, hätte er nie geglaubt, dass mal ein Tag kommen würde, an dem er das Gegenteil herbeisehnen würde –, wieder siebzehn zu sein, dreizehn, zehn.

Gern würde er sich einbilden, ein anderer Darren Quinn zu sein als der, der damals über den Vogelmann gelacht hatte. Doch er bleibt der Junge, der sich *Die unendliche Geschichte* sechs Mal angeschaut hat. Der vor den Kuckucksuhren seines Vaters im Flur wartete, eine Minute vor der vollen Stunde, um zu raten, welches Türchen als Erstes aufspringen würde; der sich mit billigem Fusel volllaufen ließ und während einer Eigeninterpretation von »Boom! Shake the Room« den Wohnzimmerteppich von Colins Mum vollkotzte. Der, der auf die Aufforderung des Berufsberatungslehrers hin, zehn Dinge aufzuschreiben, die er im Leben erreichen wollte, nicht daran dachte, Glücklichsein mit auf die Liste zu nehmen.

Es fühlt sich nicht an wie sechs Uhr. Die Sonne steht immer noch hoch und heiß am Himmel und sein Poloshirt ist unter den Achseln und hinten am Rücken durchgeschwitzt, wo es zwischen Haut und Sitz eingeklemmt war. Er ist mehr als früh genug dran, um rechtzeitig zur neuen Staffel der Backsendung nach Hause zu kommen, die Clover so gern anschaut. Und in Anbetracht ihrer SMS – *Mir geht's gut!!! Kuss* – ist sogar noch Zeit, bei seinem Dad vorbeizuschauen.

Er spaziert von der Haltestelle Lord Street zu Fuß bis zur Wohnung seines Vaters. Die Cafés sind bei der Hitze nach draußen umgezogen: Die Bürgersteige sind voll mit Stühlen und beschirmten Tischen. Er kommt an Eisdielen vorbei, Läden mit Plastiksandeleimern und Schaufeln, Geschäften mit Mineralien und Fossilien, Läden für Verkleidungsbedarf. Orte, die fast das Gefühl vermitteln, in einem Küstenstädtchen zu wohnen, aber in einem der richtigen, mit gelbem Sand und blauem Meer, nicht einem Streifen salzigem Sumpfland mit angrenzenden Dünen.

Dad hat beschlossen, zurückgezogen in einer modernen Seniorenresidenz alt zu werden. Die Lage ist einigermaßen günstig, fußläufig zu einem Golfplatz, den Geschäften, einem Park und dem Marine Lake. Zumindest wäre sie das, wenn Dad je irgendwo hingehen würde.

Die Anlage hat einen Gemeinschaftsgarten und einen Aufzug, den Dad nicht braucht, weil mit seinen Beinen alles in Ordnung ist. Es gibt dort vormittags Bingo und Kaffee, außerdem Spieleabende und eine mobile Bücherei. Aber Dad nimmt an nichts davon teil.

Darren geht den Backsteinweg entlang, drückt auf die Sprechanlage und wartet neben einem der Kübel mit Stiefmütterchen, die jemand links und rechts der Eingangstür platziert hat. »Ich bin's«, sagt er, und die Tür springt auf.

Er steigt die Treppe zu Dads Apartment hinauf. Die Wohnungstür steht bereits offen, und Dad wartet im Flur auf ihn, neben den Kuckucksuhren und dem großen Foto von Mum. Es ist etwas unscharf und überbelichtet. Damals hatten sie noch keine Digitalkamera, und inzwischen erinnert sich Darren genau so an sie: mit weichen Umrissen und ein wenig leuchtend.

Dad folgt seinem Blick. »Sie hat nie viel Aufhebens um sich gemacht, was?«

Schwaches Lob. Darren sucht nach Worten, die Dad zustimmen und gleichzeitig seine Feststellung zu einer bedeutungsvollen Anerkennung erweitern sollen.

»Sie war ein guter Mensch«, sagt er, und Dad nickt. Das muss reichen.

Als Darren noch ein Teenager war, wurde bei seiner Mutter Lungenkrebs diagnostiziert. Sie warteten auf das Ergebnis der Tests, die das Stadium festlegen würden. 2B war das Beste, was sie sich erhoffen konnten. *2B or not 2B*, meinte seine Mutter – ein Shakespeare-Scherz, mit flüchtigem Witz. Dann lautete die Antwort 3B, durchschnittliche Lebenserwartung fünfzehn Monate, und alle Scherze waren vorbei.

Ein weiteres Foto in Dads Flur, kleiner, dunkler, zeigt sie alle drei, zusammen. Da ist Darren, inzwischen zwanzig Jahre alt, in einem schwarzen Rollkragenpulli und weißen Jeans, den Arm um seine sterbende Mutter gelegt. Ein Lächeln für die Kamera und sein zukünftiges Ich auf den Lippen, das dieses spezielle Foto wieder und wieder betrachten würde. Damals glaubte er, der Tod wäre eine einfache Sache, die in Stadien ablaufen würde: Die Vorbereitung, Der (obligatorische) Kampf und Die (unvermeidliche) Kapitulation, gefolgt von Der Beerdigung, Der Trauer und Der Heilung der Wunden.

»Bier?«, fragt Dad.

»Warum nicht?«

Dad hat alle Fenster offen, aber es ist trotzdem schwül. Selbst die Glastüren, die auf den Balkon hinausgehen, sind weit geöffnet. Darren hört den Beifall aus einer Spieleshow im Fernsehen und das leise Summen einer Horde Schmeißfliegen, die vom einen Ende der Wohnung ans andere klatschen. Als Dad in die Küche schlurft, betrachtet Darren die Krümmung seines Rückens. In der Küche riecht es ein wenig nach Pisse. Dad behauptet – nein, er *besteht* darauf, dass er sie nicht ins Spülbecken kippt, sobald er die Menge abgemessen und in seinem D&B-(Darm und Blase)-Buch notiert hat, aber das muss gelogen sein. Entweder das oder es gibt ein Problem mit dem Abfluss. Dad jedenfalls riecht es offensichtlich nicht, weshalb es bei Darrens Besuchen jedes Mal eine seltsame Show gibt, weil er herumschnuppert wie ein Cartoon-Spürhund, während sein Vater ihm auf Schritt und Tritt folgt und sagt:

»Das muss an dir liegen. Mit deiner Nase stimmt was nicht. Das ist es.«

»Hast du Rohrreiniger da? Ich gieße ein bisschen was davon in den Abfluss, dann sehen wir, ob's was bringt.«

Dad zeigt auf den Schrank unter der Spüle. »Du musst nicht herkommen. Du hast viel zu tun, und ich will niemandem zur Last fallen.«

»Du bist keine Last.« Darren findet den Reiniger, setzt die Flasche über den Ausguss an und gießt Flüssigkeit hinein.

»Aber Clover –«

»Clover geht's *gut*. Sie wird zum Gießen im Schrebergarten gewesen sein. In der Küche wartet vermutlich eine Tüte mit Gemüse für dich. Ich bring's dir vorbei, oder sie kann mit dem Fahrrad kommen. Sie ist total fröhlich gewesen. Hat vor sich hin gesummt, grundlos gelächelt. Muss an den Ferien liegen.« Darren stellt die Flasche zurück in den Schrank und hält kurz inne, während er Clovers Rund-um-die-Uhr-Fröhlichkeit mit der tagträumerischen Art in Verbindung bringt, mit der sie in letzter Zeit alte Fotos und Bücher betrachtet. »Du denkst doch nicht, dass sie … Sie ist zu jung, um für einen Kerl zu schwärmen, oder?«

»Genau danach klingt es für mich.«

»Oh Gott.«

»Kein Grund zur Sorge. Das wird sich alles in ihrer Fantasie abspielen.«

»Was?«

»Hast du dir mal die zwölfjährigen Jungs angeschaut? Ha-ha!« Dads Lachen wird zu einem Husten, und er kramt nach einem Taschentuch, mit dem er sich die Augen trocknet. »Es wird jemand aus dem Fernsehen sein. Ein Sänger vermutlich. Du solltest rausfinden, wer es ist, und ihr ein Poster kaufen, damit sie daran Küssen üben kann.«

»Igitt.«

»So was machen sie aber doch, die Mädchen, oder?«

»Keine Ahnung.«

»Ich auch nicht. Nicht wirklich.« Dad holt ein paar Bierdosen aus einem Schrank. John Smith's und Courage Best Bitter. »Bedien dich.«

»Hast du auch was Kaltes?«

»Nein.«

»Dann das da. Danke.«

Dad zieht eines der Bretter des Klapptisches heraus und zeigt auf den Stuhl. *Setz dich.* Sie nippen an ihrem Bier. Eine Schmeißfliege kommt aus dem Flur hereingebrummt und sondiert die Küche, wobei sie kurz über einem ordentlichen Stapel flach gemachter Amazon-Kartons auf dem Tisch innehält, die darauf warten, zum Altpapier zu kommen.

»In letzter Zeit was Schönes unternommen?«, fragt Darren.

»Nö.«

»Überhaupt mal draußen gewesen?«

»Nö.«

»Das ist schade.«

»Ach was. Es wird einem doch alles geliefert.« Dad deutet mit dem Kopf auf die flachen Kartons und hebt seine Bierdose. »Gute Schicht?«

»Passt schon. Heiß.«

»Wann bist du das nächste Mal unterwegs?«

»Morgen. Aber da helfe ich Colin bei einem Job.«

»*Colin*. Ts«, macht Dad. »Wie geht's seinem *Freund*?«

»Mark geht's gut.«

»Tapferer Junge. Ich hab mir den Verein mal angeschaut. Man meldet sich als Freiwilliger und dann muss man überallhin, wo die einen hinschicken. Wusstest du das?«

»Ja.«

»Wenigstens ist er nur in Afrika. Hätte auch Afghanistan oder Syrien sein können.«

»Ich weiß. Colin hat sich furchtbare Sorgen gemacht.«

»Colin ist ein Gauner.«

»Er ist schon in Ordnung.«

»Verschwendeter Tag, dem zu helfen.«

»Er ist einsam. Vermisst Mark. Und es gibt ein bisschen

Extrakohle. Kann man immer brauchen. Der Garten kostet dieses Jahr fünfzig Pfund.«

»Ist er aber wert.«

»Wahrscheinlich. Gerade so.«

»Taugen die Karotten was?«

»Ein Witz.«

»Pflanz sie in Kübel. Hab ich dir doch gesagt.«

»Ich weiß. Irgendwann hör ich mal auf dich.«

Dad nimmt einen großen Schluck Bier, behält es einen Moment lang im Mund, ehe er schluckt. »Du könntest zum Beispiel jetzt damit anfangen.«

»Schieß los«, sagt Darren. Die gezwungene Fröhlichkeit in Dads Stimme und seine nicht gerade subtile Bitte um Redeerlaubnis lassen ihn sofort misstrauisch werden.

»Sid ist tot.«

»Sid?«

»Von oben. Sid mit dem inkontinenten Mops.«

»Ah, *der* Sid. Mein Gott, der war *alt*.«

»Dreiundneunzig.«

Darren bemüht sich um einen bedauernden Gesichtsausdruck, aber er kann für Sid keine Traurigkeit aufbringen. Im Gegenteil, es nervt ihn eher, dass der so lange gelebt hat. Ganz schön vermessen, wenn man sich's recht überlegt.

»Sid hat mich zum Nachdenken gebracht. Ich hab früher mit deiner Mutter Gespräche geführt, bevor sie krank wurde. *Wenn ich mal sterbe, dann möchte ich, dass du das und das tust* – so was hab ich zu ihr gesagt. Und sie hat mir dasselbe gesagt. Wir haben uns unterhalten, als würde ich mich um ihre Beerdigung kümmern und sie sich um meine. Wahrscheinlich muss man das, weil man nicht weiß, wer zuerst gehen wird. Man macht sich gar keine Gedanken darüber, stimmt's? Man denkt nicht: Einer von uns wird zurückbleiben und allein sterben, ohne den anderen. Aber ich werde das – allein sterben, meine ich. Ohne sie.«

»Mein Gott, Dad.« Darrens Stuhl kratzt beim Aufstehen über den Küchenboden. Es ist ein abruptes, störendes

Geräusch, über das er froh ist. Er kann sich nicht daran erinnern, wann sein Vater so viele Worte auf einmal gesagt hat. Er nimmt seine Bierdose vom Tisch und geht damit zur Spüle hinüber.

»Du musst das alles für mich regeln. Ich hab's aufgeschrieben. Steht alles in dem Umschlag in der Schublade neben dem Bett.«

»Du hast mir gesagt, dass –«

»Sorg dafür, dass ich bei ihr liege.«

»Das hab ich doch schon versprochen, oder?«

»Ich hab noch ungefähr vier Jahre, aller Wahrscheinlichkeit nach.«

Darren hält den Atem an und zählt bis drei.

»Kann natürlich auch sein, dass du zuerst stirbst.«

Er schnaubt. Er wird sich nicht darüber streiten, wer von ihnen zuerst sterben wird. »Du bist heute ein Ausbund an Fröhlichkeit.«

»Was willst *du* denn, wenn deine Zeit gekommen ist?«

»Lass gut sein. Ich werde das nicht mit dir besprechen.«

»Na, du hast doch sonst niemanden zum Reden, oder? Und mach nicht so ein Gesicht. Du musst an die Zukunft denken.«

»Du klingst wie eine dieser Werbungen, bei der man einen Stift und einen Wecker geschenkt bekommt, wenn man eine Lebensversicherung abschließt.«

»Setz dich hin, ich krieg ein steifes Genick, wenn ich zu dir hochschauen muss. In der Dose da sind noch Kekse.«

Eine der Uhren schlägt die halbe Stunde, und Darren tritt hinaus in den Flur, um sie zu hören. Dad hat beim Einzug hier drei der Uhren behalten: die schlichteste, älteste Uhr, die aussieht wie ein Nistkasten, und zwei andere, beide in der Form von Almhütten, in denen sich der Kuckuck jeweils hinter einem Fenster im ersten Stock versteckt. Der Vogel im kleinsten Häuschen ruft zur halben Stunde, und zur vollen spielt die Uhr eine von zwölf unterschiedlichen Melodien. Die größere, die schickste der drei Uhren, hat einen Vorgarten, und wenn der Kuckuck ruft, heben zwei Ziegen auf der Wiese den Kopf, während ein Mann in Lederhosen mit einer winzigen Axt Holz hackt. Der Rest von Dads Sammlung befindet sich in Darrens Esszimmer, in Kisten verpackt.

Darren glaubt, dass die älteste Uhr als Erste geschlagen hat, aber er ist sich nicht ganz sicher. Er wartet. Dann stürzt sich der Vogel aus dem Fenster des kleinsten Häuschens, *Kuckuck*. Dad gesellt sich zu ihm, und Darren zeigt auf die größte Uhr – *die kommt als Nächste*. Dad nickt. Sie stehen nebeneinander mit Mums Foto an der Wand neben sich, während sich Darren daran erinnert, wie Uhrenteile per Post ankamen: Zeiger und Ketten und Gong-Federn; Zahnräder, Pendel, Gewichte und manchmal, das Allerbeste, ein neuer Kuckuck, dessen verlängerter Schwanz ihm das Aussehen eines winzigen Flugzeugs mit Vogelnase verlieh. All die Samstagnachmittage am Küchentisch, als Mum versuchte, ihre Bemühungen zu koordinieren – »Schatz, ich bin sicher, Darren würde gern helfen. Deck doch mal für deinen Dad den Tisch mit Zeitungen ab, sei ein guter Junge.« Die stille Konzentration, die Tassen mit Tee, der Teller mit Keksen, die Mum neben sie auf den Tisch stellte. Rosa Waffeln und Butterkekse, zu einem Muster angeordnet.

Das Fenster im ersten Stock schwingt auf, und die größte Uhr schlägt die halbe Stunde, *Kuckuck*. Das vertraute Geräusch beruhigt die Lage. Es ist fast so, als würde Mums Geist den Raum zwischen ihnen einnehmen und ihre scharfen Kanten glätten.

»Wir hatten eine gute Zeit damals, beim Zusammenbauen der Uhren, oder?«, sagt Dad.

»Ja, das hatten wir.«

»Du könntest jederzeit ein paar auspacken und es mit Clover versuchen.«

»Könnte ich.«

Darren überlegt gerade zu gehen, als Dad ihm das D&B-Buch hinstreckt. Er wirft einen Blick auf die Eintragungen des Tages.

Urinmenge
06.00: 270 ml, gelb
10.23: 185 ml, hell
13.14: 225 ml, hell
16.07: 190 ml, hell

Stuhl
10.23: fest, 12 cm
13.14: Kügelchen, mehrere – fest

»Sieht gut aus«, sagt er. »Scheint alles zu funktionieren.«

»Die Blase sollte eigentlich bis zu 430 Milliliter fassen können.«

»Na ja, aber es hat ja keinen Sinn, es drin zu behalten, oder? Sieht für mich in Ordnung aus. Aber geh zum Arzt, wenn du dir Sorgen machst.«

»Mach ich nicht.«

»Gut. Und du beschäftigst dich, auch wenn du nicht rausgehst?«

»Mach ich.«

»Mit …?«

»YouTube«, antwortet Dad mit hochgezogenen Augenbrauen, die ausdrücken, dass er der Versuchung kaum widerstehen kann, *natürlich* hinzuzufügen.

»Irgendwas Spezielles?«

»Dokumentarfilme.«

»Über was?«

»Den Mars.«

»Aha.«

»Der rote Planet.«

»Ja.«

»Weißt du, wie viele Dokus über den Mars es auf YouTube gibt?«

Darren schüttelt den Kopf. »Du?«

»Nein.«

»Oh. Ich dachte, du sagst mir gleich –«

»Viele.«
»Verstehe.«
»Hunderttausend Leute haben sich dafür beworben, hinzufliegen. Und dabei gibt es dort nicht mal Sauerstoff.«
»Idioten.«
»Weißt du, wie kalt es dort nachts wird?«
»Nö.«
»Minus hundert Grad.«
»Ziemlich frisch.«
»Kann man wohl sagen. Es gibt einen vierundzwanzig Kilometer hohen Vulkan.«
»Ganz schön hoch.«
»In der Tat.« Dad klopft mit den Fingern auf den Tisch. »Ich würde ja hingehen.«
»Auf den Mars.«
»Ja, würde ich.«
»Du machst Witze.«
»Hier hält mich ja nichts mehr.«
Darren wird nicht widersprechen. Es hat keinen Sinn. Es ist reine Provokation: *Ich* würde auf den Mars gehen, und *du* suchst dir nicht mal eine Freundin – das ist es, was Dad wirklich sagen will.
Er geht mit einer Tüte voll riesiger Beefsteak-Tomaten, die Dad auf dem Balkon angepflanzt hat. Er hat nicht gefragt, wieso die bei seinem Vater so groß werden oder was für Dünger er benutzt, weil er es lieber gar nicht wissen will.
Auf dem Weg zurück spaziert er bei South Garden vorbei, wo er zwei Portionen Fish and Chips zu Ehren von Clovers Lieblingssendung kauft, von der heute Abend die neue Staffel anfängt. Es ist immer besser, Koch- oder Backsendungen anzuschauen, wenn man etwas Leckeres zu essen hat, damit man nicht hungrig wird. South Garden ist zwar nicht das nächstgelegene Takeaway-Restaurant, aber die Portionen sind dort immer riesig und die Pommes die besten der Stadt.

Konzept (Idee): Eine Ausstellung. »Becky Brookfield – die unerzählte Geschichte«

Zweck: Bildung, Information, Diskussion, Illustration (noch weitere »...ion«-Wörter hinzufügen, damit sie viele Zwecke erfüllt)

Objekte: Die Objekte werden aus dem mittleren Zimmer stammen und außerdem von verschiedenen Orten im Haus ausgeliehen werden. Clover Quinn wird die Ausstellungsstücke katalogisieren.

Geschichte: Clover Quinn wird die Geschichte erzählen und alle Texte schreiben.

Designerin: Clover Quinn

Kuratorin: Clover Quinn

Konservator: Darren Quinn

Weitere Informationen: Es wird sich um eine vorübergehende Ausstellung handeln. Anschließend werden alle Objekte an einem sicheren Ort verwahrt.

Kapitel 3

Das Notizbuch hat Clover vor ein paar Wochen auf dem Schulausflug ins *Maritime Museum* gekauft. Der Tag damals fing schlecht an. Als der Zug in den Bahnhof gerauscht kam, wies Mr. Judge seine Schüler an, sich einen Partner zu suchen, was bei Clover ein panisches Reise-nach-Jerusalem-Gefühl auslöste.

Dieses Schuljahr sind Freundschaften nicht mehr einfach, sondern zu einer komplizierten Vorstellung geworden, die eine Menge So-tun-als-ob erfordert. Es ist unheimlich wichtig geworden, die richtigen Dinge zu mögen oder nicht zu mögen, bestimmte Dinge getan zu haben oder zumindest zu verstehen, was andere angeblich getan haben. Fingern zum Beispiel, was so klingt, als könnte es mit Ukulele-Spielen zu tun haben, aber etwas völlig anderes ist – etwas, von dem Abbie Higham behauptet, dass man es mit ihr gemacht hat.

Abbie Higham wird bewundert, weil sie schon geküsst wurde. Sie sagt nicht von wem, aber sie lässt sich nur zu gern dazu befragen und erteilt Ratschläge:

»Beim Küssen muss man den Mund aufmachen, sonst erstickt man.«

»Wer roten Lippenstift benutzt, ist eine Schlampe.«

»Man sollte nicht im Meer schwimmen gehen, wenn man seine Periode hat. Wegen der Haie natürlich!«

Clover sah nach rechts und links und bemühte sich, ganz entspannt dreinzuschauen. Sie wollte nicht verzweifelt wirken, indem sie von einer zur anderen raste. Das Problem war nicht, *nicht* gemocht zu werden, sondern *nicht genug* gemocht zu werden, niemandes erste Wahl zu sein, keine *Busenfreundin* zu haben, ein Wort, das sie natürlich niemals laut aussprechen könnte – *Busen!* –, über das sie sich aber Gedanken macht, seit sie und Grandad letzten Sommer in ihrem Leseclub *Anne auf Green Gables* gelesen haben.

Letzten Endes hatte Mr. Judge Mitleid mit ihr gehabt. »Clover, du kannst bei mir sitzen«, bot er an.

Sie drängten sich alle in den Zug. Mr. Judge sicherte ihnen vier gegenüberliegende Sitze und stellte seine Tasche neben sich. Clover nahm gegenüber am Gang Platz und beobachtete, wie ein Stück den Gang runter Abbie, Jess und Emily versuchten, Dagmar davon abzuhalten, sich auf einen freien Platz zu setzen, indem sie ihre Taschen darauf stapelten.

»Clover!«, rief Abbie. »Den haben wir für *dich* belegt.«

Dagmar wartete im Gang, ein Auge von ihrem schiefen dunklen Pony bedeckt.

»Clover! Komm her! Ich will nicht neben Dracula sitzen.«

»Sie will uns beißen.«

Sie brauchten Clovers Hilfe, um ihr gemeines Vorhaben umzusetzen, doch Clover rührte sich nicht von der Stelle. Schließlich stand Mr. Judge auf, drehte sich um und rief, die Kopfstütze seines Sitzes umklammernd: »Meine Güte, Dagmar, jetzt setz dich schon hin.«

Dagmar blickte hilflos auf den Taschenstapel.

»Clover, rutsch rüber ans Fenster. Dagmar, *komm hierher*. Hier ist ein freier Platz.« Er ließ sich auf seinen Sitz plumpsen. »Mädels, *also wirklich*.«

Dagmar setzte sich, den Kopf gesenkt, die Hände im Schoß verkrampft, und nicht zum ersten Mal fragte sich Clover, was sie zu ihr sagen könnte. Man konnte leicht glauben, dass Dagmar das alles egal war. Sie wurde nie rot. Ihre Miene blieb ausdruckslos und von ihrer Haltung her machte sie sich klein, als wäre sie es gewohnt, so zu tun, als wäre sie unsichtbar. Aber es muss ihr doch etwas ausmachen, dachte Clover, es *muss* einfach.

Offenbar spürte Dagmar ihren Blick, denn sie hob den Kopf. Mit ihrer gerunzelten Stirn sah sie verärgert aus. Ein Gesichtsausdruck, der zu sagen schien: *Ich hab nicht um Hilfe gebeten* und *Wag es ja nicht, Mitleid mit mir zu haben*.

Die Gleise der Züge nach Manchester und Liverpool laufen gut hundert Meter nebeneinanderher, bevor sie sich teilen und die nach Manchester gen Westen abbiegen, in einer Kurve um Hintergärten herum, sich unter Straßenbrücken hindurchschlängelnd, während die Liverpool-Strecke pfeilgerade nach Süden zieht, direkt vor den Häusern der Menschen vorbei. Während der Zug mitten durch Railway Street und Railway Terrace bretterte, sodass Busse und Autos an den Bahnübergängen halten mussten, drückte Clover die Nase an die Scheibe. Sobald die Häuser und Straßen von Golfplätzen und Pinienwäldern abgelöst wurden, wandte sie sich an Mr. Judge, um ihm ein paar der Dinge zu erzählen, die sie am Abend zuvor in einem von Dads Büchern gelesen hatte, um sich auf den Ausflug vorzubereiten.

»Wussten Sie, dass ein paar der Leichen von der *Titanic* auf den Meeresgrund gesunken und nie wieder nach oben gekommen sind, wegen der Kälte und des Wasserdrucks? Meerestiere haben sie aufgegessen. Alles, was von ihnen übrig blieb, waren ihre Schuhe.«

Das wusste er nicht.

»Wussten Sie, dass man das Wrack erst 1985 entdeckt hat? Es ist von Rostzapfen bedeckt. Das sind so was wie Unterwassereiszapfen.«

Auch das wusste er nicht.

»Wussten Sie …«

Er meinte, sie könne alle diese Details in den Bericht schreiben, den sie als Hausaufgabe bekommen würden. Und dafür, dass sie eine gute Forscherin war, könne sie Bonuspunkte bekommen. Dann zog er sein Handy aus der Tasche und spielte die restliche Fahrt über Fruit Ninja.

Das gesamte Museumsgebäude bestand aus roten Backsteinen, sogar die gewölbte Decke. Im Foyer kam man sich ein bisschen so vor, als würde man in einem riesigen alten Tunnel stehen. Lampen hingen an Stahlseilen herab, und der Fußboden bestand aus Pflastersteinen und Gehwegplatten. Es roch intensiv nach Kaffee aus dem Museumscafé, und wenn sich die Glastüren öffneten, weil Leute das Gebäude verließen oder hereinkamen, konnte Clover Möwen kreischen hören. Draußen am Kai fuhren auf beiden Seiten des Museums Großsegler und Schleppschiffe vorbei.

Mr. Judge verkündete, sie dürften auf eigene Faust losziehen, solange sie bis zur Mittagspause wieder im Foyer wären. Angestellte in blauen Museums-T-Shirts verteilten kleine Heftchen zu einer Ausstellung über Grenzen und Zoll. Wer die Aufgaben darin als Erster löste, bekam einen Preis, deshalb stürmten die meisten ins Untergeschoss. Clover interessierte sich nicht für den Preis. Sie stieg die Metalltreppe hinauf. Die war an einer Seite offen, sodass man unten den Museumsshop und ein hölzernes Kanu mit winzigen Menschen darin sehen konnte. Auf der anderen Seite war die Wand des Treppenaufgangs so gestrichen, dass sie wie die Seite eines Schiffsrumpfs aussah. Es gab Bullaugen mit Glasscheiben und ganz oben, nahe der hohen Museumsdecke, eine Reling, hinter der die Silhouetten von aus Pressspanplatten ausgesägten Passagieren winkten.

Im ersten Stock blieb Clover neben einer Vitrine mit einem Modell der *Titanic* stehen. Es war lang, vielleicht so lang wie ihr Zimmer, wobei das schwer zu sagen war. Auf den Seiten hingen winzige Rettungsboote. Sie wünschte, sie hätte die Vitrine öffnen und durch die Dutzende kleiner Bullaugen hineinspähen können – es wäre der Wahnsinn, wenn innen alles mit Nachbildungen von Dingen ausgestattet wäre, die es auf dem echten Schiff gegeben hatte: Blumengestecke, Tischtücher und Kerzenhalter, edle Vorhänge, Gemälde und Besteck, hölzerne Betten, Werkzeug und Musikinstrumente, die alle sorgfältig an Bord verstaut worden waren, um den Passagieren den Aufenthalt zu verschönern. Die alle herumgerutscht waren, als das Schiff in Schieflage geriet. Die gegen Wände und Decken geknallt waren, als es sank. Die in der dichten Stille auf dem Meeresgrund lagen.

Auf der anderen Seite der Vitrine entdeckte Clover eine Frau, die mit einem Bleistiftstummel etwas in ein Notizbuch kritzelte. Sie war zu alt für eine Schülerin, aber sie trug auch kein *Maritime-Museum*-T-Shirt wie die Leute, die auf die Exponate aufpassten, die man nicht anfassen durfte. Ihre dunkelblaue Jeans war schick und aus ihren roten Sandalen mit Keilabsatz schauten lackierte Zehennägel hervor. Clover schob sich um den Schaukasten herum und tat so, als würde sie die *Titanic* betrachten. Als sie nahe genug war, warf sie einen Blick in das geöffnete Notizbuch der Frau. Es war keine Zeichnung, und die Schrift war zu klein, um sie lesen zu können.

»Gefällt dir das Modell?«

Clover nickte. Es war ihr peinlich, ertappt worden zu sein. Doch da die Frau freundlich schien, fragte sie: »Was machen Sie da?«

»Einen Galerie-Check.«

»Was ist das?«

Die Frau steckte sich den Bleistift hinters Ohr wie ein Bauarbeiter. »Einmal pro Woche überprüfen wir, ob alles funktioniert: die Lichter, die Touchpads bei den Ausstellungsstücken mit digitalen Teilen und die Exponate selbst – einige von ihnen haben ein Umgebungskontrollsystem, das wir ebenfalls überprüfen.«

»Und das ist Ihr Beruf? Dinge überprüfen?«

»Ein Teil davon.«

»Was sind die anderen Teile?«

»Mir neue Dinge ausdenken – *Konzepte* nennen wir das. Überlegen, welche Ausstellungen dauerhaft und welche nur vorübergehend bleiben. Die Ausstellungsstücke auswählen und entscheiden, wie wir sie interpretieren wollen. Dafür sorgen, dass die Texte gut sind …«

»Wollten Sie schon immer in einem Museum arbeiten?«

»So lange ich denken kann. Als ich klein war, hat meine Mutter im *Liverpool Museum* gearbeitet. Sie sagte immer, sie sei die Hüterin der Schätze.«

»Die Hüterin?«

»Schöne Bezeichnung, nicht wahr?«

»Wie ein Zoowärter oder ein Parkwärter, nur eben für Museen? Jemand, dessen Aufgabe es ist, Dinge zu bewahren?«

»Genau! Aber inzwischen nennt man uns Kuratoren. Das ist auch ein gutes Wort. Ein altes Wort – aus dem Lateinischen. Wir sind verantwortlich für die Ausstellungen und Objekte. Und wir erstellen jede Menge Listen.« Sie wedelte zum Beweis mit ihrem Notizbuch.

»Dann sind Sie *verantwortlich* für *das alles*?« Clovers Blick schweifte über die Schaukästen, die Modelle und die Monitore an den Wänden, die Schwarz-Weiß-Aufnahmen von Passagieren zeigten, die vom wolkenkratzerhohen Deck herunterwinkten.

»Dazu gehören viele Personen: Designer, Konservatoren –«

»Was machen die?«

»Die Designer arbeiten an den Schautafeln und der Präsentation. Sie entscheiden, wie die Exponate aufgestellt werden und wie man sie am besten zeigen kann. Die Konservatoren sind dafür zuständig, dass die Objekte unbeschädigt bleiben, und achten darauf –«

»Haben Sie auch Sachen, die jetzt gerade nicht ausgestellt sind?«

»Oh ja.«

»Wo bewahren Sie die auf?«

»Ein Teil davon ist hier vor Ort im Lager. Aber vieles befindet sich in einem Speziallager für die Liverpooler Museen.«

»Wo ist das?«

»Das darf ich leider nicht sagen. Aus Sicherheitsgründen.«

Clover stellte sich eine Bibliothek vor, aber mit *Sachen* auf kilometerlangen Regalen, und Kuratoren, die die endlosen Gänge auf und ab gingen, während ihre Schritte in dem riesigen Gebäude widerhallten, und sich den Kopf darüber zerbrachen, welche Objekte sie ausstellen sollten. »Aber woher bekommen Sie die ganzen Sachen überhaupt?«

»Manchmal leihen wir Exponate von anderen Museen aus, und manchmal kaufen wir Gegenstände. Oft überlassen uns Menschen aber auch Dinge, die schon ewig in Familienbesitz waren.«

»Und es macht ihnen nichts aus, dass die dann ausgestellt werden?«

»Nein, ich glaube, die Menschen teilen ihr Leben gern mit anderen.«

»Wie entscheiden Sie, was Sie zeigen wollen und was im Lager bleibt?«

»Nun, da geht es einfach darum, welche Sachen zu der Geschichte passen, die wir erzählen wollen. Wir recherchieren – es gibt eine Datenbank, in der jedes Objekt eine eigene Katalognummer hat. Dann gibt es Fotos und einige Informationen zur Geschichte jedes Stücks. Und einen Abschnitt über seine Herkunft – also der persönliche Hintergrund des Objekts: wo es herkommt, warum es wichtig ist und so weiter.« Sie zog den Bleistift hinterm Ohr hervor und biss ins Ende. Kurz darauf ließ sie ihn sinken, beugte sich vor und flüsterte: »Weißt du, was das Beste an diesem Beruf ist?«

Clover schüttelte den Kopf.

»Dinge anfassen zu dürfen – mit Handschuhen natürlich, denn man muss sehr vorsichtig sein –, Dinge aus der Vergangenheit zu berühren, vor allem persönliche Gegenstände. Man bekommt ein Gefühl für sie, wenn man sie in den Händen hält. Man tut etwas Besonderes … die Kultur und Geschichte bewahren, die Geschichten der Menschen. Darum geht es wirklich.«

Daraus entstand die Idee.

Licht fiel durch die großen Fenster des alten Fabrikgebäudes herein, und die Idee saß den ganzen Nachmittag lang wartend in der Wärme, während Clover sich die Hauptausstellung *Die Titanic und Liverpool – eine unerzählte Geschichte* anschaute. Man musste sich eine Karte über einen Passagier aussuchen und bis zum Schluss bei sich tragen, wo man dann herausfand, ob diese Person überlebt hatte oder gestorben war. Clover wählte zwei, zur Sicherheit. Violet Jessop, eine hübsche Krankenschwester mit weichen Zügen, und Mildred Brown, deren Gesicht völlig vom Schatten eines riesigen Hutes verdunkelt wurde. »Mein Name ist Violet Jessop«, stand auf der ersten Karte, und es kam Clover so vor, als würde Violets Stimme es ihr über die vielen Jahre hinweg zurufen. »Am Ende dieser Ausstellung erfährst du, was mein Schicksal war.« Clover drückte die Karten der beiden Frauen an die Brust und hoffte auf ein gutes Ende.

Sie lernte, dass es an Bord der *Titanic* fünf Konzertflügel gegeben hatte und zwölf Hunde, von denen drei überlebt hatten. Sie sah einen Schaukasten mit verschiedenen Objekten, die aus dem Trümmerfeld gerettet worden waren: ein Porzellanwaschbecken, ein Nachttopf, ein Lüftungsgitter, Krawattennadeln, Brillen, eine Uhr und ein Brieföffner. Vielleicht hatten Violet und Mildred einige dieser Sachen berührt. Die Kuratorin jedenfalls hatte sie ganz sicher angefasst, bevor sie in die großen Vitrinen gelegt worden waren. Fühlte sie tatsächlich etwas von den Gegenständen nur durch Berührung? Drangen die Geschichten aus dem Metall, Glas und Leder durch die Schutzhandschuhe hindurch in ihre Fingerspitzen? Clover dachte an Violet und Mildred. Sie wünschte sich Rettungsboote für die beiden, Schwimmwesten und Schwimmunterricht in Kindertagen.

Die Idee wuchs durch weitere Details. Bis Clover schließlich das Ende der Ausstellung erreichte, war sie ausgereift – voller Energie und in eine schützende Hülle aus Geduld gepackt, wie ein Samenkorn. Clover blieb stehen, um über die Frauen zu lesen, deren Karten sie bei sich trug. Violet Jessop hatte überlebt und während des Ersten Weltkrieges als Krankenschwester beim britischen Roten Kreuz gearbeitet. Auch Mildred Brown überlebte. Es war ein gutes Zeichen, ein weiterer Beweis für die Richtigkeit der Idee.

Auf der Zugfahrt nach Hause saß sie neben Dagmar. Die Art, wie diese reglos dasaß, den Blick auf einen Punkt in der Ferne gerichtet, die Lippen zusammengepresst wie zwei Muschelhälften, verdammte Clover ebenfalls zum Schweigen. Dad sagte immer, wenn man anderen Menschen seine Freundlichkeit schenkt, läuft man Gefahr, womöglich keine mehr für sich selbst übrig zu haben – was ihn aber nicht davon abhielt, freundlich zu sein. Im Schutz der Dunkelheit eines Tunnels flüsterte sie: »Alles okay bei dir?«

»Alles gut, vielen Dank«, lautete die Antwort.

Clover fiel nichts mehr ein, was sie sonst noch hätte sagen können, deshalb klappte sie das Notizbuch auf, das sie im Museumsshop gekauft hatte, und steckte die beiden Passagierkarten zwischen die Seiten. Es galt, Pläne zu schmieden, Wörter aufzuschreiben, die sie sonst vielleicht vergessen könnte: *Konzept, Objekt, Text, Kurator, Konservator, Exponat, Arrangement*. Sie zog einen Stift aus der Tasche ihres Schuljacketts und beschäftigte sich den Rest der Fahrt über mit ihrem Notizbuch und der Idee.

Als sie von der Schule nach Hause kam, kniete Dad gerade im Flur. Er hatte den Heizkörper abgeschraubt und hielt den Daumen auf eine offene Leitung gedrückt, sodass ringsherum Wasser herausspritzte. Die Bücher und Kleidungsstücke und Zeitungen, die sonst entlang der Wand im Flur gestapelt waren, lagen nun in kleinen Haufen auf der Treppe. Neben ihm auf dem feuchten Teppich lag ein Spachtel, mit dem er die Tapete von der Wand gekratzt hatte.

»Gerade zur rechten Zeit!«, sagte er. »Hol mal eine Schüssel. Eine kleine, die hier drunterpasst.«

Sie holte zwei und verbrachte die nächste Viertelstunde damit, zwischen Flur und Küche hin und her zu rennen, um die eine Schüssel auszuleeren, während sich die andere füllte und Dad rief: »Schneller! Schneller! Nicht nachlassen, Speedy Gonzalez!« Seine Hose war klitschnass und seine Fingerknöchel aufgeschürft, aber es störte ihn nicht. »Berufsrisiko«, sagte er, als hätte er nicht seinen freien Tag, sondern Klempnerarbeiten und Tapetenentfernen wären seine eigentliche Beschäftigung.

Als die Leitung schließlich leer war, stand er auf und hüpfte ein wenig herum, bis die Durchblutung in seinen Füßen wieder funktionierte. »Ich habe Colin heute Morgen bei einem Job geholfen«, erklärte er. »Die Leute, in deren Haus wir waren, hatten so eine Wandverkleidung – es klingt kompliziert, aber eigentlich war es bloß ein Holzbrett – ungefähr da.« Er hielt die Hand auf Hüfthöhe an die Wand. »Darunter war eine gestreifte Tapete und oberhalb eine andere, einfarbige. Das sah echt gut aus, und ich dachte, wir könnten das auch so machen.«

Dad fand einen Spachtel zum Schaben für sie. Die Farbe blätterte in Schuppen ab, gefolgt von Fetzen der dicken Strukturtapete. Darunter befand sich eine Lage weiches, braunes Grundierpapier, das Dad mit Wasser aus einer Spritzflasche befeuchtete. Sobald das Wasser aufgesogen war, zogen sie lange Streifen von oben nach unten ab, bis diese letzte Schicht wie Hautfetzen über die Sockelleisten hing. Es fühlte sich an, als würden sie das Haus ausziehen.

Die nackten Wände waren nicht wirklich glatt, sondern grobkörnig und an manchen Stellen bröselig. Ein staubiger Geruch ging von ihnen aus, während sie arbeiteten. Es dauerte mehr als eine Stunde, um von der Eingangstür bis zur Wand neben der untersten Treppenstufe zu kommen. Dort entdeckte Dad das Herz. Es war ungefähr so groß wie Clovers Hand, mit schwarzem Edding in Dads Handschrift in die Wand geätzt.

»Das hatte ich ganz vergessen«, murmelte er. Dann zog er sein *Alles-auf-einmal*-Gesicht. Das, das er aufsetzt, wenn Onkel Jim betrunken ist. Oder wenn sie im Frühjahr einkaufen gehen und die Person an der Kasse besonders hilfreich sein will und sie an den Muttertag erinnert. Das Gesicht, das Clover bewusst macht, dass seine Miene die meiste Zeit über einem Teller mit Resteessen gleicht.

Sie sagte nichts, obwohl sie es gern getan hätte. Sie fuhr das Herz auch nicht mit den Fingerspitzen nach. Stattdessen ging sie hinauf ins Bad und setzte sich auf den Karton mit dem eingepackten Plastikweihnachtsbaum, den Dad im Januarschlussverkauf erstanden hatte. Wenn man im traurigsten Kapitel der Geschichte eines anderen Menschen aufwächst, bewegt man sich pausenlos auf dem dünnen Eis von dessen Erinnerungen. Was nicht heißen soll, dass es immer traurig ist – es gibt auch schöne Dinge. Als sie noch ein Baby war, hatte Dad sich ihren Namen in blauer Schnörkelschrift auf den Arm tätowieren lassen, mit einem vierblättrigen grünen Kleeblatt darunter, denn Clover bedeutet Klee. Sie hat *so* einen tollen Namen, ausgesucht von ihrer Mutter, weil in der Mitte das Wort *love* steckt. Das ist nichts, was man den Leuten ständig auf die Nase bindet, aber etwas, woran man sich erinnern kann, wenn man eine kleine Stärkung braucht; um sein Glücksguthaben ein bisschen aufzuladen – es funktioniert sogar, wenn Luke Barton sie »Margarine« nennt, weil es eine mit ihrem Namen gibt. Clover dachte an ihren Namen und zählte bis dreihundert. Nebenher malte sie mit dem Finger in den Staub auf dem Weihnachtsbaumkarton. Sobald sie mit dem Zählen fertig war, dachte sie über die Fabrik nach, in der der Baum hergestellt worden war – wer ihn wohl zusammengesteckt hatte, wer ihn berührt und eingepackt hatte. »Made in China« stand darauf. Wahrscheinlich befanden sich überall auf dem Karton die Fingerabdrücke der Arbeiter. Vielleicht klebten innen auch kleine Hautschüppchen und Haare. Sie dachte an all die Dinge, die ihre Mutter in jedem Zimmer des Hauses berührt haben könnte. Hatte sie eine Lieblingstasse gehabt? Bestand ein Teil des Staubs im mittleren Schlafzimmer aus ihrer Haut? Wenn die Polizei käme, würden sie dann ihre Fingerabdrücke finden?

Als sie wieder nach unten kam, hatte Dad sein leeres Gesicht wiedergefunden, und sie konnte sich eine Frage nicht verkneifen, nur eine kleine.

»Steht da unter der Tapete noch mehr geschrieben?«

»Ich glaube nicht.«

»Sie hat also nicht auch ein Herz gemalt?«

»Komm, hilf mir mal mit dem Zeug hier.«

Zusammen zogen sie die nassen Papierstreifen von den Sockelleisten weg und stopften sie in einen Müllsack. Das Haus roch hinterher anders. Als würden die Wände eine alte Traurigkeit absondern.

Clover kniet auf dem kleinen Fleck am Boden, den sie freigeräumt hat. Dad hat früher in diesem Zimmer geschlafen. Vorher. Es ist nicht ganz so groß wie ihres – es ist beinahe quadratisch, während ihres rechteckig ist. Die Sonne schickt einen scharfen Lichtstrahl durchs Fenster. Hier gibt es nur eines, das dafür größer ist als ihre beiden und auf den Garten hinten hinausgeht. Am ersten Tag hat sie sich an den Kisten vorbeigequetscht und versucht, es aufzuschieben. Ihre Hände schwitzten bereits in den blauen Plastikhandschuhen, die sie aus dem Spender an der Tankstelle gezogen hatte. Doch das Fenster gab nicht nach.

Unter dem Durcheinander aus Kartons und anderem Zeug befindet sich ein Doppelbett. Keine Decke und keine Laken, nur das Gestell und die nackte Matratze, vollgehäuft mit Stapeln an Papieren, Umschlägen, Schuhen, Büchern, einigen gefalteten Stoffen – Bettwäsche? Vorhänge? Handtücher? –, ein paar Kissen und mehreren Tüten, die bereits anfangen, sich aufzulösen und Plastikflocken auf die Dielenbretter regnen lassen. Zwischen den Stapeln kann sie die scharfen Ecken von Bilderrahmen erkennen. Wartet nur, denkt sie, ich komme euch holen.

Das Bett steht direkt vor dem Kaminsims. In den Nischen links und rechts davon befinden sich identische Kleiderschränke. Sie sind alt, mit Lamellenfronten wie Fensterläden. Wahrscheinlich waren sie mal weiß, bevor das Sonnenlicht durch die Fenster gekrochen ist und sie gelb getoastet hat. Der Zugang zu den Kleiderschränken wird durch größere Kartons versperrt. Die Sorte, die Colin in seinem Lieferwagen aufbewahrt für Leute, die umziehen wollen. Manche sind mit braunem Klebeband verschlossen, andere offen. Irgendwann wird sie die Kleiderschränke erreichen.

Die Wände sind tapeziert. Orangefarbene und gelbe Kringel und limettengrüne Blumen auf milchig blauem Hintergrund. Einige der Blüten sind eindeutig Rosen. Es gibt auch Gänseblümchen, aber bei den anderen ist sie sich nicht sicher, ob sie Namen haben oder nur Blütenformen sind, wie man sie malt, wenn man noch klein ist. Die Tapete wird von einer Bilderschiene unterbrochen. Über der Schiene ist die Wand limettengrün gestrichen. Auch die bodenlangen Vorhänge sind grün. Nachdem es ihr nicht gelungen war, das Schiebefenster zu öffnen, nahm sie einen der Vorhänge und zog ihn auseinander. An den Stellen, wo die Sonne den Stoff ausgebleicht hatte, war er gestreift. Die Streifen waren hell, dunkel, hell, dunkel, wie Bambusstäbe.

Das Zimmer ist halb-halb. Soll heißen, wenn ein Fremder es betreten würde, würde er vielleicht denken, es wäre halb gepackt oder halb ausgepackt, denn es könnte vermutlich beides sein. Clover stellt sich vor, wie Dad mit dem Packen beginnt, anfangs fest entschlossen, getragen von der Vorstellung, wie es mal aussehen wird, wenn es fertig ist: falten, heben, räumen, dann mit einer Hand auf der Hüfte dastehen, sich mit der anderen über den Flaum seiner Haare streichen und überlegen, wie wohl am besten weiter vorzugehen war. Irgendwann muss er aufgegeben haben. Vielleicht machte es ihn traurig. Vielleicht war er zu beschäftigt. Sich um ein Baby zu kümmern ist harte Arbeit. Oder vielleicht hat er in der Zwischenzeit eine andere Idee gehabt und der Eifer tröpfelte ihm die Arme hinab aus den Fingern hinaus, bis er schließlich, mit hängenden Schultern, die Zimmertür hinter sich schloss.

Aber nun ist ja sie da. Und sie wird sich darum kümmern.

Der Boden besteht aus Holz. Nicht geschliffen und glänzend, nur die rohen Dielen, die bereits Abdrücke in ihren Knien hinterlassen. Clover hebt einen Stapel Papiere vom Ende des Bettes und legt ihn neben die Kartons und die Plastiktütenflocken. Staubkörnchen wirbeln auf, und sie pustet ihnen eine Windbö hinterher. Dann schnürt sie ihre roten No-name-Stoffsneakers auf und lässt sich im Schneidersitz nieder.

Ein schnelles Durchsehen des Stapels zeigt, dass es sich dabei ausschließlich um ungeöffnete, an ihre Mutter adressierte Post handelt. Clover schlüpft aus den blauen Handschuhen und öffnet Briefe, die Doppelverglasung für Fenster und Wintergärten anbieten oder Anträge für Kreditkarten, Einkaufsumfragen und Spendenaufrufe enthalten. Kataloge: Kleidung, Küchen und Pflanzensamen. Außerdem Urlaubskataloge: Kreuzfahrten, Skiurlaube, Strände und Kanalboote. Alle Arten. Nichts Wichtiges. Als sie fertig ist, hat sie einen Stapel, der höher und unordentlicher ist als der, mit dem sie begonnen hat. Aber das ist in Ordnung. Wenn sie das hier alles aufräumen will, muss sie zuerst Chaos schaffen.

Keine dieser Postsendungen muss sie in ihrem Buch notieren. Stattdessen läuft sie nach unten – an den Motorradhelmen, den Zeitungen und den Dulux-Farbeimern vorbei –, um eine Mülltüte zu holen. Im Flur hört sie plötzlich den Briefschlitz klappern. Ach du Schande! Aber es ist nicht Dad, der unerklärlich früh von der Arbeit zurückkommt. Es ist bloß der Postbote. Ein Seufzer der Erleichterung entwischt ihr.

Dad hat nie gesagt, dass sie das Zimmer nicht betreten darf. Er sagt nur:

»Ach, da herrscht so ein Chaos.«

»Geh lieber nicht rein, sonst brichst du dir nur was.«

»Ich kümmer mich irgendwann mal drum.«

Bei den wenigen Malen, an denen sie es gemeinsam betreten haben, hat er ihr erlaubt, sich kurz umzusehen, hat ein paar Kartons geöffnet, den einen oder anderen Gegenstand vom Bett genommen und gestreichelt, während sie ihn beobachtete, mit fest verschlossenen Lippen, denn jede Äußerung würde den Zauber brechen und sie auf die andere Seite der Tür zurückbefördern.

Zurück im Zimmer stopft sie die Werbepost in die Mülltüte und hebt dann, die Hände wieder in den blauen Plastikhandschuhen, einen weiteren Stapel Papiere vom Bett. Als sie gerade damit beginnt, ihn durchzusehen, klingelt das Telefon. Sie eilt die Treppe hinunter – *vorsichtig* –, um den Hörer abzunehmen, falls es Dad ist.

»BIST DU DAS, CLOVER?«

Mrs. Mackerel ist ein bisschen taub. Beim Reden legt sie gern die Hände an den Mund, und wenn man es nicht besser wusste, würde man annehmen, dass sie einem was zuflüstern will. Doch dann explodiert ihre Stimme buchstäblich aus ihr raus. Sie hat zwei Lautstärken: laut, für normale Wörter, und extralaut für alles, was sie unbedingt gehört wissen will.

»Ich hab hier ein paar SÜßIGKEITEN. KOMMST DU rüber und HOLST SIE DIR?«

»Meinen Sie, jetzt gleich?«

»Nein, ich meine, nächste Woche – NATÜRLICH JETZT GLEICH.«

Clover trottet die Treppe hinauf. Sie legt die Handschuhe aufs Bett und holt ihre Turnschuhe, ehe sie die Tür hinter sich schließt. Normalerweise kauft Mrs. Mackerel ihr keine Süßigkeiten, sie will sie nur überwachen. Aber es ist ja noch jede Menge Zeit. Viele Wochen.

Mrs. Mackerels Klingel spielt verschiedene Melodien. Heute ist es »Jingle Bells«.

Mrs. Mackerel öffnet die Tür. »HEUTE NICHT, VIELEN DANK«, sagt sie und macht Clover die Tür vor der Nase zu.

Clover wartet. Die Tür geht wieder auf.

»Das war ein WITZ. Jetzt KOMM REIN.«

Sie folgt Mrs. Mackerel durch den Flur, am armen blutenden Jesus an seinem Kreuz vorbei, das so lang ist wie ihr Arm, bis ins Wohnzimmer. Es ist das Spiegelbild von ihrem und Dads und fast genauso vollgestopft.

»Dann SETZ DICH besser mal hin.«

Clover hockt sich auf die Kante des Zweisitzersofas.

»NICHT DA.«

Sie huscht zum Dreisitzer.

»SO IST'S RECHT.«

Mrs. Mackerels Wohnzimmer steht voll mit Sitzmöbeln. Es kommt einem vor, als wäre sie ins Möbelhaus gegangen, hätte einen Stoff entdeckt, der ihr gefiel – türkis mit fetten pinkfarbenen Rosen drauf –, und alles bestellt, was mit diesem Bezug dort zu haben war: ein Dreisitzer-Sofa, einen Zweisitzer, einen Sessel und den passenden Hocker dazu. Sie wählte denselben Stoff für ihre Vorhänge. So bauschige, die aussehen, als sollten sie vor einer Bühne hängen. Alles ist so groß, dass man sich fragt, wie es durch die Tür gepasst hat. Clover malt sich aus, dass die Möbel zuerst ganz klein waren, wie diese trockenen, gepressten Handtücher, die sie als kleines Mädchen so gern gehabt hatte. Und dann hatte Mrs. Mackerel sie gegossen, bis sie zu drei blumigen Sofas und einem schicken Vorhangpaar aufgequollen waren.

Für weitere Möbelstücke ist nicht viel Platz. Stattdessen hat Mrs. Mackerel die verbleibenden Lücken mit Porzellanhäuschen gefüllt. Jede freie Fläche – Fensterbrett, Fernsehtisch, eine kleine Vitrine und der Kaminsims – ist damit dekoriert, jedes Cottage ein bisschen anders, aber doch irgendwie gleich: weiß getünchte Wände und reetgedeckte Dächer mit winzigen Blumengärten, von Hecken gesäumt. Die Häuser haben Namen wie Rose Cottage, Thistle Cottage und Midnight Cottage. Als sie noch kleiner war, stellte Clover sie gern in einer Reihe auf dem Teppich auf und versuchte zu entscheiden, welches sie am liebsten mochte, in welchem sie wohnen würde, wenn sie nur einen Zentimeter groß wäre. Obwohl sie mehrere Sammler kennt – Grandad (Uhren), Onkel Jim (Puzzles), Dad (na ja, alles) – und wenn nötig verschiedene Gründe nennen könnte, weshalb Grandad und Onkel Jim und Dad ihre Dinge sammeln, stellt diese spezielle Sammlung für Clover ein Rätsel dar. Mrs. Mackerel lebt seit ihrer Heirat vor bald fünfzig Jahren hier in der Siedlung. Ihr Haus, wie das von Clover, ist aus rotem Backstein, die Fenster haben weiße Kunststoffrahmen und das Dach wird von dünnen Schindeln bedeckt. Sie besitzt keinen Schrebergarten, und vor vielen Jahren hat sie Arbeiter dafür bezahlt, ihren Garten und die Einfahrt unter Steinplatten zu begraben. Sie würde das Leben auf dem Land *hassen*. Sobald sich irgendetwas von draußen zu ihr ins Haus verirrt, zieht sie ihren Schuh aus und bekämpft es bis in den Tod.

»Und was hast DU MIR heute ZU SAGEN?«

Die Frage lässt es so aussehen, als wäre der Besuch Clovers Idee gewesen. Sie hat überhaupt nichts zu sagen. Sie kam nur wegen der Süßigkeiten.

»HAT'S DIR DIE SPRACHE VERSCHLAGEN? Na, dann sag ich dir mal, was ich so angestellt habe, ja? Ich erzähl dir das jetzt ganz IM VERTRAUEN …«

Mrs. Mackerel erzählt viele Dinge *im Vertrauen*, aber weil sie so laut spricht, scheint das Gegenteil der Fall zu sein. Dad sagt ihr immer, sie soll mal zum Arzt gehen. »Hörgeräte müssen dich nichts kosten, Edna«, sagt er. »Die bekommst du bezahlt.« Aber Mrs. Mackerel will sich keinen billigen Mist in die Ohren stopfen. Was sie will, ist so ein schickes digitales Hörgerät, wie sie es im Fernsehen zeigen, nicht diesen Krankenkassenschrott. Darauf reitet sie dann so lange herum, bis Dad die Nase voll hat und erklärt: »Du hast mir überhaupt nicht zugehört.« Dann sieht sie zufrieden drein, als wäre es nur darum gegangen, Dad aufzuregen.

»… also hab ich zu Mrs. Knight gesagt, *der Herrgott möge mir verzeihen*, WENN DU GLAUBST, DASS ICH DEINEN MÜLLEIMER SCHON WIEDER MIT REINHOLE, DANN HAST DU DICH GESCHNITTEN …«

Mrs. Knight ist eine nette alte Dame aus der Hausreihe hinter ihnen. Mrs. Mackerel hat ein Auge auf sie, und die beiden wirken wie beste Freundinnen – jeden Mittwoch gehen sie zusammen einkaufen und jeden Samstag zum Mittagessen ins Café am Einkaufszentrum. Sie tun sich gegenseitig kleine Gefallen, leihen sich zum Beispiel Catherine-Cookson-Bücher aus oder geben sich Tipps, in welchem Supermarkt der Gin gerade im Angebot ist. Aber Mrs. Mackerel führt in Gedanken streng Buch über jede gute Tat, und Mrs. Knight ist momentan im Rückstand. Manchmal scheint es fast so, als wäre Mrs. Mackerel Mrs. Knights beste Freundin und gleichzeitig ihre größte Feindin. Dienstagnachmittags kommt Mrs. Knight immer bei Mrs. Mackerel vorbei, und die beiden trinken zusammen Gin mit Orangensaft. Nur einen oder zwei, sagen sie. Dann werden es drei und vier und fünf. Vergangenen Sommer musste Clover unzählige Ausflüge ins Café und zähe Nachmittage in Mrs. Mackerels Wintergarten ertragen, aber auf die Dienstage freute sie sich. Einmal sagte Mrs. Mackerel sogar ein schlimmes Wort. Mrs. Knight fing damit an, als sie versuchte, das Glas auf ihrem Bauch abzustellen, der sich im Sitzen wie ein kleiner Berg vor ihr auftürmte. Etwas Gin spritzte auf ihre Hose.

»HOL DEINER TANTE PEARL EINEN LAPPEN«, sagte Mrs. Mackerel.

Clover tat, wie ihr geheißen, obwohl sie keine Tanten hat.

Mrs. Knight tupfte auf ihrem Taillenberg herum. »Ach herrje, es liegt an meinem Bauch, der ist –«

»Deine Brust liegt AUF DEINEM BAUCH, und dein Bauch wird dir bis ZU DEN KNIEN HÄNGEN, ehe du dich's versiehst, Pearl.«

»Oh!«

»Du brauchst eine MIEDERHOSE.«

»Wirklich? Ich –«

»BEI BONMARCHÉ FÜR SIEBEN PFUND.«

»Also, ich weiß nicht, was ich … ich hab noch nie – würdest du dazu dann einen Schlüpfer tragen, Edna?«

»NATÜRLICH. Ich trage zu meinen immer Schlüpfer. Wenn ich im WINTER meinen SCHLÜPFER und meine MIEDERHOSE und meine STRUMPFHOSE anhabe, ist mir immer SCHÖN WARM! Kalte fünf Buchstaben kann ich gar nicht brauchen.«

»Kalte was?«

»FÜNF BUCHSTABEN.«

Mrs. Knight rieb schulterzuckend an dem feuchten Fleck herum.

»Einen kalten ARSCH, Pearl.«

Und dann – das Lustigste – musste Mrs. Mackerel aufstoßen. Nicht laut, nur ein kleiner Rülpser, den sie vergeblich versuchte zu unterdrücken.

Bei der Erinnerung daran muss Clover lächeln.

»... werde ich NICHT ZULASSEN, dass sie mich mit ihrem KÄRCHERDINGSBUMS UNTER HOCHDRUCK SETZT. Und ich weiß nicht, was daran SO LUSTIG ist«, sagt Mrs. Mackerel. »ICH SCHÄTZE MAL, DU WILLST JETZT DEINE SÜßIGKEITEN.«

Ihre Nylonhose knistert beim Aufstehen vom Sessel. Sie trägt so einen Kittel, wie sie die Damen in der Schulkantine anhaben. Mrs. Mackerel nennt es Hauskleid. Sie besitzt mehrere davon in verschiedenen Pastellfarben – es muss sie in irgendeinem Katalog oder besonderen Laden geben – und trägt sie über ihren normalen Sachen. Nur wenn sie aus dem Haus geht oder wenn wichtiger Besuch kommt, zieht sie ihr Hauskleid aus. Mrs. Mackerel schont die Dinge gern: Blusen, Hosen, Gläser, Kekse – selbst die türkisfarbenen, rosengesprenkelten Sofas haben weiße, serviettenähnliche Tücher über den Arm- und Rückenlehnen hängen. Während sie draußen ist, betrachtet Clover das Hochzeitsfoto im silbernen Rahmen, das zwischen den Porzellanhäuschen auf dem Kaminsims steht. Man kann erkennen, dass es sich um Mrs. Mackerel handelt. Genau so würde sie aussehen, wenn man ihr Gesicht ausgraben würde: die faltige oberste Erdschicht abtragen, die Tränensäcke wegbaggern, das Ödland ihres Halses glätten, und da ist sie, jung und mit glatter Haut, bezaubernd mit glitzerndem Krönchen und einem weißen Spitzenkleid mit Glockenärmeln, dünnen weißen Handschuhen, die direkt am Handgelenk enden, in den Händen einen kleinen Strauß – Lilien, Gardenien, Iris? Es ist schwer zu sagen, weil es sich um ein Schwarz-Weiß-Foto handelt. Mr. Mackerel trägt einen schicken schwarzen Anzug und eine gestreifte Krawatte. Er ist groß und schlank, mit kurzen Haaren, die so glänzendglatt sind, dass sie auch aus Plastik sein könnten, wie bei Barbies Ken.

»EINE TASSE TEE?«, ruft Mrs. Mackerel aus der Küche.

»Nein, danke.«

»DANN BRAUCHST DU GAR NICHT ZU ANTWORTEN. Warum mach ich mir überhaupt die Mühe?« Sie kommt mit einer Tüte Gummibärchen in der Hand geräuschvoll zurück ins Wohnzimmer. Normalerweise kauft sie Bonbons, meistens mit Pfefferminzgeschmack: Polos, Tic Tacs, Kaubonbons, aber auch Werther's Original. Sie muss im Laden vor dem Süßwarenregal gestanden und sich überlegt haben, was Clover mögen würde. Der Gedanke macht Clover glücklich.

»BITTE SCHÖN.«

»Danke.«

»SCHLECHT FÜR DIE ZÄHNE.«

Clover nickt.

»PURER ZUCKER.«

Sie nickt wieder und hält die Tüte ganz fest, für den Fall, dass Mrs. Mackerel auf den Gedanken kommen sollte, sie ihr wieder wegzunehmen.

»ISS SIE NICHT ALLE AUF EINMAL.«

»Nein.«

»UND DIE HIER HAB ICH GEFUNDEN.« Sie kramt etwas aus ihrer Tasche mit dem Strickzeug, bei dem es sich eindeutig nicht um Wolle handelt, weil es beim Berühren knistert. »HIER. Wir haben den Schrank in der KIRCHE ausgemistet und SIEHE DA.«

Clover streckt die Hand aus, um einen kleinen Stapel Malbücher in Empfang zu nehmen – *Das Heiligtum von Fatima, Die Wundertätige Medaille, Die Geschichte unserer Muttergottes* – und ein kleines Heftchen, vergilbt und mit Eselsohren, mit dem Titel *Lateinische Wörter und Sätze für Anfänger*.

»Oh. Vielen Dank.«

»GERN GESCHEHEN. Und, was MACHST du so? LANGWEILST du dich nicht den ganzen Tag ALLEIN?«

»Es ist ja nicht der *ganze* Tag, und ich habe verschiedene Aufgaben. Ich muss im Garten gießen–«

»Und STRICKEN tust du auch, DEN SCHAL FÜR DEINEN DAD, oder? Bring ihn NÄCHSTES MAL mit, dann SCHAU ICH IHN MIR AN. Was HÄLT ER denn davon, dass du DEN GANZEN TAG ALLEIN daheim bist?«

»Na ja, das bin ich ja nicht, nicht den *ganzen* Tag, aber er ist –«

»DEIN VATER IST EIN GUTER MANN, *weiß Gott*. Er trägt DAS HERZ auf der Zunge.«

Clover macht ein Geräusch der Zustimmung.

»Wenn du was zu ERLEDIGEN hast, dann AB MIT DIR.«

Beim Gehen drückt Mrs. Mackerel Clover eine Zweipfundmünze in die Hand. »BITTE SCHÖN«, sagt sie. »Kannst dir ja so ein paar bunte KNÜPF-ARMBÄNDER kaufen.«

»Loom Bands?«

»Genau. Jemand hat aus denen ein KLEID gemacht und eine MILLION PFUND dafür bekommen. DAS KÖNNTEST DU AUCH – *weiß Gott*.«

Clover geht schnell zur Tür, denn sie kennt Mrs. Mackerels Vorliebe für das, was Dad den Tischdeckentrick nennt.

»Und, Clover?«

Jetzt kommt's. Jetzt wo gerade alles schön ist, wird sie die Tischdecke mit einem Ruck darunter rausziehen.

»Sag deinem Dad, er soll sich ENDLICH MAL UM EUREN GARTEN KÜMMERN. Das VERSPRICHT er mir schon seit dem SANKTNIMMERLEINSTAG.«

Clover sitzt hinten im Garten auf einem Stapel leerer Milchkästen, das Lateinbüchlein und die Gummibärchen auf dem Schoß. Die Malbücher hat sie auf den Papierstapel in der Küche gelegt, der zum Altpapier muss. Sie verlagert ihr Gewicht auf den Milchkästen ein wenig, weil das Zickzackmuster ihr in den Hintern drückt – Colin hat die Dinger irgendwo ausgeliehen, als er sich als Milchmann versucht hat. Irgendwann wird Dad sie mit Plastikfolie auskleiden und als Pflanzkübel benutzen.

Mrs. Mackerel hat recht, der Garten könnte mal aufgeräumt werden. Der Schuppen platzt aus allen Nähten vor lauter Werkzeug, Eimern und Spaten, Stangen für den Schrebergarten, kaputten Luftmatratzen, sechs gestapelten Plastikstühlen mit passendem Tisch, Gläsern voll Schrauben und Nägeln, halbleerer Samentütchen, zwei Schlitten und einer Schneiderpuppe, von der Dad dachte, dass Clover sie gern in ihrem Zimmer hätte – wollte sie aber nicht. Das Ding machte ihr Angst, weshalb es jetzt hier draußen steht. Anderer Kram lehnt außen an den Schuppenwänden oder wartet auf der Wiese darauf, irgendwohin geräumt zu werden. Alle Fahrräder, die sie je besessen hat, reihen sich dort auf, wie eine Skulptur ihres Wachstums bis heute, aus Metall und Gummi. Ein Bootsmotor, den Dad auf eBay ersteigert hat, liegt daneben auf dem Rasen gestrandet. Wenigstens hält Dad das Gras recht kurz; *darüber* kann Mrs. Mackerel sich nicht beklagen. Wenn es Zeit zum Mähen ist, muss Clover alles hochheben – die Plastikrutsche, auf der sie als Kind gespielt hat, das Planschbecken mit dem schleimigen Boden, die Bälle und Wasserpistolen – während er ihr mit dem Mäher folgt. Er mäht dabei nicht sauber Streifen für Streifen, sondern vorwärts und rückwärts in einer Art Staubsaugermuster.

Eine Autoalarmanlage heult auf, und alle Hunde in der Nachbarschaft antworten. Clover klappt das Lateinheft auf und lässt den Blick über die Wörter schweifen: *collector, curator, idea, museum* – sie erkennt viele davon wieder. Die Sprüche sind schwieriger. *Acta non verba* – Taten statt Worte.

Das gefällt ihr. Es erinnert sie an ihr wartendes Notizbuch, oben.

Klopf, klopf.

Die Augen gegen die Sonne abschirmend blickt sie über den Rand des Gartenzauns hinweg zum quadratischen Fenster von Mrs. Mackerels zweitem Schlafzimmer hinauf. Dort steht Mrs. Mackerel, in den Netzvorhang gewickelt, und klopft mit dem Zeigefinger gegen die Scheibe. Immer und immer wieder zeigt sie ... auf die Tüte mit den Gummibärchen. Ihre Lippen bewegen sich. NICHT ALLE AUF EINMAL, wird sie sagen. Und möglicherweise, DU WILLST JA NICHT WIE DEINE MUTTER ENDEN. Clover legt die Tüte neben sich auf die Kiste und winkt.

Mrs. Mackerel kannte ihre Mutter. So wird sie von allen genannt – *deine Mutter*. Es ist nicht so nett wie Mum, Ma oder Mama, aber es gefällt ihr, weil es besonders klingt und ein bisschen vornehm. Außerdem ist sie es inzwischen gewöhnt, sie könnte sie nicht anders nennen, selbst wenn sie es wollte. Mit Mrs. Mackerel ist es genauso: Als die schließlich meinte: »Nenn mich doch Edna«, war Clover ungefähr acht, und da war es viel zu spät. Am liebsten würde sie Mrs. Mackerel in einen Entsafter stecken und die Geschichte ihrer Mutter auf einmal aus ihr herauspressen, aber Mrs. Mackerel dosiert ihre Kommentare, und manchmal sagt sie absichtlich etwas Gemeines.

»Ein paar Pfund weniger hätten ihr gutgetan, *Gott hab sie selig*.«

»Sie war keine richtige Mutter, *der liebe Gott möge es mir verzeihen.*«

Mrs. Mackerel erwähnt immer den lieben Gott, nachdem sie gemein war. Manchmal ist sie kein besonders netter Mensch – *so wahr ihr Gott helfe*! Dad sagt, sie hatte es schwer im Leben, deshalb müsste man nachsichtig sein. Wenn sie besonders gemein ist, nennt er sie »Die Fiese Edna«. Das war eine besonders böse Hexe in einem Zeichentrickfilm, den er als kleiner Junge immer angeschaut hat, und manchmal, wenn sie so richtig loslegt, murmelt er unflätige Dinge vor sich hin, ganz leise. Auch Dad hatte es schwer im Leben. Aber er ist nicht gemein.

Clover war eine Überraschung. Daraus hat Dad nie einen Hehl gemacht. Als sie noch klein war, erzählte er die Geschichte, indem er pantomimisch ein überraschtes Gesicht aufsetzte. »Eines Tages hatte deine Mutter Bauchschmerzen und dann, plötzlich, warst du da! Sie musste mit dem Krankenwagen ins Krankenhaus. Als ich bei der Arbeit Pause hatte, kam jemand zu mir in die Lord Street und meinte, ich soll schnell ins Krankenhaus fahren. Also bin ich in den 44er-Bus gesprungen, und als ich dort ankam, konnte ich es kaum glauben. Was für eine Überraschung!«

Sie hatte sich immer vorgestellt, dass sie eine gute Überraschung war, so wie bei einer Party, wenn alle aus ihrem Versteck springen und »Happy Birthday!« rufen. Aber so wie Mrs. Mackerel die Geschichte ihrer Geburt erzählte, fragte sie sich, ob sie nicht in Wirklichkeit die Art von Überraschung gewesen war, die jemand erlebt, der nach der Party nach Hause kommt und feststellt, dass dort eingebrochen wurde.

»Ich schätze mal, du weißt inzwischen, WO DIE KLEINEN KINDER HERKOMMEN?«, hatte Mrs. Mackerel eines Nachmittags letzten Sommer angefangen.

Das tat Clover – und um genau zu sein: Sie weiß eine Menge *eklige* Dinge darüber, noch mehr als vergangenen Sommer. Sie rutscht ein wenig auf der Milchkiste herum. Die Unterhose kneift ihr in den Po, weil sie ein bisschen zu klein ist. Seit Dad sie aufgeklärt hat, sind sie beide zunehmend befangen, wenn es um Dinge wie Geknutsche im Fernsehen oder romantische Songs geht, und seither schiebt sie es vor sich her zu sagen: *Ich brauch neue*. Diese neue Befangenheit wurde noch schlimmer, als Dad letzten Herbst verkündete, er halte es für eine gute Idee, zu Marks & Spencer zu gehen, um neue Unterwäsche zu kaufen. Sie wusste, dass er vermutlich von BHs sprach, weil sie normalerweise Slips und Unterhemden in Fünfer- oder Siebenerpacks im Supermarkt mitnahmen. Sie warfen sie einfach zu den Fischstäbchen und anderen Sachen in den Einkaufswagen. Clover fragte sich, woher er wusste, dass es bei Marks & Spencer diese Größenberatung gab. Ein paar Mädchen in der Schule machten Witze darüber und behaupteten, die Damen, die dort arbeiteten, hätten sich freiwillig für den Job gemeldet, um andere anfassen zu können. Wahrscheinlich hatte Kelly ihm den Tipp gegeben, dachte sie. Kelly wird zu ihm gesagt haben: »Clover bekommt einen Busen«, oder so etwas in der Art. Clover konnte sich nicht entscheiden, ob es blöder war, wenn der eigene Vater oder eine Freundin der Familie zuerst bemerkte, dass man einen Busen bekam. »Hättest du gern, dass Kelly mitkommt?«, fragte Dad. Clover wollte Kelly *auf keinen Fall* bei einem Busen-Mess-Ausflug mit dabei haben. Kelly würde daraus einen besonderen Anlass machen wollen. Hinterher würde es einen vertraulichen Plausch geben: *Und, wie fühlt es sich an, den ersten BH zu besitzen?* Also ging sie mit Dad. Er begleitete sie durch den Wald aus Unterwäsche bis zur Umkleidekabine, wo er einer der Verkäuferinnen etwas von Größe messen zumurmelte. Die Dame war freundlich und forsch. »Du brauchst mindestens drei«, sagte sie und half Clover beim Aussuchen. Dad zog sich an den Rand der Dessousabteilung zurück, ins Niemandsland zwischen Damenunterwäsche und Herrenbekleidung. Von dort aus behielt er sie im Auge und stieß an der Kasse wieder zu ihnen, sobald das Anprobieren und Aussuchen vorbei war. Hinterher gingen sie zum ersten Mal in das Café dort. Es war voller alter Leute. Dad bestellte heiße Schokolade und Butterkekse. Clover hielt die Tüte mit den BHs auf dem Schoß umklammert, aus Angst, sie könnten bei der erstbesten Gelegenheit rausrutschen und sich aller Welt zeigen. Dad räusperte sich und meinte, sie würde so schnell erwachsen werden. Dann redeten sie darüber, dass sie noch vor dem Winter den Müll im Schrebergarten verbrennen mussten, und über Mrs. Mackerel, die vor Kurzem verkündet hatte, sie wäre ein WASCHECHTER LEIB-UND-NIEREN TORY. »Wer hätte das gedacht«, sagte Dad, woraufhin sie beide kichern mussten. Es war eine Art Feier, aber ohne großes Tamtam. Später hielt er eine offensichtlich einstudierte Rede und überreichte ihr eine Packung Damenbinden, für alle Fälle. »Das muss einem nicht peinlich sein«, verkündete er, während sein Gesicht und Hals rot anliefen. »Die hab ich beim Lidl gekauft. Am helllichten Tag. Und es hat mir überhaupt nichts ausgemacht.«

Clover war um die Mittagszeit zur Welt gekommen. In der Küche. Weil so ein Krach war, hatte Mrs. Mackerel gegen die Wand geklopft, und als der Lärm nicht aufhörte, ging sie rüber, um nachzusehen, was los war. Da ihr niemand die Tür aufmachte, lief sie ums Haus herum und durch die Hintertür hinein. Dort kniete Clovers Mutter auf allen vieren am Boden wie ein Tier. Mrs. Mackerel wusste sofort, was los war. Sie hat selbst vier Kinder bekommen, lauter Jungs, was heißen soll, dass sie sich die Mühe gar nicht erst hätte zu machen brauchen, denn Jungs sind zu überhaupt nichts nutze.

Clover hat schon gesehen, wie Babys zur Welt kommen. Nicht in echt natürlich, aber in diesem wissenschaftlichen Video, das alle zu Beginn vom siebten Schuljahr anschauten, und in *One Born Every Minute*. Es ist ziemlich beängstigend. Am schlimmsten wird es ganz am Ende, wenn die Mütter so muhende Laute von sich geben. Manchmal sieht es so aus, als würde irgendwas schiefgehen, aber das stimmt nicht – oder vielleicht zeigen sie diese Teile nicht – und hinterher weinen die Menschen (vor Glück) und sagen Sachen wie »Ein kleines Wunder« und »Was für winzige Finger«. Die Väter reden davon, wie unglaublich es war, dabei gewesen zu sein, und wenn sie Familie und Freunde anrufen, zittert ihre Stimme. Viele Babys scheinen nachts auf die Welt zu kommen, was vielleicht die beste Zeit ist, weil da alles ruhig ist und es nicht mehr lange bis zum nächsten Morgen dauert, an dem man dann mit einem nagelneuen Baby neben sich aufwacht. Was für ein wunderbarer Anfang.

Jedes Mal, wenn Clover Mrs. Mackerel letzten Sommer bat, die Geschichte zu wiederholen, fügte diese etwas hinzu.

Wenn Clover dann bei irgendeinem der neuen Details nachhakte, tat Mrs. Mackerel so, als hätte sie die Geschichte schon immer so erzählt. Also hielt Clover den Mund und hörte zu.

»Es ist überhaupt NICHT NÖTIG, SO EIN GESCHREI ZU MACHEN«, sagte Mrs. Mackerel. »Ich hab zu deiner Mutter – *Gott hab sie selig* – gesagt, sie soll DEN MUND HALTEN und DIE BEINE BREIT MACHEN.«

Ihre Mutter war das, was Dad *knuddelig* nennt. Mrs. Mackerel sagt, sie hatte *schwere Knochen*, eine Frau, *die gern gegessen hat.* Clover hat Fotos gesehen. Im Wohnzimmer auf dem Kaminsims steht eines, das Dad am Strand aufgenommen hat. Ihre Mutter schaut nicht in die Kamera, und der Wind bläst ihre Haare in alle Richtungen, was bedeutet, dass man ihr Gesicht kaum erkennen kann. In ihrem Zimmer gibt es noch eines, aus Schulzeiten, als ihre Mutter vor allem aus Gebiss und Nase zu bestehen schien, bevor sie richtig in ihr Gesicht reingewachsen war. Außerdem gibt es zwei Fotos von Clover und ihrer Mutter zusammen in einem kleinen Plastikalbum in der Küchenschublade. Was sie wirklich gern hätte, ist ein Foto von ihrer Mutter mit Dad, wie das von Mr. und Mrs. Mackerel auf Mrs. Mackerels Kamin. Natürlich wäre es nicht von einer Hochzeit, denn Dad und ihre Mutter haben nie geheiratet, aber eines von ihnen beiden zu haben, auf dem sie schick angezogen waren, wäre toll. Auf den Fotos, die sie hat, sieht ihre Mutter aus wie jemand, den man gut umarmen konnte. Weich und rund, nicht riesig – nicht wie die Leute im Fernsehen, die gar nicht mehr aufstehen können. Aber vielleicht gerade rund genug, um nicht zu merken, wie Clover sich einnistete, mit sich teilenden und vermehrenden Zellen, es sich gemütlich machte, im sicheren Wissen, willkommen zu sein.

Zu dem Zeitpunkt, als Mrs. Mackerel in die Küche gestürmt kam, hatte ihre Mutter vermutlich bereits begriffen, dass sie ein Baby bekam. Doch manchmal macht Clover sich Sorgen, dass es doch nicht so war, und es ihr erst klar wurde, als sie »HALT DEN MUND und MACH DIE BEINE BREIT« hörte.

Das ist kein schöner Anfang.

»Da lag ordentlich ZUNDER in der LUFT, aber du BIST GANZ ROSIG RAUSGEKOMMEN«, sagte Mrs. Mackerel. »Und das ist das WICHTIGSTE.«

Damit meinte Mrs. Mackerel, dass ihre Mutter viel geflucht hat. Clover wünscht sich, sie hätte genauer nachgefragt. Es wäre schön, die bevorzugten Schimpfwörter ihrer Mutter zu kennen. Ob sie die üblichen benutzte oder kreativ wurde, so wie Onkel Jim, der Sachen wie »Ach du dicke Vogelfresse« oder »Was für ein Mief-Keks« sagt.

»Ich hab dich *AUFGEFANGEN*, Clover Quinn. Was für ein FANG! Ich hab die Nabelschnur mit der KÜCHENSCHERE durchgeschnitten und dich in ein GESCHIRRTUCH gewickelt. Wahrscheinlich hätte ich dich DIREKT DEINER MUTTER GEBEN SOLLEN, wäre vielleicht GUT GEWESEN für DIE BINDUNG, aber DAMALS hab ich daran nicht gedacht.«

Stattdessen trug Mrs. Mackerel sie hinaus in den Flur und rief den Krankenwagen, während ihre Mutter auf allen vieren mit zur Taille hochgeschobenem Rock in der Küche hockte. Der Krankenwagen fuhr mit Blaulicht bis ganz ans Ende der Wohnsiedlung. Alle kamen raus, um zu schauen, was los war.

»Ich wollte dich RAUSTRAGEN«, sagte Mrs. Mackerel, und es klang so, als hätte sie Clover gern hoch erhoben allen Nachbarn gezeigt wie im *König der Löwen*. »Aber einer der SANITÄTER hat dich genommen, während der andere deine Mutter IN EINEN ROLLSTUHL PACKTE. Dabei war mit ihr alles in Ordnung. REINE STURHEIT. Sie hätte laufen können, wenn sie gewollt hätte.«

Einer der Nachbarn hatte blöd geparkt, sodass der Krankenwagen rückwärts aus der Siedlung rausfahren musste. »Rückwärts und bergab«, murmelte Mrs. Mackerel, wenn sie diesen Teil der Geschichte erreichte. »Wie alles, was dann passiert ist.«

Seit Clover Mrs. Mackerels Bericht kennt, will sie eine ausführlichere Version der Geschichte aus Dads Sicht hören. Seine ist kurz, auswendig gelernt und immer dieselbe. Er klingt irgendwie zurückhaltend. Clover vermutet, dass sie mit Mrs. Mackerels Darstellung besser klarkommen würde, wenn sie das Ganze in Dads Worten hört. Bisher hat sie es aber nicht geschafft zu fragen. Manchmal ist die Frage da in ihrem Mund, alle Wörter in der richtigen Reihenfolge bereit: »Du kennst doch die Geschichte von meiner Geburt?« Ein oder zwei Mal ist ihr das »Du ...« rausgerutscht wie ein Stück Spaghetti, und Dad hat gefragt: »Was denn?« Aber jedes Mal hat sie dann einen Rückzieher gemacht: »Ach, nichts.« Sie will ihn nicht traurig machen, oder schlimmer noch, ihn dazu bringen, dass er mit den Schultern zuckt und sagt: »Was passiert ist, ist passiert, Clover. Verschwende keine Zeit damit, darüber nachzudenken.« Aber sie tut es, sie denkt viel darüber nach.

Ausstellung: »Becky Brookfield – die unerzählte Geschichte«

Anhand ihrer Besitztümer wird diese fesselnde Ausstellung einzigartige Einblicke in die Person Becky Brookfield geben (unten noch einige einzigartige Einblicke hinzufügen)

ERKUNDE ein Zimmer, in dem sie geschlafen hat!

BERÜHRE einige ihrer persönlichen Gegenstände!

Weitere Highlights sind:
(ein paar weitere Highlights ausdenken)

Ort: Erster Stock. Diese Ausstellung wird im mittleren Schlafzimmer zu sehen sein, das sich neben dem ihrer Tochter Clover Quinn befindet, gegenüber vom Badezimmer. Siehe Lageplan (Lageplan zeichnen)

Eintritt: kostenlos

Öffnungszeiten: täglich 10–17 Uhr ab Anfang September

Weitere Angebote:
Café im Erdgeschoss, Tee und diverse Kekse
Kostenloses WiFi
Toilette
Parkplätze

Kapitel 4

Wenn Jim so drauf ist, dann hilft es, ihn zu besuchen. Darren hätte letzte Woche schon hingehen sollen, hätte am selben Tag noch nach ihm schauen sollen, als er ihn aus dem Bus geworfen hat. Statt Dad zu besuchen. Aber auch wenn es Jim hilft, es ist echt anstrengend, und er muss sich dazu überwinden. Er wird ein Weilchen bleiben, lange genug, um sich ein bisschen mit ihm zu unterhalten und sicherzugehen, dass was zu essen da ist, mehr nicht. Von der Bushaltestelle an der Lord Street sind es zu Fuß nur fünf Minuten. Darren spaziert am Kriegerdenkmal und dem Bahnhof vorbei, froh, nach einem weiteren klebrigen Tag hinterm Lenkrad an der frischen Luft und in Bewegung zu sein.

Jim bewohnt ein Zimmer in einem großen alten Haus neben dem Asda-Supermarkt. Eine *Einzimmerwohnung* nennt er es gern. Das Haus war vermutlich irgendwann mal schön, bevor der Garten davor zubetoniert wurde, damit klapprige Autos und große Müllcontainer Platz haben. Die Erkerfenster verleihen dem Gebäude Charakter, aber die uneinheitlichen Vorhänge dahinter signalisieren Verfall: Ein paar Fenster sind mit schmuddeligen Netzvorhängen verhüllt, andere haben Rollläden oder Jalousien, und in einem Fall wurde eine kaputte Scheibe durch eine Sperrholzplatte und einige Streifen Karton ersetzt, die mit braunem Klebeband zusammengehalten werden. Auf der bröckeligen Backsteinmauer davor hocken rittlings ein paar junge Kerle zwischen den mehr als reichlich vorhandenen *ZU VERMIETEN*-Schildern, mager und müde, mit nacktem Oberkörper, und rauchen in den letzten Sonnenstrahlen des Tages ihre Zigaretten. Junge Polen, denkt Darren. Jim sagt, sie wohnen oben, zusammengepfercht wie Sardinen. Sie werden frühmorgens in Minibussen abgeholt und zur Arbeit in den Fleisch- und Obstverpackungsfabriken außerhalb der Stadt gebracht. Er nickt ihnen zu, als er die Einfahrt hinaufgeht.

Die Haustür ist offen: Jemand hat sie angelehnt gelassen. Drinnen geht Darren den gefliesten Gang bis zu Jims Tür hinunter, die ebenfalls offen steht. Er streckt den Kopf hinein und macht sich bemerkbar, indem er auf die dicke Schicht der einstmals weißen Farbe klopft. Jim liegt auf dem Sofa. Eine Ausziehcouch, sodass man das Bettzeug tagsüber verstecken kann, wobei er sich die Mühe mit dem Bett nie macht. Lieber rollt er sich direkt auf den Sofapolstern zusammen. Er ist barfuß und trägt gestreifte Boxershorts und ein fleckiges T-Shirt, vielleicht dasselbe wie neulich. Auf sein Winken hin tritt Darren ein, wobei er nachdrücklich die Tür hinter sich schließt.

Das Zimmer ist eine Müllhalde. Es stinkt wie ein Aschenbecher, und der Boden ist übersät von leeren Dosen und Puzzleteilen. Zuerst versucht Darren, nicht auf die Pappstücke zu treten, doch es ist hoffnungslos. Jims zusammengeknüllte Bettdecke nimmt die freie Hälfte des Sofas ein, und da Jim keine Anstalten macht, sie wegzuräumen, setzt Darren sich einfach drauf. Dabei kann er nicht umhin, die Zigarettenbrandlöcher im Bezug zu bemerken, während er mit der Schuhspitze die Deckel von zwei Puzzleschachteln beiseiteschiebt: ein Tausend-Teile-Puzzle *Wo Ist Wally?* und eine *Mona Lisa* mit zweitausend Teilen. Es gab einmal eine Zeit, da hätte er versucht, Jims verstreute Puzzle einzusammeln und zu ordnen, vorübergehend getröstet durch den Gedanken, dass er wenigstens *irgendetwas* wieder in Ordnung brachte.

Im Fernsehen läuft eine Nachrichtensendung. Zwei Typen im Anzug diskutieren über Ebola, während unten ein Textband durchläuft: Luftangriff auf Kämpfer gegen den Islamischen Staat, mögliche Verhandlungen zwischen Israel und der Palästinensischen Autonomiebehörde, die Bewohner Hawaiis bereiten sich auf einen Wirbelsturm vor – jeder, der sich das den ganzen Tag reinzog, würde sich elend fühlen.

Jim drückt mit einem geschwollenen Finger auf der Fernbedienung herum. »Ich würd's ja ausmachen, aber das verdammte Teil funktioniert nicht«, sagt er, als würde das Gerät mit Absicht nicht reagieren, um ihn zu ärgern.

»Wahrscheinlich bloß die Batterien. Ich hab jede Menge zu Hause. Nächstes Mal bring ich welche mit.«

»Es. Tut. Einfach. Nichts. Grrrr.«

Darren sieht zu, wie Jim mit gesenktem Kopf weiter die Tasten malträtiert. Jims Haare sind wie die von Becky, nur gelber. Vielleicht hat der Zigarettenrauch sie gefärbt, zusammen mit seinen Zähnen und Fingern. Die Haut an seinen Ellbogen ist schuppig und weiß, an manchen Stellen so dick verschorft, dass es aussieht, als könnte man sie mit einer Löffelspitze abheben, wie den Deckel einer Pastete. Darren beugt sich rüber und rettet die Fernbedienung.

Er erzählt vom Schrebergarten und seinem letzten Job mit Colin, einer Entrümpelung in der Lancaster Road. Im Versuch, Jim aufzumuntern, macht er Witze über sich selbst und übertreibt sein und Colins Ungeschick.

Jim greift nach einer fast leeren Bierdose auf dem Boden und legt den Kopf in den Nacken, um die letzten Schlucke zu trinken.

»Deine Tabletten gegen die Schuppenflechte und das da – du weißt, dass sich das nicht verträgt, oder?«

Jim verschränkt die Arme und starrt am Fernseher vorbei auf die nackte Wand dahinter.

»Ich hab dich gesehen, da und dort. Sammelst Gehmeilen. Was ist los?«

Verschwendete Mühe, denn Jim hört sowieso nie zu – er wartet nur, bis er dran ist mit Reden. Aber es hilft, ganz ruhig auf das Offensichtliche hinzuweisen. So hat Becky es auch immer gemacht.

»Fühlst du dich gestresst? Es sieht aus, als hättest du gekratzt – deine Ellbogen sind total kaputt. Sollen wir eine Mülltüte holen und einen Teil von dem Zeug hier entsorgen?«

Darren stellt diese Fragen mit fröhlicher Singsang-Stimme, die er vermutlich hätte benutzen sollen, als Clover noch ein Baby war. Als er das eine Mal zu einer Mutter-Kind-Gruppe ging – »Mutter und Vater«, fügte jemand bei seiner Ankunft hastig hinzu –, hat es ihn verblüfft, wie alle mit ihren Babys sprachen. Fast so, als würden sie singen. Er dachte, so eine Gruppe zu besuchen könnte helfen, aber das tat es nicht. Es gab ihm nur das Gefühl, alles falsch zu machen. Er ging zwar nie wieder hin, aber hinterher sang er ab und zu für sie, zum Schlafengehen, nur für den Fall, dass es wichtig war. Ohne Begleitung, denn das war bevor Colin ihm die Ukulele schenkte. Vor allem Hits aus den Neunzigern. Irgendwann hatte er ein Repertoire zusammen: »Rhythm is a Dancer«, »Roll with it« und »Three Lions«. Clover schien es zu gefallen.

»Du willst doch nicht, dass Clover dich so sieht, oder?«, fragt er kopfschüttelnd, womit er im Grunde seine eigene Frage beantwortet.

Jim hört endlich auf, die Wand anzustarren. »Bist du fertig damit, mir den Arsch abzukauen?«

»Ja, ich denke schon.«

»Frage an dich.«

»Schieß los.«

»Wann hast du Clover das letzte Mal auf den Arm genommen und getragen?«

Es überrascht Darren, dass er sich nicht genau erinnern kann, und er wappnet sich innerlich, denn manchmal sagt Jim Dinge – da fühlt er sich hinterher ganz elend. Jim geht ihm nicht bloß unter die Haut; er gräbt einen Tunnel und fährt mit dem Bus hindurch.

»Das heißt also, eines Tages hast du Clover rumgetragen, richtig? Und sie dann auf den Boden gesetzt, ja? Und dann hast du sie *nie wieder* auf den Arm genommen. Nie mehr. Und du hast ihr nicht gesagt, dass das das letzte Mal sein würde, dass du sie trägst, oder? Du hast es ihr nicht erklärt. Du hast einfach damit aufgehört.«

»Womit?«

»Ich will damit sagen, es gab mal eine Zeit, ein *allerletztes Mal*, dass du sie getragen hast, und du erinnerst dich nicht mal daran.«

»Ist das dein Ernst?«

»Ist doch wahr, oder?«

»Nein, nicht so, wie du das sagst. Bei dir klingt das –«

»Wahr ist wahr.«

Das ist nun alles andere als hilfreich. In die Art, wie Clover und er zusammengehören, hat sich eine neue Distanz geschlichen. Zu Hause hat er angefangen, einen kleinen Bogen um sie zu machen, seine Hände zögern links und rechts von ihren knochigen Schultern und hängen in der Luft wie Klammern. Wenn sie draußen sind, ist genug Platz, um die alte Körperlichkeit wiederaufzunehmen: sich bei ihr unterzuhaken oder ihr den Arm um die Taille zu legen. Draußen hat sie genug Raum, sich an ihn zu lehnen oder wegzuwirbeln, ihn ebenfalls zu umarmen oder ihm mit einem spielerischen Schubs auszuweichen – es bleibt ihr überlassen. So viele Aspekte der Nähe sind vorbei: das Tragen und Kitzeln, Huckepack und Räuberleiter. Auch Colin hat damit aufgehört. Sie haben sich nicht abgesprochen, es schien einfach nur an der Zeit zu sein. Jims Verhältnis zu Clover ist anders. Es ist durchsetzt von Zwinkern und Grimassenschneiden. Es hat keinen Sinn, es ihm erklären zu wollen, hat keinen Sinn, überhaupt mit ihm zu reden, wenn er so drauf ist. Dann geht es nur darum, ihn nicht aus einem Impuls heraus anzuschreien, sondern ein paar Tage später zur nächsten Runde wiederzukommen.

»Es ist egal, *wie* man etwas sagt, solange es die Wahrheit ist«, fährt Jim fort. »Aber die Wahrheit wird man sowieso nicht kennen. Selbst wenn sie einen in den Hintern beißt.«

»Dieses Gelaber kannst du dir sparen.« Darren steht auf und reibt die Hände in eifriger Ich-wollte-sowieso-gerade-gehen-Manier. »Okay, brauchst du irgendwas?« Er macht einen großen Schritt über die leeren Dosen hinweg in die Küchenecke, wo er den Kühlschrank inspiziert. Er ist voll mit billigem Bier, aber dazwischen befinden sich auch ein Päckchen Schinken, ein Milchkarton, ein Sixpack Cola und eine Schachtel Eier. Im Schrank nebendran lagern eine halbleere Chipspackung und zwei Dosen Baked Beans. »Nein? Dann starte ich mal«, sagt er. »Nächstes Mal bring ich Batterien mit.«

Als Darren die Tür aufmacht, um zu gehen, murmelt Jim: »Ich hab Zahnschmerzen.«

»Na, dann nimm eine Schmerztablette und ruf beim Zahnarzt an.«

Direkt vor Jims Haus gibt es eine Bushaltestelle, aber die zwanzig Minuten Fußmarsch nach Hause geben Darren Gelegenheit zu entscheiden, ob Jim bereits ein Stadium erreicht hat, an dem man eingreifen muss, oder nicht. Es ist schwierig – manchmal hat Jim Kontakt zu einem Sozialarbeiter und manchmal nicht; manchmal nimmt er Medikamente und manchmal nicht; manchmal gibt es Gesprächstermine und einen Pflegeplan, manchmal nicht; manchmal geht Darren zu den Terminen – nur damit denen klar ist, dass jemand ein Auge darauf hat – und manchmal nicht. Seine Nettigkeit tritt schubweise auf, und er ermüdet schnell. Und er hat festgestellt, dass Müdigkeit noch nicht alles ist: Es gibt Momente, in denen seine Resignation nachlässt und er in einen Strudel der Wut taumelt. Er ist nicht so lieb wie Becky. Nicht so geduldig oder freundlich, nicht so verständnisvoll.

Darren beschleunigt seine Schritte, als es die Brücke über die Eisenbahn hinaufgeht. Er hat angefangen zu genießen, dass jemand zu Hause ist, wenn er heimkommt. Vor Jahren ist er manchmal nach der Arbeit heimlich zuerst im Haus vorbei, bevor er Clover bei Edna oder Dad abholte, auf der Suche nach Echos seines alten Lebens. Vorsichtig schob er die Haustür auf, als könnte er das Haus, wenn er es nicht erschreckte, beim Schwelgen in Erinnerungen überraschen. Doch er hörte nie den Sender Dune FM aus dem Radio, roch nie Essen auf dem Herd oder sah die Post auf dem Sideboard säuberlich in Stapel aus Katalogen, Urlaubsbroschüren und den Umfragen sortiert liegen, an denen Becky teilnahm, weil man da hundert Pfund gewinnen konnte.

Oben auf der Brücke bleibt er stehen. Lehnt sich einen Moment lang an die warme Mauer und betrachtet die reifenden Brombeeren, die entlang der Bahngleise wachsen. Er ist noch nicht ganz ausgesöhnt mit der Art und Weise, wie die Gegenwart die Erinnerungen verschiebt und neu ordnet, sodass alles, was vorher war – sogar das Gute –, zu diesem sonnigen Augustabend führt, zu ihm auf dem Heimweg, dem Weg zu Clover, die allein zu Haus ist.

Clover hat es sich bereits vor ihrer Backsendung gemütlich gemacht, als er ankommt. Vom Fernsehsessel aus sieht sie zu ihm hoch, die Haut gebräunt und sommersprossig. Als sie klein war, sagten die Leute immer, sie sähe aus wie Becky, doch die Ähnlichkeit hat mit den Jahren nachgelassen – Grund zu Traurigkeit und Erleichterung gleichermaßen. Ihr Haar ist normalerweise nicht ganz so hell, wie das ihrer Mutter gewesen ist, aber nun hat die Sonne Clovers wilde Pracht ausgebleicht. Was für Haare! Korkenzieherlockig und glänzend, wie das Geschenkband, das die Leute mit der Schere kräuseln. Die Art von Haaren, die jeder anfassen möchte. Er erinnert sich, wie er früher Super Noodles gekauft hat, weil sie dieselbe Form wie ihre Haare hatten. Er mischte sie dann mit einem Päckchen Tomatenschlabber und was auch immer an der Mitnahmetheke gerade am billigsten war – Salami, Peperoni oder Schinken, als man im Supermarkt noch bloß zwei oder drei Scheiben verlangen konnte. Dann krönte er den gekringelten Haufen mit geriebenem Käse. Pizza-Pasta nannte er das. Das letzte Mal ist schon eine Weile her, muss er mal wieder machen, es würde ihr gefallen.

»Hast du heute an die Sonnencreme gedacht?«

»Natürlich.«

Sein Blick wandert zur Narbe an ihrem Knie. Die Haut hat sich wieder sauber verschlossen und wird in der Sonne braun. Mädchen in ihrem Alter sollten sich ihre fast unsichtbare Körperbehaarung nicht wegrasieren – das ist viel zu gefährlich. Den Schreck, ihren Schmerzenslaut zu hören und sie dann im Bad vorzufinden, blutend, den Rasierer in der Hand, wird er nicht so schnell vergessen.

»Hast du gegossen?«

Sie nickt.

»Was zu Abend gegessen?«

»Jep. Bohnen auf Toast.«

»Prima. Ich mach mir auch gleich einen Toast – ach, übrigens, ich hab ein paar Malbücher beim Altpapier gefunden. Die solltest du vielleicht behalten. Vielleicht kannst du sie eines Tages noch brauchen.«

»Die sind *echt uralt*. Von Mrs. Mackerel. Lagen schon seit Jahrhunderten in ihrer Kirche im Schrank.«

»Ich hab sie für dich beiseitegelegt, nur für den Fall.«

»Okay. Wie geht's Onkel Jim?«

»Ach, du weißt schon.«

»Er ist nicht er selbst?«

»Genau.«

»Kelly hat angerufen.«

»Ach ja?«

»Ich soll dir ausrichten, dass sie morgen Abend für sich und die Jungs und ein paar ihrer Freunde eine Bahn bei Premier Bowl reserviert hat. Aber die Freunde haben abgesagt. Sie will wissen, ob wir stattdessen mitkommen.«

»Hm.« Er tut so, als würde er überlegen. »Was meinst du? Lust auf eine Runde Bowling?« Er rollt pantomimisch eine Bowlingkugel. »Treffer! Könnte lustig werden …«

»Na gut.«

»Aber?«

»Kelly ist manchmal ein bisschen …«

»Überschwänglich?«

»Es macht mir ja nichts aus, wenn sie beim Schneiden an meinen Haaren rummacht.«

»Sie will nur nett sein.«

»Aber ich will nicht zur Maniküre.«

»In Ordnung.«

»Oder zur Kosmetikerin.«

»Okay.«

»Und ich will auch keinen Katniss-Zopf.«

»Ich sag's ihr.«

»Nein, das wirst du nicht.«

Kelly kann normalerweise gut mit Leuten reden, schließlich tut sie das den ganzen Tag – *Haben Sie was Schönes für die Ferien geplant? Sollen wir mal eine neue Farbe ausprobieren?* Und sie hat selbst Kinder. Aber ihre Jungs sind jünger als Clover und irgendwie locker, unverkrampft. Sie haben Darren schon immer gemocht. Vielleicht mögen sie jeden.

»Sie ist Mädchen einfach nicht gewöhnt. Das ist alles. Was soll ich denn tun? Soll ich mich hinstellen und schreien: ›NIMM DIE PFOTEN VON MEINER TOCHTER!‹?«, fragt er und macht den Australier in ihrem gemeinsamen Lieblingsvideo auf YouTube nach, der die Polizisten, die versuchen ihn festzunehmen, anbrüllt: »NEHMT DIE PFOTEN VON MEINEM SCHWANZ!«

Das unausgesprochene *Schwanz* hängt einen Moment lang in der Luft. Vielleicht sollte er keine solchen Witze mehr machen. Vielleicht ist das unangebracht.

»Gute Idee«, sagt sie. »Und zwar genau so, Dad. Wetten, dass du dich nicht traust?« Und dann lacht sie. Das hilft.

Nachdem er ein paar Scheiben Toast verschlungen und eine Tasse Tee runtergestürzt hat, setzt sich Darren auf die Couch und schaut den Rest der Sendung an. Der beste Teil kommt ganz zum Schluss, wenn die Bäcker was ganz Besonderes kreieren müssen. Dieses Mal handelt es sich um eine dreidimensionale Skulptur aus Keksen. Darren ist sprachlos, was die sich einfallen lassen: ein Zug, ein Seeungeheuer, sogar ein *Karussell*! Als es zu Ende ist, geht er in die Küche und kramt in den Schränken. Auf dem Weg zurück ins Wohnzimmer trägt er ein Backblech, auf das er zwei Messer, eine Schachtel Biscoff-Kekse und das Glas mit der Schokocreme gestellt hat.

»Hey«, sagt er. »Schau mal.«

Clover sieht zu, wie er das Glas aufschraubt und zwei Klekse Creme aufs Blech schmiert.

»Ich versuch mal ... Moment ... ja, genau so.« Er stellt zwei Kekse hochkant, einander zugewandt hin. Dann schmiert er die Unterseite eines dritten Kekses ein, den er auf die beiden anderen legt, wie ein Dach. »Komm schon«, meint er. »Du auch. An die Arbeit.«

Als das Blech mit Creme beschmiert und von Keksbögen geziert wird, spitzt Darren die Lippen, so runzlig wie ein Hundepopo, genau wie die Dame in der Sendung, und flötet vornehm:

»Und, Darren, was haben Sie heute für uns kreiert?«

Clover grinst.

»Ich habe Stonehenge nachgebaut. Aus einer Packung Kekse und etwas Schokocreme.« Er hebt das Dach von einem der Stonehenge-Dolmen ab und bricht es entzwei. *»Was für ein knackiges Knuspern«*, trillert er, wobei ihm die Krümel aus dem Mund fliegen, während er verkündet: *»Gut gemacht, Darren! Ein tolles Backwerk.«*

Clover lacht. Er holt sein Handy aus der Tasche und macht ein Foto von ihr, wie sie Stonehenge hält. Ein Beweis, dass sie glücklich war, um ihn ihr später zeigen zu können, falls nötig.

Sobald Clover im Bett ist, holt er sich ein Bier aus dem Kühlschrank und ruft Kelly an. Sie hat schon was getrunken – zwei Gläser Wein, sagt sie. Einer dieser Tage. Aber die Jungs schlafen, fügt sie hinzu.

Darren stellt auf Lautsprecher und legt das Handy auf die Armlehne des Sessels. Kelly spricht, wie sie Auto fährt: schnell, im letzten Moment den Gang wechselnd. Aus dem Telefon klingt ihre Stimme irgendwie schärfer, dünner, aber sonst ist es fast so, als wäre sie hier bei ihm im Zimmer, plappernd, während die Sonne an den Baumspitzen oben an der Böschung vorbeisteuert, ehe sie hinterm Geländer abtaucht.

»… die Sache ist die, Darren, wenn ich das mal so sagen darf … Du bist doch ein guter Zuhörer, oder? Du wirst nicht gleich nervös, wenn jemand mit dir spricht, das mag ich an dir, ehrlich … Aber die Sache mit dir ist … Weißt du noch, als ich frisch in die Schule kam…? Da war dieser Junge in meiner Klasse – ich kann mich nicht mal mehr an seinen Namen erinnern –, der mir ständig hinterhergelaufen ist und mich Smelly Kelly genannt hat? Meine Güte, ich war gerade mal vier – und ich war's gewöhnt, dass Colin mich aufzieht, das machen Brüder so –, aber das war anders, irgendwie gemeiner. Also wusste ich nicht, was ich machen soll, und ich weiß noch, in einer Mittagspause bist *du* dem Jungen eine Weile hinterhergelaufen und hast ihn mal spüren lassen, wie das ist. Danach hat er aufgehört. Jedenfalls, du, du lässt dir nichts gefallen, aber du machst nicht viele Worte, oder?«

»Na ja …«, sagt er.

»Erinnerst du dich da noch dran?«

»Nicht –«

»Jedenfalls«, fängt sie wieder an, und er ahnt, dass ein Gangwechsel ansteht. »Tyler hat mich heute gefragt, ob er sich seinen Toast selber machen kann, und ich habe Ja gesagt – sie müssen ja schließlich irgendwann selbstständig werden, oder? Und weißt du, was er gesagt hat? Er hat mich gefragt: ›Muss ich ihn im Hochformat oder Querformat in den Toaster stecken?‹ Ist das zu glauben? Mein Gott, hab ich mich alt gefühlt.«

Er lächelt. Einer der überraschenden Aspekte des Erwachsenseins ist, wie wenige Menschen einen dorthin begleiten und wie gut es tut, ab und zu mit jemandem zu reden, der einen schon als Kind kannte, und als Teenager, jemandem, der alle Versionen erlebt hat und einem trotzdem treu geblieben ist. Das ist wirklich was wert.

»… völlig k. o., bis ich schließlich die Jungs bei meiner Mutter abgeholt habe.«

»Hast du die beiden heute mal getragen – Tyler oder Dylan?«, fragt er.

»Du meinst, sie hochgehoben?«

»Ja.«

»Wahrscheinlich. Warte mal … ja, hab ich, aber Tyler wird allmählich zu groß dafür, er ist ein ordentlicher Brocken – warum?«

»Nur so.«

»Geht das klar mit morgen? Hat Clover dir davon erzählt?«

»Ja.«

An dieser Stelle sollte er das mit Clovers Haaren erwähnen. Kelly sagen, dass sie nicht anbieten soll, sie zu flechten wie bei dem Mädchen in *Hunger Games*. Oder sie anzufassen. Oder versuchen, Clover Gratisproben gegen krauses Haar anzudrehen. Aber er schafft es nicht.

Das mit den Haaren fing schon vor Jahren an. Bevor Kelly geheiratet und die Jungs bekommen hat, kam sie mal zum Babysitten vorbei, damit er mit Colin abends ein Bier trinken gehen konnte. Sie hatte sich zuvor schon um Clover gekümmert, aber sie noch nie ins Bett gebracht.

Als er nach Hause kam, ein bisschen angeheitert, ging er kurz nach oben, um nach Clover zu sehen. Ihr Gesicht war aufgequollen und fleckig, als wäre sie weinend eingeschlafen.

»War alles okay?«, erkundigte er sich unten.

»Ich hab sie gebadet«, sagte Kelly. »Ich wollte nur – sie hat so schöne Haare, und ich dachte, es wäre ... Du hast keinen Föhn. Außer vielleicht ... irgendwo im mittleren Zimmer oben. Es tut mir leid. Ich wollte nicht rumschnüffeln. Ich hab nur kurz den Kopf reingestreckt, aber dann hab ich gesehen ... und ich ... ich dachte, du hast das alles ausgemistet ... Kann ich dir irgendwie dabei helfen?«

Er schüttelte den Kopf, ein Mal. Nein, mit Nachdruck.

»Okay. Ich hab nur ... du bist mein Kumpel ... und ich ...« Sie hob die Hände, eine schnelle Kapitulation. »Also hab ich meine Mum angerufen, damit sie einen Föhn vorbeibringt. Ich hab einen Diffusor – die sind gut für lockige Haare. Aber als ich ihn eingeschaltet habe, ist Clover total durchgedreht. ›Heiß, heiß, heiß‹, hat sie gerufen und ist weggerannt. Zuerst dachte ich, sie macht nur Spaß. Ich hab sie auf meinem Knie sitzen lassen. Da hat sie geheult. Dann hab ich versucht, sie vorsichtig zu überreden. Ich hab ihr 'ne Belohnung angeboten, aber sie wurde total wütend auf mich. Wie trocknest du ihr die Haare? Du lässt sie doch nicht mit nassen Haaren raus auf die Straße, oder? Da wird ihr kleiner Kopf ja ganz kalt.«

»Sie geht nicht mit nassen Haaren raus. Ich bin ja nicht blöd.«

Kelly war ziemlich aufgelöst. Und er hatte ein paar Bier intus. So ist es passiert, denkt er. Sie setzte sich hin und sie unterhielten sich über den Frisörsalon, in dem sie arbeitete, seit sie ihre Lehre beendet hatte, über ihre Pläne, eines Tages ihren eigenen Laden aufzumachen. An all das erinnert er sich, aber nicht daran, wie es dazu kam, dass sie ihre Bluse aufknöpfte. Sie trug keinen BH. Ihre Brustwarzen saßen auf den knochigen Notenzeilen ihrer Rippen wie zwei Viertelnoten. Seine Arme hingen schlaff herunter, bis Kelly seine Hände nahm und sie auf feste Haut legte, marmoriert wie feuchter Putz. Er versuchte, nicht an Becky zu denken, deren nackter Körper immer cremeweiß und weich, so weich gewesen war.

Er war vorsichtig; sie waren Freunde, und er wollte nichts kaputtmachen. »Soll ich … Ist es okay, wenn ich … Da?«

»Hmm.«

»Und –«

»Hmm.«

»Willst du –?«

»Ja.«

»So okay?«

»Hmm.«

»Ist es in Ordnung, wenn ich –?«

»Darren?«

»Ja?«

»Sei still.«

»Danke«, sagte er hinterher. Und wusste, dass es falsch war, noch bevor sie das Gesicht verzog und einen Knicks machte.

»Nein, dank *dir*, Darren.«

»Es tut mir leid«, fügte er hinzu und war sich sofort bewusst, dass er auch das vermasselt hatte.

Am nächsten Morgen rief er sie an, um sich zu versichern, dass zwischen ihnen alles in Ordnung war, und war erleichtert, dass sie war wie immer: zum Plaudern aufgelegt, locker.

Als sie das nächste Mal zum Babysitten kam, küsste sie ihn, als er heimkam. Oder vielleicht küsste er sie. So oder so, es fing draußen im Flur an und endete – unter ihrer Führung – auf dem Boden im Esszimmer.

Er ging nun öfter mit Colin weg. Manchmal behauptete er dann schon früh, müde zu sein, und besorgte auf dem Heimweg noch ein paar Bier. Eines Abends – sie saß gerade auf der Arbeitsplatte in der Küche, die Beine um seine Taille geschlungen, den Kopf auf seiner Schulter – sagte sie: »Wir könnten mal was trinken gehen.«

»Ich kann Edna bitten, auf Clover aufzupassen.«

»Oder Colin.«

»Edna macht das gern – und dann kann Colin auch mitkommen.«

Sie löste Arme und Beine von ihm. Rutschte vom Tisch. Zog den Reißverschluss ihrer Jeans hoch und knöpfte die Bluse zu. »Ich will nicht mit Colin was trinken gehen. Ich will …«

Er wünschte, sie würde aufhören, bevor sie alles kaputtmachte, und das tat sie. Sie hielt kurz inne.

»Vielleicht solltest du in Zukunft tatsächlich Edna fragen«, sagte sie. »Das ist wahrscheinlich besser für alle Beteiligten.« Sie bot nie wieder an, zum Babysitten zu kommen. Und er fragte sie nicht.

Kelly redet weiter. Er lauscht eher ihrer Stimme als den einzelnen Wörtern: dem Auf und Ab, dem hellen Klang, bis sie schließlich Gute Nacht sagt und er, allein in der dunklen Stille, im Sessel eindöst.

In den frühen Morgenstunden wacht er auf, schleicht auf Zehenspitzen nach oben, pinkelt, zieht sich bis auf die Unterhose aus und kriecht ins Bett. Zu heiß. Er strampelt die Decke weg und liegt da. Ihm fällt wieder ein, wie Edna ihn vor einer Weile abgepasst hat, als er an ihrem Haus vorbeikam, und ihm dazu gratuliert hat, Clover erklärt zu haben, wo die kleinen Kinder herkommen. Es sei auch seine Aufgabe, verkündete sie, Clover beizubringen, WAS man als FRAU wissen muss. Sie sei in der Buchhandlung gewesen, der schönen, altmodischen in der Stadt, und hätte ein Buch mit genau diesem Titel entdeckt: *Was man als Frau wissen muss.*

Er dreht sich auf die Seite und schiebt den Arm unters Kissen. Vielleicht hilft es ja, dieses Buch. Bringt ihm ein paar Sachen bei. Klärt ihn darüber auf, was ihn erwartet und welche Themen er abdecken muss. Auch wenn man denkt, es läuft eigentlich ganz gut, geht einem doch immer was durch die Lappen. Er erinnert sich noch daran, wie bei Clover vor ein paar Jahren in der Schule der Schwimmunterricht anfing.

»Kannst du mir zeigen, wie man einen Handtuchhut auf dem Kopf macht?«, fragte sie.

»Einen was?«

»Einen Handtuchhut. So aufgetürmt.«

»Du meinst, einen Turban?«

»Ja, genau, so einen. Alle Mädchen machen das nach dem Schwimmen in der Umkleide.«

Es war etwas, woran er nicht gedacht hatte, und bestimmt gab es einen Haufen anderer solcher Dinge. Besser, er war vorbereitet. Es half, das Gefühl zu haben, jederzeit nachschlagen zu können, wenn nötig. Das half wirklich.

Ausstellung: »Becky Brookfield – die unerzählte Geschichte«

Katalog

Objekt: Buch

Beschreibung: *Pu der Bär und der Honigbaum* (Little Golden Book). In gutem Zustand

Objekt-Nr.: 1

Herkunft: Dieses Buch muss Becky Brookfield (meine Mutter) für Clover Quinn (mich) gekauft haben. Auf der Umschlaginnenseite steht mit blauem Kugelschreiber geschrieben: »Alles Liebe von Mummy, Kuss«.

Präsentation: Das Buch aufgeschlagen präsentieren, sodass ›Alles Liebe von Mummy‹ zu sehen ist.

Kuratorin: Clover Quinn

Konservator: Darren Quinn

Kapitel 5

Onkel Jim ist nicht er selbst. Das letzte Mal, als er nicht er selbst war, war an Weihnachten, und es gab keine freien Betten im Spezialkrankenhaus neben dem Park, deshalb musste er nach Liverpool. Er hasst es, nach Liverpool zu müssen. Das ist wie deportiert werden, findet er. Wie ins Exil gezwungen oder ausgeliefert werden. Dad sagt, es ist überhaupt nicht wie eine Auslieferung, denn man müsste in Liverpool zuerst mal ein Verbrechen begehen, um dorthin ausgeliefert werden zu können. Onkel Jim sagt, das lässt sich einrichten.

Wenn Onkel Jim er selbst ist, dann furzt er mit den Achseln, hilft ehrenamtlich im Wohlfahrtsladen aus, macht Leute nach, La-Ola-Wellen mit seinen Augenbrauen und megaschwere Puzzles. Er schläft nachts, denkt daran, zu essen, und kommt manchmal auf eine Tasse Tee oder ein Bier mit Dad vorbei. Dann schauen sie alte Filme wie *Top Gun* oder *Indiana Jones*.

Wenn er nicht er selbst ist, hört Onkel Jim auf, seine Medikamente zu nehmen, und glaubt alles, was er denkt. Er antwortet auf Anzeigen in der Zeitung, die freiwillige Helfer suchen, wie zum Beispiel Masseure für den Liverpool Marathon oder Lieferwagenfahrer für die British Heart Foundation, obwohl er weder eine Massageausbildung, noch einen Führerschein hat. Er fängt mit Leuten, die er nicht kennt, ein Gespräch an, und erzählt ihnen all das, von dem er sich wünscht, es wäre wahr. Dass er eine Zoohandlung besitzt und Profifußballer hätte werden können, wenn er sich nicht in jungen Jahren das Knie versaut hätte, zum Beispiel. Einmal beschloss er, dass es keinen Grund gibt, weshalb er nicht einen normalen Beruf ergreifen könnte. Also füllte er ein Formular aus, mit dem er erklärte, seine Umstände hätten sich geändert und er bräuchte keine Sozialhilfe mehr. Dad verbrachte einen ganzen Nachmittag am Telefon, um das wieder rückgängig zu machen. Wenn er nicht er selbst ist, fängt es in Onkel Jim innerlich an zu blubbern – so ganz komisch – und das Blubbern bringt ihn dazu, stundenlang durch die Stadt zu laufen, selbst bei schlechtem Wetter.

Letzten Dezember hat es viel geregnet, und Onkel Jim war so viel unterwegs, dass er Löcher in seine Schuhsohlen gelaufen hat. Am Abend des 23. Dezember kam er vorbei, total durcheinander. Dachte, es wäre Heiligabend. Da essen sie nämlich immer mit ihm, Grandad und Mrs. Mackerel zu Abend, mit dem Leckersten, was die Weihnachtstiefkühlabteilung vom Lidl zu bieten hat: Würstchen in Blätterteig, Mini-Pizzen, Pastetchen mit Krabbenfüllung und kleine Schoko-Eclairs. Onkel Jim war nass vom Regen und humpelte. Außerdem hatte er Angst, weil er dachte, jemand würde ihn verfolgen. Dad sorgte dafür, dass er reinkam und sich hinsetzte. Er machte ihm Käsetoast und brachte ihm das Essen auf einem Tablett ins Wohnzimmer. Sobald das Tablett auf Onkel Jims Knien lag und er nicht mehr einfach aufstehen konnte, hockte Dad sich vor ihm auf den Boden, schnürte Onkel Jims Turnschuhe auf und zog ihm die Socken aus. Seine Fußsohlen sahen aus wie Erdbeerstreuselkuchen. Dad sagte, er würde ihn in die Ambulanz bringen, sobald er mit seinem Toast fertig war, aber Onkel Jim wollte nicht, deshalb hatten sie einen heftigen Streit. Clover mag es nicht, wenn die beiden sich anschreien. Es schlägt zwar keine Funken – sie schießen ohne Munition, aber trotzdem. Onkel Jim nannte Dad einen Eiersack-Wischer und Dad ihn eine alte Nervensäge. Sie musste nach nebenan zu Mrs. Mackerel gehen, weil sie damals noch nicht allein zu Hause bleiben durfte. Mrs. Mackerel hielt ihren Rosenkranz in der Hand und betete ein *Ave Maria* für Onkel Jim – *gütiger Gott, der Allmächtige*. Dann betete sie noch eine Weile zur heiligen Dymphna, die denen in geistiger Dunkelheit Licht spendet. Dad kam erst spät aus dem Krankenhaus zurück, allein. Der Arzt in der Ambulanz hatte sie rüber in die Notaufnahme geschickt, wo man Jim stationär aufgenommen hatte.

Wenn Onkel Jim nicht er selbst ist, darf sie ihn nicht allein besuchen. Dad sagt, das sei für alle am besten so. Auf diese Weise würde sich niemand ärgern. Aber die Wahrscheinlichkeit, dass Dad und Onkel Jim sich gegenseitig ärgern, ist viel größer als bei Onkel Jim und ihr. Heute Nachmittag, wenn sie im Schrebergarten fertig ist, wird sie mit einer Ladung Gemüse zu Grandad radeln, und danach vielleicht noch bei Onkel Jim vorbeischauen, einfach nur, um Hallo zu sagen – Gemüse wird er keines wollen: Er mag nichts Grünes, nur Kartoffeln oder gebackene Bohnen.

Draußen knallt die Sonne auf die Gehwegplatten. Clover schließt die Haustür hinter sich ab, steckt den Schlüssel in die Tasche und wischt sich die fettigen Hände an den Shorts ab. Die Sonnencreme riecht nach Kokosnuss. Als sie noch klein war, hat Onkel Jim ihr erzählt, Kokosnüsse seien Bäreneier. Er brachte eine vom Supermarkt mit und sagte, sie müsse sie an einem warmen, sonnigen Platz aufbewahren. Was für eine aufregende Wartezeit: den stacheligen Ball von einer Hand in die andere rollen zu lassen, ihn ans Ohr zu halten, nach dem Bären zu lauschen. Letzten Endes klärte Dad sie auf und meinte, das wäre unfair von Onkel Jim gewesen. Aber es machte ihr nichts aus. Es war, als hätte sie einer besonders spannenden Geschichte zugehört. Wen kümmerte da, dass sie nicht wahr gewesen war.

Clover setzt den Helm auf und bindet ein paar Plastiktüten und das Fahrradschloss an den Lenker. Fertig. Sie radelt bis ans Ende der Wohnsiedlung und dann sozusagen wieder zurück, den Berg hinauf am Haus vorbei. Der Eimer baumelt hin und her, so sehr muss sie in die Pedale treten. Sobald sie die Straße oben auf der Brücke überquert hat, streckt sie die Beine aus und saust auf der anderen Seite hinunter, an Jewson's vorbei, an Jo Kelly's Zeitschriftenladen und an der Post. Als sie sich dem Kreisverkehr nähert, kurz bevor sie in die Moss Lane abbiegen wird, tritt sie wieder in die Pedale. Da bemerkt sie auf einmal Dagmar, die vor dem Laden an der Ecke unten auf der Rollstuhlrampe sitzt, neben sich einen rot-schwarz karierten Einkaufstrolley, so wie ihn die alten Damen hinter sich herziehen. Es gibt einen kurzen Moment, in dem Clover einfach weiterfahren könnte, so tun, als hätte sie Dagmar nicht gesehen, doch sie verpasst ihn – ihr Timing ist falsch, ihre Füße bewegen sich nicht schnell genug. Dagmar hebt den Kopf, und Clover erstarrt, wie eine dieser Statuen, wenn die Musik aufhört. Sie bremst scharf, wodurch ihre Reifen auf den kleinen Steinchen und dem Staub auf dem Gehweg ins Rutschen kommen.

»Hi.« Sie wirft einen Blick Richtung Ladentür auf der Suche nach der Besitzerin des Einkaufstrolleys. Dagmars Oma vielleicht. »Auf wen wartest du?«

»Ich warte auf niemanden.«

»Dann ist das *dein* Trolley?«

»Ja.«

Clover denkt, dass so ein Trolley ganz praktisch sein könnte, wenn man viel zu schleppen hat. Er ist aber auch ein bisschen seltsam – wenn Abbie Higham den sehen könnte, würde sie sagen, er ist lächerlich. Dann würde sie sich totlachen, so richtig. Bei diesem Gedanken beschließt Clover, ihn zu mögen. »Sieht praktisch aus«, sagt sie. »Was machst du dann hier?«

»Ich beobachte die Männer mit dem Hund.«

Auf der anderen Seite des Kreisverkehrs, auf den freien Parkplätzen vor dem Frisör und der Bäckerei unterhalten sich zwei Männer. Einer von ihnen hat einen kleinen Hund auf dem Arm.

»Ich überlege mir, was sie sagen.«

»Oh.«

»Möchten Sie gern diese Hund kaufen?«, fragt Dagmar mit barscher, männlicher Stimme. »Jetzt bist du dran«, erklärt sie mit ihrer eigenen Stimme. »Du musst sagen, was kommt als Nächstes.«

»Oh. Okay. Ähm … nein, vielen Dank. Ein Hund bedeutet viel Verantwortung.« Clover versucht nicht einmal, die Stimme des zweiten Mannes zu spielen.

»Du bist immer noch dran. Dein Mann spricht noch.«

»Ach so ... Ich habe keine Zeit, mit ihm spazieren zu gehen. Und Hundefutter ist sehr teuer.«

»Wenn du die Hündin nicht kaufst, meine Frau wird mich verlassen.«

»Warum?«

»Pssst, du bist nicht dran. Meine Frau verlässt mich, weil der Lärm sie macht verrückt.«

»Aber ich will auch keinen lauten Hund.«

»Dann bin ich allein.«

»Sie haben doch Ihren Hund«, sagt Clover. In diesem Moment trennen sich die Männer und gehen in entgegengesetzte Richtungen davon.

Dagmar lächelt. Ein schnelles Lächeln, nur ein Zucken ihrer Mundwinkel, bevor ihre Miene wieder unbeteiligt wird. Außerhalb der Schule sieht sie anders aus. Wenn Clover keine sehr wichtigen Pläne hätte, könnte das hier interessant werden. Vielleicht würden sie etwas zu reden finden, etwas, das nichts mit One Direction zu tun hat oder wer bei »Die fünfundzwanzig hübschesten Mädchen« auf Facebook noch nicht getagged wurde.

»Wo fährst du hin?«, fragt Dagmar.

»In unseren Schrebergarten. Wir bauen da Gemüse an. Dort drüben. Ich muss gießen.«

»Kann ich mitkommen?«

Clover mag ihre Zeit im Garten: die Arbeit und das Nachdenken, das leise Summen der Lebewesen und das Gefühl, für alles verantwortlich zu sein. Wenn sie Dagmar mitkommen lässt, hat sie am Schluss vielleicht weniger Zeit, um Grandad und Onkel Jim zu besuchen, und weniger Zeit, um weiter die Sachen ihrer Mutter zu sortieren, bevor Dad heimkommt. Aber sie ist neugierig.

»Von mir aus.«

Clover schiebt ihr Fahrrad. Das Schweigen macht ihr nichts aus. Sie hat das Gefühl, dass es Dagmar nicht stört und sie etwas sagen würde, wenn sie wollte. Von der Moss Lane biegen sie auf den schmalen Weg ab. Vorbei an der Buchenhecke auf der einen Seite und den Baumreihen der Obstplantage auf der anderen, bis sie das Tor erreichen.

»Das gehört alles euch?«

»Oh, nein.«

Clover schließt das Tor auf, und Dagmar folgt ihr, wobei die harten Räder ihres Trolleys über den Boden schleifen. Sie kommen an ein paar vernachlässigten Gärten vorbei, die von Unkraut, Gestrüpp und altem, geschossenem Gemüse überwuchert sind.

»Da sind wir.« Clover bleibt neben dem niedrigen Drahtzaun stehen. »*Das hier* ist unserer. Wir haben ihn schon seit *Ewigkeiten*. Früher hat er mal meinem Opa gehört, vor fünfzig Jahren oder so.« Sie lehnt ihr Fahrrad an einen der Pfosten, die den Zaun halten, und steigt über den Draht. »Komm schon«, sagt sie.

Dagmar erkundet die Grenzen des Grundstücks, beugt sich über Trennzäune und Gebüsch, um in die Nachbargärten zu spähen. Clovers Blick wandert vom riesigen Apfelbaum im zugewucherten Grundstück links nebenan, dessen Äste sich unter fast reifen Früchten biegen, zu den ordentlichen Reihen in Mrs. Grindles Garten rechter Hand, wo sämtliche Beete von Holzrahmen und Hasendraht eingefasst sind. Sie lauscht dem Summen von Mr. Ashworths Bienen. Dad sagt: »Bienen sind die Kanarienvögel in der Mine des Klimawandels« – das hat er sich nicht selbst ausgedacht, sondern irgendwo gelesen, aber es ist ein guter Vergleich. Letzten Herbst hat Mr. Ashworth ihnen ein Glas von seinem Honig geschenkt. Er schmeckt anders als der Honig aus dem Laden, nach Blumen. Clover hofft, dass er ihnen dieses Jahr wieder was davon gibt.

»Habt ihr keine Hütte?«, ruft Dagmar.

»Nein, hier nicht.«

Clover blickt zu Mr. Ashworths Schuppen hinüber. Er saß immer dort in der offenen Tür, wenn er sich ausruhen musste, sodass es wie ein Wachhäuschen aussah. Er trug eine

Baseballkappe von Puma und trank selbst gemachten Holunderblütensirup. Dad sagt, früher trugen die alten Männer Schiebermützen. Aber seit Schiebermützen in Mode gekommen sind und man sie in allen Bekleidungsgeschäften kaufen kann, haben die alten Männer angefangen, Baseballkappen zu tragen. Das stimmt – sogar Grandad hat eine. Mr. Ashworths Frau hatte an Weihnachten einen Schlaganfall, deshalb kann er nicht mehr so oft kommen wie früher.

Als Dagmar ihren Rundgang beendet hat, geht Clover mit ihr den Beetstreifen entlang, der den Garten teilt, und benennt alles, was dort wächst: Zwiebeln, Karotten, Kohl, Kartoffeln, Kürbis, Salat, Brokkoli, Erdbeeren, Himbeeren, grüne Bohnen, Rote Bete und Erbsen. Dagmar nickt ernst, als würde sie es sich für eine Prüfung einprägen.

»Magst du welche probieren?« Clover öffnet eine Erbsenschote und drückt die Erbsen in Dagmars geöffnete Hand.

»Die sind anders. Knackig.«

»Gut, oder?« Sie holt eine Erdbeere und ein paar der Himbeeren, die am hinteren Zaun wachsen. »Probier die auch mal.«

»Kommst du jeden Tag?«

Was soll sie darauf sagen? Es stört sie nicht, dass Dagmar heute hier ist, aber sie kann sich nicht leisten, dass ihr Sommer von regelmäßigen Ablenkungen aufgefressen wird.

»Ich oder mein Dad.«

Sie hebt den Teppich hoch, der das leere Beet abdeckt, wo die Gießkanne wartet. Dann holt sie den Eimer vom Fahrrad. Sie gehen zum Wasserhahn und zurück, Seite an Seite, und der Boden staubt unter ihren Füßen. Dagmars schwarze Turnschuhe werden grau. Sie atmet durch den Mund. Clover kann hören, wie die Luft in sie hinein und aus ihr herauswabert und ihre Lippen trocknet. Dagmar hebt die Hand, um sich im Nacken zu kratzen, wobei Clover ihre abgenagten Fingernägel bemerkt und die violette Durchsichtigkeit der Haut unter ihren Augen.

»Was machst du die ganzen Ferien? Gärtnern?«

»Ja«, antwortet Clover und denkt, dass Gärtnern das falsche Wort ist. Aber sie ist sich nicht sicher, was sie stattdessen vorschlagen soll.

»Du fährst nicht weg?«

»Nein.«

»Ich fahre auch nicht weg.«

»Na ja, wir fahren vielleicht mal einen Tag nach Blackpool.«

Sobald sie mit dem Gießen fertig sind, versteckt Clover die Kanne, und sie setzen sich nebeneinander auf den staubigen Teppich.

»Es ist schön hier. Wir haben nur einen Hinterhof. Keinen Garten.«

»Hattest du einen Garten, da wo du hergekommen bist?«

»Eine Wohnung, mit Balkon. Aber dort gibt es einen Fluss. Und Berge. Und nicht weit weg eine Burg. In der Stadt es ist … die Farben sind anders. Die Häuser sind weiß und gelb, die Dächer rot und orange.«

»Das klingt sehr anders.«

»Es gibt auch einen Tesco-Supermarkt.«

Clover bemerkt wieder das kleine Lächeln. »Kommst du klar, in der Schule?«, platzt sie heraus. Während des darauffolgenden Schweigens hat sie Angst, vielleicht zu weit gegangen zu sein.

»In den Geschichten die Leute sind immer gemein, weil sie traurig sind. Mein Vater sagt, das stimmt nicht. Die Leute sind gemein, weil sie können. Mehr nicht. Ende.«

»Oh. Das ist traurig.«

»Es ist wahr.«

»Wie war es in deiner Grundschule?«

»Ich bin spät gekommen. Da alle hatten schon Freunde. Und mein Englisch damals ist sehr schlecht.«

Clover legt sich hin und schirmt die Augen mit der flachen Hand vor der Sonne ab. »Welche Jahreszeit magst du am liebsten?«

»Welche ist deine Lieblingsjahreszeit?«

»Die Sommerferien. Jetzt gerade.«

»Warum?«

»Weil die ganze Zeit mir gehört. Es ist keine Schule, nichts. Dad ist es egal, wenn ich ein bisschen später ins Bett gehe, und ich *muss* nichts machen, außer hierherkommen. Aber das mag ich, deshalb zählt es nicht wirklich.« Sie hält einen Moment lang inne, sucht nach den richtigen Worten. »Es ist so warm – ich mag's total gern, wenn man keine Jacke oder so braucht. Man kriegt dann dieses Draußen-Gefühl. Weißt du, was ich meine? Das Gefühl, überall hingehen zu können, ohne nachdenken zu müssen. Man muss sich nicht überlegen: Werden meine Füße nass? Bekomme ich kalte Hände? Brauche ich vielleicht einen Schirm? Man geht einfach zur Haustür raus, und es ist so warm. Außerdem sind die Tage länger, und die Zeit dehnt sich aus. Das ist das Drinnen-draußen-Gefühl.«

Clover kann Dagmars Gesicht nicht sehen, weil sie immer noch sitzt, ihre Arme nach hinten gestützt wie Zeltschnüre. Aber sie glaubt, sie nachdenken hören zu können.

»Ich glaube … ich mag Oktober. Die Feld ist nicht so matschig, also lassen mich die Jungen in Ruhe, wenn sie Fußball spielen. Ich gehe zu den Schul-Clubs nach dem Unterricht, und wenn ich nach Hause gehe, es ist dunkel. Und bald ist Zeit zu schlafen.«

»Ich mag Oktober auch«, sagt Clover und hofft, dass Dagmar zu Hause glücklicher ist als in der Schule, auch wenn ihre Antwort nicht danach klingt. »Was hast du in deinem Trolley?«

»Meine Sachen.«

»Was für Sachen?« Clover wartet, aber Dagmar bricht ihr Schweigen nicht, also muss schließlich sie es füllen. »Ich hab das hier.« Sie setzt sich auf und zieht *Lateinische Wörter und Sätze für Anfänger* hinten aus der Hosentasche.

»Was ist das?«

»Latein. Ich lerne die Wörter.«

»Warum machst du das?«

»Weil sie gut klingen.«

»Das findest du?«

»Ja. Es sind alte Wörter. Und sie erinnern mich an Hogwarts – das ist die Schule von *Harry Potter.*«

»Ich weiß das.«

»Pflanzen haben lateinische Namen – man nennt sie ihre ›botanischen Bezeichnungen‹. Man druckt sie auf die Samentütchen, damit man etwas über die Farbe oder den Geruch oder die Form der Blätter erfährt. Es sind lange Namen – ein bisschen kompliziert. Diese Wörter hier mag ich lieber.«

»Was für Wörter?«

»Ad astra.«

»Was ist *ad astra*?«

»Es bedeutet ›zu den Sternen‹. Und *ad astra per aspera* heißt › durch Mühsal zu den Sternen‹, was noch besser ist.«

»Ich hab das hier.« Dagmar zieht ein Skizzenbuch aus ihrem Einkaufstrolley.

Clover nimmt es in die Hand und blättert durch die Seiten. Darin befinden sich Bleistiftzeichnungen von Bäumen und Blumen und arrangierten Dingen wie Obst und Ornamenten. Manche sind durchgestrichen, überkritzelt, die Perspektive stimmt nicht oder die Schattierungen sind zu dunkel; andere sind wirklich gut.

Ein Fasan schreit. Das Geräusch wird begleitet von Flügelschlag, der so laut ist, dass es beinahe klingt wie das Husten eines startenden Motorrads. Als Dagmar zusammenzuckt, steht Clover lachend auf.

Sie sind noch eine Weile mit Ernten beschäftigt, ehe sie sich mit Tüten voll Obst und Gemüse im Eimer auf den Weg zurück zur Moss Lane machen.

»Was machst du jetzt?«, fragt Dagmar, als sie wieder an ihrem Ausgangspunkt, dem Laden an der Ecke, ankommen.

»Ich besuche meinen Opa.«

»Wirst du dort auch deine Oma treffen?«

»Nein, sie ist gestorben, bevor ich geboren wurde.«

»Hast du noch eine andere Oma?«

»Ja, aber die sehe ich nicht besonders oft. Sie wohnt in Portsmouth.«

»Das ist weit weg?«

»Ja.«

»Und hat sie kein Auto?«

»Sie kann nicht fahren.«

»Und es gibt keine Züge?«

Natürlich gibt es Züge. Immer mal wieder überwindet sich Dad dazu, Grandma Maureen einzuladen. Sie bleibt nicht über Nacht. Hin und zurück an einem Tag, so macht sie das. Der Gedanke an Grandma Maureen ist immer besser als die Wirklichkeit. Sie ist wie eines dieser Zitronenbonbons: Wenn man lange keines mehr hatte, vergisst man, dass sie hart und sauer sind und man einen wunden Gaumen davon bekommt.

»Ich muss jetzt los«, sagt Clover, um nicht mehr erklären zu müssen.

»Kann ich mitkommen?«

»Oh. Mein Großvater ist alt. Und du kannst nicht einfach –«

»Ich warte, draußen.«

»Er hat keinen Garten.«

»Ich warte an der Straße.«

»Es ist ein Stück weit weg. Beim Marine Lake.«

»Das ist nicht weit«, sagt sie.

Trotz Dagmars Protest sichert Clover ihr Fahrrad mit dem Schloss am Geländer vor Grandads Wohnung.

»Du hast vielleicht irgendwann keine Lust mehr zu warten«, sagt sie.

Sie drückt auf die Klingel, sagt ihren Namen in die Sprechanlage, und die Haustür springt auf. Oben ist bereits offen: Grandad muss ihr die Tür aufgemacht haben und sofort wieder zu seinem Sessel zurückgeschlurft sein.

»Ich hab dir Gemüse aus dem Garten mitgebracht«, ruft sie aus dem Flur, während sie an den Kuckucksuhren und dem Foto von Dad mit Grandad und der Oma vorbeigeht, die vor Clovers Geburt gestorben ist.

»Leg es ins Spülbecken, Herzchen.«

Der Geruch in der Küche erinnert sie an die Zeit in der dritten Klasse, als sie ein Klassenhaustier hatten: Hamster Harvey. Sie stellt die Plastiktüten in die Spüle und geht zu Grandad ins Wohnzimmer. Er trägt Shorts und ein schickes, zugeknöpftes Hemd. Es ist, als würde sich seine untere Körperhälfte über die Hitze beschweren und die obere »Sei nicht albern!« sagen.

»Hallo, Grandad, wie geht's dir?«

»Bin alt und müde. Pflanz dich irgendwohin. Und *pssst*. Ich will sehen, was passiert.« Er schaut die *Jeremy Kyle Show*. Eine Frau hat einen Lügendetektortest gemacht. Nun kniet Talkmaster Jeremy neben ihr und provoziert sie, indem er ihr gemeine Sachen zuflüstert, damit sie ihn anschreit und er sie dann am Wickel hat. »Gleich wissen wir, ob ihr Freund der Vater des Babys ist«, erklärt Grandad. »Ich würde sagen, sie hat's vermasselt.«

Jeremy bekommt die Ergebnisse überreicht. Er hält die Karte in die Höhe, fängt an zu lesen, und die Frau protestiert lautstark.

»Wusste ich's doch.« Grandad nimmt die Fernbedienung und zielt auf den Fernseher. »Was für ein Haufen Müll. Wer schaut sich so was an?«

Clover grinst.

»Ich nicht wirklich«, sagt er. »Die Glotze läuft einfach nebenher, damit ich etwas Gesellschaft hab. Was hast du mir denn mitgebracht?«

»Bohnen und Erbsen, einen Salat, ein paar Erdbeeren und Himbeeren, und eine Zwiebel.«

»Wunderbar. Geht's dir gut?«

»Ja.«

»Schön. Das ist schön.«

Grandad weiß schnell nicht mehr, was er sagen soll, wenn man ihm nicht weiterhilft. Der Leseclub letzten Sommer war klasse, weil er jedes Mal, wenn er ins Stocken geriet, eine Diskussionsfrage vorlas: »Warum war es Anne so wichtig, ein Kleid mit Puffärmeln zu haben?« »Würdest du lieber Anne mit ›e‹ oder Ann ohne ›e‹ heißen?« »Warum hat sich Anne eine Gleichgesinnte oder eine, äh, eine … *Busen*freundin gewünscht?«

Clovers Blick fällt auf den Laptop, der neben seinem Sessel auf dem Boden liegt. »Was machst du zurzeit am Computer?«

»Shakespeare.« Er greift nach dem Laptop, klappt ihn auf und loggt sich ein. »Mit dem Mars bin ich fertig – wenn du irgendwas darüber wissen willst, frag mich. Heute Nachmittag steht *Hamlet* auf dem Programm. Siehst du, alles schon bereit, auf der richtigen Seite. Die BBC-Version mit Derek Jacobi. Ich nehm sie mir in alphabetischer Reihenfolge vor. *Antonius und Cleopatra, Coriolanus, Cymbeline* – bis zum *Wintermärchen*. Manchmal finde ich nur ein Hörspiel. Es ist schwierig, dabei wach zu bleiben ohne Bilder.«

»Und was kommt danach?«

»Hab ich noch nicht entschieden. Es wird noch einen Monat dauern, bis ich mich durch das Zeug hier durchgearbeitet habe.«

»Irgendwelche guten Katzenvideos diese Woche?«

»Zu beschäftigt. Willst du einen Keks?«

»Ja, bitte.«

»Wenn du ohnehin gehst, bring mir auch einen mit. Und eine Tasse heißes Wasser. Nimm den Becher neben der Spüle. Zweihundertfünfzig Milliliter.«

Grandad hat auf den Plastikbecher mit schwarzem Edding die Maßangaben geschrieben. Sie füllt ihn mit 250 ml warmem Wasser aus dem Wasserkocher. Heute hat er Ingwerkekse in seiner Dose. Sie nimmt zwei und steckt einen dritten in die vordere Tasche ihrer Shorts. Ingwerkekse sind sehr hart, er sollte also nicht zerbrechen.

»Allerbesten Dank«, sagt er, als sie ihm den Becher reicht. Er nippt am Wasser, als wäre es Tee oder irgendetwas anderes Leckeres.

Eine der Uhren im Flur schlägt die halbe Stunde. Ein paar Sekunden später sind die anderen beiden dran.

»Weißt du was, du solltest deinen Dad überreden, die Uhren auszupacken. Du könntest ihm dabei helfen. Das würde sicher Spaß machen. Richte ihm aus, dass ich dir das gesagt habe. Hast du schöne Sommerferien?«

»Ja.«

»Warum auch nicht, in deinem Alter? Also …« Er klappt den Laptop zu und deutet mit dem Kopf Richtung Fernseher. »Willst du den Rest von diesem Kaffeekränzchen sehen?«

»Von mir aus.« Er schaltet wieder ein.

Dagmar wartet unten an der Tür. »Du warst lange weg«, sagt sie.

»Du hättest ja nicht warten brauchen.«

»Ich hab sonst nichts zu tun.«

»Wird sich deine Mutter keine Sorgen machen?«

»Sie arbeitet.«

»Als was?«

»Sie ist stellvertretende Hotelmanagerin.«

Clover reicht Dagmar den warmen Ingwerkeks, bevor sie ihr Fahrradschloss löst.

»Danke. Wo gehst du jetzt hin?«

»Meinen Onkel Jim besuchen.«

»Wo wohnt er?«

»Neben dem Asda.«

Dagmar umfasst den Griff ihres Trolleys. »Kann ich mitkommen?«

Clover überlegt, ob es eine höfliche Möglichkeit gibt, sie davon abzuhalten, und wie enttäuscht sie wohl wäre, auf einer Skala von eins bis zehn, wenn Clover ihr sagen würde, dass sie nicht will, dass sie mitkommt.

»Na los«, sagt Dagmar, und damit ist es zu spät, um noch irgendwas dagegen zu tun.

Bei Onkel Jim gibt es nichts, wo sie ihr Fahrrad anschließen könnte. Dagmar bietet an, darauf aufzupassen.

»Könnte aber eine Weile dauern.« Clover beschließt, es lieber an den geparkten Autos vorbeizuschieben und hinter einer riesigen Mülltonne zu verstecken.

Die Haupttür ist offen, also betritt sie das Gebäude und geht den gefliesten Flur hinunter. Auch Onkel Jims Tür steht offen. Wenn er nicht er selbst ist, hat er vor geschlossenen Türen mehr Angst als vor Einbrechern. Er sitzt im Schneidersitz vor dem Sofa auf dem Boden, Ellbogen auf die Knie gestützt, den Kopf in den Händen. Sie klopft an den Türrahmen, damit er weiß, dass sie da ist, aber er blickt nicht auf. Der Fernseher läuft stumm, und im Zimmer herrscht Chaos.

»Ich bin's. Wollte nur mal Hallo sagen. Alles okay bei dir?«

»Hab Zahnschmerzen«, murmelt er.

Clover hört das Rattern von Rädern im Flur hinter sich und macht eine wegscheuchende Handbewegung.

»Kann ich was tun?« Sie lässt den Blick über die leeren Dosen, die schmutzigen Kleidungsstücke, die Puzzleteile und Zigarettenkippen wandern. Wo bewahrte er wohl die Schmerztabletten auf – in der Küchenzeile, oder vielleicht im Bad? »Hast du was gegen die Schmerzen? Soll ich reinkommen?«

»Is alles gut«, sagt er, den Kopf immer noch in den Händen. »Hatte-was. Geh-du-nach-Haus. Komm-mich-besuchen-wenns-mir-besser-geht.« Die Worte kommen ineinandergenuschelt aus seinem Mund.

»Bist du sicher?« Clover schiebt Dagmar mit der Ellbogenspitze von der offenen Tür weg.

»M-hm.«

»Kann ich dir irgendwas besorgen?«

»Nee.«

»Soll ich … magst du einen Tee?«

»Nee.«

Wie er da so sitzt, sieht er beinahe aus wie ein kleiner Junge bei der morgendlichen Schulversammlung, kurz davor, das Vaterunser aufzusagen. Auf einmal kommt ihr der Gedanke, dass vielleicht eines oder mehrere Kinder aus ihrer eigenen Schulversammlung eines Tages in genau dieser Haltung auf dem Boden einer schmutzigen Einzimmerwohnung sitzen würden.

»Na gut … dann geh ich wieder«, sagt sie. »Aber ich komm ganz bestimmt wieder.«

»M-hm.«

Beim Umdrehen stößt sie, halb mit Absicht, mit Dagmar zusammen, die Glupschaugen macht, und schiebt sie nachdrücklich den Gang entlang, sodass der Trolley gegen die Fußleisten rumpelt und sie beide fast darüber stolpern.

»Was ist los?«

Draußen vor dem Haus verschwindet Clover hinter dem riesigen Müllcontainer, um ihr Fahrrad zu holen. »Er ist nicht er selbst.« Sie schiebt das Rad an Dagmar und den geparkten Autos vorbei auf den Gehweg.

»Aber *was* ist nicht in Ordnung?«

»Er ist …«

»Ja?«

»Er ist einfach nicht … er selbst.«

Dagmar scheint sie weiterlöchern zu wollen, doch dann zuckt sie mit den Schultern. »Wo gehst du jetzt hin?«

»Nach Hause«, sagt Clover. Und weil sie genug davon hat, beschattet zu werden, fügt sie hinzu: »Ich darf niemanden mit nach Hause bringen, wenn mein Vater nicht da ist.«

»Ist dein Vater furchteinflößend?«

»Er ist Busfahrer.«

»Und er macht Angst?«

Wenn sie sagt: Nein, so ist Dad nicht, besteht Dagmar womöglich darauf, sie heimzubegleiten. »Na ja, vielleicht ein bisschen«, schwindelt sie.

Niemand aus der Schule kommt je zu ihr nach Hause. Als sie noch klein genug war, um Geburtstag zu feiern, hat Dad immer in der Stadt im Spielepark einen Platz gemietet. Seit sie denken kann, ist ihr klar, dass andere Leute nicht so viele Sachen haben wie Dad und sie. Als sie noch in die Grundschule ging, wurde sie von ein paar anderen Mädchen eingeladen. Ihrer Häuser wirkten leer, wie ausgehöhlt.

»Mein Dad ist fuchteinflößend«, sagt Dagmar.

Clover lauscht stumm, denn sie will die interessanten Worte, die bestimmt folgen werden, nicht abwürgen. Ihre Füße klatschen auf den heißen Asphalt. Das Rad macht *tick,*

tick, tick, und der Eimer schwingt sanft am Lenker hin und her. Dagmars Trolley schleift, und das trockene Schnaufen ihres Atems wirkt so, als wäre ihre bloße Existenz schon ziemlich anstrengend.

»Mein Dad«, meint Dagmar schließlich und macht dann eine Pause, ehe sie fortfährt, so als hätte sie es sich bereits anders überlegt, »ist auch nicht er selbst.«

Clover bleibt noch eine Stunde Zeit fürs mittlere Schlafzimmer, maximal. Als sie das letzte Mal hier war, entdeckte sie ein Kabel, das aus einem Stapel Sachen nahe des Kopfendes heraushing. Sie brach ihre selbst auferlegte Regel, methodisch vorzugehen, indem sie vorsichtig daran zog, bis ein tragbarer CD-Player mit Kopfhörern an einem dünnen Metallbügel zum Vorschein kam. Sie fand ein paar Batterien und lauschte den alten Songs auf der CD, die sich darin befand: »Born to Make You Happy«, »Spinning Around«, »Beautiful Day« – fröhliche, sommerliche Songs aus uralten Zeiten. Ein paar von ihnen kennt sie schon von Dads CDs aus den Neunzigern. Sie passen perfekt zu ihrer Arbeit, deshalb klemmt sie sich den Discman an den Bund ihrer Shorts, setzt die Kopfhörer auf und drückt Play, ehe sie einen weiteren Stapel Papiere vom Bett nimmt. Müll, Müll, Müll. Als sie feststellt, dass es sich um noch mehr Urlaubsprospekte handelt, holt sie die anderen wieder aus der Mülltüte. Dann sortiert sie sie auf drei Stapel: Wintersport – Kanalboote und Segeln – Strand, Kreuzfahrten und Abenteuer. Der Strandstapel ist der größte, dicht gefolgt von Wintersport. Sie behält diese beiden Stapel auf dem Boden und schiebt die anderen Broschüren zurück in die Mülltüte.

Unten im Esszimmer durchsucht sie ein Sammelsurium aus Reststücken von MDF-Platten. Aus MDF kann man alles Mögliche basteln: Bilderrahmen, Zeitschriftenständer, Christbaumschmuck – sie und Dad haben noch nichts davon gemacht, aber sie könnten es tun, eines Tages. Grandads Kuckucksuhren sind auch hier, zwischen den ganzen anderen Sachen: Stöpsel, Betriebsanleitungen für verschiedene elektronische Geräte, ein altmodischer Tageslichtprojektor und eine ansehnliche Sammlung leerer Bonbondosen, die Dad gern aufhebt, nur für den Fall. Clover klappt die Deckel einiger Uhrenkartons auf und sieht Dächer mit Firstziegeln, manche flach, andere gewellt, jedes aus einem andersfarbigen Holz geschnitzt. Aber jetzt ist keine Zeit, um sie richtig anzusehen. Sie wählt eine MDF-Platte in Postergröße aus, schnappt sich eine Schere und einen Klebstift und steigt damit die vollgestellte Treppe wieder hinauf.

Oben schneidet sie die besten Strandbilder aus, die mit Palmen, weißem Sand und türkisfarbenem Wasser – so anders als ihr Strand hier mit dunklem Kies und aufgewühltem, graubraunem Meer. Dann schneidet sie die besten der Winterbilder aus: winzige Skifahrer, die unter strahlend blauem Himmel gezackte Berge hinuntersausen, grinsende Familien, die in Holzhütten heißen Kakao trinken. Sie klebt die Strandszenen auf die eine Seite des Bretts und die verschneiten auf die andere. Natürlich hat sie keine Ahnung, welchen dieser Orte ihre Mutter besucht hat. Sie hat sich aber dafür interessiert, so viel ist klar. Sie muss die Kataloge angefordert und Zeit damit verbracht haben, darüber nachzudenken, wie es wäre, unter einer Palme zu liegen oder auf Skiern einen Berg hinunterzufahren. In gewisser Weise sind das *persönliche Gegenstände* – sie kamen in Umschlägen, adressiert an Becky Brookfield. Die Frau im Museum sagte, man würde ein Gefühl für die Dinge bekommen, wenn man sie in den Händen hält. Clover schließt die Augen und streicht mit den Fingerspitzen über die Collage. Zuerst auf der einen Seite des Bretts, dann auf der anderen. Das Gefühl, das sie dabei bekommt, ist folgendes: Ein Tag in Blackpool ist ziemlich schrottig. Die Bilder sind wie eine Nachricht von ihrer Mutter, die zu sagen scheint: Es gibt im Leben mehr als Zuckerwatte, Eselreiten und den Vergnügungspark. Clover fragt sich, wie es wäre, richtig in den Urlaub zu fahren. Vielleicht an einen der Orte auf den Bildern. Es könnte ja sogar sein, dass Dad, wenn sie einen der Lieblingsorte ihrer Mutter besuchen – denn das mussten sie doch sein –, sich nicht mehr beherrschen könnte und einfach über sie reden *musste*. Das wäre der Hammer! Clover öffnet die Augen und lehnt das Brett ans Fußende des Bettes. Nicht mehr lang, bis Dad nach Hause kommt. Sie wird noch ihr Notizheft auf den neuesten Stand bringen und sich dann mit einer Tasse Tee und einem Keks unten in den Sessel pflanzen.

Als es Zeit fürs Bowling ist, klingelt Kelly an der Tür. Die Jungs warten im Auto und lecken von innen die Scheiben ab wie kleine Äffchen. Sie heißen Tyler und Dylan, werden aber meistens »die Jungs« genannt: »Kommt schon, Jungs«, »Jungs, lasst das sein« und »Setzt euch hin, Jungs.«

»Oh Gott, schaut besser gar nicht hin. Meine Mum hat sie heute Nachmittag mit Zucker und Farbstoffen gefüttert. Die sind total high.«

Dad lacht.

»Darren, wenn du sie auch noch anstachelst, bring ich dich um.« Sie küsst Clover auf die Wange, was einen klebrigen Abdruck hinterlässt. »Du siehst bezaubernd aus, so erwachsen. Oh, sorry.« Sie leckt ihren Zeigefinger ab und reibt damit Clovers Backe. »Besser. Dann mal los.« Ihre Absätze klappern, als sie über den Gartenweg zurück zum Auto eilt, und ihre heute silberblonden Haare schwingen hin und her.

Obwohl Kelly Colins jüngere Schwester ist, sieht sie ihm überhaupt nicht ähnlich. Colin hat einen kahl rasierten Kopf und riesige Muskelpakete. Als Clover noch klein war, hob er sie mit einem Arm hoch in die Luft, und wenn sie Hosen anhatte, drehte er sie kopfüber und hielt sie so weit nach oben, dass sie mit den Füßen an der Decke laufen konnte. Inzwischen macht er das nicht mehr. Sie ist zu groß geworden. Stattdessen sagt er Sachen wie: »Wenn dir irgendjemand Ärger macht, Clo, dann kriegt er's mit mir zu tun«, was furchterregend klingt, aber in Wirklichkeit ist er ein richtiger Softie – als sie das letzte Mal bei ihm war, hat sie eine kleine selbst gemachte Kalenderübersicht entdeckt, auf der er die Tage durchstreicht, bis Mark zurückkommt. Jedes Kreuz wie ein Kuss.

Kelly ist groß und schmal, passend zu ihren glatten Haaren. Sie redet schnell, geht schnell, raucht schnell und wirkt immer ein kleines bisschen nervös. Sie trägt die ganze Zeit hohe Schuhe, sogar zu Jeans, und sie hat immer total schöne Nägel, weil ihre Freundin Kosmetikerin ist und sie sich gegenseitig mal was umsonst machen. Clover könnte das auch bekommen, wenn sie wollte. Und vielleicht wird sie das ja, eines Tages, wenn sie sich an die Veränderungen an ihrer Person gewöhnt hat. Bis dahin möchte sie es lieber nicht.

Die Jungs drücken mit ausgestreckter Zunge die Gesichter an der Scheibe platt. Kelly klopft ans Fenster. »Aufhören, ihr Monster.«

Clover setzt sich zwischen die Monster. Die beiden gehen auf ihre alte Grundschule und erzählen ihr gern, was dort alles passiert, seit sie nicht mehr da ist. Sie will gerade nach der Schule fragen, als Dylan schreit: »Ich will Musik.«

Kelly schiebt eine CD in den Player. »Aber leise singen«, warnt sie, als sie aus der Siedlung fährt. Sie gehorchen nicht.

Es macht nichts, dass sie bei Premier Bowl erst mal Schlange stehen müssen, denn die gebuchte Stunde beginnt erst, wenn man die erste Kugel rollt. Während des Wartens ziehen sie die Schuhe aus. Kelly hält sich an Dads Schulter fest, um nicht umzufallen, und die Jungs klettern auf ihm herum wie auf einem Spielplatzgerüst.

»Darren, kannst du uns beide gleichzeitig hochheben?«

»Vielleicht.«

»Nicht so – mich mit dem einen Arm und Tyler mit dem anderen. Wie zwei Teppichrollen! Onkel Colin kann das.«

Dad tätschelt sie wie zwei Welpen. Sie stehen auf seinen Füßen und ziehen an seinen Armen, reiben über das Tattoo mit Clovers Namen. Sie ist zu groß für all so was. Mit dem Kopf reicht sie ihm schon bis an die Schulter. Zu groß, um an ihm hochzuklettern, zu groß, um kopfüber zu baumeln – sie hat die falsche Größe für Papa-Dinge. Sie wird sich bald daran gewöhnen. Während sie ihm zusieht, wie er mit den Jungs spielt, denkt sie sich eine neue Frage für die immer länger werdende

Liste in ihrem Notizbuch aus: Hatten Dad und ihre Mutter geplant, noch mehr Kinder zu bekommen?

Die Warterei zieht sich. Die Jungs haben irgendwann genug vom Herumalbern mit Dad. Sie drehen ein bisschen auf und rasen wie die Verrückten in Socken zwischen den Spielautomaten durch, werfen sich auf die Schaukel-Motorräder und Rennwagen: *brumm-brumm, brum-brummm!* Die Schlange schiebt sich langsam vorwärts, und Clover spürt Kellys Hand auf ihren Haaren.

»Ich könnte dir einen tollen Rundum-Zopf flechten.«

Clover versucht, Blickkontakt mit Dad herzustellen – *schau, sie spielt schon wieder mit meinen Haaren* –, aber er beobachtet die Jungs. Eigentlich ist es auch nicht so schlimm. Clover frisiert sich seit einiger Zeit selbst, aber sie erinnert sich noch an das Gefühl von Dads großen, bemühten Händen, die ihr einen Zopf flochten. Kellys Finger sind sanft und schnell, wenn sie Partien abteilen und glätten, flechten und wegstecken, und Clover stellt fest, dass sie genau die richtige Größe hat für das hier, für diese Art der … mütterlichen Zuwendung.

Schließlich erreichen sie die Kasse, und eine junge Frau reicht ihnen die Bowling-Schuhe. Clovers sind noch heiß. Sie steckt die Füße hinein und versucht, es zu ignorieren. Rein und wieder raus. Rein, raus. Rein, raus.

»Komm schon«, sagt Dad, und es bleibt ihr nichts anderes übrig, obwohl ihre Schuhe dampfen.

Bis zu sechs Personen können sich eine Bahn teilen, und als ihre fünf Namen auf dem Bildschirm aufleuchten, muss Clover an Onkel Jim denken, der momentan völlig durcheinander ist und in seinem Durcheinander vielleicht gern Gesellschaft hätte. Sie hätten ihn einladen sollen mitzukommen. Und wenn nicht ihn, dann Colin, der ein bisschen einsam ist, seit Mark in den Tschad gegangen ist. Sie will es gerade zu Dad sagen, als Kelly aufsteht.

»Tyler, übernimm du für mich. Ich flitz kurz raus, heimlich eine rauchen.«

»Ach komm! Ich dachte, du wolltest aufhören. Willst du unbedingt einen heimlichen Herzinfarkt oder einen heimlichen Schlaganfall bekommen?«

»Darren, für wen schlägt heimlich dein Herz?«

»Ich *höre* ja auf«, sagt Kelly, wobei die Warnung *RAUCHEN IST TÖDLICH* aus ihrer Faust herausschaut. »Ich bin schon bei nur zwei am Tag. Ansonsten dampfe ich. Und, Jungs, Schluss mit dem Herzschlag-Quatsch, ist das klar?«

Dylan klettert auf Clovers Knie, während Tyler Kellys Wurf übernimmt.

»Weißt du, was vor den Ferien in der Schule passiert ist, Clover? Da war so ein Schriftsteller in der Schule, der ein Witzebuch geschrieben hat. Und rate mal, was der gemacht hat? Er ist zur Morgenversammlung gekommen. Er hat über Popel geredet und sich ein paar lustige Sachen ausgedacht, die man zu Leuten sagen kann, die man nicht mag.«

»Das ist jetzt aber nichts Unanständiges, oder?«, fragt Dad.

Dylan schüttelt den Kopf. »Die lustigen Sachen waren: ›Mir doch mistegal, du McDonald's-Kloputzer‹ und ›Was soll's, du Tesco-Regaleinräumer?‹.«

Tyler, der sieben getroffen hat, schüttelt den Kopf über seinen kleinen Bruder. »Du hast die Hände vergessen. Ich zeig's euch.« Er macht mit Daumen und Zeigefinger eine angeblich coole Geste. »*So* muss man das sagen.«

»Mum hat aber gesagt, es ist nicht lustig«, fährt Dylan fort und klettert von Clovers Knie auf den Banksitzplatz hinüber, wo er sich schließlich wie eine Decke über Dads Beine legt. »Weil Alfie Ashcrofts Dad Nachtschicht bei Tesco arbeitet – das hier ist meine Kopfüberstimme, könnt ihr sie hören? –, und Kindern beizubringen, sich über ihre Eltern lustig zu machen, weil die hart arbeiten, ist –«

»Verdammt erbärmlich«, beendet Tyler für ihn den Satz.

Dad hüstelt. »Ich bin sicher, so hat eure Mutter das nicht gesagt.«

Dylan rutscht auf den Boden und liegt mit geschlossenen Augen auf dem Rücken. »Doch, hat sie!«

»Na ja, nicht zum Lehrer.«

»Aber sie ist in die Schule gegangen.« Er klettert wieder auf Dads Schoß. »Und hat Mrs. Carpenter die Meinung gegeigt.«

»Und zwar ordentlich«, fügt Tyler hinzu. »So richtig volle Kanne.«

Dad grinst, als hätte er nie etwas Lustigeres gehört. So sitzen sie da, wie ein Hyänen-Trio, als Kelly zurückkommt. Ihr Gang ist in den Bowling-Schuhen seltsam gedämpft. Während sie sich zwischen den Spielautomaten und Pool-Tischen, am Achterbahnsimulator und der Bar durchschlängelt, beobachten Dad und die Jungs sie, als wäre sie die Größte überhaupt.

Drei Glücksdinge heute: Erstens, Bowling. Dad hat gewonnen, wie immer, weil seine Würfe die härtesten sind, aber Clover wurde Zweite, mit 102 Punkten, ihrem bisher besten Ergebnis. Zweitens, der Gedanke, in den Ferien wegzufahren. Dad nickt, als sie es aufzählt. Auch er freut sich auf ihren gemeinsamen Tag in Blackpool.

»Könnten wir vielleicht richtig in den Urlaub fahren?«, fragt sie.

»Wie meinst du das?«

»Irgendwohin wegfahren?«

»Wohin?«

»Ich weiß nicht. Irgendwo anders. Wo es heiß oder kalt ist. In ein anderes Land.«

Er runzelt die Stirn, und sie hat das Gefühl, etwas falsch gemacht zu haben, aber sie ist sich nicht sicher, was.

»Man muss nicht ins Ausland fahren, um glücklich zu sein. Man kann genauso gut zu Hause glücklich sein.«

»Ich weiß, aber –«

»Und wer würde sich dann um den Schrebergarten kümmern?«

»Kelly und die Jungs? Oder Colin und Mark?«

Dad schnaubt.

»Wir müssten ja auch nicht im Sommer fahren, wir könnten …« Sie verstummt, denn der letzte Glückspunkt ist schon schwierig genug, ohne großes Theater um einen Fantasieurlaub zu machen. »Und drittens«, fährt sie fort, »freu ich mich, dass Onkel Jim morgen zum Tee kommt.«

»Sehr lustig.«

»Bitte.«

»Das ist im Augenblick keine gute Idee.«

Sie könnte erwähnen, dass sie am Nachmittag bei Onkel Jim war, die offene Tür und seine Schneidersitzhaltung beschreiben – vielleicht würde das ihrem Anliegen nützen, aber es würde Dad auch ärgern. Stattdessen sieht sie ihm lange und nachdrücklich in die Augen.

»Na gut«, sagt er und umarmt sie fest, so wie früher, als sie noch klein war, sodass das klopfende Geräusch seines Herzens ihr Ohr erfüllt. Und das ist dann eigentlich ihr absolut glücklichster Moment des Tages.

Ausstellung: »Becky Brookfield – die unerzählte Geschichte«

Katalog

Objekt: Brief

Beschreibung: Eine Nachricht von Jim Brookfield (mein Onkel) an Becky Brookfield (meine Mutter). **Darauf steht:** »Ich habe versucht, es zu bereuen. Aber das tu ich nicht. Und es tut mir auch nicht leid. Sollen wir davonlaufen? Morgen? Ich habe eine Tüte weiße Mäuse und meine Taschenlampe. Schreib zurück.«

Objekt-Nr.: 4

Herkunft: Es gibt eine Menge Nachrichten von Onkel Jim. Ich bin mir nicht sicher, in welcher Reihenfolge, weil er auf keine ein Datum geschrieben hat. Ich glaube, er hat viele Abenteuergeschichten gelesen.

Präsentation: Die lustigsten, einfallsreichsten Nachrichten ordnen und gemeinsam ausstellen.

Kuratorin: Clover Quinn

Konservator: Darren Quinn

Kapitel 6

Darren wartet am Fuß der Brücke auf Colins Lieferwagen. Er ist leicht zu erkennen: leuchtend gelb mit »The Handyman Can« – der Handwerker kann's – in schnörkeligen Buchstaben auf beiden Seiten. Ursprünglich wollte Colin »Ihr Mann für alles: Was immer Sie brauchen, ich mach's Ihnen!« draufschreiben. Das war zwar eine einigermaßen korrekte Beschreibung seiner Rolle als Handwerker und Arbeiter, aber gleichzeitig natürlich auch ziemlich geschmacklos und völlig daneben, weshalb es ihm wahrscheinlich auch so gut gefiel. Vor Jahren verbrachten sie beide mal einen alkoholreichen Abend damit, sich den Kopf über einen guten Slogan zu zerbrechen, während Clover einen Stock höher tief und fest schlief. Es war ein großer Spaß gewesen. Sie hatten sich sogar eine Handwerker-Version von »The Candy Man« ausgedacht, die seither die hinteren Türen des Lieferwagens zierte.

Wer macht einen Umzug
und passt dabei gut auf,
Wickelt alles einzeln ein,
trägt's nachher wieder rauf?
Der Handwerker kann's!

Wer macht jede Mauer
Glatt und schön wie Glas
Mit Tapete oder Farbe
Und hat dabei noch Spaß?
Der Handwerker kann's!

Da ist er. Darren winkt, Colin setzt den Blinker und hält am Straßenrand an. Die Beifahrertür klemmt etwas. Darren muss kräftig daran ziehen. Im Radio läuft der Song »Happy« – er muss sich wirklich mal mit seiner Ukulele hinsetzen und die Akkorde rausfinden. Es würde Clover bestimmt gefallen.

Colin hält sich die Hand vor den Mund und niest. Einmal, zweimal, dreimal. Seine Augen sind rot und die Haut um seine Nasenlöcher herum rissig und schuppig. Er reiht sich in den Verkehr ein, muss dann aber sofort wieder abbremsen, weil die Ampel oben auf der Brücke auf Gelb schaltet. Eine Hand am Lenkrad, tastet er mit der anderen im Handschuhfach und in der Seitenablage der Tür nach einem Taschentuch. Die Ampel wird grün, und jemand hinter ihnen hupt. Seufzend wischt sich Colin die Nase mit dem Handrücken ab, den er dann über seine Shorts reibt.

»Was ist los? Du siehst total scheiße aus.«

»Ich fühl mich auch scheiße. War heute Morgen noch nicht mal trainieren.« Colins Stimme kratzt hinten im Hals.

»Mein Gott, du musst echt *richtig* krank sein.«

»Total zum Kotzen, bei diesem Wetter erkältet zu sein. Ich wollte gar nicht aus'm Bett. Doch dann fiel mir das beste Heilmittel wieder ein.«

»Gegen Erkältungen? Was ist das?«

»Selbstständig zu sein.«

»Ha ha!«

Der heutige Job ist einfach: ein Umzug, aber ohne Einpacken. Die Kisten sollten bereitstehen, sie müssen sie nur abholen, ein paar Möbel rücken und alles auf die andere Seite der Stadt fahren. Drei oder vier Fuhren sollten reichen. Colin macht inzwischen nicht mehr viele Umzüge, nur ab und zu als Gefallen für jemanden, der kurzfristig umziehen muss und sonst niemanden findet oder, wie heute, den Freund eines Freundes, der wenig Geld dafür ausgeben will. Insgesamt ist es ein interessanter Job. Einmal kamen sie an und mussten feststellen, dass der Typ, dessen Zeug sie umziehen sollten, noch nicht mal angefangen hatte zu packen. Er hatte sich einfach nicht dazu überwinden können und versteckte sich halb hinter der geöffneten Haustür, das Gesicht rot vor Scham. Colin schwindelte und behauptete, das würde ständig vorkommen. Dann krempelten sie die Ärmel hoch und machten sich ans Werk. Die Familie heute – Mutter, Vater und zwei kleine Mädchen – ist vorbereitet. Die Mädchen rasen durch das fast leere Wohnzimmer. Sie legen sich auf den Fußboden, rollen herum und üben Handstand. Darren hat das schon öfters gesehen: In leeren Häusern werden Kinder zu jungen Hunden, die versuchen, noch jedes Eckchen Revier zu markieren, bevor sie gehen. Der Vater, bärtig mit Brille, hat die Statur eines Spazierstocks. Er trägt modisch ausgebleichte Jeans und ein T-Shirt mit der Aufschrift: »Gier ist das Messer, und es schneidet tief«. Er nennt seine Frau und Kinder wechselweise Schatz – »*Schatz*, könntest du mal eben …«, »Lass das bitte, *Schatz*« – und er trägt eines dieser Armbänder, die einem sagen, ob man gut geschlafen hat und wie oft man furzen musste. Vermutlich macht er was mit IT. Die Mutter hat etwas von einem Pferd. Es liegt an den Oberschenkeln: stramm und fest.

»Kann ich Ihnen ein Heißgetränk anbieten?«, erkundigt sie sich mit leiser, vornehmer Stimme. »Es gibt in der Küche noch eine offene Kiste für den Wasserkocher und so weiter. Tee? Nein? Sind Sie sicher? Früchtetee? Chai-Tee? Pfefferminz, Ingwer …?«

Colin grinst. »Nee, danke«, sagt er.

»Ich hab auch Kekse. Mögen Sie Wiener Kringel?«

»Passt schon. Wir machen uns dann mal an die Arbeit.«

Sie gehen nach oben, um das Gewicht der leeren Kleiderschränke abzuschätzen und sich die Bettgestelle anzusehen, die sie gleich auseinanderbauen werden.

»Wiener Kringel!«, murmelt Colin. »Wie das schon klingt. *Möchten Sie einen Chai-Tee?* Was zum Teufel soll das denn sein?«

»Keine Ahnung. Ich dachte, das wären diese langsamen Übungen für alte Leute. Ich glaube, Edna macht das im Freizeitzentrum.«

»Das ist Tai-Chi, du Trottel.«

»Na ja, vielleicht ist das Zeug gut bei Erkältung. Du hättest es probieren sollen.«

»So was trinkt man wahrscheinlich in *London*«, näselt Colin.

Da sie Schritte auf der Treppe hören, verstummen sie.

»Alles klar so weit?«, erkundigt sich Mr. IT.

»Jep«, sagt Colin.

»Ich hab die Bürosachen gepackt. Alles bereit zum Runtertragen. Den Drucker bitte aufrecht transportieren.«

Colin salutiert.

»Dann überlassen wir Sie mal sich selbst.«

»Wunderbar, wir sehen uns dann in Ihrer *neuen Behausung.*« Diese Formulierung benutzt Colin gern mindestens ein Mal – er findet es dem Anlass angemessen.

Sie wuchten die gepackten Kisten die Treppe hinunter und stapeln sie im Wohnzimmer. Dann heben sie oben die Türen aus den Kleiderschränken und verstauen die Schrauben in Tütchen. Sie wickeln die Spiegel ein und stecken Schaumstoffschoner auf die Ecken, bauen die Betten auseinander und tragen die Rahmen und Matratzen hinaus zum Lieferwagen. Während Colin im ersten Stock eine letzte Kontrollrunde dreht, packt Darren die restlichen Küchensachen ein. Die Kiste mit dem Wasserkocher steht offen auf der Arbeitsplatte. Er späht hinein: Darin befinden sich einige Tassen und verschiedene Sorten Tee. Er findet das Päckchen mit dem Chai-Tee. Kardamom, Ingwer, Zimt, steht auf der Beschreibung – klingt wie eine Curry-Mischung. Dann entdeckt er ein kleines, in Pergamentpapier gewickeltes Päckchen: die Wiener Kringel. Selbst gemacht. Das gab's noch nie. Und sie schmecken lecker. Krümelige, runde Spritzgebäckhälften, die mit Marmelade und Buttercreme zusammengeklebt sind. Er nimmt einen zweiten Keks, während er am Boden der Kiste herumkramt, wo sich lauter Kühlschrankmagneten tummeln: Buchstaben, Zahlen von Null bis Neun, ein paar kitschige Sprüche. Letztere holt er heraus und reiht sie auf der Arbeitsplatte auf.

Andere sind mit weniger glücklich, als du besitzt.

Das Leben ist nicht leicht für den, der träumt.

Eine Tochter ist ein kleines Mädchen, das zu deiner besten Freundin heranwächst.

Durch die Zimmerdecke kann er Colin hören, der kontrolliert, dass oben nichts zurückbleibt, nicht das kleinste Schräubchen. Darren dreht den Magneten über Töchter zwischen den Fingern hin und her. Das hier war ein zufriedenes Haus. Der Kerl mit dem Spruch-T-Shirt, die Frau mit den dunklen Haaren und der sanften Stimme und ihre kleinen Mädchen waren hier glücklich. Er kann das Echo ihres Lebens im Zimmer hören …

Chai-Tee!

Wiener Kringel!

Schatz!

Das erste Mal, als er etwas mitgenommen hat, war es ein Buch. Er arbeitete damals wieder als Busfahrer, aber ab und zu, an seinen freien Tagen, half er Colin. Edna passte dann auf Clover auf, wie sonst während seiner Arbeitszeit auch, und das Geld auf die Hand war willkommen – Windeln kosteten ein Vermögen und Babynahrung genauso. Er hatte als Gipsergehilfe gearbeitet, Eimer mit Wasser hin und her geschleppt, Sockelleisten abgewischt, als Gärtner ausgeholfen und ein Haus entrümpelt, bevor er Colin das erste Mal bei einem Umzug half: ein Ehepaar und ihr Baby, die von einer Doppelhaushälfte in Churchtown in ein renovierungsbedürftiges Einfamilienhaus in Birkdale umsiedelten.

Der Mann war grau und zerknittert. Er hatte die Angewohnheit, sich fest über den Kopf zu reiben, genau da, wo seine Haare weniger wurden. Das Baby war irgendwie in einen großen Schal gewickelt an die Frau gebunden worden. Da hing es, mit dem Gesicht nach vorn, wie ein junges Känguru.

»Nur so kann er schlafen«, erklärte sie, »Haut an Haut. Jedes Mal, wenn ich versuche, ihn in sein Bettchen zu legen, wacht er *sofort* auf und *schreit* wie am Spieß.«

Darren öffnete den Mund, um sein Mitgefühl auszudrücken, schloss ihn jedoch sofort wieder, als ihm klar wurde, dass sie stolz auf die Abhängigkeit des Babys war.

»Sag dem netten Mann Hallo«, gurrte sie. Der Kleine konnte nicht sprechen, er war erst ein paar Monate alt, kaum in der Lage, selbst den Kopf zu halten. »Sollen wir zusehen, wie die netten Männer unsere Sachen einpacken? *Sollen wir das?* Aber zuerst muss die Mami dich füttern, *nicht wahr*?«

Colin und er liefen zwischen Haus und Transporter hin und her und trugen die leeren Umzugskartons herein, die sie mitgebracht hatten. Im Obergeschoss gab es nicht viel zu packen. Das Elternschlafzimmer war sparsam möbliert und das zweite Zimmer enthielt einen Schreibtisch, ein paar Regale und einen Drehstuhl. Das dritte Zimmer gehörte dem Baby. Blau und gelb, alles aufeinander abgestimmt: das Bettchen, die Bettwäsche, die Bordüre der Tapete, die Aufkleber an der Wand, der Lampenschirm, das winzige Bücherregal – alles. Und das Baby schlief anscheinend noch nicht einmal hier. Es schlief *Haut an Haut*, also war das gesamte Zimmer ein Denkmal für ein imaginäres Baby, eines, das gern mit sich allein war.

Darren knotete die Bänder des Nestchens auf und zog die Decke ab. Er nahm die Vorhänge herunter und schraubte den Lampenschirm ab. Das Miniaturbücherregal war voll. Es glich einer Bücherei: *Thomas, die kleine Lokomotive*, *Pu der Bär*, *Elmer* und eine ganze Serie Kinderbuchklassiker. Beim Verpacken Letzterer schlug er eines auf. Nur ein schneller Blick, um zu sehen, wie klein die Schrift war. Winzig – es würde Jahre dauern, bevor der Junge die Geschichten verstand, und noch länger, bevor er sie selber würde lesen können. Während er durch die Seiten blätterte, sah er, dass die Frau vorn etwas hineingeschrieben hatte: »Alles Liebe von Mummy, Kuss«. Er schlug ein weiteres auf, und dort stand das Gleiche. Und noch eines. Sie hatte es in *jedes* Buch hineingeschrieben. Dieselbe Widmung. Das hatte irgendwie etwas Verzweifeltes an sich: *Das hier ist von mir, und das hier auch, und das, und das, und das – siehst du, was ich dir alles geschenkt habe?* Darren bekam eine Gänsehaut. Er konnte ihre Stimme aus dem Zimmer nebenan hören, wo sie das Kind stillte. Wie sie mit ihm sprach, als ob das Wort *Ich* gar nicht existieren würde: »Die Mummy glaubt, dass du jetzt erst mal genug getrunken hast!« »Die Mummy macht dir jetzt mal eine frische Windel.« Wie hieß der Spruch? *Ein Team kennt kein Ich*. Sie gehörte zu den Leuten, die so etwas sagen würden, oder? Es beschäftigte ihn immer noch, dass alles in diesem Zimmer aufeinander abgestimmt war. Es wirkte so *gestellt*. Und er selbst kam sich entlarvt vor. Nichts davon war notwendig. Babys mussten gefüttert und angezogen werden. Warm und trocken mussten sie es haben. Alles andere war Bullshit. Oder?

Die Frau tauchte im Türrahmen auf, wobei sie ihre Ankunft durch eine weitere einseitige Unterhaltung mit dem Baby ankündigte. »Der Mann packt deine Sachen ein – *ja, das macht er!* Und dann bringt er sie zum neuen Haus – *ja, das wird er*!«

Auf dem Boden kniend nahm Darren die Schubladen aus der kleinen Kommode und stapelte sie sorgfältig aufeinander.

»Sind Sie verheiratet?«, fragte sie. »Gibt es in Ihrem Leben eine bessere Hälfte? Jemand *Besonderes*?«

Er schüttelte den Kopf.

»Warten Sie's nur ab.« Sie lächelte ihn an, verzückt und weise. »Eines Tages werden Sie wissen, wie es ist, mit drei Stunden Schlaf auszukommen, und es wird Ihnen überhaupt nichts ausmachen. *Es wird ihm nichts ausmachen, nicht wahr?*«, fragte sie das Baby. *»Nein, das wird es nicht!«*

Darren legte eine Lage Papier über jede Schublade, um den Inhalt zu schützen: fein säuberlich gefaltete Babykleider und verschiedene Accessoires – ein winziges Paar Nike-Turnschuhe, ein Mini-Trikot der englischen Rugbymannschaft, eine Fliege mit Klettverschluss, eine gehäkelte Affenmütze, mit Ohren.

»Möchten Sie mal Kinder haben?«

Ihr Baby war hässlich, dachte er. Plattes Gesicht, käsig, mager. Keine besonders gute Werbung.

»Das werden Sie eines Tages. Ihre biologische Uhr wird anfangen zu ticken und auf einmal wird der Wunsch da sein. *Nicht wahr? Oh ja!*«

Er klappte die Matratze aus dem Bett, nahm das Spannbetttuch ab, faltete es zusammen und legte es zu den Vorhängen und dem Nestchen.

»Ein kleiner Junge, mit dem Sie Fußball spielen können – ich wette, Sie mögen Fußball, richtig? Das wäre doch nett, oder? Welchen Verein mögen Sie?«

»Wigan«, murmelte er.

»Ein kleines Wigan-Trikot. Winzige Fußballsöckchen. Das wäre süß, oder? *Ja, das wäre es!*«

Clover war damals noch nicht ganz ein Jahr alt. Sie zahnte, wachte nachts auf, *jede* Nacht. Er fühlte sich regelmäßig wie betrunken vor Müdigkeit. Alles wirkte verschwommen. Es war, als würde durch das ständige nächtliche Aufwachen die Dunkelheit in einen eindringen. Schwarze Flecken schwammen vor seinen Augen. Auch seine Ohren fühlten sich zu an. Die Schatten waren zwischen seine Finger geschlüpft, was seine Hände plump und ungeschickt machte. Wenn Clover anfing zu weinen, zwang er sich in eine sitzende Haltung, schob mühsam die Füße unter der Decke hervor, stellte sich auf wackelige Beine und schlurfte durch den Flur ins vordere Schlafzimmer, wo sie in ihrem Bettchen lag: halb in den Decken verstrickt, ein sich windendes, wütendes Etwas mit nassem Kinn. Er prüfte ihre Windel und deckte sie wieder richtig zu. Tastete nach der Tube mit dem Zahngel. Rieb mit dem Finger über die knochenharten Gaumen und wischte ihn dann an seinen Boxershorts trocken. Dann kniete er sich neben das Bett, atmete Lakritze und Dunkelheit ein, während er sie mit geflüsterten Wortfetzen wieder in den Schlaf murmelte. Es machte ihm sehr wohl etwas aus, in der Nacht aufzustehen. Daran bestand nicht der leiseste Zweifel. Es machte ihm *extrem viel* aus. Diese Frau behauptete, bei ihr wäre das nicht so, aber das musste gelogen sein, eine Art komplizierte Show – sie nagelte sich selbst ans Kreuz der Müdigkeit: Seht mich an, seht, wie ich hier hänge, bin ich nicht toll?

»Entschuldigen Sie mich«, sagte er und ging durch den Flur zu Colin hinüber, der gerade die Kleidung aus den Schränken im Elternschlafzimmer hob und sie in besondere Kisten hängte. »Bin in fünf Minuten wieder da, okay?«

Colin nickte. Er sah aus, als wolle er etwas sagen, doch er blieb stumm. Damals sagte er nie etwas. Wagte es nicht.

Darren war froh, aus dem Haus zu kommen. Er setzte sich auf die Gartenmauer und atmete eine Weile ein und aus. Er hatte das Gefühl, in diesem Zimmer zu ersticken: Es war so voller Erwartung – vollgestopft mit Hoffnung und Ängsten. Jeder der aufeinander abgestimmten Gegenstände bettelte: *Hab mich lieb, hab mich lieb, hab mich lieb*.

Als er wieder hineinging, stand der Ehemann am Fuß der Treppe, rieb seinen Kopf und rief: »Mummy! Mummy! Komm mal bitte.«

Darren sah hinauf und fragte sich, wo sich die Mutter des Typen die ganze Zeit versteckt hatte, während Colin und er die Sachen verpackten. Doch oben an der Treppe tauchte *sie* auf: *Mummy* – eine Brust entblößt, die Haut milchig weiß und von Adern durchzogen wie ein Stilton-Käse.

»Ja, *Daddy*?«

Das Baby hörte auf zu nuckeln, sodass ihre Brustwarze aus seinem Mund ploppte, lang gezogen und nass. Darren wandte den Blick ab, um ihr Gelegenheit zu geben, sich zu bedecken.

»Schon okay«, rief sie, total entspannt. »Das ist etwas ganz Natürliches. Dazu sind Brüste da.«

Er wartete, bis die beiden ihre Unterhaltung geführt hatten, dann kehrte er ins Kinderzimmer zurück und packte die restlichen Sachen ein.

Es passierte, nachdem Mummy, Daddy und Sweetie in ihr neues Zuhause aufgebrochen waren und er mit Colin den Transporter belud. Ohne groß darüber nachzudenken, schnappte er sich einfach eines der Little Golden Books aus der Kiste, zog seinen Kapuzenpulli aus und packte es darin ein. Das eingewickelte Buch ruhte den ganzen Weg zur neuen Behausung in Birkdale auf seinen Knien. Als sie ausstiegen, ließ er es im Fußraum des Lieferwagens liegen, und hinterher, sobald alles eingerichtet und Sweeties Sachen in einem weniger geschleckten Zimmer verteilt worden waren, stieg Darren wieder in den Transporter, hob die Jacke auf den Schoß und hielt sie die Fahrt über bis nach Hause fest.

Colin ließ ihn am Fuß der Brücke raus, und statt Clover direkt bei Edna abzuholen, eilte er zuerst nach nebenan, am *ZU VERKAUFEN*-Schild an seiner Gartenmauer vorbei zur Haustür. Er nahm zwei Treppenstufen auf einmal und platzte ins mittlere Zimmer hinein. Er tat es immer mit einem Ruck, wie man ein Pflaster abreißt. Dort herrschte totales Chaos. Die Leute fragten ihn immer, ob er sich um Beckys Sachen *gekümmert* hatte. Sie machten hilfreiche Vorschläge: ein neues Zuhause für die Dinge finden, sie spenden, sie wegwerfen – *du musst akzeptieren, dass sie nicht mehr zurückkommt.* Er würde sich um alles kümmern, wenn das Haus verkauft wurde. Das wäre gleichzeitig ein Ende und ein Neuanfang. In der Zwischenzeit kaufte er sich ein Einzelbett und zog in das winzige dritte Zimmer, das, von dem er immer gedacht hatte, es würde mal dem Baby gehören, das sie sicherlich würden haben wollen, eines Tages. Clover bekam das vordere Schlafzimmer und ein eigenes Bettchen statt des Babykörbchens.

Beckys Sachen landeten in unregelmäßigen Abständen im mittleren Zimmer, ähnlich unbeständig wie das Wetter: Dann und wann gab es heftige Regenfälle, wenn er mit Armen voller Sachen die Treppe hinauflief, dann wieder gab es Zeiten, in denen ihn ein einzelner Gegenstand überrumpelte – eine verwaiste Socke, ein Haargummi, ein Buch, ein Schal, ein Brief –, den er dann liebevoll zum Bett trug, um ihn dort zu betten, wo sie geschlafen hatte. Wo er nicht mehr schlafen konnte. Es war ein Denkmal, und eine Müllhalde.

Er warf das Buch aufs Bett. Mummy würde es eines Tages vermissen. Sie würde annehmen, dass es auf unerklärliche Weise beim Umzug verloren gegangen sein musste, wie eine einzelne Socke in der Wäsche. Sie käme nicht auf die Idee, dass es jemand geklaut haben könnte. Aber stören würde es sie schon, dachte er. Sie würde sich fragen, wo es wohl abgeblieben war. Vielleicht würde sie dann und wann danach suchen und nach einem gebrauchten Exemplar auf eBay Ausschau halten, damit das Set wieder komplett war. Doch es wäre nicht mehr dasselbe, nicht wahr? Ihn freute der Gedanke, dass er an ihrer perfekten Welt vorbeigeschrammt war und einen Kratzer hinterlassen hatte.

Eine Tochter ist ein kleines Mädchen, das zu deiner besten Freundin heranwächst. Es ist die Art von Magnet, die an seinem eigenen Kühlschrank hängen sollte, ein Symbol für Behaglichkeit und häusliche Liebe. Früher hätte er das Ding, oder etwas Ähnliches, einfach in die Gesäßtasche seiner Jeans geschoben. Heute nicht. Als er Colin die Treppe herunterkommen hört, wirft er die Magneten zurück in die Kiste und trägt das kleine Päckchen mit den Keksen in den Flur.

»Wiener Kringel?«

»Da sag ich nicht Nein.«

Heute Abend kocht er ein richtiges Essen, obwohl er müde ist und am nächsten Morgen arbeiten muss. Er macht Jims Lieblingsgericht: Schinkenmakkaroni mit Käse überbacken. Dazu noch grüne Bohnen, in feine Streifen geschnitten. Aus Prinzip. Auch wenn Jim sie natürlich nicht essen wird.

Das Haus wirkt an diesem Abend besonders vollgestopft. Das tut es meistens, wenn er nach einem Aushilfstag mit Colin heimkommt. Irgendwann wird er sich mal darum kümmern. Anfangs war es einfach, das Ausmisten vor sich herzuschieben, als er noch dachte, er würde das Haus verkaufen. Monatelang war es auf dem Markt, aber niemand machte auch nur ein Angebot. Manchmal fragten die Leute, die zur Besichtigung kamen, nach der Mutter des Babys, oder sie merkten, dass ihnen sein Gesicht irgendwie bekannt vorkam. Mit der Zeit wurde die Vorstellung zu gehen schwerer als die zu bleiben. Er konnte den Kredit gerade so bedienen und fing an, über Schulen nachzudenken, und wie er ohne Edna nebenan klarkommen sollte. Letzten Endes war es einfacher gewesen zu bleiben. Ab und zu, wenn er Colin irgendwo bei einer Haushaltsauflösung hilft, wird ihm klar, dass all seine Besitztümer ihm nur gehören, solange er lebt. Danach werden sie zu einer Aufgabe, um die sich jemand anderes kümmern muss. Dann kehrt er mit der panischen Vorstellung heim, wie Clover das Chaos erbt und alles sortieren und entsorgen muss.

Jim kommt zu früh und lässt sich aufs Sofa plumpsen. Er riecht ungewaschen und nach Zigaretten. Darren überlegt, ihn erst nach oben in die Badewanne zu schicken. Wahrscheinlich würde es sogar klappen, aber nicht ganz ohne Theater, und darunter könnte Clover leiden.

»Wann essen wir?«

»Es ist noch nicht fertig.«

Kopfschüttelnd steht Jim vom Sofa auf. Er geht zum Fenster und wieder zurück, setzt sich, steht wieder auf.

»Musst du noch irgendwohin? Haste ein Date?«

»Nein.«

»Dann macht es dir ja auch nichts aus zu warten.«

»Wie lange noch?«

Jims gequälter Gesichtsausdruck nervt ihn. »Es ist fertig, wenn's fertig ist«, sagt er. »Was soll ich denn deiner Meinung nach machen? In den Ofen kriechen und draufpusten?«

»Dad!«

Er geht in die Küche zurück. Clover hatte ihn zu Recht überredet, Jim einzuladen. Er sieht furchtbar aus: ausgemergelt und zappelig, mit verquollenem Gesicht, als wäre er gerade erst aufgestanden. Nachher wird er die Nebenwirkungen der Medikamente googeln, die Jim eigentlich einnehmen sollte. Wobei die Wahrscheinlichkeit hoch ist, dass er sie abgesetzt hat und deshalb nicht er selbst ist.

Die Küche riecht nach geschmolzenem Käse und Schinkenfett. Richtiges Essen. Das sollte er viel öfter machen. Sie essen zu viel Toast und zu viele Fischstäbchen, zu viele Dosensuppen und Tiefkühlgerichte – natürlich mit frischem Gemüse dazu, aber er könnte es besser machen. Ein Blick auf die Nudeln zeigt, dass der Käse obendrauf gebräunt ist. Also nimmt er die Form mithilfe eines Geschirrtuchs aus dem Ofen und teilt das Essen auf drei Teller auf. Auf jeden gibt er noch eine große Portion grüne Bohnen. Clovers und Jims Teller trägt er zuerst ins Wohnzimmer.

Als er mit seinem eigenen zurückkommt, bleibt er kurz im Flur neben dem abgeschraubten Heizkörper stehen, den er wieder anbringen muss, bevor der Winter kommt, und lauscht.

»… er die ganze Zeit ›Wer sieht sich bloß so einen Müll an?‹ und dann hat er den Fernseher wieder eingeschaltet. Da war so eine Frau ohne Zähne, und ihr Sohn hat den ganzen Tag Hasch geraucht und sie bestohlen. Das hat sie behauptet.«

»Hm.«

»Aber am Ende ist ihr Sohn mit Graham mitgegangen, das ist der Sozialarbeiter, und er darf keine Leute anbrüllen. Er hat auch versprochen, kein Haschisch mehr zu rauchen. Das war gut.«

»Hm.«

»Hattest du einen schönen Spaziergang hierher?«

»Hm.«

»Es ist ganz schön heiß, oder?«

»Hm.«

»Wie geht's deinen Füßen gerade?«

»Hm.«

Darren betritt das Zimmer. »Guten Appetit«, sagt er.

Ihre Gabeln klirren auf den Tellern. Die Nudeln sind käsig und die Speckstücke gerade richtig knusprig. Doch Jim legt sein Besteck weg. Ein Bissen und schon zieht er Grimassen.

»Was ist los?«

»Hast du Schmerztabletten?«

»Wofür denn?«

»Meinen Zahn.«

»Immer noch?« Seufzend stellt Darren seinen Teller auf den Boden.

Er läuft nach oben, um all die Sachen herum, die er irgendwann mal wegräumen wird. Der Schlüssel zum Medizinschrank ist in seinem Zimmer versteckt. Auf dem Boden kniend hebt er die Matratze hoch. Da. Im Badezimmer schließt er den Schrank auf, nimmt eine frische Packung Paracetamol heraus, schließt wieder ab, überprüft das Schloss, und dann noch einmal, ehe er den Schlüssel wieder in sein Versteck zurückbringt.

»Die kannst du behalten«, sagt er zu Jim. »Warst du schon beim Zahnarzt?«

»M-mm.«

»Gehst du da bitte hin? Vielleicht ist es was, das sie ohne Spritze richten können.«

»Bist du deshalb noch nicht dort gewesen?«, fragt Clover. »Das ist aber albern. Es tut doch nicht weh. Ich hab eine Füllung bekommen, und die Spritze ist bloß ein kleiner Pikser – das sagen sie währenddessen: ›Bloß ein kleiner Pikser‹. Und an der Zimmerdecke ist ein Schild: ›Das Leben ist kurz – lächele, solange du noch Zähne hast‹. Das kann man sehen, wenn man auf dem Behandlungsstuhl liegt.«

Sie strahlt Jim an, und Darren liebt sie dafür, für alles.

Jim rührt sein Essen kaum an, und er bleibt auch nicht zum Fernsehen oder Wii-Spielen, obwohl er nichts anderes vorhat. Darren gibt ihm eine Packung Batterien für seine Fernbedienung mit und blickt ihm von der Haustür aus nach, wie er die Wohnsiedlung verlässt und auf die Hauptstraße Richtung Stadt abbiegt.

Der Großteil von Jims Portion landet im Mülleimer. Was für eine Verschwendung. Was für ein Idiot. Aber immerhin ist er gekommen. Es geht ihm nicht gut, und er ist trotzdem hergekommen und hat versucht, mit ihnen zu essen.

»Wenn Onkel Jim nicht er selbst ist, dann ist das nicht wirklich *er*, sondern etwas, das *mit ihm* passiert«, erklärt er Clover, die mit dem Geschirrtuch in der Hand wartet, nicht zum ersten Mal. »Es wird noch eine Weile so weitergehen und dann, na ja …« Er hebt die Arme zu einer Du-weißt-was-dann-passiert-Geste. »Und wenn er aus dem Krankenhaus kommt, dann wird es ihm wieder eine Weile besser gehen. Ganz schöne Achterbahn, was?«

»Wir sollten netter zu ihm sein«, sagt sie.

»Wir sind nett zu ihm.«

»Nett-*er*. Freundlicher.«

»Dein Onkel Jim und ich sind keine wirklichen *Freunde*.

Zieh nicht so ein Gesicht! Ich wette, bei dir an der Schule gibt es jede Menge Leute, mit denen du nicht befreundet bist – das bedeutet nicht, dass du sie nicht magst, sie sind nur einfach … sie sind nicht wie du.«

»Colin ist auch nicht wie du.«

Ertappt. Er versenkt die Teller im Spülbecken und versucht es noch einmal. »Deiner Mutter zuliebe halten Onkel Jim und ich Kontakt zueinander.«

Clover wird ganz still, wie immer, wenn er Becky erwähnt. Es ist, als würde man einem Tier dabei zusehen, wie es die Nackenhaare aufstellt, und er bereut sofort, das Thema angeschnitten zu haben.

»Kennst du den Song ›Happy‹? Ich hab ihn heute Morgen wieder im Radio gehört. Wenn wir mit dem Abwasch fertig sind, schau ich mal im Internet, ob jemand die Akkorde notiert hat. Das wäre doch lustig, oder?«

Clover stimmt ihm zu, und er summt die Melodie, während er Käse von den Tellern schrubbt. In der Küche ist es heiß. Aber es riecht nach Käse und Speck. Und es klingt nach Glück.

Ausstellung: »Becky Brookfield – die unerzählte Geschichte«

Katalog

Objekt: Milchzähne

Beschreibung: Ein wiederverschließbarer Umschlag, in dem sich mehrere Milchzähne befinden.

Objekt-Nr.: 6

Herkunft: Ich glaube, diese gehören Becky Brookfield (meiner Mutter). Es ist auch möglich, dass sie Darren Quinn (meinem Vater) gehören, aber das Gefühl habe ich nicht, wenn ich sie in der Hand halte. Ich nehme an, sie enthalten DNS, aber ich weiß nicht, wie man das testen lässt (Jeremy Kyle könnte es, aber dazu müssten wir erst ins Fernsehen kommen und uns furchtbar streiten). Becky Brookfields Mutter (Großmutter Maureen) muss die Zähne aufbewahrt haben, als sie Zahnfee gespielt hat.

Präsentation: Entweder im Originalumschlag (der vielleicht nicht mehr klebt, wenn er zu oft geöffnet und wieder verschlossen wird) oder in einer kleinen Tupperschüssel (jede Menge davon in der Küche).

Kuratorin: Clover Quinn

Konservator: Darren Quinn

Kapitel 7

»DA BIST DU JA!«

Clover zuckt zusammen.

»Du wolltest GERADE GEHEN, nicht wahr? Hab ich dich ERSCHRECKT?«

»Ja!« Sie lehnt ihr Fahrrad wieder an die Hauswand und dreht sich zu Mrs. Mackerel um.

»Ich hab dich BEOBACHTET. Hab am FENSTER GEFAULPELZT.«

»Oh.«

»Auf dem Weg zum SCHREBERGARTEN?«

»Ja.«

»HEUTE NACHMITTAG kannst du mal deinen SCHAL vorbeibringen, DEN DU STRICKEN WOLLTEST. Deine TANTE PEARL kommt auch.«

»Aber ich –«

»Ich hab TRAUBENSAFT besorgt, EXTRA FÜR DICH.«

»Oh. Aber ich …«

»NEIN, ich lass mich nicht ABWIMMELN.« Mrs. Mackerel verschwindet wieder in ihrem Windfang und ruft: »BIS SPÄTER«, was Clover an Onkel Jim erinnert, der, wenn er er selbst ist, gern sagt: »Bis spätäter« oder »Bis später, Verräter« und »Bis später, Diäter«. Er reimt alles Mögliche, und wenn er besonders gut drauf ist, sogar so was wie »Bis später, Pups-Geräter«.

* * *

Sie kommt mit einer Tüte neuer Kartoffeln und einer zweiten voller Buschbohnen vom Garten zurück. Nachdem sie die Ausbeute in die Spüle gestellt hat, setzt sie Wasser auf und holt Dads angefangenen Schal aus ihrem Zimmer. Bisher besteht er aus zwei blauen Streifen und zwei weißen. Das ist alles. Ärgs!

Das gibt Ärger. Clover nippt an ihrem Tee und tunkt ihren Keks ein, bevor sie sich an den nächsten Teil des Schals macht. Eins rechts, eins links, eins rechts, eins links.

Mrs. Mackerel hält die Fenster fest verschlossen, damit nicht womöglich ein Insekt eindringen kann. Es ist so heiß, dass der Teppichboden förmlich kocht, und es riecht nach Hausschuhen und Staub. Die Damen sind noch nicht in den Wintergarten umgezogen. Der Orangensaft steht auf dem Boden neben dem Sessel, die Gin-Flasche zwischen den Porzellanhäuschen auf dem Kaminsims, wie ein alkoholischer Leuchtturm. Mrs. Mackerel folgt Clovers Blick.

»NICHT FÜR DICH, mein FRÄULEIN. Dich halten wir auf dem TRAMPELPFAD DER TUGEND, bis du älter bist.«

Clover hat sowieso kein Interesse daran: Es riecht eklig, wie Desinfektionsmittel. Sie holt den kleinen Tetrapak mit Saft und Trinkhalm aus dem Kühlschrank. Als sie zurückkommt, inspiziert Mrs. Mackerel gerade den Schal, indem sie die Dicke zwischen Zeigefinger und Daumen misst.

»Hast du beim FARBENWECHSEL den neuen Faden MITGEFÜHRT?«

Sie nickt. Natürlich hat sie das! Man kann doch keinen ganzen Dr.-Who-Schal stricken, wenn man nicht weiß, wie man richtig Farben wechselt. Aber es hat keinen Sinn, irgendetwas zu sagen, denn diese Unterhaltung findet für Mrs. Knight statt – die nicht stricken kann.

»Bist NICHT BESONDERS WEIT gekommen, was?«

»Noch nicht.«

»Dann BEEIL DICH besser mal.«

Clover trinkt ihren Saft durch den winzigen Strohhalm, wobei sie aufpasst, Mrs. Mackerel nicht durch Schlürfen zu verärgern. Auch wenn sie eigentlich Wichtigeres zu tun hätte, ist es doch ganz nett, zu einem Ereignis eingeladen zu werden, das in vergangenen Ferien den Höhepunkt ihrer Woche darstellte. Es macht Spaß, auf andere Weise hier zu sein, nämlich als Gast, der, so hofft sie zumindest, jederzeit aufstehen und gehen kann. Wie sie so auf dem türkisfarbenen, rosengesprenkelten Sofa sitzt, kommt sie sich großmütig und erwachsen vor.

Mrs. Knight beschwert sich über die Hitze im Zimmer. Normalerweise sitzt sie nachmittags draußen. Wegen der frischen Luft.

»Ja, und DESHALB siehst du auch aus wie eine ROSINE, Pearl.«

»Ich war gesundheitlich angeschlagen. Magen-Darm.«

»ISST DU DENN IRGENDWAS?« Mrs. Mackerel beäugt Mrs. Knights Glas, das bereits halb leer ist.

Mrs. Knight, der das nicht entgeht, umklammert es ein bisschen fester. »Oh ja.«

»WAS?«

»Suppe.«

»Die LÄUFT DOCH UNGESTREIFT DURCH. Was du brauchst, ist eine SCHEIBE TROCKENER TOAST. Der REINIGT deinen VERDAUUNGSTRAKT.«

»Und wie, liebe Edna, soll das funktionieren?«

»DURCH DIE RINDE.«

»Aha.«

Mrs. Knight nippt an ihrem Drink und lässt sich in die Mitte des Dreisitzers sinken, während Mrs. Mackerel ihr altes Jammerlied über die Second-Hand-Läden in der Lord Street anstimmt.

»Ich sag's dir, die Geschäfte gehen vor die HUNDE«, sagt sie.

Mrs. Knight verkündet daraufhin, dass einem die Veränderungen in der Lord Street egal sein können, wenn man wie sie eine nette Tochter ums Eck hat, die einem Sachen im Internet bestellen kann und dafür sorgt, dass sie einem bis vor die Haustür geliefert werden. Eine nette Tochter kann zum Beispiel pfirsichfarbenes Toilettenpapier bestellen, das farblich zum Badezimmer passt, statt des langweiligen weißen Zeugs, das es heutzutage überall gibt.

Mrs. Mackerel hat natürlich keine nette Tochter ums Eck. Ihre Söhne leben in Australien, Hongkong, Kalifornien und Glasgow. Diese undankbaren Mistkäfer kämen nicht auf die Idee, ihr was zu bestellen.

»CLOVER, DU BIST DOCH MITGLIED IM INTERNET? Du hast doch dieses ganze NEUMODISCHE ZEUG, nicht wahr?«

Clover nickt.

»NA BITTE!«, sagt sie, als wäre damit etwas bewiesen.

»Du solltest es mal in Liverpool versuchen«, schlägt Mrs. Knight vor. »Die Geschäfte dort sind ganz *reizend.*«

»Oh, das haben wir AUSPROBIERT, stimmt's?«

Es stimmt. Und zwar obwohl Mrs. Mackerel von Liverpool nichts hält – von Birkdale oder Ainsdale oder Formby oder Crosby oder irgendeinem der anderen Orte auf dem Weg nach Liverpool hält sie auch nichts, aber vor allem nicht von Liverpool, wo Autoreifen geklaut und Leute umgebracht werden. An einem Tag im letzten Sommer sind sie beide zusammen hingefahren. Sie haben ihre Fahrausweise benutzt – Mrs. Mackerels Seniorenpass und Clovers Familienpass –, um den Bus in die Lord Street zu nehmen. Dort sind sie in den 47er umgestiegen. Dads 47er. Darauf hat Mrs. Mackerel bestanden. Sie war noch nie in einem von Dads Bussen gewesen. Es war ein EINMALIGES Erlebnis, sagt sie. Sie blieben die ganze Strecke über im 47er sitzen, bis nach Liverpool und zurück. Mrs. Mackerel wählte den Sitz direkt hinter Dad, den besonders hohen für Fahrgäste mit Behinderung. Es stiegen Leute mit Stöcken und Rollatoren ein, aber niemand bat sie aufzustehen, denn sie ist ja alt. Sie saß da wie eine Königin auf ihrem Thron, mit baumelnden, kniebestrumpften Beinen, und legte die Hände zum Trichter an den Mund, wenn sie Sätze von sich gab wie: »DAMIT HAST DU NICHT GERECHNET, WAS, DARREN?« Und »ES IST SO SCHÖN, dich als BUSKAPITÄN zu sehen.« Dad erwiderte nichts. Er darf während der Fahrt nicht mit den Fahrgästen sprechen. Doch sein Nacken wurde ganz rosa und glänzend, wie ein Stück Speck.

»Sorg dafür, dass sie das nie wieder macht«, sagte er hinterher.

»Ich kann sie doch nicht daran hindern!«

Er machte ein Geräusch wie das Zischen der Bustüren und zeigte auf eine unsichtbare Mrs. Mackerel. »Du. Sollst. Nicht. Einsteigen«, sagte er und sie lachten beide.

»Probier's doch noch mal mit Liverpool, Edna«, beharrt Mrs. Knight.

»Es ist dort echt ganz schön«, stimmt Clover zu. »Vor allem wenn man aus dem Bus aussteigt und sich ein bisschen umsieht. Es gibt jede Menge Geschäfte – wie die, die wir hier haben, nur größer, und ganz schicke wie John Lewis, wo die Krawatten fünfzig Pfund kosten.«

»Nicht dein ERNST!«

»Ehrlich. Wir haben für Grandad eine zu Weihnachten gekauft. Er hat sie in die Waschmaschine gesteckt, und dann war sie kaputt.«

»NEIN!«

»Sie war aus Seide.«

»Na, das ist wieder TYPISCH Liverpool«, sagt sie. »Da beißt die MAUS den FADEN ab.«

»Und wie geht's deinen Jungs, Edna?«, erkundigt sich Mrs. Knight, wahrscheinlich in der Hoffnung, noch einmal mit ihrer Tochter prahlen zu können.

Doch wie sich herausstellt, hat Mrs. Mackerel Neuigkeiten von ihrem ältesten Sohn, Thomas, der DA UNTEN in Australien ORDENTLICH WAS ZU BIETEN hat.

»Ordentlich was zu bieten da unten?« Mrs. Knight leert ihr Glas und unterdrückt ein Kichern.

Mrs. Mackerel erklärt, dass Thomas, der Gute, sie wieder einmal eingeladen hat, ihn in Australien zu besuchen. Das bedeutet, dass sie die nächsten ein, zwei Monate alle um Rat fragen wird, um dann zu beschließen, doch nicht zu fahren.

»Er kann doch nicht ERNSTHAFT von mir erwarten, dass ich SO WEIT reise. Was meinst DU, Pearl?«

»Na ja, ich hab diese australischen Fernsehserien immer gern geschaut.«

»Das ist SO EINE LANGE REISE.«

»Australia«, sagt Mrs. Knight mit seltsam hoher Stimme.

»ZWEIUNDZWANZIG STUNDEN.«

»Hallo, Kängurus.«

»Man muss diese SPEZIELLEN STRÜMPFE tragen.«

»Hallo, Opossum.«

»PEARL, HÖRST DU MIR ÜBERHAUPT ZU?«

»Natürlich«, sagt Mrs. Knight, ehe sie Mrs. Mackerel mit ihrem leeren Glas zuprostet und singt: *»Waltzing Matilda, waltzing Matilda, you'll come a-waltzing Matilda with me –«*

»DU gewinnst ganz bestimmt KEINEN KOCHTOPF mit deinem GESANG.«

»Fair dinkum, wie der Australier sagen würde.« Mrs. Knight kennt sich offenbar aus.

»Wenn ich da überhaupt HEIL ANKOMME, dann ist das bestimmt wie in diesem DSCHUNGELCAMP. Man muss gegen RIESENSPINNEN kämpfen. Und SCHLANGEN. Und HAIE.«

Mrs. Knight schenkt sich noch einen Gin ein und gibt einen Schuss Orangensaft dazu. »Aber, Edna, würdest du denn überhaupt schwimmen gehen? Würdest du das wirklich machen?«

»VIELLEICHT.«

»Ehrlich?«, Auch Clover ist nicht überzeugt. »Im Meer?«

»WARUM NICHT? Ich bin schließlich im VOLLBESITZ meiner GEISTLICHEN FÄHIGKEITEN.«

»Aber was, wenn du stirbst, Edna? Was, wenn dich eine Schlange beißt. Oder dir ein Hai das Bein abreißt? Es kostet ein Vermögen, Leichen durch die Gegend zu fliegen. Dann müssen sie dich vielleicht dort begraben. In *Australia.*« Wieder dieser Singsang. »In *australischem* Boden, wo deine Knochen für immer von *australischer* Erde bedeckt sind.«

»MACHST du dich etwa LÄCHERLICH ÜBER MICH?«

»Aber nein. Für mich klingt das alles viel zu gefährlich.

Du hast recht, ich finde wirklich, du solltest hier zu Hause bleiben, bei uns. Wo es sicher ist.«

Mrs. Mackerel strahlt. »ICH DENKE, ICH WERDE FAHREN.«

Als die beiden Frauen aufstehen, um in den Wintergarten umzuziehen, entschuldigt sich Clover. »Ich geh dann mal heim und arbeite noch ein bisschen an meinem Schal«, sagt sie. Im Türrahmen stehend fügt sie noch hinzu: »Ich finde, Sie sollten wirklich nach Australien fliegen. Wenn ich Ihr Sohn wäre, würde ich Sie gern sehen –«

»SCHAU DICH einer AN«, wird sie von Mrs. Mackerel unterbrochen. »So ERWACHSEN auf einmal. Diese vielen HAARE. Du bist das EBENBILDNIS DEINER MUTTER, *der Herr hab sie selig.*«

Clover nickt und hofft auf mehr.

»Und dein ARMER VATER – wie er sie immer auf ein PODEST gestellt hat.«

Sie wartet, mit angehaltenem Atem.

»Na dann mal los. AB MIT DIR.«

Draußen stellt Clover fest, dass Mrs. Mackerel ihre Mülltonne schon für den nächsten Tag rausgeschoben hat – sie ist immer die Erste. Im Vorbeigehen hebt Clover kurz den Deckel und späht hinein. Es liegt nur ein einziger Beutel darin, mit noch viel Platz für weitere. Schnell läuft sie nach nebenan, schließt die Haustür auf und eilt nach oben, um den schwarzen Sack mit der geöffneten Post und den Umschlägen zu holen. Wenn sie den ganzen Müll im mittleren Zimmer lässt, wird es nie schön aussehen. Mühsam bugsiert sie den Sack an den Stapeln auf der Treppe vorbei und spurtet dann über die Einfahrt zur Straße. Plumps macht der Sack. Klapp macht der Tonnendeckel. Alles weg.

Auf dem Weg zurück ins Zimmer fühlt sie sich leichter, fast wie eine Feder. Sie könnte an die Zimmerdecke schweben wie Jane und Michael in *Mary Poppins*, aufgeblasen mit Glück, getragen von der Überzeugung, dass sie ihre Mutter eher finden wird, wenn sie unwichtige Gegenstände entfernt. Vor lauter

Chaos kann Clover sie sonst gar nicht sehen! Die Menge ist unwichtig, es geht ihr um das Wesentliche, um die unverdünnten Anteile: eine Sammlung von Dingen, die die Essenz ihrer Mutter ergeben.

Es gibt einige Grußkarten. Die mit LIEBE zu tun haben. In Großbuchstaben. Romantische Liebe. Wie in *Romeo und Julia*, was sie noch nicht in Englisch durchgenommen haben, aber sie hat davon gehört – wer hat das nicht? *Romeo, wo bist du, Romeo?* Die Liebeskarten sind voller Herzchen und Teddybären und Blumen, mit echt schnulzigen Sätzen drin. Die Vorstellung, in jemanden so verknallt zu sein, dass man solche Sachen irgendwo reinschreibt, sich so verwundbar macht wie eine Schnecke ohne Haus. Clover geht nach unten, um eine weitere MDF-Platte zu holen. Sie ist sich bewusst, dass sie sehr vorsichtig sein muss – diese Karten sind auf eine Weise Teil der Geschichte, wie es die Ferienbroschüren nicht waren.

Drei davon sind Geburtstagskarten von Dad an ihre Mutter – mehr hatten sie nicht zusammen, nur drei Geburtstage.

Der Tag, als du in meinem Bus
und in meinem Leben aufgetaucht bist,
war der BESTE meines Lebens xxxxxxx

Ich liebe dich, Süße,
du bist wunderbar xxxxxxx

Ich liebe dich sooooo sehr xxxxxxxx

Sie wird sie nicht auseinanderschneiden. Stattdessen nimmt sie Blu-Tack, um sie unbeschädigt aufs Brett zu kleben. Sie wird ein großes Herz zeichnen und es mit ihren besten Filzstiften anmalen. Dann wird sie es in der Mitte ihrer Ausstellung platzieren.

Es gibt auch ein paar Stapel mit Büchern. Liebesromane. Clover sitzt im Schneidersitz und blättert sie auf der Suche nach unanständigen Stellen durch, was sie sofort bereut, als sie welche findet.

Jeds Mund eroberte ihren mit einem zärtlichen Kuss. Er holte zitternd Luft, ehe er wieder von ihren Lippen Besitz ergriff. »Nimmst du deine Verhütungspille?«, hauchte er.
»Ja, Baby«, antwortete sie und schmiegte sich an seine starke Brust.
»Gut«, erwiderte er. Sein schiefes Grinsen ließ sie dahinschmelzen.

»Ruby, ich liebe dich«, murmelte Clint. Seine Stimme war rau vor Begehren.
Rubys Innerstes zog sich zusammen. »Ich liebe dich auch, Clint.«
»Oh, Ruby!« Ein Knurren entfuhr ihm.
»Clint!« Ihr Blick fiel auf sein männlichstes Körperteil, und sie sehnte sich danach, es in sich zu spüren.

»Wir sind nicht mehr dieselben wie vor zehn Jahren. Hätte ich dir nur damals gesagt, dass ich dich liebe«, schluchzte Belinda.
Sie waren beide nicht anderweitig gebunden. Es war an der Zeit, die Einsamkeit zu beenden. Schweigen senkte sich auf sie herab, wie Schnee.
»Sag, dass du mich jetzt liebst«, verlangte Cole schließlich und drückte seine Lippen auf die ihren.

Mit glühenden Wangen und schwitzenden Händen zieht Clover die Handschuhe aus. Liebe ist echt peinlich. Sie stopft die Bücher in einen Müllsack, eins nach dem anderen. Sämtliche pink-lila-roten Ausgaben, die glänzenden Männer mit schwellenden Muskeln und die hübschen Frauen mit großen Augen und großem Busen – *Brüsten*. So. Das waren alle. Wie gut, dass Dad kein schief grinsender Mann mit rauer Stimme ist. Und selbst wenn er es wäre, gibt es niemanden, der bei ihm dahinschmelzen will.

Außer Kelly – der Gedanke ist plötzlich da wie ein kleiner Springteufel. Ta-daa! *Kelly* – oh.

Clover lehnt sich ans Bett und geht in Gedanken den Abend neulich durch. Kelly, wie sie sich an Dads Schulter festhielt, während sie aus den Schuhen schlüpfte. Kelly, wie sie neben ihm saß, als sie von ihrer heimlichen Zigarette zurückkam, den Oberschenkel an seinen gedrückt, obwohl es genug Platz gab. Kelly, wie sie ihn auf der Heimfahrt lächelnd ansah, obwohl sie doch auf die Straße hätte schauen sollen, und so weiter. Oje. Aber Kelly ist keine schluchzende, klammernde Frau mit riesigen Brüsten. Sie ist ein Lass-uns-was-Lustiges-unternehmen-, Die-Jungs-finden-dich-toll-, Möchtest-du-einen-Haarschnitt-umsonst-Typ Frau. Und das ist was anderes. Oder? Und vielleicht nicht so schlecht.

* * *

Sie findet den Artikel unter einem Stapel Handtücher, während »Seasons in the Sun« aus den komischen Kopfhörern des Discman klingt. Die Handtücher sind ganz gewöhnliche, rosa und blau und grün, in unterschiedlichen Größen. Sie faltet jedes auf, um es dann wieder sorgfältig zusammenzulegen. Dabei findet sie die Seite aus der Zeitung, ebenfalls gefaltet. Da das Papier vor der Sonne geschützt war, ist es nicht vergilbt oder so, nur an den Kanten scharf gefalzt, wie eine Serviette oder ein neues Hemd.

Überraschung für Edna!

Als eine ortsansässige Rentnerin sich aufmachte, um einem seltsamen Geräusch nachzugehen, erlebte sie eine Überraschung. Die unerschrockene Edna Mackerel stieß auf ihre Nachbarin von nebenan, die in der Küche ein Baby zur Welt brachte.

Edna, selbst vierfache Mutter, sind Geburten nicht fremd, doch sie muss gestehen, dass sie das erste Mal zur Hebamme wurde. Die tapfere Edna half, das Kind zur Welt zu bringen, und rief dann den Notarzt. »Ich habe nur getan, was jeder andere auch getan hätte«, sagte sie bescheiden.

Überraschend war nicht nur der Ort der Geburt. »Ich wusste gar nicht, dass sie ein Baby bekam, und sie selbst auch nicht«, verriet Edna. »Man kann sich kaum vorstellen, dass jemand schwanger ist und es nicht merkt. Aber nun habe ich es selbst miterlebt.«

Doch damit war Ednas Nachbarschaftshilfe noch nicht vorbei. Die hilfsbereite Rentnerin unterzog anschließend die Küche der frischgebackenen Eltern einer gründlichen Reinigung. Was für ein Einsatz! Wir werden Edna, Mitbürgerin-der-Woche, einen Strauß schicken, gesponsert von Sweeneys Blumenladen.

Wie es heißt, sind Mutter und Kind im Krankenhaus wohlauf. Wenn Sie die Familie kennen, rufen Sie unsere Nachrichtenhotline an.

Neben dem Artikel ist ein Foto von Mrs. Mackerel abgedruckt, die eine Rührschüssel mit Löffel in der Hand hält, als würde sie gerade ein Baby backen. Darunter steht »Edna Mackerel, in ihrer eigenen Küche«. Es ist der vielversprechendste Gegenstand, den Clover bis jetzt gefunden hat. Der Artikel wurde nur wenige Tage nach ihrer Ankunft in der Welt gedruckt. In dem Moment, als die Zeitungsausträger die Zeitungen in die Briefkästen der Leute steckten, befand sie, Clover Quinn, sich mit ihrer Mutter im Krankenhaus. Dad war wahrscheinlich zu beschäftigt, um ein Interview zu geben. Und zu überrascht! Aber es wäre schön gewesen, wenn er zugestimmt hätte, dass die Zeitung einen Fotografen ins Krankenhaus schickte, um ein gemeinsames Foto von ihnen dreien zu machen.

Es gibt nur zwei Fotos von ihr mit ihrer Mutter. Dad hat sie mit einer alten Kamera gemacht. Clover zieht die Handschuhe aus und läuft rasch nach unten, um das Album aus der Küchenschublade zu holen.

Das erste wurde im Krankenhaus aufgenommen. Ihre Mutter sitzt im Bett, die Beine unter einer weißen Decke versteckt. Sie trägt ein schlabberiges schwarzes T-Shirt mit einer Aufschrift vorn drauf, die man aber schlecht lesen kann, weil sie ein winziges Baby im Arm hält, als würde sie es hin und her wiegen. Das Gesicht des Babys ist irgendwie zerknittert, und auf dem Kopf trägt es eine gelbe Wollmütze.

Ihre Mutter sieht müde aus. Aber das ist ja zu erwarten. Und ein bisschen erschrocken. Kein Wunder! Ihre Haare sind offen und reichen ihr bis auf die Taille. Die Kamera hat ihr Lächeln gerade verpasst. Dad sagt, so was ist mit den alten Fotoapparaten dauernd passiert, weil man die Bilder nicht anschauen konnte, bevor man sie im Laden abgeholt hat. Man wusste nicht, was genau drauf ist, bevor es zu spät war.

Das zweite Foto wurde zu Hause aufgenommen, in der Küche. Ihre Mutter trägt wieder ein weites T-Shirt und eine ausgebeulte Jogginghose. Ihre Haare sind auch hier nicht zusammengebunden, und sie hat den Mund leicht geöffnet, so als würde sie gerade etwas sagen oder – wie Clover denkt – als würde sie gleich lächeln. Man kann das Gesicht des Babys nicht erkennen, weil sie es an ihre Schulter gelegt hat. Mit einer Hand stützt sie den Windelpopo, mit der anderen hält sie den Rücken. Das Baby trägt einen rosafarbenen Strampelanzug. Es sieht kahl aus. Man kann nicht sehen, ob das Baby schläft oder wach ist, aber Clover hat das Gefühl, dass sie definitiv wach war, und dass es sich mehr um eine Umarmung gehandelt hat als um Herumtragen.

Das war's. Eins und zwei. Sonst existiert nichts von ihnen beiden zusammen. Es sei denn, es gibt hier noch etwas, zwischen all den Sachen. Ein übersehenes Foto oder noch einen Zeitungsausschnitt, vielleicht sogar beides. Vielleicht hat sie richtig Glück und entdeckt etwas Tolles – ein längst vergessenes Interview in Verbindung mit einem Familienfoto: Große Überraschung für Darren und Becky! Das wäre der Hammer.

Die anderen Fotos im Album zeigen Clover allein oder manchmal mit Dad. Sie blättert sie durch, erstaunt, wie winzig sie war. Dad sagt, die Ärzte vermuteten, dass sie ungefähr fünf Wochen zu früh auf die Welt kam. Wahrscheinlich musste sie deshalb als Kleinkind eine Augenklappe tragen. Sie hatte Glück, sagt er, manche Frühchen haben Probleme mit der Atmung oder entwickeln sich deutlich langsamer. Außerdem, neckt er sie, war sie offensichtlich fest entschlossen, mit ihrer frühen Ankunft – mit ihrer Ankunft *überhaupt* – so viele Menschen wie möglich zu überraschen.

Sie streift die Handschuhe wieder über. Die beiden Aufnahmen von ihr mit ihrer Mutter scheinen nicht mehr in das kleine Album zu gehören, sondern zu diesem Zeitungsartikel. Sie zieht sie aus den Plastikhüllen und legt sie auf den Boden. Sie wird eine Tafel machen. Mit einer besonderen Überschrift – »Überraschung« in großen Buchstaben. Aber jetzt noch nicht. Sie muss die Dinge erst richtig arrangieren. Und vielleicht findet sie ja noch etwas, das sie hinzufügen kann, vielleicht aus ihrem eigenen Zimmer. Zum Beispiel die winzigen Anziehsachen, die Dad am Tag ihrer Geburt gekauft hat. Er, der bis zu diesem Nachmittag noch nie ein Baby im Arm gehalten hatte, kaufte Strampelanzüge.

Sie betrachtet die Fotos nebeneinander, sucht in dem gerade-verpassten Lächeln und dem gleich-lächelnden Gesicht ihrer Mutter nach einem Spiegelbild ihrer selbst – nach einem Echo oder einem Ausdruck, einer Antwort auf die Frage *Was werde ich sein*? Sie ist unvollständig, ein nur halb aufgeschriebenes Rezept. Wie kann sie sich ausmalen, was sie mal sein wird, wenn sie nur die Hälfte ihrer Zutaten kennt?

Ausstellung: »Becky Brookfield – die unerzählte Geschichte«

Katalog

Objekt: Schulzeugnis – eines von mehreren

Beschreibung: Becky Brookfields Schulzeugnis, Sommer 1989

Objekt-Nr.: 9

Herkunft: Becky Brookfield (meine Mutter) wird von ihrer Lehrerin, Mrs. Sylvester, als Einzelgängerin bezeichnet, die manchmal Ermunterung braucht. Mrs. Sylvester hat mit dem Stift fest aufs Papier gedrückt, und ihre Handschrift ist krakelig. Becky Brookfield war oft abwesend. Ich vermute, ich wäre auch oft abwesend, wenn Mrs. Sylvester meine Lehrerin wäre.

Präsentation: Im braunen Umschlag, der keinen Stempel trägt (Becky Brookfield muss ihn von der Schule nach Hause mitgenommen haben)

Kuratorin: Clover Quinn

Konservator: Darren Quinn

Kapitel 8

Es ist schon eine Weile her, seit er das letzte Mal in der Buchhandlung Broadhursts war. Als Junge kam er mit seiner Mutter oft hierher, und später mit Clover, um die kostenlosen Bücher am World Book Day abzuholen und die Gutscheine einzulösen, die Edna zu Weihnachten und Geburtstagen immer verschenkte. Er hat ganz vergessen, wie schön es da ist. Bücherregale und Vitrinen ziehen sich an den Wänden entlang, und in der warmen Luft hängt der grasige Geruch von Papier und Leder. Eine Buch-Einpackstation mit Schnurrolle und braunen Packpapierbögen steht unter einem antiken Schild: *Erbauliche Bücher für die Kleinen*. Der Ort fühlt sich alt und vertrauenswürdig und ein bisschen magisch an.

Darren blickt sich um in der Hoffnung, nicht fragen zu müssen, doch er kennt den Namen der Autorin nicht. Vielleicht hätte er das Buch online bestellen sollen, aber auf dem Heimweg von der Lord Street kommt er quasi am Laden vorbei; da wäre es idiotisch, es nicht gleich zu erledigen, wenn er gerade daran denkt. Mit schief gelegtem Kopf studiert er die Rücken der Bücher im nächstbesten Regal. Es ist so ein kleines Geschäft, da wird er nicht lange stöbern können, bevor jemand …

»Kann ich Ihnen helfen?«

»Ich suche nach diesem Buch. Über Frauen.«

»Hmm«, macht die junge Frau. Während sie nachdenklich die Lippen spitzt, entdeckt er direkt hinter ihr einen Titel, frontal präsentiert: *Vagina*. Oh Gott. Was, wenn sie denkt, er will dieses Buch? – Es schreit ja förmlich, *Ich bin ein Buch über Frauen!*

»Etwas darüber, *wie* man es macht. Das Frausein, meine ich«, fügt er rasch hinzu.

»Ah, ich weiß.« Die Buchhändlerin zieht ein grünes Taschenbuch aus dem Regal direkt hinter ihm. »Da meinen Sie bestimmt das hier«, erklärt sie und hält es ihm unter die Nase.

Auf dem Umschlag ist eine Frau abgebildet. Sie hat lange schwarze Haare mit einer weißen Strähne darin, wie Morticia von der Addams Family. Ihr Gesichtsausdruck ist leicht amüsiert, doch ihre hochgezogenen Augenbrauen signalisieren: *Leg dich bloß nicht mit mir an.*

»Soll es ein Geschenk sein?«

»Nein.«

»Oh, das ist *toll.*«

»Ich meine –«

»Schön für *Sie*!«

»Na ja, ich bin ja ein Mann –«

»Sie werden begeistert sein.«

Ich bin ja ein Mann? Als wäre das nicht offensichtlich.

»Vor allem die Stelle, wo sie sagt, man soll sich einen Stuhl nehmen und draufstellen.«

»Aha.«

»Ich bin Feministin!«, ruft die junge Frau und erhebt ein unsichtbares Glas. »Soll ich es Ihnen einwickeln?«

»Ach, ich –«

»Kostet auch nichts.«

Und bevor er noch etwas erwidern kann, verschwinden Morticias Gesicht und das Zitat auf der Rückseite – »Das Buch, das *jede* Frau lesen sollte« – unter Packpapier und einer sich überkreuzenden Schnur.

Im Sonnenschein des frühen Abends eilt er nach Hause, das eingewickelte Buch fest umklammert. Die Seiten zwischen den Umschlagdeckeln versprechen ein Maß an Gewissheit. Schon jetzt fühlt er sich besser in dem Gefühl der Sicherheit, einen festen, greifbaren Anker in Händen zu halten.

* * *

Die dunkelgrünen Stangenbohnen sind wild gewachsen und haben das Bambusgerüst, das er gebaut hat, schon ganz überwuchert. Die Sonne hat einige der dicken, knotigen Schoten getrocknet. Darren reißt sie ab und öffnet sie. Die Samen darin sind lila-schwarz gesprenkelt, glatt und glänzend wie Kieselsteine. Er kippt sie in seine Handfläche und von dort aus in einen Ziplockbeutel. Nächstes Frühjahr wird er sie einpflanzen, in Töpfe auf dem Küchenfensterbrett und der Arbeitsplatte, wo es warm und hell ist. Eines Tages wird er sich ein Gewächshaus anschaffen. Eines Tages.

Die Stechmücken sind unterwegs. Darren kann sie um seine Ohren herumsirren hören. Mistviecher. Er rudert mit den Armen und hüpft auf der Stelle, wodurch die Samen in der Tüte herumwirbeln. In seiner Kindheit gab es solche Moskitos noch nicht. Natürlich, es war eine andere Welt – mein Gott, es klingt, als sei er uralt, wie sein Vater, aber es war wirklich so –, wenn man etwas im Fernsehen verpasst oder vergessen hatte, den Videorekorder zu programmieren, dann war's das. Wenn man sein Buch ausgelesen hatte, dann musste man warten, bis die Läden oder die Bücherei aufmachten. Man konnte nicht einfach ein neues herunterladen oder in einen 24-Stunden-Supermarkt gehen. Als er noch klein war und an hellen Abenden *Inspektor Gadget* oder *Bananaman* fertig angeschaut hatte, half er seinem Dad nur zu gern im Garten. Es gab ja auch sonst nicht viel, was man hätte tun können. Und es machte ihm Spaß. Nur sie beide, Bob Quinn & Sohn, die hinterm Haus Samen aussäten, die Pflänzchen pflegten, bis sie groß genug waren, in den Kofferraum gehoben und in den Schrebergarten gebracht zu werden.

Wenn sein Dad in den Garten hinterm Haus hinaustrat, wurde er ein anderer: Großmeister des Gewächshauses, Beschwörer des Lebens in Joghurtbechern, Saatkisten und Margarineschalen. Jahre bevor Darren auf die Welt kam, als Dad noch allein im Haus wohnte, hatte er mitten durch den Rasen einen Weg aus Trittsteinplatten gelegt. Er zeigte wie ein Hinweispfeil auf das untere Ende des Gartens, wo das Gewächshaus stand. Es besaß einen Rahmen aus Aluminium und war so geformt wie die Häuser, die man als Kind malt, mit einem Giebeldach und einer kleinen Tür genau vorn in der Mitte. Auf beiden Seiten wuchsen Obstbäume. Wenn die Tür aufging, strömte warme Luft heraus, getränkt mit dem pfeffrigen Duft von Tomatenpflanzen. Neben den Setzlingen stapelten sich auf den Regalbrettern, die sich rings herumzogen, jede Menge Schätze: Schnurknäuel, hölzerne Wäscheklammern, eine Wanne mit Schneckenkorn, Zwirn, Lederhandschuhe, Topfbürsten, Insektenfänger, eine faltbare Baumsäge und ein Taschenmesser. Verbeulte Säcke voll Kompost und Dünger lagerten auf dem Boden neben Gießkannen und Rollen mit Luftpolsterfolie. Es gab Spinnweben und die unterschiedlichsten Larvenpuppen – manche dick und bewohnt, andere zerfallende, vertrocknete Hüllen. Und Spinnen: haarige Biester mit Beinen wie Pfeifenputzer, die unter den Regalbrettern und in leeren Töpfen überwinterten.

Zu Beginn des Frühjahrs reihten Dad und er die Töpfe und Kästen auf. Sie füllten sie mit Erde und beschrifteten sie mit Pflanzstöckchen, eine Aufgabe, die Darren übernehmen durfte, sobald er in der Lage war, seine aufgeblasenen, zittrigen Buchstaben auf die passende Größe schrumpfen zu lassen. Dad bewahrte seine Samen in einer langen Schachtel auf, unterteilt mit alphabetisierten Karteikarten: Bohnen (dicke), Bohnen (grüne), Brokkoli, Gelbe Rüben, Gurken, Kraut, und so weiter. Auf die Karten hatte er in Druckbuchstaben Hinweise geschrieben:

IM ZIMMER ANZIEHEN
AUSSETZEN, NACHDEM KEINE FROSTGEFAHR MEHR BESTEHT
MIT 5 CM ABSTAND PFLANZEN
SAMEN VOR DEM SÄEN 24 STD. EINWEICHEN

Einmal, in dem Jahr kann er nicht älter als fünf gewesen sein, schlich sich Darren ins Gewächshaus, bevor Dad von der Arbeit in der Philips-Fabrik heimkam. Er wollte ihm einen großen Gefallen tun. Also füllte er die größte der Gießkannen am Wasserhahn draußen – einmal, zweimal, dreimal – und goss *alles*. Zu diesem Zeitpunkt war noch nicht viel zu sehen:

Sie hatten die Samen erst vor Kurzem in die Pflanzerde gesteckt. Vielleicht hatte er gehofft, so das Wachstum beschleunigen zu können. An seine genauen Gedanken kann er sich nicht mehr erinnern, aber er weiß noch, wie er die Kanne mit beiden Händen hochhievte und Joghurtbecher mit den Erbsen (Garten) unter Wasser setzte, die Schalen mit dem Salat (Kopf) überflutete und die Töpfchen mit den Bohnen (grüne) komplett durchnässte. Weil es ihm nicht reichte, alle wachsenden, in der Erde versteckten Dinge zu gießen, füllte er die Kanne erneut und wässerte die Steckzwiebeln. Dann die Setzkartoffeln. Und schließlich öffnete er die lange Kiste mit den alphabetisierten Samentütchen und füllte auch diese mit Wasser.

Als sein Dad nach Hause kam, aßen sie zu Abend, und dann gingen sie wie immer zusammen nach draußen. Darren trug das batteriebetriebene Radio, in dem John Dunn's Musiksendung auf Radio 2 lief. Dad öffnete die Tür zum Gewächshaus und erstarrte. Er brüllte nicht. Ein paar Augenblicke verharrte er reglos, dann drehte er sich um und ging über den Gartenplattenweg zurück zur Küche.

Darren trabte hinterher.

»Carol, komm und sieh dir das an.«

»Liebling, was ist denn?«, erkundigte sich Mum.

Dad neigte den Kopf und sie folgte ihm in Hausschuhen hinaus in den Garten. Wieder ging Darren hinterher, das Radio in der Hand.

In der Tür zum Gewächshaus blieben sie stehen. Es sah aus, als hätte ein Sturm gewütet. Wasser tropfte von den Regalen. Platsch, platsch, platsch.

Mum legte die Hand auf Dads Schulter. »Oh, Liebling, es tut mir *so* leid«, sagte sie. »Wirklich.«

Dad nickte, ihr Mitgefühl annehmend.

»Er wollte bestimmt nur helfen. Das wolltest du doch, nicht wahr, Darren? Er hat bestimmt nicht verstanden, was er da tut.«

Darren wurde klar, dass sie sich nicht bei ihm bedanken würden. Und dass er vielleicht Ärger bekommen könnte.

Also lief er schnell zurück ins Haus, stellte das Radio auf seinen Platz und verkroch sich oben im Bett.

»Das war keine deiner besten Ideen«, stellte Dad am nächsten Morgen fest.

Im Lauf der darauffolgenden Abende schafften sie wieder Ordnung. Dad spannte unter dem Glasdach Schnüre, an die er die Karteikarten zum Trocknen aufhängte. Es sah aus wie bunte Wimpel, und während sie dort hingen, fühlte es sich immer an, als wären sie unterwegs zu einer Party, wenn sie durch den Garten gingen. Ein paar der Samen aus der Kiste waren noch zu retten, weil die Tüten aus Wachspapier und damit quasi wasserdicht waren. Wo die Erde und die Samen aus den Bechern und Schalen herausgewaschen worden waren, pflanzten sie neue. Sie steckten die Zwiebeln früher als geplant, damit sie nicht schimmelten. Den Kartoffeln war nichts passiert. Letzten Endes war alles in Ordnung. Seine ganze Kindheit über brüllte Dad ihn nicht ein einziges Mal an. Nicht mal, als er das Gewächshaus unter Wasser setzte. Nie. Vielleicht hatte seine Geduld auch mit seinem Alter zu tun.

Seine Mutter und sein Vater waren älter als andere Eltern. Etwas, das Darren an seinem ersten Familiensporttag bewusst wurde: Er verspürte einen unerwarteten Anflug von Panik, als das Wettrennen der Väter verkündet wurde. Er sah seinen Dad an, der sich den Nachmittag extra freigenommen hatte, und merkte, dass er sich, im Vergleich zu den anderen Männern, langsam und bedächtig bewegte. Darren machte das nichts aus. Im Gegenteil, er verspürte eine große Welle der Zärtlichkeit in sich aufsteigen, gepaart mit dem überwältigenden Gefühl, dass es das Allerschlimmste auf der Welt wäre, wenn sein Dad sich verpflichtet sähe, am Rennen teilzunehmen, und Letzter würde – oder noch schlimmer, vor den Augen aller anderen stürzte und sich wehtat. Während also seine Kumpels ihre Väter an die Startlinie zerrten, studierte Darren aufmerksam seine Turnschuhe.

Der Boden bebte unter den Füßen der rennenden Väter. Sie waren wie Tiere, eine Herde bärenstarker Kerle. Darren fühlte das Stampfen in seiner Brust, und er johlte und klatschte mit allen anderen, aber anschließend, auf dem Heimweg, hielt er Dads Hand besonders fest. *Ich hab die anderen zwar angefeuert*, sagte seine Hand, *aber keine Sorge, dich mag ich am liebsten.*

Darren zieht die Gießkanne unter dem Teppich hervor und joggt den Pfad zum Wasserhahn hinunter. Die Erbsen sind ziemlich schlapp. Clovers Bewässerung tagsüber reicht nicht aus. Trotzdem ist es besser als nichts, und wenigstens wird *sie* nicht bei lebendigem Leib aufgefressen. Er lässt die Kanne fallen und erschlägt eines dieser Biester auf seinem Unterarm. Klatsch – ha!

Sobald er mit dem Gießen fertig ist, häufelt er eine Reihe für die sprießenden Kartoffeln auf und jätet zwischen den älteren Pflanzen etwas Unkraut. Es wäre gut, wenn er Dad hierherschleppen könnte. Vor Kurzem hat er irgendwo ein kleines Holzschild gesehen, neulich beim Lidl-Einkauf. Wie lautete der Spruch noch gleich? – *EINEN GARTEN ZU PFLANZEN BEDEUTET, AN MORGEN ZU GLAUBEN.* Dad lässt sich auf keinerlei Pläne für morgen mehr ein. Er will nur zu Hause sitzen und von seinem Sessel aus einkaufen. Er bestellt sich alles: Lebensmittel, Kleidung, den neuesten Technikkram – er besitzt schnurlose Kopfhörer, Ladegeräte, die man nicht einstecken muss, lauter solchen Mist. Er schaut lieber fern oder surft auf YouTube herum, als nach draußen zu gehen und etwas zu tun. Gerade ist es Shakespeare, sagt Clover. Es gibt siebenunddreißig Theaterstücke – Darren hat nachgesehen, um abschätzen zu können, wie lange die Phase dauern wird: bis September. Und was ist der Sinn des Ganzen? Was kann Dad hinterher vorweisen? Er hätte einen dieser Kurse bei der Erwachsenenbildungsstätte machen können, wenn er was lernen will. Denn was unterscheidet ihn sonst von all den Leuten, die nie das Haus verlassen, die den ganzen Tag im Bett sitzen und essen, nur um es am nächsten Morgen wieder rauszuscheißen?

Manche Menschen haben kein Problem mit dem Alleinsein – Darren kommt prima klar. Dad behauptet von sich dasselbe, aber Darren kann mitunter nicht umhin, sich zu fragen, ob seine Mutter allein nicht besser zurechtgekommen wäre. Sie hatte Freundinnen. Eine ganze Truppe. Sie arbeiteten zusammen bei Kwik Save, bevor er auf die Welt kam. Als er klein war, kamen sie zum Kaffeetrinken und Quatschen und Kartenspielen zu Besuch. Er mochte ihre Schals und Taschen, Hüte und Mäntel, Handschuhe und Strickjacken. Er mochte es, wie sie den Raum mit ihren weichen Dingen und sanften Geräuschen füllten, ihren mitfühlenden *Hmms*, die ähnlichen Laute, die eine Vielzahl von Dingen ausdrücken konnten: *nein, ja, wirklich? Niemals!* Sie machten viel Aufhebens um ihn und tätschelten ihn. Manchmal durfte er auf einen bequemen Schoß klettern und seinen Lieblingsbüchern lauschen: *Die riesige Rübe* und *Die kleine rote Henne*. Wenn er genug von ihren Zuwendungen hatte, setzte er sich mit seinem Malbuch auf den Teppich, während sie rauchten und lachten und »Letzte Runde!« riefen. Zwischendurch redeten sie über Männer, die er nicht kannte: Alan, Steve, Ian, Paul. Später, als er in die Schule ging, machte es ihn traurig, dass sich Mums Freundinnen ohne ihn trafen. Er wusste immer, wenn sie da gewesen waren, weil das Haus nach ihnen roch: nach Talkumpuder, starkem Zigarettenrauch und Pulverkaffee.

Eines Tages, nach einem ihrer Besuche – er war ein bisschen älter, definitiv schon Schulkind, also musste es in den Ferien gewesen sein – holte Mum ein Foto aus der Schublade.

»Ich nehme an, du hast dich schon gefragt, wer Paul ist.«

Hatte er nicht. Aber sie schien etwas Interessantes sagen zu wollen, also lauschte er.

»Bevor ich deinen Dad kennengelernt habe, war ich mit Paul verheiratet. Er ist gestorben. Und ich war sehr traurig. Aber dann habe ich deinen Dad getroffen und dich bekommen. Und jetzt bin ich sehr glücklich.«

Sie zeigte ihm ein Foto von einer Hochzeit. Da war sie, *seine Mutter*, in einem fließenden weißen Kleid, um den Kopf ein Stück Stoff gewickelt, das wie eine Gardine aussah, und heiratete jemanden, der nicht sein Vater war.

»Warum ist er gestorben?«

»In seinem Gehirn ist etwas geplatzt. Es hat geblutet, innerlich.«

Er betrachtete das Foto des Mannes, der nicht Dad war. Der Mann mit dem braunen Anzug, dem dicken Schnauzbart und dem blutenden Gehirn, und er war froh, dass der Mann tot war.

»Und hattest du auch einen anderen Jungen?«

Mum lachte. »Oh, *nein*«, sagte sie. »Wie kommst du denn darauf – nein! Es gibt nur dich. Du bist mein einziger Sohn.«

Dad hatte nie Freunde zu Besuch. Er sprach freundlich über Leute bei der Arbeit, und manchmal ging er freitags noch in den Pub, aber meistens blieb er zu Hause, zufrieden mit Mum als Gesellschaft. An Freitagen oder Samstagen trank sie nach dem Abendessen ein Glas Wein. Und manchmal erzählte sie die Geschichte, wie sie sich im Kwik Save kennengelernt hatten. Es war wie eine Theateraufführung. Sie sagte ihren Text auf, während Dad den Nebendarsteller gab und Darren das Publikum.

»Dein Dad war mir schon länger aufgefallen. Er kam immer samstagmorgens. Früh.«

»Das stimmt«, sagte Dad dann.

»Ich fand ihn sehr nett. Sehr adrett.«

»Das war ich«, pflichtete er bei.

»Er kam immer an meine Kasse, selbst wenn es dort eine Schlange gab. Und wir haben uns immer ein bisschen unterhalten.«

»Das haben wir.«

»Ihm fiel auf, dass ich keinen Ehering trug.«

»Stimmt.«

»Und er kam immer wieder.«

»Oh ja.«

»Er hat sich nicht nur fürs Einkaufen interessiert.«

»In der Tat.«

»Und eines Tages, nachdem er alle seine Lebensmittel eingepackt hatte und es an der Zeit war zu bezahlen, sagte er zu mir: ›Ich hab heute auch ein Sonderangebot.‹ Und ich fragte: ›Oh, und was genau ist das?‹ ›Karten fürs Kino‹, hat er geantwortet. ›Zwei für den Preis von einer. Ich habe eine gekauft, und Sie können diese hier haben.‹«

»Das ist richtig.«

»Es sollte einfach sein. Es war Schicksal.«

Dad lächelte dann immer und schüttelte den Kopf, eine milde, unausgesprochene Form des Widerspruchs, den er so liebenswürdig vorbrachte, wie es ihm heute nur noch schwer gelingen würde.

Darren nahm an diesen Vorstellungen teil, doch er verspürte wenig Neugier, was die Anfänge seiner Eltern betraf. Später, als er in Biologie lernte, dass eine Frau mit all den Eizellen geboren wird, die sie je haben wird, kam ihm vielleicht flüchtig der Gedanke, dass diese Geschichte, und alle von Mums Geschichten, in gewisser Weise seine eigene war – dass seine Eizelle mit an dieser Supermarktkasse gewesen war, und bei der Hochzeit mit dem Mann, der nicht sein Vater war –, aber er grübelte nicht wirklich darüber nach. Als er älter wurde, zog er ein oder zwei Mal das Bild von seiner Mum und Paul aus der Schublade und machte sich Gedanken über das Schicksal. Obwohl Mum fest daran glaubte (sie glaubte auch an die königliche Familie und doppelt verstärkte Overlock-Säume), war Darren nicht überzeugt. Das Foto gab ihm nicht das Gefühl, dass seine Existenz irgendwie vorbestimmt war. Es vermittelte den Eindruck, als sei er haarscharf auf dem Planeten gelandet, hätte ihn aber auch um Haaresbreite verfehlen können. Und er schätzte sich glücklich.

Darren schiebt die Gießkanne wieder unter den Teppich. Nächstes Jahr wird er an dieser Stelle die Erbsen pflanzen. Im Gartenschuppen gibt es ein Notizbuch voller Diagramme vom Grundstück, eines für jedes Jahr, seit Dad es gepachtet hat. Fruchtwechsel reduziert das Risiko von Bodenmängeln und hält alles im Gleichgewicht. Wenn man doch nur dasselbe mit den Menschen tun könnte. Ihre Bedürfnisse ermitteln, ihre Probleme und Krankheiten identifizieren, sie den richtigen Gruppen zuordnen und von Schwierigkeiten fernhalten.

Darren zieht eine leere Plastiktüte aus der Tasche und füllt sie mit Himbeeren. Sie sind dick und saftig, die Sorte, für die man im Supermarkt besonders viel bezahlt. Wahrscheinlich sollte er sie für später aufheben, sie auf Blechen einfrieren und dann in Gefriertüten packen, so wie seine Mutter das gemacht hatte. Er könnte Marmelade oder so etwas kochen. Er erinnert sich noch daran, was seine Mutter mit den Himbeeren alles angestellt hatte: Käsekuchen, Nachtisch, Törtchen, Mousse. Sie könnten es ausprobieren, Clover und er. Das würde ihr gefallen. Er hatte schon früher diese Ideen, aber es ist schwierig, sie in die Tat umzusetzen. Bis er nach Hause kommt, hat er irgendetwas anderes im Kopf – den abgeschraubten Heizkörper, die nackten Wände im Flur, die Sorge, dass sie noch irgendetwas anderes brauchen könnte. Aber die Zeit vergeht, und er weiß, es wird nicht mehr lange dauern, bevor sie Besseres zu tun hat.

Er hält inne, um einige der Beeren zu essen. Dabei sieht er seine Mutter vor sich, die Schürzenbänder zweimal um die Taille gewickelt, die Ärmel bis über die Ellbogen hochgekrempelt, wie sie *HIMBEERMARMELADE* und das Datum auf eine Rolle mit Aufklebern schreibt. Er erinnert sich an den heißen Geruch von köchelndem Zucker und Himbeersaft in der Küche. »Ich frage mich, was wohl alles passiert sein wird, bis wir die hier essen«, sagte sie gern. Etwas in der Art sagte sie auch jedes Mal, wenn sie den Christbaumschmuck wieder auf den Dachboden packten. »Ich frage mich, was das Schicksal wohl für uns in petto hat in den nächsten zwölf Monaten.«

Er kann sich nicht entscheiden, ob Mums Glaube ans Schicksal dumm oder stoisch war, eine Form der Versöhnung oder des Trostes. Das Schicksal ist schön und gut, wenn alles prima läuft. Gibt einem das Gefühl, wichtig zu sein. Als hätte man es verdient. Als wäre das Glück so beabsichtigt. Aber wenn es scheiße läuft, dann sitzt man damit in der Falle, hilflos, wie in diesen alten Sagen, in denen sich die Götter mit den Menschen einen Spaß erlauben, nur zu ihrem eigenen Vergnügen.

Ihm gefiel die Vorstellung besser, Glück zu haben. Es schien sich von Schicksal zu unterscheiden. Ein Mit-Hängen-und-Würgen-Gefühl der Erleichterung. Wie wenn man im Sportunterricht Völkerball spielt und die Luft neben einem zischt, man aber nicht getroffen wurde. Glück ist nicht so zementiert wie Schicksal. Selbst wenn die Dinge scheiße laufen, kann man immer noch Glück haben. Es könnte um die nächste Straßenecke auf einen warten. Natürlich wurde er irgendwann erwachsen und begriff, dass das Leben ein Schuss ins Blaue ist und die meisten Dinge, die guten und die schlechten, purer Zufall sind.

Zu seiner Freundschaft mit Colin kam es aus Versehen. Sie wohnten nicht in derselben Straße und saßen auch in der Schule nicht nebeneinander. Nicht mal am selben Tisch. Obwohl Miss Richardson nie sagte, welcher Tisch der beste war, wussten alle, dass es die Löwen waren. Darren gehörte zu den Tigern, die an zweiter Stelle kamen, aber Colin musste bei den Nilpferden sitzen. Darren nahm an, dass es sich um einen Irrtum oder eine Übergangsmaßnahme handelte. Irgendeine Art von Strafe vielleicht, denn Colin war lustig und clever und schnell – manchmal rief er die Antwort schon heraus, bevor Miss Richardson die Frage fertig gestellt hatte.

Als ihre Klasse an der Reihe war, zur Schülerversammlung etwas aufzuführen, bekam Colin eine wirklich kleine Rolle. Während der Proben alberte er herum. Nachdem er seine Schuhe ausgezogen, an seinen Füßen gerochen und so getan hatte, als würde er ersticken, gab Miss Richardson ihm einen anderen Platz.

»Geh und setz dich neben Darren«, sagte sie. »Er ist vernünftig. Vielleicht ist das ja ansteckend.«

Colin schob Darren seinen Text rüber. »Wetten, dass du das nicht lesen kannst.«

Darren warf einen Blick auf den Satz. »Kann ich wohl.«

»Wetten, dass du ihn nicht laut vorlesen kannst?«

»›Sieben Fischer aus dem Ort verliefen sich auf dem Marsch im Nebel.‹«

Colin faltete den Zettel zusammen und schob ihn in die Hosentasche. Als er an der Reihe war, stand er auf und sagte den Text auswendig auf, was Darrens Einschätzung bestätigte: Colin war *wirklich* clever und gehörte nicht zu den Nilpferden.

»Willst du *Ein Duke kommt selten allein* spielen?«, fragte Colin in der Pause. »Ich bin Luke. Du kannst Bo sein.«

Da war Darren gleich dabei. Am nächsten Tag war es *British Bulldog*, am Tag danach eine Wrestling-Übertragung in *World of Sports*.

»Du kannst der Sprecher sein«, erklärte Colin.

Der Sprecher zu sein war einfach – Darren sah sich das Wrestling samstagnachmittags mit Mum und Dad an. »Zu meiner Linken, in der roten Ecke, mit zwei Meter zehn, steht der *Maskierte Kaiser*«, erklärte er mit einer speziellen Ansager-Stimme. »Und sein Gegner, zu meiner Rechten, mit einhundertfünfundfünfzig Kilogramm, ist *Biiiiiig Daddy*! Zwei Submissions oder ein Knockout entscheiden über den Gewinner. *Ding-ding*!«

Colin knüllte seinen Pullover zusammen und stopfte ihn unter sein Hemd. Die anderen Jungs rammten ihn und er ließ sie an seinem Bauch abprallen genau wie Big Daddy.

So wurden sie Freunde. Und sie blieben es, für immer verbunden durch diese frühe Verflechtung. Colin war frech und oft in Schwierigkeiten. Er blieb in jenem Jahr bei den Nilpferden und hatte während seiner gesamten Schulzeit in allen Fächern außer Mathe miese Noten. Irgendwann bemerkte Darren, dass sein Freund Probleme mit dem Lesen hatte. Manchmal half er ihm bei den Hausaufgaben. Und er tat sich immer mit Colin zusammen, wenn es um Leseaufgaben mit

Partner ging. Doch er empfand nie Mitleid mit ihm. Colin war lustig, und er besaß eine Großzügigkeit, die anderen Kindern abging. Er teilte alles – Süßigkeiten, Spielsachen, Fußballsammelbilder – mit entspanntem Optimismus, darauf vertrauend, dass ihm das Leben auch weiterhin Süßigkeiten, Spielsachen und Fußballsammelbilder schenken würde. An den Tagen, an denen man ein Spielzeug mit in die Schule bringen durfte, überließ er Darren seinen Major Morgan. Die kleine Spielorgel war das erste Instrument, das Darren je in der Hand hielt. Er kombinierte die Symbole und Farben auf den Einschubkarten und spielte bis zum Umfallen. Zum Ausgleich lieh er Colin seinen Zauberwürfel. Dem wurde es jedoch schnell zu blöd, als er es nicht hinbekam, woraufhin er ein paar der Aufkleber wegkratzte, um die rote Seite fertig zu kriegen. Damit war das Ding im Grunde futsch, aber es machte Darren nichts aus. Zumindest nicht viel. Schließlich waren sie Freunde.

Colins Vater hatte eine Kawasaki und, laut Dad, einen miesen Charakter. Darren hatte gesehen, wie er Colin in eine Ecke schubste und ihn mit dem Zeigefinger attackierte: »Du.« *Fingerstoß.* »Kleiner.« *Stoß.* »Scheißkerl.« Colin behauptete, es hätte überhaupt nicht wehgetan, aber Darren war nicht überzeugt. Colins Mutter war klein und dünn, mit wasserstoffblonden Haaren und einem Lächeln, das sie auf ihre angespannten, knochigen Schultern stützte. Colins Eltern waren jung. Sie waren Mitte der Sechzigerjahre geboren worden. Darrens Dad war auf die Welt gekommen, als Europa sich gerade für den Zweiten Weltkrieg rüstete, und seine Mum kurz vor dessen Ende. Die Jahre zwischen Mum und Dad und Colins Eltern, zwischen Kriegskindern und dem Anfang der Generation X machten einen Riesenunterschied. Dad erinnerte sich noch gut an die Lebensmittelrationierung. Er redete nicht oft darüber, aber wenn er es tat, verband es ihn mit dem Krieg und verlieh ihm eine Vergangenheit, die auf Darren den Eindruck machte, als sei sie in Schwarz-Weiß gedreht worden und in Zeitlupenaufnahmen.

Colin kam nicht besonders oft zu ihnen. Es war immer ein

bisschen komisch. Mum werkelte in der Küche herum, eine Zigarette zwischen den Lippen, während sie die Mikrowellendichtung mit ihrem Strahlungszähler prüfte, bevor sie das aufgewärmte Gemüse im Magimix pürierte. Sie nannte Colin »Schätzchen« und fragte immer wieder, ob es ihm bei ihnen gefiel. Jedes Mal, wenn sie »Schätzchen« sagte, zuckte Colin zusammen.

Die Hintergrundmusik zum Abendessen war bei ihnen das Kratzen von Messer und Gabel auf Porzellan. Bei Colin zu Hause war es der Fernseher. Dad machte am Tisch keinen Smalltalk. Darren war daran gewöhnt, aber mit einer anderen Person als Zeugen am Tisch schien es ihm unhöflich, als wäre Dad sauer auf alle oder zu alt, um noch irgendetwas Interessantes zu sagen zu haben. Natürlich war er nicht *so* alt, aber wenn man es einmal bemerkt hatte, summierten sich die Unterschiede zwischen Colins Eltern und ihm: die Art, wie Dads Haut erschlaffte, die knotigen Adern auf seinen Handrücken, seine dicken Fingerknöchel, seine Hemden mit gestärktem Kragen, seine Krawatten mit Paisley-Muster und das absolute Fehlen von Schneid.

Einmal, im Frühjahr, blieb Colin zum Abendessen. Darren malte sich aus, wie sie beide hinterher großen Spaß haben würden, Dad im Gewächshaus zu helfen. Das taten sie zwar, aber es lief nicht gut. Darren fühlte sich irgendwie zwischen Colin und Dad hin- und hergerissen, unsicher, wie er es beiden recht machen sollte. Sie zogen als Grüppchen über den Gartenweg und standen gemeinsam in diesem warmen kleinen Raum, wo Darren seinen Vater mit freundlicher Herablassung behandelte, ihn kaum zu Wort kommen ließ und Colin nonstop mit gewächshausrelevanten Informationen versorgte. Als seine Hilfestellung völlig unkommentiert blieb, spürte er, wie er ärgerlich wurde. Dann war er extra freundlich zu Dad, weil der nicht ganz so war wie die anderen Väter, und Dad besaß nicht einmal den Anstand, irgendetwas davon überhaupt wahrzunehmen. Schließlich fiel ihm nichts mehr ein, und Colin, bei dem Stille denselben Impuls auslöste wie

Schwimmbecken, ließ platschend eine Witzbombe nach der anderen in die Unterhaltung krachen. Darren musste besonders laut lachen, um Dads Schweigen wettzumachen.

»Was bestellt ein Idiot beim Italiener? Trottellini.«

»Haha!«

»Was ist schwarz und weiß und rot? Ein Pinguin mit Sonnenbrand!«

»Hahahaha!«

»Was sucht ein Einarmiger in einer Einkaufsstraße? Einen Second-Hand-Shop!«

»HAHAHAHA!«

Hinterher saßen Colin und er auf dem rosa-grauen Sofa im Wohnzimmer, tranken Ingwerlimonade und lauschten Mums abgenutzten Beatles-Singles auf dem Plattenspieler. Das war für Colin völlig neu, denn sie hatten zu Hause nur einen tragbaren Stereorekorder. Während Darren die Schallplatten wechselte, dachte Colin sich Nonsenslieder aus.

»Old Bob Qu-inn hat ein Gewächshaus, ia-ia-oh.
Und in dem Glashaus gibt es Samen, ia-ia-oh.
Mit nem Gähn-gähn hier, und 'nem Schnarch-schnarch da
Hier 'ne Blume, da 'ne Pflanze, überall paar grüne Zweige.
Old Bob Qu-inn hat ein Glashaus, ia-ia-oh.«

»HAHAHAHA! Das Gewächshaus ist echt *so* öde«, sagte Darren.

Und natürlich stand Dad gerade in der Tür. Er wirkte noch nicht einmal sauer, sondern räusperte sich bloß, ehe er den Flur runter verschwand.

»Ups«, flüsterte Colin.

Am Abend darauf, als es Zeit war hinauszugehen, sagte Dad: »Schon gut, bleib du sitzen. Du hast bestimmt was Besseres zu tun.«

»Nein – nein, hab ich nicht.«

»Nein, schon gut«, beharrte Dad und verließ allein das Haus.

Darren verknotet die Tragegriffe der Tüte mit den Himbeeren und stellt sie auf den Teppich. Dann nimmt er die Gartenschere und stutzt die Graswege, die zwischen den Beeten verlaufen. Es dauert nicht lange, dann schmerzen sein Bizeps und die Brustmuskeln. Fast so gut wie Fitnessstudio. Vielleicht wacht er morgen mit Armen wie Colin auf – ha! Sobald er mit der Arbeit fertig ist, steigt er über den hinteren Zaun. Er wird sich um die halb zugewachsenen Wege von Mr. Ashworth auch noch kümmern. Damit der sich freut, wenn er das nächste Mal kommen kann.

Colin hatte sich getäuscht – es war nicht langweilig, Dad zu helfen, und jetzt ist es hier auch nicht langweilig. Auf Sonne und Erdboden ist Verlass. Sie tun ihre Arbeit, und er die seine: Wenn die Pflanzen trocken aussehen, dann gibt er ihnen mehr Wasser, wenn die Kartoffeln Fäule kriegen, schneidet er das Grünzeug ab, damit sie nicht in die Knollen wandert. Hier weiß er, was Sache ist. Er weiß, warum es Dad Vergnügen bereitet hat.

Nach dem Vorfall mit Colins Lied half er Dad immer noch dann und wann. Aber es kam ihm so vor, als würde er sich aufdrängen. Er hatte seinen Anteil am Gewächshaus verspielt. Es hätte nicht deutlicher sein können, wenn es ein echtes Schild »Bob Quinn & Sohn« gegeben hätte, auf dem Dad das »& Sohn« durchgestrichen hätte. Aber es war nicht allzu schlimm, denn bald darauf bekam Dad seine erste Kuckucksuhr, und so hatten sie eine neue Arbeit, die sie sich teilten. Mum hatte sie ihm zum Geburtstag gekauft. Sie kam den weiten Weg aus Österreich, wo eine Freundin von ihr im Urlaub gewesen war. Dad *musste* einfach herausfinden, wie sie funktionierte, und dann wollte er noch eine, und noch eine, bis eine ganze Reihe von ihnen im Flur hing: *tick-tack, tick-tack, Kuckuck, Kuckuck*; die Sekunden und Minuten zählend, die Stunden halbierend und vierteInd.

Die Zeit verging. Im Gegensatz zu Colin, der morgens kaum noch aus dem Bett kam, sobald die Pubertät zuschlug und ihn mit diesem neuen Teppich aus Körperbehaarung beschwerte, und einer Stimme, die ihm in die Stiefel gerutscht war und dort wie Zement festsaß, blieb Darren weiterhin Frühaufsteher. Ab seinem dreizehnten Geburtstag trug er Zeitungen aus. Er liebte seine Runde bei Tagesanbruch durch die Nachbarschaft, mit *Now 20* im Walkman, während er die leeren Gehsteige entlangradelte.

Anfangs waren seine Gedanken noch damit beschäftigt, sich die Route einzuprägen, danach malte er sich aus, für was er seinen Lohn ausgeben würde, doch nach einer Weile fing er an, Dinge wahrzunehmen: das Zu- und Abnehmen des Mondes, die verschiedenen Arten von Wolken, die Richtung des Windes und die Warnung eines roten Himmels, der nasses, windiges Wetter vorhersagte.

Mum wartete jeden Morgen um 7.30 Uhr an der Tür, um seinen Mantel entgegenzunehmen. »Danke«, sagte er und rannte nach oben. Jeden Tag unter der Woche war bei seiner Rückkehr sein Bett gemacht und seine Schuluniform darauf ausgebreitet. Wie *Der platte Eberhard* – ha! Er sauste ins Bad, streifte seine Air Jordans ab, seine Jogginghose und sein T-Shirt, und stieg in die Dusche. Zwei Minuten, mehr brauchte er nicht. Er streifte sich die Uniform über und lief nach unten, wo sein Frühstück schon auf ihn wartete: Tee mit Milch und Weißbrottoast, den seine Mutter in Dreiecke geschnitten und aufgestapelt hatte. Zum Toast gab es Marmite, Fruchtaufstrich oder selbst gemachte Himbeermarmelade, während im tragbaren Fernseher *Frühstücks-TV* lief, wo er Ulrika Jonsson bewundern konnte.

So war das Leben. Es bestand aus der täglichen Umlaufbahn seiner Zeitungsrunde, sechs Stunden Schule, einem kurzen Abstecher zu Colin, um kurz auf seinem Sega Megadrive zu spielen, Abendessen mit Mum und Dad – etwas selbst Gekochtes oder als Ausnahme auch mal Findus Crispy Pancakes – gefolgt von *Coronation Street*, während Mum mit ihrem Strickzeug dasaß und Dad in einem Lexikon las oder den Deckel auf eine Uhr schraubte. Hinterher gab es vielleicht noch einen Dokumentarfilm, den Dad in der Fernsehzeitung entdeckt und eingekringelt hatte, etwas über Extremwetterphänomene oder den Weltraum, und dann war es Zeit fürs Bett. Darren erhaschte Blicke auf andere Leben und war sich bewusst, dass die Existenz von so manchen anderen Menschen nicht so wie seine war. Manche waren einsam, andere zu Hause unglücklich. Aber soweit er erkennen konnte, wandelten sich die Dinge normalerweise zum Besten – es ging dabei weniger um Schicksal als um das Gute, entschied er. Guten Menschen widerfuhr, unterm Strich, Glück. Eines Tages stieg Colins Vater auf sein Motorrad und kam nie mehr zurück. Fazit? Die Dinge klärten sich von allein.

Damals war alles vorhersehbar, linear. Er würde einem festgelegten Weg folgen: Schule, College oder Uni. So kam man Dads Meinung nach *voran* – so hätte er es gemacht, wenn er die Möglichkeit gehabt hätte. Und nach dem Studium würde Darren mit einem Leben belohnt werden, das nicht so völlig anders war als das seiner Eltern, nur besser: ein größeres Haus, ein besseres Auto und ein spannenderer Arbeitsplatz als die Philips-Fabrik.

Wie die eingepflanzten Samen im Gewächshaus wuchs er in seine Umgebung hinein, warm und geschützt und bewässert. Und während er wuchs, wartete er die ganze Zeit auf den Tag, an dem er zu groß, zu wichtig für seinen Behälter geworden war. An dem es nötig wurde, ihn mit den Wurzeln herauszuziehen und an einen besseren Platz zu verpflanzen, wo er sich ohne Einschränkungen entfalten konnte. In der Zwischenzeit verlief das Leben ganz normal, ohne besondere Vorkommnisse, mitunter langweilig. Im Nachhinein betrachtet: wunderbar.

Ausstellung: »Becky Brookfield – die unerzählte Geschichte«

Katalog

Objekt: Urlaubsprospekte (zahlreiche)

Beschreibung: Kataloge über Strandurlaube und Wintersporturlaube (aus verschlossenen Originalumschlägen, die geöffnet und dann entsorgt wurden).

Objekt-Nr.: 13

Herkunft: Becky Brookfield (meine Mutter) muss eine Menge Kataloge bestellt haben, weil sie und Darren Quinn (mein Vater) planten, gemeinsam in den Urlaub zu fahren. Es ist gut möglich, dass sie als kleines Mädchen einige tolle Urlaube erlebt hat und Darren Quinn all die schönen Dinge zeigen wollte, die sie gesehen hatte.

Präsentation: Doppelseitige Collage der zwei beliebtesten Arten von Urlaubsbroschüre: Strand und Wintersport

Kuratorin: Clover Quinn

Konservator: Darren Quinn

Kapitel 9

Unter den Sachen befindet sich ein Kunstbuch: *Rubens' Zeichnungen.* Es ist türkis mit dem gezeichneten Porträt eines Kleinkinds vorn drauf. Clover blättert es durch. Es sind vor allem Leute abgebildet. In Schwarz-Weiß, hauptsächlich sind es Kreidezeichnungen, steht da. Die Menschen sind füllig, weich. Sie haben runde Schultern und flaumige Haare.

Soweit sie weiß, hat ihre Mutter nicht gezeichnet. Vielleicht haben ihr einfach die Bilder gefallen. Aber was genau hat sie bewundert? Clover ist sich unschlüssig, ob ihre Mutter die Skizzen von den muskulösen Männern mit nacktem Hintern oder die Gruppenszenen lieber mochte, wie *Die Heilige Familie mit Johannes dem Täufer*, in der eine Mutter ein sehr dickes kleines männliches Baby im Arm hält, während sich ein Mann, vermutlich Johannes, über sie beugt, und ein pausbäckiges Kleinkind am Rock der Mutter hängt. Zu der Gruppe gehört auch noch ein flauschiger Hund, wobei es auch ein Schaf sein könnte – Clover ist sich nicht sicher. Das Beste an dem Bild ist, wie die Hand der Mutter liebevoll das Bein ihres Babys hält, und es ist völlig klar, dass sie total in den Kleinen vernarrt ist.

Clover blättert das Buch noch mal durch, aufmerksamer diesmal. *Die Verkündigung* gefällt ihr. Wie die anderen Bilder ist auch dieses schwarz-weiß – »Tuschelavur über schwarzer Kreide« steht in der Beschreibung. Ein kräftiger Engel und zwei rundliche, puttenähnliche Figuren schweben direkt über dem Boden und strecken die Hand nach Maria aus, die sehr überrascht wirkt. Sie fasst sich mit einer Hand an die Brust, als würde sie fragen: *Wer, ich? Seid ihr sicher?* Mrs. Mackerel hat ein farbiges Bild von der Verkündigung in ihrem Wohnzimmer an der Wand hängen. Es ist ziemlich kitschig und nicht so schön wie das hier im Rubens-Buch. Mrs. Mackerels Engel hält einen Blumenstrauß in der Hand – so einen billigen aus dem Supermarkt, nicht das, was man von einem himmlischen Boten erwarten würde. Und der gelbe Ring um Marias Haare herum erinnert eher an den Schaumreifen, den Clover beim Haarewaschen früher aufhatte, damit kein Shampoo in die Augen läuft. Aber wenigstens wirkt Maria überrascht, und das ist ja die Hauptsache.

Rubens' Darstellung von der Verkündigung hat wahrscheinlich ihrer Mutter auch am besten gefallen. Schließlich wurde Becky Brookfield, genau wie Maria, ziemlich überrascht. Auf einmal hat Clover ein Bild vor Augen: eine Reihe himmlischer Begegnungen, ausgeschnitten und an der Zimmerwand entlang aufgeklebt. Ein Wandbild aus Engeln und überraschten Frauen. Das wäre der Wahnsinn! Sie kann die Malbücher nehmen, die Dad aus dem Altpapier gerettet hat. Die sind voll mit himmlischen Gestalten, die direkt über dem Boden schweben und von denen sternförmig lauter gerade Linien ausgehen, die Strahlung bedeuten sollen. Nein, *Strahlen*.

Der nächste Stapel ist eine Mischung aus Bettwäsche und Handtüchern. Sie legt ihn auf den Boden. Da sie nichts übersehen will, faltet sie jedes Teil auf und schüttelt es, um sie dann zu einem neuen Stapel aufeinanderzulegen. Einige der Handtücher fühlen sich neu an. Sie sind immer noch weich, nicht so rau und hart wie direkt nach der Waschmaschine. Mit Laken ist es genau andersherum: Die festen fühlen sich neu an und die weichen glatt vom darauf Schlafen. Sie riecht daran, streicht mit der flachen Hand über das Weiche; könnte ja sein, dass der Rücken oder die Seite ihrer Mutter es geglättet hat. Als sie sich durch die Handtücher und Laken gearbeitet hat, holt sie eine ganze Rolle Müllsäcke aus der Küche. Dad wird nichts merken, im Schrank sind noch mehr. Sie reißt eine Tüte ab und packt die Handtücher und Laken hinein, wobei sie ein dunkelblaues Badetuch für das Urlaubs-Display beiseitelegt und ein ganz weiches Laken, das möglicherweise den Abdruck ihrer Mutter tragen *könnte*. Es besteht die Gefahr, dass die Tüte reißt, deshalb trägt Clover sie besonders vorsichtig nach unten. Dort stellt sie den abgeschraubten Heizkörper zur Seite und öffnet den Schrank unter der Treppe, wo Dad die Säcke von der Kleidersammlung aufbewahrt, die die Leute immer in den Briefkasten stopfen. Sie findet einen mit der Aufschrift MITTWOCH. Es ist gar nicht so einfach, ihn über den Müllsack zu ziehen. So ähnlich, wie wenn man einen Schlafsack zurück in seine Hülle packen will, was sie ein oder zwei Mal mit dem Schlafsack gemacht hat, den Dad für sie gekauft hat für den Fall, dass sie ihn lieber mögen sollte als eine Bettdecke. Schließlich gelingt es ihr. Wo soll sie den Sack nun aufbewahren? Dad hat an diesem Morgen um acht angefangen zu arbeiten, also wird er kurz nach vier zurückkommen. Bis dahin sollte der Lieferwagen von der Kleidersammlung eigentlich vorbeigekommen sein. Aber bemerkt er eine Tüte am Ende einer Sackgasse? Sie ist sich nicht sicher, und sie will nicht den ganzen Nachmittag Ausschau halten, deshalb schleppt sie den Beutel durch die Siedlung, wobei sie aufpassen muss, dass der Boden nicht über den Asphalt schleift. Sie biegt die erste Möglichkeit nach links ab und dann wieder links, in Mrs. Knights Straße. Da niemand zu sehen ist, lässt sie den Sack vor deren Haus stehen.

Auf dem Bett findet sie ein zusammengefaltetes T-Shirt, das zuvor unter den Laken und Handtüchern klemmte. Es ist schwarz mit der Aufschrift »Ich fliege ohne Flügel«. Es sieht aus, als könnte es das sein, das ihre Mutter auf dem ersten der Fotos von ihnen beiden zusammen trägt, im Krankenhaus. Clover studiert aufmerksam das Shirt auf dem Foto, das darauf wartet, in die »ÜBERRASCHUNGs«-Präsentation aufgenommen zu werden. Es ist schwarz und schlabberig und hat auf der Brust eine teilweise verdeckte weiße Aufschrift. Es könnte dasselbe sein, und falls ja, ist es ein echtes Stück Geschichte, das sie richtig ausstellen sollte. Während sie noch überlegt, einen Kleiderbügel an die Bilderschiene zu hängen, hat sie eine geniale Idee. Sie schält die blauen Handschuhe von den Fingern und saust im üblichen Hindernislauf nach unten, durch die Küche in den Garten hinaus.

Es ist keine kleine Aufgabe: Clover kann sie nicht einfach aus dem Schuppen holen, weil sie zuerst andere Sachen beiseiteräumen muss. Sie betritt den tropisch warmen, holzgezimmerten Raum und schleppt Eimer, Spaten und Werkzeug nach draußen. Eines nach dem anderen legt sie ins Gras, wobei sie ab und an zu Mrs. Mackerels Fenster hinaufschaut, nur für den Fall. Die Schneiderpuppe hat weder Kopf noch Arme und Beine. Es ist einfach nur ein Holzständer mit einem dunklen, samtigen Torso oben drauf. Zwei Beulen als Busen, eine schmale Taille und ein hakenartiger Griff statt eines Kopfes am Hals. Spinnweben kleben auf dem Samt. Clover bekommt fast einen Anfall. Igitt! Auf gar keinen Fall kann sie das Ding so ins Haus bringen. Unter der Spüle in der Küche findet sie so eine Kleberolle, mit der sie über den Stoff und die Höcker fährt. Erst als sie ganz sicher ist, dass sich garantiert nirgendwo eine Spinne versteckt, fasst sie die Puppe um die Taille und trägt sie ins Haus. Dann stopft sie die anderen Sachen in wahlloser Reihenfolge zurück in den Schuppen, ehe sie mit der Puppe die Treppe hinauftanzt.

Clover zieht ihr das T-Shirt über. Es sieht furchtbar zerknittert und viel zu ausgebeult aus, also holt sie aus ihrem Zimmer ein Haargummi. Sie zieht das Shirt im Rücken zusammen und wickelt das Gummi um das Stoffknäuel. Na bitte. So richtig toll ist es immer noch nicht – es sieht aus wie ein Minikleid an einer einbeinigen Frau –, aber fürs Erste reicht's.

Nun liegen auf dem Bett nur noch Kopfkissen (ohne Bezug), Sofakissen (mit Bezug – einfarbig, cremeweiß), ein Buch – *Schnelle Pasta-Gerichte für die ganze Familie*, zwei Paar Schuhe (Flipflops mit pinkfarbenen Glitzerblümchen auf dem Zehentrenner und ein Paar schlichte, schwarze Lackschuhe mit Absatz), drei gerahmte Bilder (ein Sonnenuntergang, eines mit einem Welpen drauf, das aussieht, als wäre es aus einem Kalender herausgerissen worden – das Kalendarium ist durch das goldgelbe Fell des Hundes zu erahnen – und, das Beste von allen, ein altes Schulfoto von Onkel Jim und ihrer Mutter), ein Schlüsselanhänger (DU BIST DER

SCHLÜSSEL ZU MEINEM HERZEN), eine Sammlung von Kühlschrankmagneten und einige andere Küchensachen mit netten Sprüchen darauf, eine Schachtel mit einem halbleeren Parfümflakon darin (*J'adore* von Christian Dior) und ein Schneesturm aus Plastiktütenflöckchen. Clover sprüht das Parfüm in die Luft, folgt dem Nebel mit der Nase und atmet lange und tief ein. Es erinnert ein bisschen an Orangen ... und Blumen. Intensiver als so wird sie ihre Mutter nie riechen können. Clover hebt den Arm an die Nase, um an ihrer nackten Ellenbeuge zu schnuppern – lustig, dass man sich selbst nicht riechen kann. Dad riecht nach Seife und Deo und manchmal nach draußen, vor allem wenn er im Schrebergarten war und die Erde unter seine Nägel und in die gekringelten Furchen seiner Finger gekrochen ist. Sie sprüht noch einmal, diesmal direkt innen auf ihren Arm, und weil das Parfüm riecht wie ihre Mutter, beschließt sie, es zu mögen.

Nun, da das Bett freigeräumt ist, kann sie draufklettern. Sie versucht, die Plastikfetzen von der nackten Matratze zu fegen, doch sie kleben an ihren Fingern und Armen wie Federn. Je mehr sie reibt, umso anhänglicher werden sie. Letztendlich muss sie den Staubsauger holen.

Hinterher sieht das Zimmer viel besser aus, obwohl es immer noch vollgestellt ist. Clover öffnet den ersten der Kartons am Fenster. Ihr kommt der Gedanke, dass die Luft in der Kiste alt sein könnte. Aus der Zeit, als sie noch ein Baby war. Luft, die durch die Nase ihrer Mutter hinein- und wieder hinausgeströmt ist. Sie beugt sich über den Karton und atmet ein.

In der Kiste befindet sich Unterwäsche. BHs und Slips in ganz verschiedenen Farben. Manche sind passende Sets, andere ganz schlicht. Einige sind vom Waschen leicht grau. Clover zieht sich einen rot-weiß gepunkteten BH um den Brustkorb und schlüpft mit den Armen durch die Träger, nur um mal zu sehen. Der BH ist riesig. Sollte man sie je mit einer Seilwinde von einem Berg retten müssen, könnte sie ihn vermutlich als Hängekorb benutzen.

Es sind auch Strumpfhosen und Strümpfe dabei und ein paar dieser längeren, edlen BH-Dinger mit harten Teilen drin wie Rippen, aber von oben nach unten statt quer. Einen Augenblick lang hat sie das Gefühl, als würde sie ihre Nase vielleicht in etwas stecken, das sie nichts angeht. Aber das Gefühl hält nicht lange an – schließlich sind es die Sachen ihrer Mutter.

Den gepunkteten BH und dazu passenden Slip behält sie. Außerdem zwei Paar Socken: eins für die Ausstellung und ein zweites – schwarz mit kleinen rosa Häschen drauf – für sich selbst, um sie im Winter unter ihren Jeans zu tragen. Sie faltet die nun leere Umzugskiste zusammen und stopft die verbleibende Unterwäsche in einen Müllsack. Den wird sie später entsorgen.

Ihr Magen knurrt. Zeit fürs Mittagessen und danach ihren Job im Schrebergarten. Das hier war bisher ihr bester Tag. Sie hat so viel geschafft. Doch bevor sie nach unten geht, schlüpft sie in die hochhackigen Schuhe ihrer Mutter. Sie sind ein bisschen zu groß: sowohl etwas zu weit als auch zu lang. Doch als Clover vor dem Bett auf und ab geht, drücken ihre Zehen und die Ferse genau auf dieselbe Stelle wie damals die Zehen und Fersen ihrer Mutter. Etwas wacklig stakst sie zum Fenster hinüber, wobei die Absätze auf den Dielenbrettern klappern. Wenn sie sich um die Kartons herumquetscht, kann sie auf die Gärten hinabschauen: den von Dad und ihr (unordentlich), den von Mrs. Mackerel (asphaltiert) und noch weiter. Das hier war das Zimmer ihrer Mutter. Das hier war die Aussicht ihrer Mutter. Das hier sind die Schuhe ihrer Mutter. Sie stakst zum frei geräumten Teil am Fußende zurück. Hin und her, hin und her, als könnte sie irgendwann ins Leben ihrer Mutter hineintreten.

Dagmar sitzt mit ihrem Trolley vor dem Laden am Eck. Clover bremst und hält an. Es ist das dritte Mal, dass sie Dagmar hier antrifft. Hoffentlich wartet sie jetzt nicht jeden Nachmittag, aber Clover fürchtet, dass es gut sein kann.

»Wir gehen in den Garten?«, fragt Dagmar, als würde *sie* Clover einladen.

»Okay«, antwortet Clover. Doch sie bleibt auf dem Sattel sitzen und schiebt das Rad mit den Zehenspitzen den Gehweg entlang. Dagmar wird eben Schritt halten müssen.

»Du warst in Blackpool?«

»Nö. Jetzt am Wochenende.«

»Du hast Glück.«

»Vermutlich. Aber es wäre schön, richtig in den Urlaub zu fahren«, sagt Clover. »Irgendwo ins Ausland. Ich versuche, meinen Dad zu überreden.«

»Und er sagt was?«

»Man muss nicht ins Ausland reisen, um glücklich zu sein; man kann genauso gut zu Hause glücklich sein.« Sie sagt es in einem fiesen Tonfall, der gar nicht nach Dad klingt. *»Wer würde sich dann um den Schrebergarten kümmern?«*, sagt sie mit derselben blöden Stimme.

»Und deine Mutter?«

»Wir sind nur zu zweit, Dad und ich.«

Dagmar macht das übliche überraschte Gesicht, und Clover wappnet sich innerlich schon gegen Fragen, doch Dagmar fährt einfach fort: »Ich kümmere mich darum für euch.«

»Oh, schon in Ordnung – es wird nicht, er wird nicht …«, versucht sie zu erklären und schämt sich plötzlich, Dads Weigerung so aufgebauscht zu haben.

»Er lässt mich nicht?«

»Wir fahren nicht.«

»Aber *falls* ihr geht, er lässt mich?«

»Es ist egal.«

Sie fährt zu schnell. Also verlangsamt sie das Tempo ein wenig und lässt ihre roten Turnschuhe über den Asphalt schleifen. Dagmars Trolleyräder kratzen über Steine, und ihr Atem geht zischend. Sie klingt wie eine Fahrradpumpe.

»Was macht dein Dad?«

»Fernsehen.«

»Ist heute sein freier Tag?«

»Nein.«

»Meiner hat jede Woche zwei Tage frei. Alle fünf Wochen hat er ein langes Wochenende. Manchmal hilft er Colin, seinem Kumpel, bei Jobs, wenn er unter der Woche frei hat.« Sie macht eine Pause, um Dagmar Gelegenheit zu geben, etwas zu sagen. Als diese schweigt, fährt Clover fort: »Er würde mehr Geld bekommen, wenn er Überstunden auf dem Park and Ride machen würde, aber er arbeitet gern mit Colin. Sie kennen sich schon, seit sie ganz klein waren. Sie sind wie B–« Beinahe hätte sie es gesagt, das Wort *Busen*. »... beste Freunde.«

»Mein Dad arbeitet nicht.«

Clover hat das Gefühl, als würde sie Dagmar in die Ecke drängen. Aber Dagmar könnte ja das Thema wechseln und über etwas anderes reden, wenn sie wollte, oder?

»Vielleicht findet er ja bald einen Job«, sagt sie mit Überzeugung und beendet damit für sie beide den peinlichen Moment.

Sobald sie die Straße verlassen, steigt Clover ab, und sie gehen nebeneinander den Feldweg entlang. Sie holt den Schlüssel aus der Tasche, doch als sie versucht, ihn ins Schloss zu stecken, schwingt das schwere Tor schon beim leisesten Druck von selbst auf.

»Oh, es hat sich wieder abgesenkt.«

»Abgesenkt?«

»Das Tor. Es ist schwer. Manchmal senkt es sich ab, und dann braucht man keinen Schlüssel. Man kann ihm einfach einen leichten Schubs geben, und es öffnet sich von selbst. Irgendwann wird jemand die Scharniere wieder anziehen.« Sie hält eine der Stangen fest, damit das Tor nicht komplett aufschwingt. Nachdem sie hindurchgegangen sind, schließt Clover es wieder sorgfältig, bis der Riegel eingerastet ist.

Es ist heiß. Die Luft ist erfüllt von Staub und Pollen und dem Summen wachsender Pflanzen. Jemand hat das lange Gras links und rechts vom Pfad geschnitten. Bei dieser Hitze hat die Sonne es bereits zu Heu ausgebleicht. Das Heu liegt am Rand, weißgrün und weich wie Fell. Sie kicken es beim Gehen in die Luft.

Dagmar nimmt den Eimer vom Lenker, während Clover die Gießkanne unterm Teppich hervorzieht. Es dauert einige Runden, bis sie alles gegossen haben.

»Willst du Unkraut jäten?«

»Woher weißt du, was ist ein Unkraut?«

»Im Grunde alles, was man nicht gepflanzt hat. Wenn etwas nicht zur richtigen Zeit am richtigen Ort wächst, ist es Unkraut. Man könnte also sagen, die Himbeeren sind Unkraut. Wir haben sie nicht gepflanzt, aber sie wachsen da einfach jedes Jahr. Wir lassen sie, weil wir sie mögen. Die Brennnesseln wachsen auch ständig nach. Aber die mögen wir nicht, *klar*, aber die kann man nicht ohne Handschuhe ausreißen, selbst wenn man sie ganz unten packt – die machen einem die Finger kaputt. Ich weiß nicht bei allen Pflanzen, wie sie heißen. Dad schon. Der ist echt klasse. Aber es ist auch nicht wirklich wichtig, du musst nicht alle Namen kennen. Siehst du die da? Und das da? Das ist Unkraut. Reiß es einfach raus und wirf's aufs Gras.«

Sie hocken auf dem Pfad, der die Beete unterteilt, und jäten Unkraut. Die Erde ist an den Stellen, wo sie nicht gegossen haben, so trocken, dass sie nur ein bisschen ziehen müssen und schon rutschen die Wurzeln raus.

»Mein Dad, er war in Afghanistan«, sagt Dagmar.

»Ich dachte, Amerika und dann hier bei uns.«

»Nein.«

Sie würde gern fragen, ob Dagmars Dad jemanden getötet hat. Aber das wäre vielleicht unhöflich.

»Er hat im Feldlazarett in Kabul gearbeitet.«

Clover hält den Blick gesenkt. So ist es einfacher für Dagmar zu reden, denkt sie, wenn sie mit ihrer Arbeit weitermacht: das Unkraut auszupfen und neben sich aufs Gras werfen.

»Er hat Dinge gesehen.«

Clover steht kurz auf und streckt die Knie, ehe sie sich

wieder hinhockt. Dagmars Gesicht wirkt verkniffen. Auf der Backe hat sie einen roten Streifen.

»Schlimme Dinge. Und jetzt … er ist wie du von deinem Onkel sagst. Er ist nicht er selbst.«

Dagmars Dad ist groß. Clover hat ihn beim Elternabend gesehen: ein blasser, traurig aussehender Mann, mit Abstand der größte dort. Luke Barton nannte ihn hinterher Frankenstein. »Draculas Vater sieht aus wie Frankenstein – was auch sonst?«, sagte er.

»Das ist ein Unkraut?«, fragt Dagmar.

»Ja.«

»Wie heißt es?«

»Ich weiß nicht.«

»Und das hier?«

»Ja.«

»Wie heißt es?«

»Klee.«

»Du heißt wie ein Unkraut?«

»Es ist nur Unkraut, wenn es zur falschen Zeit am falschen Ort wächst, schon vergessen? Manche Bauern bauen Klee an. Absichtlich.«

Die Wurzeln des Klees ziehen sich unter der Erde durch. Als Dagmar daran zieht, kommt ein ganzes Geflecht zum Vorschein.

»Vielleicht geht es deinem Dad bald besser.«

»Das Feldlazarett hat geschlossen, da war ich sieben.«

Clover lässt sich auf den Hintern plumpsen und sitzt im Schneidersitz im Gras. Sie tut nicht mehr so, als würde sie jäten.

»Es ist nicht so schlimm, wenn ich zur Schule gehe. In den Ferien, da fühle ich, das Schreien kommt. Und ich gehe raus.«

»Den ganzen Tag, allein?«

»Wenn er eine schlechte Nacht hat, muss es sehr still sein.«

»Neuberechnung«, tönt plötzlich eine barsche Computerstimme aus Dagmars Trolley.

»Was ist das?«

»Oh, es ist …« Dagmar steckt die Hand in den Trolley. Nach einigem Suchen zieht sie ein klobiges, rechteckiges Gerät heraus. »Es ist ein Navi.« Sie reicht es Clover, damit sie es anschauen kann. »Von eBay.«

»Wie Google Maps, aber alt? Wo gehst du denn hin?«

»Nirgendwo.«

»Warum berechnet das Ding dann neu?« Oben auf dem Gerät ist ein Schiebeschalter. Als Clover ihn mit dem Finger berührt, taucht eine Landkarte auf dem matten, altmodischen Display auf. Entgegen dem, was Dagmar gesagt hat, wird dort eine Route angezeigt, und in der linken unteren Ecke steht eine geschätzte Ankunftszeit: morgen früh. »Also, wohin bist du in Wirklichkeit unterwegs?«

»Ich gehe nirgendwohin.«

»Na gut. Auf welches Ziel ist es *eingestellt*?«

»Zu Hause.«

Clover denkt nach. Sie weiß nicht, wo Dagmar wohnt, aber so weit entfernt kann es nicht sein. Momentan füllt die Karte den Bildschirm aus, aber es zeigt nur die Strecke bis zum Kreisverkehr am Ende der Moss Lane. Es muss eine Möglichkeit geben zu zoomen.

»Letzte Ferien, wir sind heimgefahren und haben das Navi benutzt. Ich habe hier gedrückt: letzte Ziele. Siehst du? Und da finde ich alle Orte. Jetzt weiß ich, wie weit ich weg bin von Uherské Hradiště.«

»Von wo?«

»Uherské Hradiště.«

»U-her-ske Rhad-diesch-de-jeh«, versucht Clover. »Wo ist das?«

»Zu Hause.«

»Ich dachte, du meinst *hier*, als du ›daheim‹ gesagt hast. Also wie weit ist es weg?«

Dagmar nimmt das Navi und drückt aufs Display. »Eintausendneunhundertfünfundzwanzig Meilen.«

»Du vermisst es.«

»Ja.«

Clover denkt nach. Manchmal, wenn Leute Dinge vermissen, dann wollen sie lieber nicht darüber reden. Wie Dad zum Beispiel. Vielleicht ist Dagmar anders. »Was genau vermisst du?«, fragt sie.

»Den Weihnachtsmarkt.«

»Wir haben hier auch einen. Im Dezember, an den Wochenenden.«

»Ich vermisse Namenstage.«

»Was ist das?«

»Alle Namen haben ihren eigenen Tag. Meiner ist der zwanzigste Dezember. Ich bekomme ein Geschenk. Im Fenster von allen Blumenläden steht DAGMAR, um die Menschen zu erinnern.«

»Welcher Tag ist für Clover?«

»Clover steht nicht auf der Liste.«

»Oh.«

»Es gibt eine Liste mit den Namen und einen Kalender. Ein Name für jeden Tag. Früher, die Leute haben Namen von der Liste ausgesucht. Jetzt müssen sie das nicht mehr.«

»Was noch?«

»Nach Vločnov gehen und *Jízda králů* sehen.«

»Was ist das?«

»In Englisch, es ist … der Ritt der Könige. Da ist ein Junge auf einem Pferd. Er ist der König, aber er zieht sich an als Dame, weil er ist in … weil er tut, als ob … in einer …«

»Verkleidung?«

»Ja. Und die Pferde – viele Pferde – sind mit Blumen bedeckt. Die Kostüme auch. Die Frauen haben gefaltete Ärmel …« Sie macht es vor, indem sie den Rand ihres T-Shirts hin und her faltet.

»Plisseefalten?«

»Ja, Falten. Und große Röcke und hohe Stiefel.«

»Hast du so ein Kostüm?«

»Ja. Und ich habe gelernt den Tanz. Zu Hause ich habe gedacht, es ist ein bisschen dumm. Aber hier, ich vermisse es.«

»Und Freunde?«

Dagmar zieht ein weiteres Geflecht von Kleewurzeln aus dem Boden. »Ja. Zu Hause habe ich Freunde.« Sie räuspert sich. Es ist ein ungeduldiges *Das-reicht*-Geräusch. Als wäre sie sauer auf sich selbst, über das alles zu reden. »Du wirst erzählen den anderen von meinem Dad?«

»Nein.« Clover überlegt, ob sie ihr auch ein Geheimnis erzählen soll, als Versicherung. Eine Art Informationsaustausch. Dann fällt ihr Onkel Jim wieder ein, und sie beschließt, dass Dagmars Besuch bei seiner Wohnung genug zählt.

»Und du versprichst es?«

»Ja.«

»Danke.«

Wenn einem jemand etwas erzählt, dann mag man denjenigen mehr, nicht weniger, denkt sie. Es ist schön, Sachen von Dagmar zu hören, an die sie nie gedacht hätte. Wenn nur Dad ihr auch Dinge erzählen würde.

Sie jäten schweigend zu Ende und gehen dann den Pfad zurück zum Tor, begleitet vom Ticken ihres Fahrrads, dem Klopfen des Eimers gegen den Rahmen und dem Kratzen von Dagmars harten Trolleyrädern über den Boden.

Am Ende der Moss Lane, vor dem Laden am Eck, streckt Dagmar Clover die Hand hin. Ihre Handfläche, die Finger und die durchsichtige Haut ihres Handgelenks zieren eine ganze Reihe von Brennnesselstichen.

»Es ist das Unkraut. Das letzte, das ich habe gepflückt, war falsch.« Sie reibt die Bläschen an ihrem Hemd und dem Hosenbein. Dann lacht sie etwas gequält.

»Komm mit.«

»Aber dein Dad ist nicht –«

»Ach, der ist schon okay«, sagt Clover. Wie es scheint, werden sie wohl Freundinnen, was bedeutet, dass Dagmar Dad früher oder später kennenlernen muss. Dann wird sie merken, dass er überhaupt nicht furchterregend ist. »Komm schon, wir haben eine gute Salbe.«

Als Dagmar durch den Flur ins Esszimmer geht und Dads improvisierte Regale mit all den Sachen sieht: den Kuckucksuhrkisten, Schuhkartons, Ukulelen ohne Saiten, leeren Süßigkeitendosen, Nachschlagewerken, Kerzen – *alles* eben, flüstert sie: »*Wow.*« Und alles ist in Ordnung.

Die Salbe ist in einer Schachtel in einem der Küchenschränke zusammen mit anderen Medikamenten, die nicht gefährlich sind, wenn man sie aus Versehen nimmt. Clover reicht Dagmar die Tube und sieht ihr zu, wie sie Creme auf ihrer Hand und dem Handgelenk verteilt.

Als Nächstes holt Clover zwei Löffel voll Schoko-Keks-Creme aus dem Glas und reicht einen davon an Dagmar weiter. »Das hier musst du mal probieren. Ich finde, es ist womöglich das Leckerste auf der Welt.«

Dagmar schnuppert zuerst an dem braunen Klumpen, bevor sie ein bisschen davon ableckt und dann den ganzen Löffel in den Mund steckt. Sie nickt und macht ein zustimmendes Geräusch. Wie es aussieht, findet auch sie, dass es womöglich das Leckerste auf der Welt ist. Clover genießt die doppelte Freude von Schokocreme mit Keksstückchen und dem Teilen.

Dad und sie schauen sich zusammen *Bake Off* an. Heute Abend geht es um Brot. Als die Bäcker ihre übliche Aufgabe lösen müssen, bei der es sich um Roggenbrot handelt, fängt Dad an zu reden.

»Edna sagt, sie hat dich heute Nachmittag gesehen, als sie an den Läden in der Bispham Road vorbeikam.«

»Ich hab sie nicht gesehen«, sagt Clover in der Hoffnung, dass er dann still ist.

»Sie war im Bus. Und du mit jemandem unterwegs?«

»Ja«, sagt sie.

»Einem Jungen?«

»Nein.«

»Edna sagt, es war ein Junge.«

»War es nicht.«

»Ist er dein Freund?«

Sie wendet den Blick vom Roggenbrot ab. »Nein! Es war Dagmar. Sie ist ein Mädchen. Mit kurzen Haaren.«

»Bist du sicher?«

»Ob ich sicher bin, dass sie ein Mädchen ist?«

»Ich will nur, dass du mir die Wahrheit sagst.«

»Das tue ich!«

»Kommt sie hierher, während ich bei der Arbeit bin?«

»Nein! Also, nur –«

»Ich will hier niemanden haben, während ich nicht da bin.«

»Ich *weiß.*« Sie hat das Gefühl, im Unrecht zu sein, als hätte sie etwas falsch gemacht, dabei hat sie *überhaupt nichts* gemacht.

»Und wenn – *falls* du einen Freund hättest, dann könntest du mir das sagen.«

»Hab ich aber nicht!«

»In Ordnung. Ich mein ja nur. Weil du älter wirst. Und eines Tages wirst du das – einen Freund haben, meine ich.«

Clover dreht sich wieder zum Fernseher. Schaut stur geradeaus und versucht, sich aufs Roggenbrot zu konzentrieren.

»Oder eine *Freundin*, die kein Junge ist – wenn es das ist, was du … du kannst mir alles sagen.«

Roggenbrot, Roggenbrot, Roggenbrot … Fragt er sie gerade, ob sie auf Jungen oder Mädchen steht? Warum denkt er, dass er das einfach so an einem Mittwochabend tun kann, völlig aus dem Nichts heraus, während sie eigentlich ihre Lieblingssendung schauen will?

»Colin erzählst du aber lieber nichts davon. Der würde wahrscheinlich einen Herzinfarkt bekommen. Sagen, dass du noch viel zu jung bist.«

Sie wünschte, er würde aufhören, das Thema überspielen zu wollen, und stattdessen einfach den Mund halten.

»Er hat dich sehr lieb.«

»M-hm.«

»Seit du auf der Welt bist, bist du für ihn das Größte.«

»Ich weiß.«

»Erinnerst du dich noch, als du klein warst und er gejammert hat: ›Ich will heute echt nicht zur Arbeit gehen‹? Du hast geantwortet: ›Ich wette, du willst auch keine Glatze haben.‹ Das fand er urkomisch.«

»Dad.«

»Ja?«

»Können wir uns die Sendung anschauen?«

»Sorry.«

Zum Schluss fabrizieren die Bäcker Pesto-Windräder, Käsekuchen-Brioche, eine spanische Krone mit Oliven in Blattgold und jede Menge andere unglaubliche Brot-Köstlichkeiten.

Während die Preisrichter noch beraten, steht Dad auf und kommt ein paar Minuten später mit einigen gebutterten Toastscheiben zurück, die er in Dreiecke geschnitten hat.

»Ich würde sagen, es hat eine angenehme Struktur und gute Konsistenz«, sagt er.

»Ich auch.«

»Ein weiches Weißbrot mit verstecktem Vollkorn, ohne Körner«, fügt er hinzu.

»Rasch zuzubereiten.«

»Auch für Anfänger geeignet.«

»Da werde ich doch gleich mal kosten, Dad.«

»Lass es dir munden!«

Es ist zu heiß. Clover liegt im Bett, die Decke in einem Knäuel auf dem Fußboden, und lauscht Dad, der unten versucht, die Akkorde für »Happy« rauszuhören. *»I'll be just fine, I'll be just fine«:* Er singt dieselbe Zeile wieder und wieder und probiert dazu verschiedene Schlagtechniken aus.

Das Haus fühlt sich anders an. Als würde ihre Mutter durch die Wände dringen. Clover drückt den Arm an die Nase, wo sie das Parfüm auf ihrer Haut immer noch riechen kann. Irgendwie ist sie sich auf ganz neue Art bewusst, dass sie aus ihrer Mutter entstanden ist. Knochen meiner Knochen, Fleisch meines Fleisches – das hat sie irgendwo mal gehört, wahrscheinlich ist es was Religiöses, was bedeutet, dass Mrs. Mackerel es gesagt haben muss. Ihre Mutter fließt durch ihre Knochen und ihr Fleisch.

Wenn sie sich ausstreckt, kann sie mit den Füßen fast das untere Bettende berühren. Sie wächst in sich hinein. Wie hat ihre Mutter wohl mit zwölf ausgesehen? Hatte sie schon ihre Periode? Steckt alles, was man mal sein wird, schon in einem drin, wie ein Samenkorn, oder setzt man sich erst Stück für Stück zusammen, wie diese Backmischungen, die Dad manchmal kauft – einfach nur Öl oder Wasser hinzufügen? Einst war ihre Mutter in Oma Maureen, und einst war sie, Clover, in ihrer Mutter, wie diese Matroschka-Puppen: eine in der anderen, in der anderen, in der anderen.

Seit sie das Notizbuch gekauft hat, schreibt sie die Dinge auf, von denen sie sich erinnert, dass Leute sie über ihre Mutter gesagt haben. Colin: »Becky hat mich für einen netten Trottel gehalten, was vermutlich auch stimmt.« Grandad: »Sie konnte auch mal still sein und hat nicht pausenlos geredet, im Gegensatz zu anderen.« Onkel Jim: »Sie konnte sich gut um andere kümmern.« Mrs. Mackerel: »Ein stämmiges Mädchen, *der Herr hab sie selig*. Wobei ich auch schon dickere gesehen hab.« Es sind nur Fetzen. Bruchstücke. Ein Durcheinander. Aber manchmal ist Durcheinander auch schön, denkt Clover. Wie die hintere Mauer im Schrebergarten, wo die Himbeeren und Brennnesseln, der Rosmarin, die Krokusse, Glockenblumen und Weidenkätzchen wachsen, alle wild durcheinander. Außerdem, sobald sie die Ausstellung fertig konzipiert und den Text geschrieben hat, wird das Leben ihrer Mutter kein solches Durcheinander mehr sein, und wenn sie schließlich Dad das Zimmer zeigt, dann wird das wie eine dieser Renovierungssendungen sein, mit einer großen Enthüllung. Es wird ein aufregender Moment sein – so ist das immer, weil niemand weiß, wie die Leute auf das Neue reagieren werden, und manchmal brauchen sie einen Augenblick, um sich daran zu gewöhnen, aber meistens freuen sie sich. Manchmal natürlich auch nicht. Clover dreht sich auf den Bauch und vergräbt das Gesicht im Kissen. Sie erlaubt sich einen Moment der Sorge. Dann rollt sie wieder auf den Rücken und beschließt, dass es gut gehen wird. Bis dahin wird sie sich eine richtige Rede ausgedacht haben, eine Erklärung, was sie getan hat und warum. Und sobald sie die vorgetragen hat, wird sie langsam die Tür öffnen. Dad wird geschockt sein, aber erfreut, und er wird ihr zu all den Gegenständen etwas erzählen. Warum er sie aufgehoben hat. Er wird dafür sorgen, dass alles seine Richtigkeit hat. Es wird Details geben und Beschreibungen. Kein Abwimmeln, keine Sackgassen-Gespräche.

Und dann, und dann …

Und dann, vielleicht nach einer Weile, wenn der Zweck der Ausstellung erfüllt ist, wird es in Ordnung sein, sie abzubauen, wie das in richtigen Museen passiert. Alles einpacken und im Lager – auch als Dachboden bekannt – verstauen und das Zimmer für etwas anderes benutzen.

Dads Gesang dringt die Treppe hinauf: *»Clap along if you feel like happiness is the truth«*. Glück ist so vieles. Im Englischunterricht haben sie letztes Jahr eine Liste gemacht, eine Mischung aus den Ideen anderer Menschen und ihren eigenen. Glück ist eine warme Pistole (Beatles) und eine warme Decke (Schulz). Glück hat die Form eines Minis (Mini). Glück kann man nicht kaufen, aber Tee schon, und das ist quasi dasselbe (Lipton). Glück sind tolle erste Eindrücke und jeden Morgen Frühstück im Freien (Jet2). Glück ist ein supergemütliches Bettsofa, ein paar Beistelltische und gutes WiFi (IKEA). All das ist *vielleicht* wahr, aber Clover vermutet, dass es nicht stimmt. Sie hat ihre eigene Liste. Glück ist ein Großvater, der Links zu Katzenvideos in einem Word-Dokument speichert, damit er sie ihr zeigen kann, wenn sie zu Besuch kommt. Glück ist, wenn Onkel Jim und Dad sich aus Versehen gut verstehen. Biscoff-Kekscreme direkt aus dem Glas essen. Wenn Mrs. Mackerel die Wörter verdreht und Dad sich während *Bake Off* schräge Sachen zum Essen ausdenkt. Glück wird sein, alles über ihre Mutter zu erfahren.

Das Laken ist warm. Sie bewegt die Beine auf der Suche nach einer kühlen Stelle. Ihr Zimmer ist voller Schatten. Es ist fast so vollgestopft, wie es das mittlere Schlafzimmer war. Clover kommt der Gedanke, dass sie auch ihre eigenen Sachen ausmisten und neu arrangieren könnte. Es gibt so viel, das sie nicht will, trotz Dads Sorge, sie könnte es eines Tages brauchen. Aber das muss warten. Der Sommer zerrinnt, und sie ist mit der Ausstellung ihrer Mutter noch nicht fertig.

Ausstellung: »Becky Brookfield – die unerzählte Geschichte«

Katalog

Objekt: Kunstbuch. *Rubens' Zeichnungen*

Beschreibung: Ein Buch mit Zeichnungen des Künstlers Rubens. Im Buch steht, dass er seine Zeichnungen nicht signiert hat, weil er sie nicht so wichtig fand wie seine Gemälde. Sie sind aber trotzdem alle ziemlich gut.

Objekt-Nr.: 15.

Herkunft: Becky Brookfield (meine Mutter) hat dieses Buch ausgewählt, weil sie vor allem Rubens' Zeichnungen von Familien mochte.

Präsentation: Auf Seite 40, »Die Verkündigung«, eine Zeichnung von Maria, einem großen Engel und zwei kleinen dicken Engeln, Tusche über einer schwarzen Kreidezeichnung.

Kuratorin: Clover Quinn

Konservator: Darren Quinn

Kapitel 10

Sie ist früh ins Bett gegangen. Er soll glauben, sie sei müde, aber bestimmt strickt sie an dem Schal, von dem er nichts wissen darf. Weil er am Dienstag lange arbeiten musste, hat er *University Challenge* verpasst, und gestern Abend konnte er es wegen der Backsendung nicht anschauen, aber zum Glück gibt es ja noch die Mediathek. Die Geigenmusik am Anfang der Sendung hat etwas Messerscharfes und den Verstand Schärfendes an sich. Auf die Plätze, fertig – *nachdenken!*, scheint sie zu sagen.

In dieser Folge tritt die University of Sussex gegen St. Peter's College, Oxford, an. Die Teilnehmer sind alle super vornehm und in beiden Teams gibt es keine einzige Frau. Bevor er Clover bekam, wäre ihm das gar nicht aufgefallen. Aber eine Tochter zu haben verändert einen – auf einmal fragt man sich, wo all die Frauen sind.

Sein Ziel ist es immer, wenigstens eine Frage richtig zu beantworten. Wenn er zwei oder, Gott bewahre, mehr schafft, dann genehmigt er sich ein Bier vor dem Schlafengehen. Die erste Frage bezieht sich auf die Beatles. Geschenkt. »Welches kurze Adjektiv bezeichnet einen Tee, heller als Grüntee, und das neunte offizielle Album der Beatles?« Das weiß doch jeder Idiot. Jetzt kann er sich zurücklehnen. Es folgen Fragen zu Gedichten, Shakespeare, Charles Dickens und Politik. Davon kann er keine beantworten. Eine Frage zu Wolkenformationen rettet ihn, und er steht vom Sofa auf, um sich ein Bier aus dem Kühlschrank zu holen.

Eigentlich war geplant gewesen, dass er studiert. In Birmingham – weit genug weg, um zu Hause auszuziehen, aber nah genug, um regelmäßig heimzukommen. Er hat immer noch den Brief, in dem ihm der Studienplatz angeboten wurde. Irgendwo wird auch das Studiengang- und Vorlesungsverzeichnis sein. Und der Brief mit der Zusage zur Verschiebung um ein Jahr. Vielleicht im Esszimmer. Oder hier in der Küche, in einer der Schubladen oder einem Schrank. Als Clover noch klein war, holte er die Unterlagen manchmal heraus und sah sie sich an – Idiot. Als er noch zur Schule ging, hatte er dieses verdammte Vorlesungsverzeichnis tausend Mal gelesen. Mit einem Leuchtmarker hatte er die Worte angestrichen, mit denen er sich zukünftig gern beschäftigen wollte: *Meteorologie, Abholzung, Globalisierung, geomorphologische Prozesse* – bald erstrahlte die Seite mit der Überschrift »Geografie (Bachelor)« in Neongelb.

»Darren geht nirgendwohin, hab ich recht?«, sagte Dad in jenem Sommer nach den Abschlussprüfungen, als Mum die Diagnose bekam. »Das würde ihm nicht im Traum einfallen, oder, mein Junge?«

Es war eine Warnung, verkleidet als Rückversicherung. *Wage es ja nicht, mich mit alledem hier allein zu lassen* – das war Dads eigentliche Aussage. Es war schwer zu akzeptieren: Studieren hatte immer zu seinem Lebensplan gehört. Von Mums Seite kam auch keine Ermunterung. Kein »Na los, geh, mein Schatz, ich komm schon klar«, kein Signal, dass es in Ordnung wäre, wenn er sein Leben wie geplant weiterlebte. Also verzichtete er darauf.

Darren lässt sich aufs Sofa plumpsen und schlürft sein Bier. Wenn er damals gegangen wäre, wäre er heute jemand vollkommen anderes. Wenn das Wörtchen »wenn« nicht wäre.

* * *

Zu Beginn von Mums Krankheit besorgte er sich einen Halbtagsjob beim Zeitschriftenladen, für den er Zeitungen ausgetragen hatte. Um was zu tun zu haben, während er darauf wartete, dass sie gesund wurde, dachte er. Um irgendwo hingehen zu können, wenn er sie nicht gerade abwechselnd mit Dad zur Bestrahlung oder Chemo oder Laserbehandlung oder zur photodynamischen Therapie fuhr. Um zwischen den Krankenhausbesuchen etwas zu tun zu haben. Um zwischen den

Hospizbesuchen etwas zu tun zu haben. Um etwas zu tun zu haben, während er darauf wartete, dass sie starb, wie ihm später bewusst wurde.

An den Vormittagen, an denen er nicht von Tagesanbruch an im Laden stand und Zeitungen für die Jungen und Mädchen faltete, die sie austragen würden, kümmerte er sich um Mum, genau wie sie sich um ihn gekümmert hatte. Er half ihr die Treppe hinunter und machte ihr Tee mit Milch und Weißbrot-Toast. Er schnitt die Toastscheiben in Dreiecke, die er in den Brotständer stellte und mit Marmite, Honig oder den Resten der selbst gekochten Himbeermarmelade vom letzten Jahr servierte, während in der Küche der tragbare Fernseher lief.

Das Vorlesungsverzeichnis blieb auf seinem Schreibtisch liegen. Gutenachtlektüre. Es war leicht zu glauben, dass die darin enthaltene Welt so flach und zweidimensional war wie die Seiten und nur darauf wartete, durch seine Ankunft zum Leben erweckt zu werden. Ganz leicht, bis Mitte Dezember diejenigen, die zum Studieren fortgegangen waren, über die Ferien nach Hause kamen. Ihr Anblick in der Stadt oder freitagabends im Club brachte ihn aus dem Gleichgewicht.

Damals begannen die Wochenenden mit der Musik-Chat-Show *TFI Friday*, die Colin und er sich, umgeben von einer Wolke aus Deo und Haarspray, gemeinsam ansahen. Darren trug seine Vorhanglocken à la David Beckham. Colins Haaransatz zog sich zu diesem Zeitpunkt bereits von seiner Stirn zurück, und es würde nicht lange dauern, bis er den Jason-Statham-Look übernahm, doch damals kämmte er die verbliebenen Haare immer noch nach vorn und betonierte sie mit Haarspray zu einem brüchigen, strohigen Pony. Manchmal gingen sie zu Fuß ins Bliss und suchten sich eines der drei Stockwerke mit klebrigem Teppichboden aus: Pop, Indie oder Dance. Dann überlegten sie, ob sie wohl genau am selben Fleck tanzten oder tranken, wo Tom Jones und die Beatles einst gestanden hatten. Und nach ein paar Drinks spielten sie das Entdecke-den-Everton-Spieler-Spiel. Manchmal gingen sie auch in ihre Stammkneipe zu einem Abend Passivrauchen, Karaoke und Snooker. Sie tranken was. Redeten mit den Mädels – es würde noch ein paar Jahre dauern, bis Colin sein Coming-out hatte. Gaben ihnen ein paar handfeste Snooker-Tipps – *komm, Süße, ich helf dir*. Gefolgt von Knutscherei auf dem Parkplatz, vielleicht noch ein bisschen Gefummel, wenn sie Glück hatten. Dann zu Colin nach Hause, um noch ein paar Bier zu trinken und mit Kelly *Eurotrash* zu schauen, bis Colin sie so lange aufzog, dass sie ging.

»Sie ist extra aufgeblieben, um mit dir im selben Raum sein zu können, stimmt's, Kel?«, neckte er. »Sie wird ganz wuschig, wenn sie an dich denkt, hab ich recht, Kel?«

Kelly ließ das eine Weile über sich ergehen, dann erhob sie sich vom Sessel wie eine Königin und verschwand nach oben.

Mum starb im November, etwas über zwei Jahre nach der Diagnose. Es war zu spät, um noch an der Uni anzufangen – er würde sich sowieso neu bewerben müssen, denn seinen aufgeschobenen Studienplatz hatte er verloren, als er ihn im Oktober zuvor nicht antrat. Doch es gab die neu eingeführten Studiengebühren zu bedenken. Er hatte dazu etwas recherchiert: Wie es aussah, wäre er auf der sicheren Seite, aber momentan wurden die Unterhaltszuschüsse gestrichen und durch Studienkredite ersetzt. Dad sah die Berichterstattung in den Nachrichten und murmelte: »Kein Borger sei und auch Verleiher nicht.« Es wurde Weihnachten. Darren fragte sich, wie er bei Dad bleiben und wie er gehen könnte.

Sie entwickelten so ihre Routinen. Gemeinsam gelang ihnen ein ausreichender, wenn auch etwas langweiliger Speiseplan: Bohnen auf Toast, Käsetoast, Omelette, Schinken und Salat, Tiefkühlfisch mit Ofen-Pommes und, als luxuriöse Ausnahme, Fertigaufläufe von Fray Bentos mit Erbsen. Im Sommer würde es besser werden, wenn es Gartengemüse gab. Nach dem Essen machte einer von ihnen den Abwasch, der andere trocknete ab und räumte das Geschirr weg. Dann galt es immer noch den ganzen restlichen Abend zu überstehen.

Sie schalteten den Fernseher ein, aber *Coronation Street* war nicht dasselbe ohne Mums Ausrufe und Kommentare. Damals hatten sie noch Internet mit Modem, deshalb fuhr Dad den gebrauchten Intel-Pentium-PC hoch, den er gekauft hatte, und genehmigte sich dreißig Minuten Uhren-Stöbern bei eBay. Er stellte sich einen Wecker, und sein Blick wanderte immer wieder zwischen den Uhren auf dem Bildschirm und dem Wecker hin und her, ein Wettlauf mit der Zeit. Ehe er die Verbindung trennte, las er noch mal die Rubrik »Kenne deine Prostata« auf der Website »Chronische Prostatitis«. »Es gibt keine Verbindung zwischen Prostataentzündung und Prostatakrebs«, sagte er dann immer, als wäre das Aussprechen der Fakten an sich schon eine Art präventive Medizin. Anschließend schlug er ein Lexikon auf. Und seufzte. Blätterte ein paar Seiten weiter. Seufzte wieder. Es war schwierig herauszufinden, wie sich ein guter Sohn verhalten würde, ohne Mum als Vermittlerin: »Was dein Dad sagen will, ist …« Und vielleicht ging es seinem Vater ähnlich: »Darren würde sich wirklich freuen, wenn du einfach …« Sie waren beide immer Speichen an den Rädern ihrer Unterhaltung gewesen.

Im März wurde Darren einundzwanzig und hatte schließlich genug davon, Zeitungen zu sortieren und zu falten und Mars-Riegel zu verkaufen. Nachdem er eine Stellenanzeige auf der Rückseite des 43er-Busses gesehen hatte, entschied er sich für eine feste Stelle als Busfahrer. Zwei Wochen lang war er mit Begleitung unterwegs, anfangs als Mitfahrer, um sich die Route einzuprägen, bis er den Dienst übernehmen durfte, mit einem Kollegen an der Seite, nur für den Fall. Dann war er allein. Er kurvte durch die Stadt wie ein Flugzeug in Warteschleife. Das Wissen, dass er bald abheben würde, ließ ihn seine Heimatstadt neu wertschätzen.

Es war kein schlechter Job. Es war eine Aufgabe, während er darauf wartete, dass es Dad besser gehen würde. Dachte er. Eine Aufgabe, wenn er nicht gerade auf Zehenspitzen durchs Haus schlich, den Hörer abnahm, wenn Dad das Telefon klingeln ließ, und er den Anrufern versicherte, dass es ihnen gut ging, weil sie sich ja gegenseitig hatten. Eine Aufgabe, wenn er sich nicht gerade fragte, wie zwei Menschen, die so lange zusammengelebt hatten, sich so wenig ähnlich sein, so schnell verkümmern konnten.

Als Mum im Sterben lag, tat Dad ihm leid und er selbst sich auch: weil sie ging und sie beide zurückließ. Seine Mutter tat ihm auf andere Weise leid: weil sie krank war und litt. Es kam ihm nicht in den Sinn, dass nicht nur Dad und er sie verloren, sondern das umgekehrt für sie auch galt. Dass es sich für sie vielleicht so angefühlt hatte, als wären Dad und er diejenigen, die woanders hingingen und sie zurückließen. Erst als Clover auf der Welt war, überlegte er sich, wie er sich fühlen würde, wenn er erfuhr, dass er sterben musste. *Überlegte* – ha! Nach Clovers Geburt lag er nächtelang wach und quälte sich mit dem Gedanken, was aus ihr werden würde, sollte ihm irgendetwas zustoßen. Wenn er sie betrachtete, bekam er eine Ahnung davon, was seine Mutter für ihn empfunden haben musste. Wie schwer es für sie gewesen sein musste, ihn zu verlassen, gerade mal dem Teenageralter entwachsen. Wie hart erkämpft ihre nach außen gezeigte Tapferkeit gewesen sein musste. Allein der Gedanke, Clover allein zu lassen, selbst in vielen, vielen Jahren, wenn sie glücklich ihren Platz gefunden hat, ist entsetzlich, denn niemand kann sie je auf dieselbe bedingungslose, kompromisslose Weise lieben, wie er das tut, und er weiß, wie es sich anfühlt, ohne jemanden auf der Welt zurückgelassen zu werden, der einen so sehr liebt.

Nicht dass er nach Mums Tod völlig allein gewesen wäre. Er hatte immerhin Colin. Colin, der sich seit der Schule durch eine Reihe von Ausbildungskursen gearbeitet hatte: Maurerhandwerk, Elektroinstallation, Maler- und Lackiererarbeit. Colin, dessen aufsässige Haltung und niedrige Langeweileschwelle immer Ärger hervorriefen. Er hatte ein paar Anstellungen gehabt, aber die hielten nie lange. Ein oder zwei Wochen eintönige Arbeit – Türen abschmirgeln und lackieren, Dielenböden abschleifen und neu einlassen, Decken streichen – und er war kurz davor zu explodieren.

»Ich kann einfach nicht anders«, sagte er. »Weißt du noch, wie wir in der Schule während der Morgenversammlung immer stillsitzen mussten? Vor allem während des Gebets? Vor lauter Langeweile hat man angefangen sich zu überlegen, was wohl passieren würde, wenn man plötzlich etwas in den Raum riefe. Nein? Ehrlich? Du bist nie dort gehockt und hast dich gefragt, was wohl passiert, wenn du laut ›Furz‹ oder ›Scheiße‹ schreien würdest? Wenn einem der Gedanke einmal gekommen ist, dann kämpfen dein Hirn und dein Mund gegeneinander. Ich weiß, es ist das Gehirn, das dem Mund sagt, was er tun soll, also ist es nicht wirklich ein Kampf, aber es fühlt sich so an. Und wenn du zwei Wochen lang Putz angerührt und Fußleisten abgewischt hast, oder diese extratollen Tapeten – solche mit riesigen Mustern – passgenau kleben musstest, dann kriegst du irgendwann dieses Schulversammlungsgefühl, und der Gedanke, dass du dasselbe *immer* und *immer wieder* machen musst, *tagelang*, dann fragst du dich, was wohl passieren würde, wenn du sagst: ›Hol doch dein Wasser selber‹ oder ›Ich verschwende hier kein Papier, Sie sind selber schuld, wenn Sie sich so ein bescheuertes Muster aussuchen‹.«

Colin versuchte es mit Briefträger und Milchmann, aber die tägliche Eintönigkeit verleitete ihn zu allen möglichen gedanklichen *Könntes*. Er *könnte* in ein interessantes Paket hineinschauen und so tun, als wäre es beim Transport beschädigt worden. Er *könnte* auf die Klingel drücken, wenn er die Milch brachte – *Hallo wach!* Also machte er sich selbstständig. Machte ein bisschen was von allem. Da war die Wahrscheinlichkeit geringer, sich zu langweilen. Außerdem meldete er sich im Fitnessstudio an, was ebenfalls half. Es machte ihn ein bisschen müde. Auch wenn seine Trainingseinheiten mehr oder weniger dieselben waren, so wechselte wenigstens der Musikkanal von Woche zu Woche.

Nachdem Darren seinen Job als Busfahrer angefangen hatte, sprach Colin ihn regelmäßig auf die Uni an.

»Du gehst doch noch, oder? Du kannst nicht einfach hierbleiben.«

Natürlich würde er studieren. Natürlich. Aber je länger er blieb, umso mehr hatte er das Gefühl, dass es bei der ganzen Geschichte nur um Eitelkeit ging, und die Vorstellung, dass er sich verändern könnte – irgendwie verbessern –, indem er seinen Kopf mit Dingen füllte, die seine Freunde und Familie nie hatten wissen müssen, beunruhigte ihn zunehmend.

»Du gehst studieren, so wie du es immer vorhattest, und hinterher kommst du zurück und machst was anderes.«

»Was denn zum Beispiel?«

»Was weiß ich! Irgendwas Geografisches.«

Darren stellte fest, dass er es auch nicht wusste. Es wurde immer schwieriger, sich eine andere Version seiner selbst vorzustellen. Schwieriger zu glauben, dass er tatsächlich weggehen und wiederkommen könnte. Obwohl Colin ihn anstachelte, fühlten sich seine Beine so schwer an, als würde jemand neben ihm hocken und seine Knie umklammern.

* * *

Bei *University Challenge* nennen sie die Leute beim Nachnamen. Wenn er einer der Kandidaten wäre, würde der Typ aus dem Off »Quinn!« rufen, sobald er den Summer drückte.

Summton – »Quinn!« – »Weiß!«

Summton – »Quinn!« – »Polare Stratosphärenwolken!«

»Hallo, ich heiße Darren Quinn, aus Merseyside, und ich studiere Geografie.« So würde er es sagen, wenn er hinter einem der *University Challenge*-Tischen sitzen würde.

Der Gong ertönt. Der Moderator erklärt Sussex, dass sie es hätten schaffen können. Aber natürlich haben sie das nicht. »Ich sage auf Wiedersehen und schönen Abend noch«, verabschiedet er sich. Als die Geigenmusik wieder zum Leben erwacht, klingelt gleichzeitig Darrens Handy. Er wirft einen Blick aufs Display. Es ist spät, und er kennt die Nummer nicht.

»Kann ich bitte mit Darren Quinn sprechen?«

»Am Apparat.«

»Wir haben Sie hier als nächsten Angehörigen von Jim Brookfield notiert.«

»Das ist richtig.«

»Mr. Brookfield wurde heute Abend in die Notaufnahme eingeliefert …«

Er steht auf und schlüpft in die Schuhe, ohne die Schnürsenkel aufzuknoten. Während er hin und her rutscht, damit sich die runtergetretenen Fersenstücke aufrichten können, sickern die Worte der Frau in sein Bewusstsein: Sie ruft *nicht* aus der Psychiatrie an. Warum nicht? Seine Ohren hinken hinterher. Er hört die Worte *schlechter Zustand* und *Überdosis*. Seine Knie werden weich. Er setzt sich wieder hin und tastet nach der Schlüsselbeule in seiner Tasche. Er hatte nur das eine Bier. Da konnte er doch noch fahren, oder?

»… einige Sachen bringen?«

»Dann komme ich jetzt gleich, ja?«

Sie macht eine kurze Pause, ehe sie langsam weiterspricht, und es ist klar, dass sie sich wiederholt. »Er ist nicht in akuter Lebensgefahr, also müssen Sie *nicht sofort* kommen. Sollte es im Lauf der Nacht eine Veränderung geben, rufen wir Sie an. Vielleicht können Sie morgen früh ein paar Sachen bringen?«

»In Ordnung.«

Nachdem das Gespräch beendet ist, macht er sich die üblichen Vorwürfe: Er hat nicht die richtigen Fragen gestellt, nicht herausgefunden, was genau passiert ist. Er überlegt sich, noch mal zurückzurufen, sich vor dem Wählen eine Liste zu machen, damit er nichts vergisst:

1. Wer hat ihn eingeliefert?
2. Was genau fehlt ihm?
3. Was meinen Sie mit *schlechtem Zustand*?
4. Was meinen Sie mit *stabil*?

Und die Frage, die ihn die ganze Nacht beschäftigen wird:

5. War es Absicht?

Aber er wird warten. Er macht nicht gern zu viel Aufhebens.

Das Bier gurgelt in seinem Bauch herum. Er sollte ins Bett gehen. Eine Mütze Schlaf bekommen. Morgen früh wird er es Clover sagen müssen, und er hat nichts Schönes, das er ihr geben kann. In solchen Situationen gilt es, einen Ausgleich zu schaffen. Schlechte Nachrichten brauchen ein Gegengewicht, müssen neutralisiert werden: »Onkel Jim ist wieder im Krankenhaus – ich dachte, du magst vielleicht diese neuen Rollschuhe haben.« »Onkel Jim kommt nicht zu deinem Geburtstag – hier ist ein Buch übers Tierezeichnen.« Es ist immer besser, wenn er ihr was in die Hand drücken kann, das, was er genommen hat, durch etwas Reales ersetzen.

Es ist absolut möglich, eine glückliche Kindheit zu haben. Er selbst sollte das am besten wissen. Wenn er angestrengt nachdenkt, dann kann er sich an einen Hauch von Verdruss erinnern, wenn Mum ausnahmsweise zum Nachtisch Bananencreme statt Buttertoffees gemacht hatte. Und er kann einen Überrest von Peinlichkeit hervorkramen beim Gedanken daran, dass Dad darauf bestand, immer Hemd und Krawatte zu tragen, wenn sie aus dem Haus gingen, und sei es nur zum Supermarkt, als würde ohne die Verstärkung der Krawatte sein Hals abfallen. Und er kann sich eine kleine Portion Empörung (durch eine Prise Erleichterung gemildert) darüber ins Gedächtnis rufen, dass er mit sechzehn nicht mit Colin zu einem Rave in Sheffield gehen durfte. Niemand ist gestorben, niemand war nicht mehr er selbst. Wenn er doch nur dafür sorgen konnte, dass auch für Clover die traurigen Dinge nur ein bisschen traurig bleiben würden.

Natürlich hatte Becky eine beschissene Kindheit. Wann immer sie darüber sprach, leitete sie es mit den Worten »Das war echt so« ein, als würde er ihr nicht glauben. »Das war echt so«, und dann sagte sie irgendetwas Schlimmes: Wir sind hungrig zur Schule gegangen; sie hat uns in den Bauch geschlagen, weil es dort keine Spuren hinterlassen hat; wir wurden nach dem Abendessen in unserem Zimmer eingesperrt; Jim hat in die Hose gemacht, wenn sie rumgebrüllt hat. Darren wusste, es gab noch mehr. Dinge, an die sie nicht denken konnte, geschweige denn sie aussprechen. Zumindest ist die Traurigkeit in Clovers Leben eine andere als die bei ihrer Mutter. Trotzdem gibt es mehr davon, als er je wollte. Und Jim trägt regelmäßig dazu bei. Er wählt seine Momente geschickt: Weihnachten, Geburtstage, freie Wochenenden – na gut, er wählt sie nicht bewusst, aber trotzdem.

Darren erinnert sich noch an die Fahrt nach Liverpool am ersten Weihnachtstag, als die Straßen leer waren, weil alle anderen, die normalen Familien, es sich nach dem Essen gemütlich gemacht hatten, Spiele spielten oder was auch immer man so tat. Während der Fahrt musste er an Weihnachten bei ihm zu Hause denken. Der lange Nachmittag, Mum auf der Sofakante mit einem Gläschen Sherry, um Ihrer Majestät am Ende ihrer Rede zuzuprosten. Dad, der die Augen verdrehte und so tat, als wäre er verärgert, um durch Nachsicht Pluspunkte zu sammeln. Und Darren, auf dem rosa-grauen Sessel, vollgestopft mit Backofenkartoffeln und Süßigkeiten, umgeben von seiner Beute. Es war heimelig, vorhersehbar. Nicht wie die gespenstische Fahrt nach Liverpool mit *The Best Christmas Album in the World, Ever!* als Hintergrundmusik. *»Simply having a wonderful Christmas time«* – von wegen!

Clover hatte sich noch die Ukulele geschnappt, als sie das Haus verließen. Als sie dort ankamen, spielte Darren »Jingle Bells« im Aufenthaltsraum. Alle fielen mit ein, sogar Jim, der sich seine üblichen Witze über George Formby und perverse Fensterputzer sparte. Er versuchte sich auch an »Chestnuts Roasting on an Open Fire«, das er an den Abenden zuvor geübt hatte. Machte ein paar Fehler. Niemand störte sich daran. Auf dem Heimweg war Clover fröhlich, offenbar zufrieden damit, den Nachmittag mit einer provisorischen Familie verbracht zu haben. Vielleicht war es doch nicht so schlecht.

Sein Zimmer ist so stickig, dass er beinahe fühlen kann, wie die Luft wie Watte an ihm vorbeistreicht. Er öffnet das Fenster in der Hoffnung, die kühlere Luft von draußen möge sich einen Weg durch die Fussel ins Zimmer bahnen. Das Bett quietscht, als er sich daraufsetzt. Er zieht die Schuhe aus und schält sich die Socken von den Füßen. Steht auf. Öffnet den Reißverschluss seiner Jeans und streift das Polo-Shirt ab. Die ganze Zeit pendeln seine Gedanken zwischen *egoistischer Idiot* und *armer Kerl* hin und her. Sein Magen schaukelt dabei förmlich mit.

Das Buch, das er neulich abends gekauft hat, liegt auf dem Nachttisch aus Pressspanplatten, immer noch in braunes Papier gewickelt und verschnürt. Er packt es aus – es ist egal, wenn er eine schlechte Nacht hat, schließlich ist es sein langes freies Wochenende. Keine Arbeit morgen, und auch nicht am Samstag, Sonntag oder Montag. Auch keine Jobs mit Colin. Nur er und Clover. Und jetzt Jim.

Darren liest das Vorwort. Das Buch ist nicht das, was Edna sich darunter vorgestellt hat. Es kann einfach nicht sein. Sie hat mal wieder etwas völlig missverstanden. Es ist witzig, aber nicht auf die Art, die Clover zu schätzen wüsste oder verstehen würde. Gleichzeitig ist es erschreckend. In der ersten Szene wird ein rundliches Mädchen, das sich als die Morticia-Frau auf dem Cover herausstellt, von einer Gruppe Jungs gehänselt. Es geht auch ein bisschen um Feminismus, was teilweise erklärt, wovon die Frau im Laden gesprochen hat – aber nichts von auf Stühle klettern, zumindest noch nicht. Und dann bekommt das arme mollige Mädchen ihre erste Periode und hat niemanden, mit dem sie darüber reden kann, niemanden, der ihr erklärt, was los ist. Sie hat keine Ahnung, und das ist furchtbar. Er klappt das Buch zu und legt es auf den Boden.

Es ist so entsetzlich heiß. Er dreht sich auf den Rücken, starrt an die Zimmerdecke. Der letzte Zug quietscht um die Kurve und steuert den Bahnhof an. Darren denkt an diese letzten Fahrgäste, die sich aus Manchester, Bolton und Wigan zurückschleichen. Sie treten hinaus auf den einsamen, unbemannten Bahnsteig, steigen die Metallstufen zur Brücke hinauf und eilen durch vertraute Straßen, die in der Dunkelheit fremd wirken. Der Sog des Zuhauses – er fühlt ihn selbst, wenn er den Bus nach einer der Spätschichten zurück ins Depot fährt. Wie er einen am Ende eines langen Tages nach Hause zieht. Der Zug kreischt auf, als er sich aus dem Bahnhof schlängelt. Es ist zu heiß zum Schlafen. Darren rollt die Bettdecke zusammen, bis sie am Fußende wie ein Heuballen liegt. Schon besser. Er legt sich wieder hin. Schiebt eine Hand in seine Boxershorts und schließt die Augen.

»BIST DU WACH?«

Natürlich ist er wach. Er ist zum Telefon gerannt – es hätte ja das Krankenhaus sein können –, aber es ist der erste Tag seines freien Wochenendes, und da hätte er wissen müssen, wer anruft.

»ICH HAB DICH ABER NICHT GEWECKT, ODER?«

»Nein.« Er sagt immer Nein, selbst wenn das Telefonklingeln tief in seinen Schlaf eingedrungen ist, seine Träume durchbohrt und ihn halb blind die Treppe hat runterstolpern lassen, mit klopfendem Herzen und die Boxershorts von seiner Morgenlatte zum Zelt aufgerichtet.

»HAST DU WAS VOR?«

»Nicht wirklich …«

»Du könntest DICH ZU EINEM DATE VERABREDEN.«

Oh Gott, nicht schon wieder.

»Ich PASSE GERN auf Clover auf. Sie könnte bei mir ÜBERNACHTEN.«

»Ich habe keine Verabredung.«

Clover taucht mit kleinen Augen und verstrubbelten Haaren oben am Treppenabsatz auf. Er winkt sie ins Bett zurück.

»Lieber DEN SPATZ in der HAND als GAR NICHTS.«

»Mir geht's gut. Clover und ich sind –«

»Es ist NICHT GUT für einen Mann, ALLEIN zu sein.«

»Ich bin nicht allein …«

»Für JEDEN TOPF gibt es einen LAPPEN.«

»Also … Ich bin mir nicht sicher –«

»Bestimmt gehst du bald in den SCHREBERGARTEN rüber?«

»Später. Zuerst werde ich Jim besuchen. Im Krankenhaus.«

»OH NEIN!«

»Ich weiß nicht genau, was passiert ist. Ich –«

»Du bekommst immer die VOLLE SCHLAGSEITE AB.«

»Ist schon gut.« Wie immer fühlt er sich verpflichtet, Jim bei Kritik von außen in Schutz zu nehmen. »Es macht mir nichts aus.«

»DU BIST EIN GUTER KERL – machst immer tapfer weiter, WIRFST NIE DAS HANDTUCH INS KORN. Wenn du nur mal DEINEN GARTEN AUFRÄUMEN würdest, hätte ich KEINERLEI KLAGEN.«

»Okay«, sagt er. »Mach ich.«

»ICH GLAUB DIR NICHT.«

»Ich mache es. Versprochen.«

Jim wirkt wie ausgehöhlt. Die Knochen drücken von innen durch die Haut, lassen seine Augen versinken und seine Wangen einfallen. Ein Sauerstoffschlauch ruht auf seiner Oberlippe und schlängelt sich bis hinter seine Ohren wie ein besonderer Schnauzbart. Seine nackten Arme sind voller Krusten, seine Finger geschwollen und knotig. Eine Krankenschwester kontrolliert eine Maschine neben dem Bett. Darren kann sich kein Lächeln abringen. Eine alte Wut kriecht in ihm herum. Seine Backen fühlen sich steif an, die Haut spannt, ist heiß und brennt.

»Was ist passiert? Sie sagen, du hast eine –«

»Es war ein Unfall. Ich würde doch nicht …«

»Bist du sicher?«

»Ich würde das nicht machen, du weißt, dass ich das nicht tun würde.«

»Das will ich hoffen.«

»Hab ich doch gesagt, oder?«

»Ich dachte, du hast vielleicht …«

»Hab ich nicht. Okay?«

»Was ist passiert?«

»Es war ein Versehen.«

»Wie das?«

»Meine verdammten Zähne. Ich hab nur – es hat so wehgetan.«

»Jetzt komm schon, verdammt.«

»Zu viel Nurofen. Und ein paar Aspirin. Ich dachte, das wäre kein Problem. Und ein paar von den Schmerztabletten für die Nacht.«

»Das kannst du doch nicht machen. Das ist dasselbe Zeug, nur in unterschiedlichen Schachteln.«

»Ich war verwirrt.«

»Du meinst betrunken?«

»Wo ist Clover?«

»Glaubst du, ich bringe sie mit, bevor ich weiß, was los ist?«

»Vermutlich nicht.«

»Na also.«

»Na also.«

Ding, ding, ding. Nachdem die erste Runde geschafft wäre, setzt sich Darren auf den rosafarbenen Plastikstuhl neben dem Bett. Wenigstens ist es ein separates Zimmer, sodass Jim nicht die ganze Station mit Geschichten über seinen Job bei der Tierschutzorganisation (den er nie hatte) unterhalten kann oder damit, wie er mal zwölf Bengalkatzen vor dem Tod gerettet hat (was nie passiert ist).

»Kannst du mich nach draußen schieben? Ich brauch dringend 'ne Kippe.«

Darren wirft einen Blick auf die Maschine neben dem Bett. Jim ist an zwei Stellen damit verbunden. Blut scheint aus ihm heraus in die Maschine und dann wieder in ihn zurück zu fließen.

»Ich glaub nicht, dass du irgendwohin gehen kannst.«

»Also, Jim, was hab ich gesagt?« Die Schwester verschränkt die Arme unter ihrer gebirgigen, gewaltigen Brust. »Sie können nicht raus, und selbst wenn Sie es könnten, dürfen Sie nicht rauchen. Sauerstoff beschleunigt Verbrennung. Da besteht erhöhte Brandgefahr. Es sind schon Leute gestorben, weil sie mal eben eine rauchen wollten, während sie am Sauerstoff hingen. Sie haben ja Ihre Pflaster.« Sie wendet sich an Darren. »Wir geben ihm außerdem etwas, das sich Chlordiaxepoxidhydrochlorid nennt. Das sollte gegen den Alkoholentzug helfen. Damit muss er klarkommen, fürchte ich.«

»Es reicht aber nicht«, jammert er.

»Tja, muss es aber«, erklärt sie, und Darren verspürt einen freudigen Stich angesichts seines Unwohlseins.

»Wie bist du hergekommen?«

»Einer der polnischen Jungs hat mich liegen sehen, auf dem Boden. Hat den Krankenwagen gerufen.«

»Dann war deine Tür also offen? Mann, wie oft soll ich dir das noch sagen?«

»Wär sie zu gewesen, hätte er mich nicht gesehen.«

»Darum geht's nicht.«

»Ich hätte *sterben* können, wenn die Tür zu gewesen wäre.«

»Das wäre schön gewesen für Clover, was? ›Jim Brookfield in seinem Zimmer tot aufgefunden.‹«

»Einzimmerwohnung.«

»Was auch immer.«

»Ihm ist schlecht geworden, stimmt's, Jim?«, ermuntert ihn die Krankenschwester. »Sein Magen hat geblutet, und er war in ganz schlechter Verfassung, als er eingeliefert wurde. Ich glaube, ihm ist gar nicht bewusst, was für ein Glück er hatte. Wir gönnen seinen Nieren eine kleine Pause. Er wird seine *Lebensgewohnheiten etwas ändern müssen*, hab ich recht, Jim?«

Jim ist absolut nicht mehr in der Lage, irgendwem was vorzumachen, sodass er nicht einmal nickt.

»Ich hab dir ein paar Sachen mitgebracht.« Darren stellt eine Einkaufstasche aufs Bett. »Nur von Primarni und dem Pound Shop.«

Er ist direkt in die Stadt gegangen, sobald die Geschäfte aufgemacht haben. In Jims Wohnung nach Sachen zu suchen hätte sich nicht gelohnt. Bestenfalls hätte man sie zuerst waschen müssen, wahrscheinlich eher gleich entsorgen. Eilig raffte er das Übliche zusammen: Schlafanzug, Unterwäsche, Socken, Shampoo, Deo, eine Zahnbürste, Zahncreme und ein paar Puzzles. Im Pound Shop gibt es nur Puzzles mit hundert Teilen. Darren entschied sich für einen Labrador-Welpen mit roter Schleife um den Hals und eins mit Dora the Explorer. Wenn Jim die sieht, kriegt er bestimmt einen Anfall.

»Danke.« Jim schaut nicht mal in die Tüte.

»Sie haben Glück, dass Sie so einen netten Bruder haben«, sagt die Krankenschwester.

»Er ist nicht mein Bruder.«

Jedes Mal, wenn er im Krankenhaus ist, nudelt Jim verschiedene Versionen von »wir sind nicht verwandt« und »er hat mit mir nichts zu tun« durch. Als würde er dadurch irgendein wichtiges Statement machen.

»Wir werden dafür sorgen, dass der Zahnarzt hier im Haus ihn sich ansieht, solange er da ist. Seine Zähne sind eine Katastrophe. Und er sollte wirklich nicht so viel trinken, während er Methotrexat einnimmt. So heißt sein Mittel gegen die Schuppenflechte.«

»Ich weiß«.

»Wir haben ein paar Tests zur Leberfunktion gemacht. Die Leber ist generell erstaunlich widerstandsfähig. Aber Ihre braucht mal eine Auszeit, nicht wahr, Jim? Da haben wir uns doch schon drüber unterhalten, stimmt's?«

Jim zieht eine Grimasse. Wie ein Teenager.

»Du wirst hoffentlich auf die Schwester hören?!«

Sie funkeln sich an, und all die Jahre und all die Dinge, die zwischen ihnen passiert sind, füllen das Zimmer. Darren wendet den Blick als Erster ab. »Du *hörst* doch auf sie, oder?« Aber Jim sieht direkt durch ihn hindurch, und Darren weiß, dass für ihn nichts wirklich Bedeutung hat. Jim wird nicht aufhören zu trinken. Er wird nicht versprechen, seine Medikamente zu nehmen. Er wird nicht mit dem Rauchen aufhören. Und er wird sich nicht anständig ernähren – er schafft es ja nicht mal, ans Zähneputzen zu denken. Er hat es für Becky nicht getan. Dann tut er es auch für niemanden sonst.

»Wie sieht es mit seiner psychischen Verfassung aus?«

»Heute Nachmittag kommt jemand, um mit ihm zu reden.«

»Hallo, ich liege hier!«

»Tut mir leid. Willst du fernsehen, so lange du hier im Krankenhaus bist?«

»Ja. Danke.«

Darren klappt mit einer Hand den Bildschirm neben dem Bett nach vorn, während er mit der anderen seine EC-Karte aus der Hosentasche fischt.

»Es muss hart für dich gewesen sein …«, fängt Jim an.

Darren steht da, die Karte zwischen den Fingern. Ja, es war hart. Es war seit Jahren hart. Jims Worte sind eine Art Zugeständnis. Eine Bestätigung, wie viel Scheiße passiert ist. Mehr braucht es nicht, nur ein *Hauch* von Anerkennung beruhigt das Brodeln der alten Wut, und er ist froh, dass er helfen kann, bezahlt gern fürs Fernsehen, auch wenn es ein Vermögen kostet.

»… so richtig hart, zu wissen, dass Becky mich lieber mochte.«

Darren schiebt die Karte zurück in die Tasche. Einer seiner Schuhe quietscht, als er sich umdreht. Die Zimmertür fällt hinter ihm ins Schloss. Mit großen Schritten geht er am Schwesternzimmer vorbei, den langen Flur hinunter, vorbei an den Handdesinfektionsspendern und den Schildern zur Röntgenabteilung, am Café und dem Krankenhauskiosk vorbei durch die große Eingangstüre. Draußen bezahlt er drei Pfund Parkgebühr. Vorsichtig parkt er rückwärts aus und fährt nach Hause, mit runtergelassenen Fenstern, ausgeschaltetem Radio, das Lenkrad fest umklammert.

Als er zu Hause ankommt, eilt Kelly gerade den Gartenweg entlang zurück zu ihrem Auto. Sie versperrt die Einfahrt. Also lässt er den Motor laufen und steigt aus.

»Clover sagt, ihr fahrt morgen nach Blackpool. Ich hab dieses Wochenende auch frei. Da könnten die Jungs und ich doch einfach mitkommen?« Ihre Haare sind heute braun, glänzend wie eine Kastanie, und sie hat irgendwas mit ihren Augenbrauen angestellt. Es sieht aus, als hätte sie sie mit einem schwarzen Filzstift nachgezogen. Sie sieht hübsch aus. Kelly sieht immer hübsch aus.

Ein Tag mit Kelly und den Jungs wird ein voller Tag sein, angefüllt mit Reden und Lachen. Clover wird Spaß haben, da ist er sich sicher. Also sagt er Ja, obwohl er sich fragt, ob er gerade zum Projekt wird. Ob Kelly so nett ist, weil er ihr leidtut. Er will nicht, dass ihn irgendjemand bemitleidet, *Kelly am allerwenigsten* – aber darüber will er jetzt nicht genauer nachdenken.

Ausstellung: »Becky Brookfield – die unerzählte Geschichte«

Katalog

Objekt: gerahmtes Schulfoto

Beschreibung: Ein Schulfotografenfoto von Becky Brookfield (meine Mutter) und Jim Brookfield (mein Onkel) in einem schwarzen Rahmen mit einer Art Plastikglas. Sie tragen Uniform – weiße Hemden mit dunkelblau-gelb gestreiften Krawatten. Sie haben beide blonde Locken. Becky Brookfields Haare sind zu einem Pferdeschwanz zurückgebunden. Die Haare von Jim sind kurz und wollig wie die von einem Schaf. Jim hat violette Augenringe. Auf seinen Backen und seiner Stirn hat er rote und weiß verkrustete Stellen. Risse in der Haut um seinen Mund herum haben geblutet. Sie ziehen sich von den Lippen ins Gesicht wie winzige Flüsse. Er lächelt. Becky Brookfield lächelt nicht. Sie hat ihren Arm um Jim Brookfield gelegt. Ihre Köpfe berühren sich. Wenn man genau hinschaut, kann man sehen, dass ihre Finger seine Schulter fest umschließen.

Objekt-Nr.: 19

Herkunft: Dieses Foto wurde in der Grundschule aufgenommen. Jim Brookfield fehlt ein Schneidezahn unten in der Mitte, also ist er vermutlich gerade in die Vorschule oder die erste Klasse gekommen. Das bedeutet, dass Becky Brookfield in der ersten oder zweiten Klasse ist – sie kann also höchstens sieben gewesen sein.

Präsentation: An der Wand (muss einige Nägel finden und einen davon in die Wand hauen. Das Bild dann mit den anderen ausgewählten Bildern arrangieren.)

Kuratorin: Clover Quinn

Konservator: Darren Quinn

Kapitel 11

Zum ersten Mal in diesem Sommer hat es Wolken. Diese dicken, kissenartigen, die den ganzen Himmel verdecken. Das Innen-außen-Gefühl ist verschwunden, und es ist ein Tag, an dem man sich dem Wetter entsprechend anziehen muss. Ein stürmischer Wind jagt über die Promenade, zerrt an den Haaren, bläht die Jacken auf und peitscht das Meer zu Wellen mit harten Kronen auf. Sie tragen Jeans, T-Shirts und Jacken, bis auf Kelly mit ihren winzigen Shorts und grauen Plateausohlenschuhen aus Tweed. Clover muss daran denken, wie wackelig ihr Gang war, als sie die schwarzen, hohen Lackschuhe ihrer Mutter anprobiert hat. Sie beobachtet, wie Kelly trabt, wie ihre Füße hufähnlich klappern, und bewundert ihre Beine, die im selben Bronzeton gebräunt sind wie der Rest. Bei ihr im Salon gibt es eine Spray-Tan-Kabine. Wahrscheinlich stellt sie sich da schnell mal rein, wenn sie gerade keine Kundschaft hat.

Vom Parkplatz aus sind es zu Fuß nur fünf Minuten. Blackpool ist nicht annähernd so hübsch wie die Orte auf ihrer Urlaubscollage. Alles ist grau: Seehund und Rauch, Schiefer und Schatten, Eisen und Kieselstein – auf seine ganz eigene Art und Weise schön, beschließt Clover in einem plötzlichen Anfall von Glücksgefühlen. Drähte und Kabel von Straßenbahnen und Lampen laufen über der Fahrbahn hin und her und über Kreuz. Leuchtfiguren von SpongeBob, Thaddäus Tentakel, Mr. Krabs und Patrick hängen an Laternenpfählen und warten darauf, zum Monatsende eingeschaltet zu werden. Pleasure Beach ragt hoch auf, der gerüstartige Aufbau von The Big One, der Achterbahn, ist hinter grellbunten Ladenfronten zu sehen: ein Fastfood-Restaurant, eine Eisdiele und ein Souvenirgeschäft, Pizza Hut und die Spielhalle Beach Amusements.

»Boah, The Big One ist ja echt riesig!«, sagt Tyler.

Sie bleiben alle kurz stehen, um die verschlungene rotblaue Metallbahn zu bewundern.

»Du erzählst mir dann *ganz genau*, wie's war, versprochen?«, fragt Dylan seinen Bruder.

»Ganz genau.«

Für die Eintrittskarten muss man Schlange stehen. Clover beobachtet Kelly, während sie warten. Kelly berührt beim Sprechen Dads Arm. Ihre Hand funktioniert als Punkt, Komma und Ausrufezeichen. Und manchmal sieht sie ihn mit einem Blick an wie aus Butter, ein Blick, der über ihn drüberschmilzt. Sie hält ihn für den Allertollsten, und er scheint es nicht mal zu bemerken.

Clover stellt fest, dass es ihr nicht mehr so viel ausmacht wie gestern, dass Kelly mitgekommen ist. Dad hatte einen schlechten Nachmittag. Immer wenn er dachte, dass sie es nicht sieht, hatte er sein *Alles-auf-einmal*-Gesicht aufgesetzt. Und er hörte ihr auch nicht zu.

»Geht's dir gut?«

»Ja.«

»Gab's irgendwelche Puzzles im Pound Shop?«

»Ja.«

»Hast du welche gekauft?«

»Ja.«

»Wie ging's Onkel Jim?«

»Ja.«

»Tust du nur so, als würdest du mir zuhören?«

Da meinte er, er müsste ausmisten und ging hinaus in den Garten, aber er konnte sich nicht entscheiden, was er behalten und was er wegwerfen sollte. Am Schluss arrangierte er lediglich alles neu. Mrs. Mackerel beobachtete ihn aus einem Fenster im ersten Stock, anfangs mit aufmunterndem Nicken, dann mit ärgerlichem Kopfschütteln. Hinterher sah es aus, als hätten die Fahrräder, die Milchkästen, der Schiffsmotor, das Planschbecken, die Rutsche und die Wasserpistolen und Bälle eine Runde *Reise nach Jerusalem* gespielt.

Heute geht es ihm besser. Vielleicht wegen Kelly. Es ist so

schade, dass Colin nicht auch mitkommen konnte. Sie kennen sich schon so lange, dass die beiden Dads Lücken füllen und seine harten Kanten glätten können. Dad glaubt wahrscheinlich, es ist ein glücklicher Zufall, dass Kelly dabei ist, und vielleicht stimmt das ja auch. Aber Clover fragt sich trotzdem, ob er vielleicht irgendwann mal erwähnt hat, dass er dieses Wochenende nicht arbeiten muss, und Kelly deshalb dafür gesorgt hat, dass sie auch frei hat. Die Jungs kleben wie die Kletten an ihm – »Schau mal, Darren, was ich kann!« »Darren, läufst du mit mir um die Wette?« »Mum hat gesagt, wir dürfen bei Pizza Hut mittagessen. Kommst du auch mit, Darren?« Was auch immer ihn gestern bedrückt hat, es verblasst. Wenn es so weitergeht, ist bis zum Abend alles wieder in Ordnung.

Während Dad gestern Sachen für Onkel Jim einkaufen und ihn im Krankenhaus besuchen war, hat sie Kisten im Zimmer ihrer Mutter geöffnet. Vor allem Klamotten. Und Schuhe. Sie hat die Kartons geleert und zusammengefaltet und die Kleidungsstücke, die sie nicht will, in Müllsäcke gepackt. Ihre Mutter trug vor allem legere Sachen: Jeans und T-Shirts, Jogginghosen und Leggings, Turnschuhe und Flipflops. Clover hat auch ein paar Blusen und ein paar einigermaßen schicke Hosen gefunden. Alles war sehr groß. Nichts, was sie anziehen könnte, und nichts, was sie anziehen *würde*, selbst wenn es kleiner wäre. Die zusammengefalteten Kartons stapelte sie, um sie nächste Woche heimlich in Mrs. Mackerels Mülltonne zu stopfen.

Sobald die Kisten auf der Fensterseite des Bettes alle leer waren, konnte sie endlich den Schrank öffnen. Es war ein aufregender, weihnachtlicher Moment. Was hatte sie erwartet, dort zu finden? Eine Reihe Outfits mit passenden Accessoires, nebeneinander hängend wie abgestreifte Haut? Zwei Reihen Pelzmäntel und einen Laternenpfahl in der Ferne? Nichts derart Grandioses. Aber sie hatte schon etwas erwartet. *Irgendetwas*. Doch als sie die Tür aufzog, hing die Stange leer da, und der Schrank, der sich wie eine Art Ziel angefühlt hatte, stellte sich als Sackgasse heraus. Es war albern, überrascht zu sein – was hatte sie denn gedacht, wo all die in Kartons verpackten Kleidungsstücke hergekommen waren? Dad hatte wohl mit dem Einpacken begonnen und es dann nicht richtig zu Ende gebracht. Das war typisch für ihn, etwas anzufangen und dann aufzugeben. Bei dem Gedanken fühlte sie sich sofort schlecht. Dinge anzupacken ist gewissermaßen ein Talent für sich. Manche Leute probieren nie etwas Neues, manche Leute sprechen nicht mal davon.

Im Schrank befanden sich lediglich ein paar Überbleibsel auf dem Boden. Oben auf dem Haufen lag eine rote Handtasche. Sie war alt. Das konnte man daran erkennen, dass an manchen Stellen das Leder richtig abgewetzt war und an einer Seite die Naht aufging. Die Tasche hatte Henkel und einen langen Schulterriemen. Im Innern entdeckte Clover einige Taschentücher und einen rechteckigen, roten Ledergeldbeutel. Im Geldbeutel befand sich etwas Kleingeld, eine Versicherungskarte, ein Briefmarkenheftchen, einige Kassenbons und ein Büchereiausweis.

In einem Reißverschlussfach auf der Rückseite entdeckte sie einen Streifen mit vier Fotos, zwischen Foto zwei und drei in der Mitte zusammengefaltet. Es waren kleine Fotos, wie die in Clovers Busausweis, aber jedes war anders. Im ersten Foto blickten Dad und ihre Mutter direkt in die Kamera, die sie mit vor Lachen weit aufgerissenen Mündern erwischt hatte. Auf dem zweiten hatte Dad den Kopf leicht gedreht. Das Lachen von gerade eben verklang bei ihm noch, wie er lächelnd, mit schnulzigem Gesichtsausdruck ihre Mutter ansah. Im dritten Foto schauten sie sich an, und was Clover dort sah, war Liebe. Die Gesichter von beiden waren weich, und das nicht nur, weil sie jung waren: Man konnte ihnen ansehen, dass sie total verrückt nacheinander waren. Da war so viel Liebe, dass es sich fast ein bisschen wie Hinterherspionieren anfühlte, das Foto anzuschauen. Auf dem letzten küssten sie sich natürlich. Es war, als ob das Küssen einfach folgen *musste*, weil es der nächste Teil der Geschichte war. Die Fotos waren unglaublich. Erstens, weil ihre Mutter darauf lächelte, und zweitens, weil Dad nicht besorgt oder gedankenverloren aussah oder so, als würde er sich sehr bemühen, sich zu amüsieren. Er wirkte einfach nur glücklich.

Clover hängte den langen Riemen quer über Brust und Schultern der Schneiderpuppe. Den Fotostreifen legte sie zu den Ausstellungsobjekten, die mit Liebe zu tun hatten. Es war ein Beweis. Ein Beweis dafür, dass es einmal eine Zeit gegeben hatte, in der ihre Mutter und ihr Vater glücklich waren, auch wenn ihnen kein »glücklich bis in alle Ewigkeit« gelungen war.

Ganz unten im Schrank, unter einem dunkelblauen Dufflecoat und auf einer gefalteten Bettdecke, fand sie etwas ziemlich Seltsames. Einen Haarzopf, so lang wie ihr Arm, mit einem Haargummi am oberen Ende und einem am unteren, wo die Haare dünner wurden. Sie hielt den Zopf zwischen den Fingerspitzen. Er baumelte herunter wie etwas Totes und erinnerte sie an die Sammlung mit den ausgestopften Tieren, die Dad und sie sich im *Botanic Gardens Museum* immer angeschaut hatten, bevor es geschlossen wurde. Einmal, als sie dort waren, schrillte der Feueralarm los, und Dad war sich nicht sicher, ob es nur eine Übung oder echt war. Er wusste nicht, ob sie schnell rausrennen oder an Ort und Stelle bleiben sollten. Während er noch überlegte, ging die Brandschutztür von selbst zu und schloss sie in dem großen, hohen Raum mit all den Tieren ein. Es fühlte sich an, als hätte das Zimmer sie gefangen, und es schien durchaus möglich, dass Dad und sie, wenn sich die Tür wieder öffnete, plötzlich hinter einer Glaswand säßen, mit festgefrorenem Grinsen und Knopfaugen. Es war eine köstliche Angst, eine, an die sie sich später noch oft erinnerten und sie heraufbeschworen, indem sie auf Zehenspitzen durch den Tierraum schlichen, halb in der Hoffnung, der Alarm würde wieder losgehen und sie ein zweites Mal in der Falle sitzen.

Clover hielt den Zopf an ihre eigenen Haare. Er war ein oder zwei Nuancen heller. Sie wickelte ihn um den Kopfhaken der Puppe und stellte die schwarzen Lackschuhe neben den Ständer. Na bitte. Das sah doch aus, als wäre sie auf einem guten Weg.

Die Tische im Pizza Hut sind klebrig von Ketchup und verschütteter Limo. Jedes Mal, wenn jemand die schwere Tür öffnet, fegt ein beißender Wind durchs Restaurant. Clover sitzt neben Kelly, deren Beine von Gänsehaut überzogen sind. Sie beobachten Dad, der mit Tyler und Dylan am Büfett-Tresen steht und Pizzastücke auf ihre wartenden Teller legt.

»Ich hab jemanden wie meinen Vater geheiratet«, sagt Kelly. »Menschen tun das manchmal. Wenn du das machen würdest, würde es wahrscheinlich nicht so schiefgehen.«

Niemand mag Pete. Außer der Frau, mit der er Kelly ersetzt hat – sie muss ihn mögen.

»Dann heiraten Männer also Frauen, die ihrer Mutter ähnlich sind?«

»Hmm, vielleicht. Ich bin mir nicht sicher.« Kelly versucht, mit der Gabel ein Croûton aufzuspießen. »Ich war früher ab und zu deine Babysitterin, als du noch klein warst.« Sie gibt auf und benutzt die Finger.

»Ich weiß.«

»Erinnerst du dich noch?« Kellys Gesichtsausdruck ist ganz verzückt – die Croûtons müssen echt lecker sein.

»Nicht wirklich. Kennst du … kanntest du meine Mutter?«, fragt sie. Erst als die Worte schon ausgesprochen sind und nicht mehr zurückgenommen werden können, fragt sie sich, ob die Frage in Ordnung ist.

»J-ja.« Kellys Lippen nagen an dem Wort herum.

»Wie war sie so?«

Kelly schleckt die Finger ab und denkt nach. »Dein Dad hat sie sehr geliebt.« Sie zieht eine Grimasse, so eine Art Entschuldigung dafür, die Frage nicht beantwortet zu haben. »Wenn ein Junge, mit dem man befreundet ist, sich verliebt, dann sieht man ihn nicht mehr so oft. Dinge verändern sich, und man begegnet sich nur noch manchmal zufällig. Man sieht sich auf Partys, aber man …« Sie verzieht wieder das Gesicht. »Becky war … sie schien nett zu sein.«

Nett – das ist nicht viel, aber sie wird es in ihr Notizbuch schreiben. »Hast du ihr die Haare geschnitten?«

»Ich war nicht ihre Frisörin.«

Clover springt in die Lücke zwischen ihrer Frage und Kellys Antwort. »Aber hast du ihr je die Haare geschnitten?«

»Ein Mal.«

Sie weiß nicht, was sie als Nächstes sagen soll. Sie würde gern fragen: »Hast du meinen Dad damals schon geliebt, bevor du Pete geheiratet hast?« Aber sie traut sich nicht, und kurz darauf sind Dad und die Jungs zurück, die Teller hoch beladen mit Pizza. Sie diskutieren darüber, ob der Wind wohl genug nachlassen wird, damit The Big One aufmacht. Dad meint, es sei unwahrscheinlich, aber die Jungs geben die Hoffnung nicht auf.

»Die Achterbahn fährt achtundsiebzig Meilen pro Stunde«, sagt Tyler. »Sie ist mehr als sechzig Meter hoch und an den beiden höchsten Punkten stehen Warnlichter für die Flugzeuge.«

»Wirklich?«

»Ja, Darren.« Dylan schwenkt ein Stück Pizza zum Nachdruck. Er kann kaum glauben, dass jemand diese wichtigen Fakten nicht kennt. »The Big One ist *ein absolut einmaliges Erlebnis*«, verkündet er gestelzt, jedes Wort einzeln betonend. Offensichtlich hat ihm das jemand entweder vorgelesen oder erzählt.

»Aber du bist dafür noch gar nicht groß genug, Kumpel. Und Wachsen dauert eine Weile. Ich sag's ja nur ungern, aber du wirst bis heute Nachmittag keine ein Meter dreißig schaffen.«

»*Darren!* Das *weiß* ich doch! Ich will, dass die Achterbahn aufmacht, damit *Tyler* damit fahren kann.«

»Mensch, bist du ein guter Kerl.«

Dad wuschelt Dylan liebevoll durch die Haare, und Kelly sieht aus, als würde sie gleich über den klebrigen Tisch dahinschmelzen. Sobald man mal echte Liebe gesehen hat, kann man sie nicht mehr ignorieren. Das ist wirklich so klar wie Kloßbrühe.

Die berühmte Achterbahn macht nicht auf, aber sie fahren alles andere: Avalanche, Infusion, Revolution und The Big Dipper. Valhalla heben sie sich bis zum Schluss auf, weil man da echt klitschnass wird. Hinterher stecken sie Ein-Pfund-Münzen in die lebensgroßen Föhnmaschinen und lassen sich von warmer Luft anpusten, bis ihre Klamotten statt zu tropfen nur noch leicht dampfen.

Dad kauft zwei große Tüten Pommes, die sie auf dem Heimweg im Auto essen. Clover teilt sich eine Portion mit den Jungs, die mit vollen Händen hineingreifen. Dad isst mit den Fingern, aber für Kelly spießt er die Pommes mit einer kleinen Holzgabel auf und schiebt sie ihr zwischen die Lippen, während sie fährt.

Als sie Preston erreichen, schlafen die Jungs tief und fest, die Köpfe nach hinten geworfen, die Münder weit offen, die Hände glänzend vor Pommesfett. Kelly redet über Leute, die sie und Dad in der Schule kannten. Clover wischt sich die Finger an den Jeans ab und kramt das Lateinheftchen aus der Jackentasche. Inzwischen kennt sie schon viele lateinische Ausdrücke, wie *ex libris*, was man manchmal in Büchern sieht, und *hosanna in excelsis*, eine Zeile aus einem Weihnachtslied. Es bedeutet »Hosanna in der Höhe«. Es gibt auch Wörter und Sätze, die sie noch nie gehört hat, aber die sie trotzdem lernen will, weil sie echt cool klingen, wenn man sie vor sich hin flüstert. Wie zum Beispiel: *nil admirari*, was bedeutet »von nichts überrascht werden«.

»Was hast du gesagt, Clover?«

»Nichts.«

»Doch, ich hab dich doch gehört.«

»Nil admirari.«

»Was?«

»Sie hat von Edna so ein Lateinbuch bekommen, aber niemand spricht Latein, hab ich recht? Soll ich dir mal ein Französischheft besorgen?«

»Mark spricht doch fließend Französisch. Der kann dir damit helfen, wenn er zurückkommt. Das ist noch viel besser als ein Buch.«

»Alles gut. Ich brauche kein Buch und ich –«

»Also, was bedeutet denn *ni-mirari*?«

»Von nichts überrascht sein.«

»Oh. Guter Plan«, meint Kelly und unterhält sich dann weiter mit Dad.

Clover flüstert die Worte vor sich hin, um sie sich einzuprägen. Sie wird sie auf Papier schreiben und dann anmalen – als hübscher Kontrast zu ihrem Wandbild aus überraschten Frauen.

Als Kelly vor dem Haus hält, klettert Clover durch die Lücke zwischen den Vordersitzen und zur Beifahrertür hinaus, um die Jungs nicht aufzuwecken.

»Ich hatte einen schönen Tag«, sagt sie zu Dad, als Kelly das Auto wendet.

»Ich auch«, sagt er. Zusammen winken sie Kelly nach.

Während sie die erste Folge der neuen *Doctor-Who*-Staffel schauen, malt Clover ein paar der Bilder aus Mrs. Mackerels Buch an: *Das Heiligtum von Fatima, Die Wundertätige Medaille,* und *Die Geschichte unserer Muttergottes.* Heimlich, wenn sie sicher ist, dass Dad nicht herschaut, malt sie noch die winzigen Herzen an, die sie auf das Blatt Papier gezeichnet hat, das über dem LIEBE-Brett kleben würde.

»Ich *wusste* doch, dass du diese Malbücher irgendwann benutzen würdest«, sagt Dad, und sie lässt ihm lächelnd seine Freude darüber, recht gehabt zu haben.

Früh am Sonntagmorgen gehen sie zum Gießen in den Schrebergarten. Es ist kühl und immer noch windig, aber immerhin trocken. Sie pflücken eine große Tüte voll Himbeeren, ernten etwas Gemüse für Grandad und einige neue Kartoffeln für Mrs. Mackerel, die Dad ihr auf dem Heimweg gleich vorbeibringt.

Mrs. Mackerel öffnet die Tür in ihrem Morgenmantel. Die Haare stehen ihr zu Berge wie ein Häubchen.

»Oh, *meine Liebe*, ich hab dich doch hoffentlich nicht geweckt, oder?«, fragt Dad.

»NATÜRLICH NICHT!« Ohne das Gerüst ihrer Zähne schlabbern ihre Lippen herum.

Mit den Himbeeren hat Dad etwas Besonderes vor. Er holt die Backbleche aus einem Schrank und verteilt die Beeren darauf. Dann schiebt er sie in die Gefriertruhe. Sobald die Beeren gefroren sind, werden sie sie in Tüten verpacken und zum Backen aufheben. Wenn das nächste Mal ihre Lieblingssendung kommt, soll Clover Papier und Stift bereithalten, sagt er, falls es gute Rezepte gibt. Einfache natürlich. Er tut so, als würde er sie um einen großen Gefallen bitten, aber sie macht das nur zu gern. Allein der Gedanke, was sie alles Leckeres backen könnten!

Nachmittags besuchen sie Onkel Jim. Dad ist sauer auf ihn. Clover weiß nicht, warum, aber sie erkennt es daran, wie er ihr den Weg zum Zimmer beschreibt und, statt sie zu begleiten, im Flur stehen bleibt und seine Hände mit Desinfektionsgel einreibt. Er tut es so gründlich, dass man meinen könnte, er sei ein Tierarzt, der gleich einer Kuh den Arm in den Hintern stecken will.

»Geh ruhig schon vor«, sagt er. »Brauchst nicht auf mich zu warten.«

Onkel Jim sitzt aufrecht im Bett. Er hängt an einer Maschine und sieht sehr müde aus.

»Ach, wie schön, dich zu sehen!«

Er streckt die Hand aus, um sie zu umarmen. Sie ist vorsichtig. Er wirkt zerbrechlich.

»Geht's dir besser?«

»Mir geht's gut. Das war bloß ein blödes Missverständnis. Schau mal, was dein Dad für Puzzles gebracht hat.«

Sie lacht, als sie die Schachteln auf dem schwenkbaren Beistelltisch sieht.

»Er wollte mich ärgern.«

»Oh nein, ich bin sicher, das war auch nur ein Missverständnis.«

Mit einer Handbewegung wischt er ihren Protest beiseite. »Dabei sind sie gar nicht so schlecht, wie man meinen könnte. Schieb sie mir mal rüber. Ja, genau. Man kann nämlich das hier mit ihnen machen.« Er holt beide Puzzles aus der Schachtel und setzt sie zu zwei gemischten Bildern zusammen, indem er die Puzzleteile abwechselnd verwendet. »Man kann entweder immer wechseln oder jede zweite Reihe oder diagonal halbhalb oder horizontal – die Möglichkeiten sind grenzenlos.«

»Echt?«

»Nein. Grenzenlos ist das falsche Wort, aber ich fand, dass es beeindruckend klingt.«

»Tut es.«

»Oh, gut.«

Ihm muss sehr langweilig sein, dass er so viele verschiedene Kombinationen aus Puzzleteilen ausprobiert hat. »Ist der Fernseher kaputt?«

»Hier ist es anders. Man muss dafür bezahlen. Und es ist teuer.«

»Ist das Essen in Ordnung?«

»Mein Mund tut weh. Ich muss die weichen Sachen auswählen.«

»Weißt du, was weich ist?«

»Was denn?«

»Gemüse.«

»Sie zwingen mich, jeden Tag Gemüse zu nehmen. Aber ich ess es nicht. Dazu können sie mich nicht zwingen. Am Montag hab ich einen Termin beim Zahnarzt.«

»Das ist morgen.«

»Oh. Ja, genau.«

»Keine Sorge. Ich wette, die lassen nur die allerbesten Zahnärzte in Krankenhäusern arbeiten.«

»Die taugen doch alle nichts«, sagt er. »Deshalb lässt man sie an Leuten üben, die nicht weglaufen können.«

»Woher willst du das wissen?«

»Tu ich einfach.«

»Nein, tust du nicht.«

»Doch, tu ich.«

»Quatsch.«

»Okay«, sagt er. »Wo ist dein Dad?«

Clover geht zur Tür und streckt den Kopf hinaus. Dad steht am Schwesterntresen und unterhält sich.

»Bei den Krankenschwestern«, berichtet sie.

»Ah. Schweigen als Strafe.«

»Nein, er spricht mit den Krankenschwestern.«

Nach etwa zwanzig Minuten beginnt Onkel Jim zu schwächeln. Er fragt nach der Schule und hat dabei ganz vergessen, dass Ferien sind, und er fängt an, ihr eine Geschichte zu erzählen, wie er mal eine Ratte als Haustier hatte, was wahrscheinlich nicht stimmt, weil er nicht sehr gut darin ist, sich um sich selbst zu kümmern, ganz zu schweigen von einem Tier.

Dad taucht im Türrahmen auf. »Jim.«

»Darren.«

Mehr sagen sie nicht zueinander. Sie sind wirklich sauer. Clover wirft Dad einen Blick zu und fragt sich, ob er wohl zu sauer ist, um das mit dem Fernseher zu regeln.

»Es ist echt langweilig hier«, sagt sie.

»Ich bin unschuldig«, sagt Onkel Jim gleich. »Ich hab mich nicht beschwert, ehrlich. Würde nicht mal im Traum daran denken, so ein Schweinsbraten zu sein.«

Dad holt seine Kreditkarte aus der Tasche. »Möchtest du, dass er fernsehen kann?«

»Ja, bitte.«

»Dann werde ich das mal regeln.« Er zieht das Gerät am Schwenkarm zu sich her.

Onkel Jim schnaubt. Clover sieht ihn warnend an und schüttelt fast unmerklich den Kopf. Wenn er nicht aufpasst, steht er am Ende ohne da. Sie legt den Finger an die Lippen, während Dad am Bildschirm herumfummelt.

Als alles eingerichtet ist, sagt er: »Dann wollen wir mal

los«, und geht direkt zur Tür, ohne sich zu verabschieden, was bedeutet, dass sie ganz besonders nett zu Onkel Jim sein muss, um es wiedergutzumachen. Sie umarmt ihn und sagt, dass sie hofft, dass mit dem Zahnarzt alles richtig gut läuft. Auf dem Weg nach draußen dreht sie sich noch mal um und winkt.

»See you later, Detonator«, ruft er.

Wenn Dad sein langes freies Wochenende hat, geht er immer an einem Abend mit Colin was trinken. Er will nicht, dass sie so lange allein ist, deshalb schickt er sie mit einer DVD zu Mrs. Mackerel rüber. Mrs. Mackerel sagt »Filmvorführung« zum Kino. Sie war nicht mehr bei einer FILMVORFÜHRUNG, seit 1979 das Odeon in der Lord Street zugemacht hat. Ihre Lieblingsfilme handeln meistens von der Vergangenheit, weil das ERBAULICHE und SAUBERE UNTERHALTUNG ist, selbst wenn schreckliche Dinge passieren. Zu den Filmen, die ihr an Dads freien Wochenenden besonders gefallen haben, gehört *Les Misérables*, was sie ausspricht wie den Namen eines unglücklichen Mannes mit Vornamen Les – SO SCHÖNER GESANG – und *Der Große Gatsby* – SO SCHÖNE KOSTÜME. Die Tatsache, dass keiner der beiden Filme gut ausgeht, stört sie überhaupt nicht.

Diese Abende folgen einem bestimmten Ablauf. Dad begleitet Clover bis zur Tür und sagt ihr ganz genau, wohin er geht, für den Notfall. Mrs. Mackerel ringt ihm das Versprechen ab, sich nicht mit DIESEM COLIN zu betrinken, und dann sagt sie, der sei VERQUER. Daraufhin erklärt Dad ihr, dass man heutzutage homosexuell sagt, und sie tut total schockiert, weil sie MIT VERQUER ÜBERHAUPT NICHTS IN DER RICHTUNG GEMEINT HAT. Sobald sie Dad die Tür vor der Nase zugemacht hat, sagt sie: »Fühl dich wie zu Hause«, und geht in die Küche. Sie kommt dann immer mit einem Traubensaft-Trinkpäckchen oder einer Cola vom Lidl und einem ganzen Paket Schokokeksen mit Füllung zurück, die sie auf einem edlen Silbertablett ausgebreitet hat. Im Sommer, wenn es heiß ist und abends immer noch hell, kann man manchmal ihre Fingerabdrücke auf der Schokolade sehen.

Heute erkundigt sie sich nach Jim, bevor sie *Play* drückt.

»Er ist sehr müde.«

»Die Wege des Herrn sind unergründlich.«

»Und gelangweilt.«

»Gütiger Gott im Himmel.«

»Und neben seinem Bett steht eine Maschine. Für sein Blut.«

»Da bekommt er wohl eine BLUTTRANSMISSION.«

»Ich glaube, es reinigt sein ...«

Mrs. Mackerel drückt *Play*. Die Unterhaltung ist beendet.

Der heutige Film ist *Gravity*. Clover schält den Schokoüberzug von einem Keks, während Mrs. Mackerel den Fernseher anschreit. Sie scheint zu glauben, wenn sie nur laut genug schreit, könnten die Schauspieler – die sie bei ihren richtigen Namen nennt – sie vielleicht hören und sich viel Unglück ersparen.

»PASS AUF!«, warnt sie Sandra Bullock.

Clover knabbert an der Keksfüllung. Unter der Schaummasse befindet sich ein Klecks Marmelade. Die leckt sie vom Keksboden, der immer enttäuschend durchgeweicht ist.

»DAS würde ich nicht tun, wenn ich DU wäre«, rät Mrs. Mackerel George Clooney.

Es ist seltsam, sich vorzustellen, dass Mrs. Mackerel ungefähr in Dads Alter war, als die Mondlandungen stattfanden. Das muss sehr aufregend gewesen sein.

»Das Weltall ist SEHR GROSS, was?«

Clover stimmt ihr zu und streift die Schuhe ab. Jetzt darf sie die Füße aufs Sofa legen. Vorher nimmt sie sich aber noch einen Keks.

»STRENG DICH AN, GEORGE! Wenn er nur ein BISSCHEN DURCH DIE LUFT KRAULEN würde, könnte er sicher ZUR ERDE ZURÜCKSCHWIMMEN.«

Mrs. Mackerel hält den Film an, damit sie MAL AUSTRETEN kann. Das passiert mindestens ein Mal während jedes

Films, weil sie eine BLASE WIE EIN SIEB hat. Clover hat keine Ahnung, wie das gehen soll. Durch ein Sieb läuft doch *immer* alles durch.

»Du solltest besser auch noch AUSTRETEN«, sagt Mrs. Mackerel, als sie zurückkommt. »Ich will nicht, dass du DIE ZWEITE HÄLFTE UNTERBRICHST.« Sie spricht von der zweiten Hälfte, als gäbe es in dem Film eine natürliche Pause, eine Stelle, wo die erste Hälfte endet, damit ältere Damen mal Pipi machen können.

Clover verschwindet nach oben. Es ist einfacher, als über das Fassungsvermögen ihrer Blase zu streiten. Mrs. Mackerels Badezimmer ist taubenblau, einschließlich des Teppichs. Dad sagt, nur Optimisten und alleinstehende Damen haben Teppich im Badezimmer. Die Badewanne geht über Eck und hat so spezielle Wasserhähne, die wie Muscheln aussehen, und das Waschbecken ist ebenfalls gewellt. Das war gerade TOTAL IN MODE, als Mrs. Mackerel das Bad hat machen lassen. Neben der Toilette gibt es ein taubenblaues Bidet, an dem man sich laut Mrs. Mackerel die Füße oder den Allerwertesten waschen kann. Als Clover noch klein war, sind sie manchmal nach oben gegangen, um ihre Füße darin zu baden, zum Spaß. Hinterher kleisterten sie sie mit Pfefferminzfußcreme ein. Dann saßen sie auf dem Sofa und lutschten Mentos, sodass ein minziger Geruch von ihren Füßen und ihrem Mund aufstieg. »PUTZSAUBER«, sagte Mrs. Mackerel dann.

Sobald sie ein paar Tropfen Pipi rausgequetscht hat, stöbert Clover wie üblich im Badezimmer herum. Mrs. Mackerels Sachen sind anders und deshalb irgendwie interessant. Ein Nagelknipser, der aussieht wie eine kleine Gartenschere, liegt auf dem Badewannenrand neben einer Flasche Silver Shampoo und einem Kölnisch-Wasser-Spray. Auf dem Boden neben der Toilette findet sie ein paar Tena-Lady-Slipeinlagen – »Mit neuer, körpergeformter Trockenzone« – und eine Packung Binden-Höschen, die aber nicht für die Periode, sondern für siebähnliche Blasen sind. Clover hat die Werbung gesehen: hysterisch lachende Frauen, denen nicht das kleinste bisschen

Pipi die Beine runterläuft. Auf einer Ablage über dem Waschbecken findet sie eine Dose Pfefferminzfußcreme, einen weißen Plastikbehälter fürs Gebiss, der aussieht wie eine Miniaturkühltruhe, und eine Tube Kukident-Haftcreme – das Klebezeug, das im Fernsehen von Leuten beworben wird, die in Äpfel beißen und es dabei schaffen, nicht ihre Zähne zu verlieren. Über der Ablage hängt ein Spiegelschrank. Er ist abgeschlossen. Nachdem sie gründlich herumgeschnüffelt hat, macht sich Clover wieder auf den Weg nach unten zu *Gravity*.

Während der ZWEITEN HÄLFTE DES FILMS wird Mrs. Mackerel zunehmend aufgeregt. Obwohl sie selbst ja schon lange ohne Mann lebt und offensichtlich gut klargekommen ist, glaubt sie, dass man nicht ZULASSEN darf, dass SANDRA dort oben ohne einen ZUVERLÄSSIGEN ASTROLOGEN bleibt, der sich um alles kümmert.

»NIMM DIR NOCH EINEN KEKS.«

»Ich bin schon ziemlich satt.«

»Die werden sonst SCHLECHT.«

»Na gut.« Clover nimmt sich noch einen dritten Keks. Die wachsartige Schokolade löst sich schon von ganz allein von der Marshmallowschicht.

»SANDRA!«, ruft Mrs. Mackerel, als der Film seinen Höhepunkt erreicht. »DU MUSST DEN SCHLEUDERSITZKNOPF DRÜCKEN!«

Als Dad und Colin Clover abholen kommen, sind sie ein bisschen angeheitert und ganz besonders höflich.

»Guten Abend, *die Damen*.«

»War den Damen der Film *genehm*?«

»Oh JA. Mir ist VOR SPANNUNG fast DIE HUTSCHNUR GEPLATZT.«

Colin legt Mrs. Mackerel den Arm um die Schultern und sagt, sie sei einfach unbezahlbar. Zuerst tut sie so, als wäre sie beleidigt. Dann fragt sie ihn, was es kosten würde, wenn er den unordentlichen Garten seines Nachbarn aufräumen würde.

Colin lacht. Er sagt, er kann sich nicht vorstellen, dass irgendeiner ihrer Nachbarn es *wagen* würde, einen unordentlichen Garten zu haben, aber falls doch – und bei diesen Worten sieht er Dad bedeutungsvoll an –, dann würde er sich natürlich für umsonst darum kümmern. Dann erkundigt er sich, ob er sonst noch irgendetwas für sie tun kann.

Sie gibt ihm einen Klaps auf den Arm und fragt, wie es DEM LIEBEN JUNGEN geht, der DIE HUNGERNDEN PFLEGT und den KRANKEN ZU ESSEN GIBT. Colin antwortet, dass Mark hervorragende Arbeit leistet, um die Welt zu retten, und der Papst ihn sicher bald heiligsprechen wird. Er macht nur Witze, in Wirklichkeit ist er total stolz auf ihn.

Colin kommt noch eine Weile mit zu ihnen, bevor Dad ihm ein Taxi ruft. Weil Ferien sind, muss sie nicht gleich ins Bett. Colin schlägt vor, eine Runde Wii-Tennis zu spielen, und sie gewinnt haushoch gegen ihn. Er verlangt eine Revanche, dieses Mal mit Just Dance. Natürlich zockt er sie dabei mit links ab – und mit rechts, Arme runter, Beine hoch, Hintern in der Luft, um genau zu sein.

Ausstellung: »Becky Brookfield – die unerzählte Geschichte«

Katalog

Objekt: Kamm

Beschreibung: Ein gelber Plastikkamm mit breiten Zinken. Es hängen noch einige Haare darin, das heißt, es gibt auch DNA.

Objekt-Nr.: 21

Herkunft: Dieser Kamm gehörte Becky Brookfield (meiner Mutter). Es ist die Art von Kamm, die Leute wie wir (mit lockigen Haaren) benutzen. Wahrscheinlich haben wir noch mehr Gemeinsamkeiten. Wie zum Beispiel sich um Onkel Jim kümmern, Dad lieb haben und noch anderes, und so weiter.

Display: In einer durchsichtigen Plastiktüte mit verschiedenen Haargummis und Spangen, die im mittleren Zimmer waren.

Kuratorin: Clover Quinn

Konservator: Darren Quinn

Kapitel 12

Nachdem Colin gegangen ist, schickt Darren Clover ins Bett. Sie geht, ohne Theater zu machen. Sie ist ein braves Mädchen, und es ist schon spät. Er ist angenehm betrunken: Sein Kopf fühlt sich ein bisschen zu schwer an für seinen Hals, und sein Gesichtsausdruck ist zu einem schiefen Lächeln verrutscht. Er ist schläfrig. Voller Optimismus. Er wird sich etwas Spaßiges ausdenken, das sie morgen unternehmen können … Schlittenfahren in den Sanddünen, genau. Und er wird ein bisschen aufräumen, wenn er dazu kommt. Er nimmt die Malsachen von der Sofalehne, die Clover am Abend zuvor dort hat liegenlassen. *Das Heiligtum von Fatima* – Fatima Whitbread fällt ihm auf einmal ein, die ehemalige Speerwerferin. Muskeln wie Colin. *Die Wundertätige Medaille*, *Die Geschichte unserer Muttergottes* und unter den drei Malbüchern ein Blatt A4-Papier mit dem Wort LIEBE in der Mitte. Hinter LIEBE sind unzählige winzige Herzchen von Hand gezeichnet, die mit rotem, rosafarbenem und violettem Filzstift ausgemalt wurden.

Also gibt es doch einen Jungen. Scheiße.

Das Bild scheint vor Freude fast zu platzen. Er sollte sich Sorgen machen – er *macht* sich Sorgen, also, das wird er, morgen, wenn er sich sicherer sein kann, wie viel elterliche Bedenken angemessen sind. In der Zwischenzeit setzt er sich erst mal aufs Sofa, entspannt und faul, und summt die ersten Takte von »All You Need Is Love«. *Love, love, love.*

* * *

Angefangen hatte alles im Bus. Er fuhr seit etwa drei Wochen, als ihm jemand am Anfang seiner Schicht eine rote Handtasche überreichte.

»Die hab ich auf dem Sitz neben mir gefunden.«

Er bedankte sich bei der Person und hängte die Tasche hinter seinen Fahrersitz. Das hätte es gewesen sein können. Manchmal denkt er daran, wenn er Spätschicht hat und seinen Bus kontrolliert, bevor die Putzkolonne einsteigt, wenn er auf und unter den Sitzen nach vergessenen Taschen, einsamen Jacken, abgestellten Regenschirmen schaut. Er sorgt dafür, dass niemand vergessen wird, schlafend auf der Rückbank – anderen Fahrern ist das schon passiert –, und wenn er etwas findet, dann macht er sich Gedanken zu der Person, der der Gegenstand gehört, und darüber, wie ein vergessener Hut oder eine Jacke ein ganzes Leben verändern können. Das hätte es gewesen sein können, aber während er an einer Haltestelle auf die pünktliche Weiterfahrt wartete, klingelte die rote Handtasche. Er öffnete den Reißverschluss und kramte das Handy heraus.

»Hallo?«

»Sie haben mein Handy?«

»Ja.«

»Und meine Tasche?«

»Ja.«

»Kann ich sie wiederhaben, bitte?«

»Natürlich! Sie haben sie im Bus vergessen. Ich bin der Fahrer.«

»Oh, Gott sei Dank! Wie kann ich –«

»Wo sind Sie jetzt?«

Sie stand in einer Telefonzelle am Ende der Lord Street. Er war nicht weit weg: Damals fuhr er noch den 43er – da war er nie weit entfernt. Er erklärte ihr, wo sie warten sollte.

Es war April. Eiskalt. Kein Anzeichen von Frühling. Es fühlte sich an wie Winter – genauer gesagt hatte der Winter angedauert, seit Mum im November gestorben war. Die Wettervorhersage warnte vor stürmischem Wind aus Norden, und die Temperatur sank nachts in Teilen des Landes auf den Gefrierpunkt. Es machte Dad ganz verrückt. Er konnte es kaum erwarten, abends etwas zu tun, aber solange sich das Wetter nicht besserte, hatte es keinen Sinn, im Gewächshaus anzufangen.

Als Becky in den Bus stieg, um ihre Tasche zu holen, waren ihre Haare das Erste, was Darren auffiel. Wie sie von den Schultern bis über die Ellbogen wirbelten. An diesem Tag schneite es. Nicht viel, nur ein paar eisige Flocken, die im Wind segelten. Sie hatten sich in ihrem Haar verfangen und ließen es glitzern.

»Sie haben meine Tasche?«

Ihre Stimme war tief und weich. Sie hatte die Finger ineinander verschränkt, und er bemerkte ihre gepflegten Nägel, mit durchsichtigem, glänzendem Nagellack und weißen Spitzen. Total hübsch. Keine Ringe. Sie hatte eine hohe, breite Stirn und fast unsichtbare Augenbrauen, was ihr einen stoischen Ausdruck verlieh, gelassen und durch nichts aus der Ruhe zu bringen.

»Ich bin Darren.«

Sie nickte und streckte die Hand nach ihrer Tasche aus.

Er reichte sie ihr so langsam, wie er sich nur traute. Wenn er doch nur daran gedacht hätte, ihren Geldbeutel zu öffnen, dann hätte er vielleicht ihren Namen herausgefunden.

»Vielen Dank«, sagte sie und trat wieder hinaus auf den Gehsteig.

»Ich komme morgen um 10.20 Uhr wieder hier vorbei«, rief er.

Sie warf ihm noch einen Blick zu, lächelte aber nicht.

Das Mädchen mit der Tasche. So nannte er sie in Gedanken bei sich. Sie erinnerte ihn an etwas: an einen vertrauten Ort oder ein Gefühl – er konnte es nicht ganz festmachen. Den Rest seiner Schicht dachte er darüber nach. Als er noch zur Schule ging, hingen dort im Kunstraum diese Bilder an der Wand. Weiche, halbnackte Frauen mit einem Wasserfall aus Haaren und Haut wie Marzipan. Er hatte den Kunstraum gemocht. Dort war es anders als im Rest der Schule. Der Kunstlehrer trug verwaschene Jeans und schwarze T-Shirts, und während des Unterrichts ließ er aus einem tragbaren CD-Player klassische Musik laufen. »Fang einfach mal an«, sagte er immer, und sobald man sich getraut hatte, beugte er sich über die Schulter und fand irgendetwas Lobenswertes, ehe er mit einem weichen Bleistift Vorschläge machte: da etwas hinzufügen, dort etwas wegnehmen, und so entdeckte er die Form des eigenen Vorhabens. Auch wenn Darren nicht sonderlich begabt war, machte es ihm Spaß. Als sie vom Englischunterricht aus die Schulbibliothek besuchten, fand er im Bereich mit den Kunstbänden ein Buch über Rubens. Er nahm es mit und ließ dabei die Karte innen im Umschlag stecken. Die Bibliothek funktionierte nach einer Art Vertrauensprinzip. Am Anfang wurde einem beigebracht, wie man ein Buch auslieh, dann war es einem selbst überlassen, den kleinen Kartenhalter mit dem eigenen Namen darauf zu finden, die Karte aus der Innenseite des Buches zu nehmen und in den Halter zu stecken. Wenn man es nicht tat und das jemand herausfand, bekam man Ärger. Aber wenn es niemand bemerkte, konnte man das Buch behalten, so lange man wollte – für immer, um genau zu sein, und genau das tat Darren mit dem Rubens-Buch. Es musste sich irgendwo im Haus befinden.

Die Frauen, die er heimlich auf den Männermagazinen im obersten Regal des Zeitschriftenladens angeschaut hatte – die Brustwarzen von Sternen verdeckt, die in Wirklichkeit »Schaut her!« sagten –, hatten sich bewusst in Pose geworfen: Körperhaltungen mit gekippter Hüfte, geneigtem Kopf und erhobenen Armen, die niemand länger als ein paar Momente halten konnte. Haltungen, die, wenn man darüber nachdachte (was er nicht oft tat), ziemlich lächerlich waren. Die Frauen auf den kolorierten Drucken an den Wänden des Kunstraums hingegen und die Schwarz-Weiß-Skizzen im Buch aus der Bibliothek waren ungezwungen, persönlich, und wirkten, zumindest auf Darren, zeitlos. Rubens' Bilder waren vor Hunderten von Jahren gezeichnet worden. Die Frauen sahen geduldig aus und unerschütterlich. Sie lehnten sich gemütlich nach hinten, die Bäuche in Falten, die Oberschenkel mit Dellen darin gespreizt, ohne dem Betrachter wirklich einen Blick zu schenken. Keine halb geöffneten Lippen, kein Zwinkern oder selbstbewusstes Grinsen. Und natürlich waren sie wunderschön: üppig und stark. Wie das Mädchen mit der Tasche.

Die 43er-Route begann in High Park, führte dann über die Eisenbahnbrücke bei Meols Cop, am Haus vorbei, das er eines Tages kaufen würde, durchs Stadtzentrum und hinaus nach Birkdale, und dann in einer Kurve zurück. Darren fing an, nach ihr Ausschau zu halten, wenn er durch die Stadt fuhr. Wie seltsam, sich vorzustellen, dass er vielleicht schon oft an ihr vorbeigekommen war, ohne es zu wissen.

Einige Tage später stieg sie in seinen Bus, begleitet von einem alten Kerl mit riesigen Ohren und einem wolligen Umhang, der an den von Sherlock Holmes erinnerte. Ihre rote Tasche hatte einen langen Schulterriemen. Sie trug sie seitlich, sodass der Riemen zwischen ihren Brüsten hindurchlief. Wieder einige Tage darauf sah er sie an einer Haltestelle an der Lord Street warten. Sie stand hinter einem anderen älteren Herrn im Rollstuhl. Und noch später an der Ecke Eastbank Street, wie sie eine winzige, vertrocknete Dame am Ellbogen stützte, die der Wind fast umblies.

Sie arbeitete in einem Altersheim, Peacefields, an der Promenade. Sie hatten dort ganz verschiedene Bewohner: Einige brauchten medizinische Betreuung, andere waren nur ein wenig gebrechlich, weil sie sich von einer Operation erholten, oder sie waren lediglich ein paar Wochen zur Pflege dort, während Familienmitglieder mal Urlaub machten. Wenn sie in seinen Bus stieg, sprach er mit ihr. Er versuchte, Fragen zu stellen, die nicht mit Ja oder Nein beantwortet werden konnten. Er plante sogar welche im Voraus, damit sie mehr als ein Wort sagen musste. Schließlich – ermutigt durch die oft erzählte Geschichte seiner Eltern – fragte er sie, ob sie mit ihm ausgehen würde, und sie sagte Ja.

Er hatte einen gebrauchten Fiesta Mark IV gekauft. Das Gefährt besaß einen Ein-Liter-Motor und ungefähr so viel Pep wie mildes Hähnchencurry. Trotzdem war er zufrieden damit. Es war ein Auto, und es gehörte *ihm*. Das war ihr erstes Date, eine Ausfahrt in seinem neuen Auto. Er fuhr sie nach

Rivington Pike hinauf, einem Aussichtspunkt auf Winter Hill. Dabei schlug er das Ziel ganz beiläufig vor, als hätte er es sich gerade erst ausgedacht. In Wahrheit hatte er den Rundweg in einer Broschüre vom Fremdenverkehrsbüro am Ende der Eastbank Street gefunden. Als sie nicht weiter fahren konnten, stiegen sie aus dem Auto. Es war Mai, immer noch kühl, und windig. Beckys Haare flogen in alle Richtungen, als wären sie lebendig. Der Weg zum Gipfel hinauf war steil, teilweise auch matschig. Die Broschüre erwies sich als hilfreich. So konnte er etwas über die Moorlandschaft sagen, als würde er sich damit auskennen, und er erzählte ihr von der Legende des Geisterreiters in der Hoffnung, sie würde ihn interessant finden.

Auf einem sumpfigen Stück Hochmoor hielt er zum ersten Mal ihre Hand. Sein Herz pochte, und er musste zuerst die Hand an der Jeans abwischen, weil sie vor Aufregung ganz klebrig war. Es gab Gelegenheiten, wo sie ihm ihre Hand wieder hätte entziehen können, aber sie tat es nicht. Und er wusste, mit der Art von Überzeugung, die manche Leute ausstrahlen, wenn sie über Jesus oder Politik reden, er wusste in seinem tiefsten Innern, dass er sie lieben würde, wenn sie es nur zuließ.

Als sie zum Auto zurückkamen, war Becky rosig und vom Wind zerzaust, doch sie richtete weder ihre Haare, noch klappte sie die Sonnenblende herunter, um ihr Äußeres in dem kleinen Spiegel zu kontrollieren, so als wären ihr diese kleinen Eitelkeiten fremd. Das gefiel ihm. Es gab wichtigere Dinge, die sie beschäftigten, doch das wusste er damals noch nicht.

Sie hatte ihm ein Geschenk gekauft, für das Auto. Es war die ganze Zeit in ihrer Tasche gewesen. Nun überreichte sie es ihm schüchtern. Es war ein hölzerner Clown mit einer Schnur, etwa so groß wie seine Handfläche. Wenn man an der Schnur zog, riss der Clown Arme und Beine in die Höhe. Sie hängte die Figur an den Rückspiegel, und in den darauffolgenden Jahren zog sie jedes Mal, wenn sie ins Auto stieg, an der Schnur und ließ den Clown Hampelmann spielen.

»Hurra!«, schien der Clown zu rufen – »wir fahren zusammen weg, *hurra*!« Sobald sie den Clown befestigt hatte, nahm er wieder ihre Hand. Sie mochte seine Hände, sagte sie. Sie waren ihr am Lenkrad des Busses aufgefallen, und sie hatte gedacht, wie stark und geschickt sie wirkten. Später, als sie seine Freundin war, nahm er oft die Hände aus den Taschen oder aus dem Schoß und legte sie vor sich auf den Tisch, wenn Becky in der Nähe war, nur falls sie einen Blick darauf werfen wollte. An jenem Tag hielt er den ganzen Heimweg über ihre Hand. Wenn er schalten musste, veränderte er seinen Griff und schubste den Knüppel mit dem Handballen, damit er nicht loslassen musste.

Es fing schon damit an, dass Colin sie Miss Frizz nannte. Sie weigerte sich, zu lächeln und es mit Humor zu nehmen. »Sag ihm einfach, dass er die Schnauze halten und seine blanke Platte polieren soll«, schlug Darren vor. Doch das tat sie nicht. Letztlich benutzte Colin ihren richtigen Namen, aber er verzieh ihr nie ganz, dass sie sich nicht ein bisschen hatte aufziehen lassen. Er fand sie distanziert und humorlos. Meinte, er könne nicht verstehen, warum *manche Menschen* nie lachten. Sie stimmte ihm zu, sagte, das könne sie auch nicht verstehen – sie selbst würde *immer* lachen, *wenn* etwas lustig war. Manchmal fühlte es sich an, als würden sie Tennis spielen, und Darren war das Netz.

Colin hatte sich erst vor Kurzem geoutet und reagierte empfindlich auf alles, was er als Ablehnung empfand. Das Coming-out hatte Darren einerseits überrascht, andererseits auch wieder nicht, auf dieselbe Weise, wie es Colin leidtat, aber gleichzeitig auch nicht, wann immer er sich wie ein Idiot benahm. Darren trug die Neuigkeiten einen Tag oder zwei mit sich herum, holte sie immer mal wieder heraus, um sie zu betrachten, und kam schließlich zu dem Schluss, dass ihn Colins Vorlieben nichts angingen. Niemand wollte sich seinen Kumpel beim Sex vorstellen, egal ob mit Männlein oder Weiblein, oder?

Er wollte, dass Becky und Colin sich gut verstanden. Er versuchte, sie ihm zu erklären: Ja, sie lachte nicht über seine Witze, und, ja, sie war manchmal auf eine Art still, die sie zur lautesten Person im Raum machte, aber sie war optimistisch und lieb und echt – sie lächelte nie nur aus Höflichkeit. Sie freute sich bereits über die kleinsten Gesten: eine Karte im Briefkasten, ein Schokoriegel, die billige, vergoldete Halskette, die er ihr zu ihrem neunzehnten Geburtstag kaufte, ein paar Wochen, nachdem sie sich kennengelernt hatten. Er wollte sie zum Lachen bringen. Er hatte das Gefühl, sie rundum glücklich zu machen wäre eine lohnende Beschäftigung, wesentlich lohnender als ein Geografiestudium oder irgendeines der anderen Dinge, die er sich für sein Leben ausgemalt hatte.

Colin war wenig beeindruckt. Er meinte, da spräche nur sein Schwanz. »Pimper sie eine Weile, und dann hau ab, so lange du noch kannst.«

Darren zuckte zusammen. »Hier geht es nicht ums *Pimpern.*«

»Dann ist es dir also echt ernst?«

»Ist es«, sagte er.

»Warum *sie*, was ist an ihr so …?«

»Ich liebe sie.«

Und Colin stöhnte, nicht ahnend, dass er es als Erster erfahren hatte, noch vor Becky.

An dem Tag, als sie ihre Tasche verlor, hatte Becky Jim im Krankenhaus am Park besucht. Er war zum ersten Mal dort eingewiesen worden. Sie war besorgt, aber hoffnungsvoll. Er war in besten Händen und es würde ihm bald besser gehen. Becky redete viel über Jim. Genug, um in Darrens Kopf ein Bild von ihm entstehen zu lassen: harmlos und heldenhaft, seine Krankheit tapfer ertragend.

Ab und zu durchlebt er in Gedanken immer noch jenen ersten Besuch bei Becky zu Hause, ist wieder einundzwanzig Jahre alt und in einem Albtraum aus entsetzter Höflichkeit gefangen. Die Tür zur Wohnung öffnet sich, und er wird von einem unvergleichlich widerlichen Gestank empfangen. Später erfährt er, dass der von Jims Ratte Derek stammt, deren Käfig auf der Küchenarbeitsplatte steht. An jenem Tag fragt er sich, wie es sein kann, dass Becky hier wohnt und nicht danach riecht. Da hat er ihr Zimmer noch nicht gesehen, die Lufterfrischer in den Steckdosen, das dauerhaft geöffnete Fenster, die sauberen Stapel Kleidungsstücke und Bücher. Von der Tür kommt man direkt ins Wohnzimmer. Maureen hockt in der Mitte eines rosafarbenen Ledersofas. Sie steht nicht auf. Der Fernseher läuft weiter. Er hatte sich eine üppige, weiche Frau vorgestellt. Jemand, der schweren Schaden angerichtet und doch nichts davon so gemeint hat. Die echte Maureen ist winzig und hart. Ihr Nacken ist knöchern, und ihr Teint grau. Sie wirkt verkatert und wenig erfreut, ihn zu sehen. Darren zwingt sich, sein Lächeln in die Breite zu ziehen, denn ihm ist peinlich, wie das Wort *Mutter* seine Erwartungen geformt hat. Ungefragt nimmt er neben ihr Platz, Becky setzt sich auf die andere Seite.

»Nicht dein *üblicher* Typ«, sagt Maureen zu Becky mit einer Stimme aus Stein.

»Lass das«, warnt Becky. Und fügt, nach vorn gebeugt, an ihn gewandt hinzu: »Es gibt keinen *üblichen* Typ.«

»Ich hoffe, du verdienst gutes Geld.« Ein knöcherner Ellbogen bohrt sich in seine Seite. Maureens seehundartige Haut dünstet eine heftige Mischung aus Alkohol und Schweiß aus. »Die wird dir die Haare vom Kopf fressen.«

Beckys Wangen und ihr Hals laufen rot an.

»Wer weiß, vielleicht heiratet er dich ja sogar, wenn du abnimmst. *Ene, mene, Muh – fette Kuh.*«

Der Tonfall ist *neckend*, nur ein Spaß.

»Vielleicht heirate ich sie ja, wenn sie genau so bleibt, wie sie ist«, sagt er. »Oder wenn sie zunimmt«, fügt er dann noch hinzu, für den Fall, dass das der nächste Angriffspunkt hätte sein sollen.

Maureen lacht, aber er merkt, dass er sie verärgert hat. Da taucht Jim auf, mit blutunterlaufenen Augen und ebenfalls ziemlich verkatert, obwohl er kaum alt genug sein kann, um zu trinken. Über seine Ellbogen und den Haaransatz entlang ziehen sich weiße Krusten. Seine Hände sind rot und schuppig. Es sieht schmerzhaft aus. Darren verspürt eine Welle des Mitleids in sich aufsteigen. Er fühlt richtiggehend körperlich, wie ihn die Empfindung ausfüllt. Er ist so voller Liebe für Becky, dass er immer noch denkt, es sollte leicht sein, die Menschen zu lieben, die sie liebt. Er erklärt, wie sehr es ihn freut, Jim endlich kennenzulernen, dessen Erwiderung »Ebenso« dem Tonfall nach keinen Zweifel daran lässt, dass er sich in Wahrheit kein bisschen freut.

Sie mögen ihn nicht. Er ist enttäuscht und verwirrt, unsicher, was er falsch gemacht hat.

»Und, was denkst du?«, fragt sie hinterher.

»Sie sind anders, als ich erwartet hatte.«

»Was hast du denn erwartet?«

»Ich dachte, sie wären mehr wie du«, antwortete er vorsichtig.

»Das ist meine Familie.«

»Ich weiß.«

»Aber?«

»Sie waren gemein zu dir.«

»Sie meinen es nicht so.«

»Hm.«

»Du kennst sie nicht.«

Er stimmte zu und lernte, still zu sein und zuzuhören, wenn sie ihm davon erzählte, wie sie immer wieder bei ihren Großeltern gelebt hatte, bevor die gestorben waren. Und von den sechs verschiedenen Schulen. Der Schwierigkeit, Freunde zu finden, wenn sie wusste, dass sie höchstwahrscheinlich wieder umziehen würden. Von der in ihrer Erinnerung kaum noch präsenten Zeit vor dem Selbstmord ihres Vaters, als es ihrer Mutter besser ging – und sie freundlicher, netter war. Jim konnte sich nicht mehr daran erinnern, aber sie erzählte ihm davon, ließ es vermutlich besser klingen, als es in Wirklichkeit gewesen war, aber egal. Doch sie wollte nicht, dass Darren

Mitleid mit ihr hatte. Es sollte nicht so klingen, als würde sie sich beklagen.

Natürlich klang es für ihn nicht so, als würde sie sich beklagen, verdammt! Während er ihr zuhörte, begriff er, was für ein Glück er hatte, dass die Menschen, die er liebte, nie grausam gewesen waren. Und jedes Mal, wenn er versucht war, sie zu unterbrechen, rief er sich wieder in Erinnerung, dass nur sie die Menschen kritisieren durfte, die sie liebte. Er konnte ihre Familie insgeheim verachten. Und das tat er.

In jenem Sommer gingen sie viel spazieren, vor allem abends, nach der Arbeit. Bei gutem Wetter war Spazierengehen immer besser, als gemeinsam Zeit bei einem von ihnen zu Hause zu verbringen. Sie schlenderten die Lord Street hinunter, umrundeten den Marine Lake oder gingen bis zum südlichen Ende des Strands, der bei Dämmerung meistens leer war – die Touristen verschwanden für gewöhnlich zur selben Zeit wie die Eisverkäufer und Esel, und die Einheimischen gingen sowieso lieber nach Formby, wo es hübscher und sandiger war.

An einem besonders ruhigen Abend rutschten sie wie auf Skiern die Sanddünen hinauf und hinunter, händchenhaltend, stolpernd, kichernd. Sie setzten sich in eine geschützte Kuhle. Legten sich schließlich hin, auf Beckys Jacke. Er schob ihre Haarpracht beiseite, um ihren Mund, ihre Schulter und ihren Hals zu küssen. Einzelne Locken vor dem Sand schützend, küsste er die Linie und weiche Kurve ihres Kinns. Knöpfte ihre Bluse auf und leckte die Kuhle zwischen ihren Brüsten. Küsste die harten Perlen, während sie seine Hose öffnete und ihre eigene über die Hüften runterzog.

»*Na los*«, flüsterte sie.

»Was, wenn jemand kommt?«

»Du. Und ich. *Wir werden kommen.*«

Der Takt ihres Atems wurde von Lachen unterbrochen, als er seine Finger in der weichen Rundung ihres Hinterns vergrub und sich im wogenden Rhythmus jeder Wiederholung verlor.

Anschließend lagen sie nebeneinander, während die Temperaturen sanken und Wolkenlücken den Blick auf die Sterne freigaben. Sie würden jeden Sommer genau an diesen Ort wiederkommen, dachte er. Selbst wenn sie Gehstöcke brauchten und Blasenpflaster und auf dem Weg den Hügel hinauf Verschnaufpausen einlegen mussten, wenn sie alt waren und ihre Haut welk, wenn ihre Augen und Münder von Falten eingerahmt wurden, wenn sie Kinder und Enkel hatten und sich gegenseitig in allen Facetten in- und auswendig kannten.

»Du«, murmelte sie, »bist das Beste, was mir je passiert ist.«

Und er erlaubte sich, ihr zu glauben.

Anfangs gibt es keine bevorzugten Pfade. Die ersten Gefühle bahnen sich ihren Weg, wo sie wollen. Aber es dauert nicht lange, bis sie einen kleinen Bach bilden, und den folgenden Gefühlen bleibt nichts anderes übrig, als dieselbe Route zu wählen. Nach und nach wird aus dem Bach ein Fluss, ein Strom. Dann kann man nichts mehr dagegen tun: Der, dem man seine Liebe geschenkt hat, schleift die Ufer ab, fließt direkt durch einen hindurch, und es ist einfacher, wenn dessen Pläne und Träume die eigenen werden, wenn die eigenen Hoffnungen und Pläne von denen des anderen mitgerissen werden.

Becky wollte aus der Wohnung ihrer Mutter ausziehen. Sie träumte davon, bei der Arbeit in höhere Positionen aufzusteigen, und davon, in den Urlaub zu fahren. Und sie plante, sich um Jim zu kümmern. Wie verlockend war es anzunehmen, dass Darren ihr alle Wünsche erfüllen konnte. Seine eigenen waren zunehmend formbar.

»Möchtest du immer noch studieren gehen?«, erkundigte sie sich.

»Was möchtest du denn?«

»Ich hab dich zuerst gefragt.«

»Ich möchte das, was du möchtest.«

»Ich hab dich gefragt.«

So lief das. Sie gingen mit seinen Plänen um wie mit einer heißen Kartoffel.

Sie waren knapp ein Jahr zusammen, als er sie mit dem Urlaub überraschte. Obwohl er noch nie richtig in den Urlaub gefahren war, hatte er nicht das Gefühl, etwas verpasst zu haben. Ihm hatten die Tagesausflüge mit Mum und Dad gut gefallen: Blackpool, Morecambe oder der Lake District, gekrönt von einer Tüte Pommes auf dem Heimweg. Becky hingegen war nirgendwo gewesen. Die unausweichliche Aufsatzhausaufgabe jeden September: »Was ich in den Ferien gemacht habe«, war schlimmer als: »Was ich zu Weihnachten bekommen habe«, sagte sie, denn bei Letzterem konnte man schummeln, indem man einige Weihnachtssendungen und die Aufregung an Heiligabend mit einbaute.

Er machte im Vorfeld absichtlich ein Geheimnis daraus – was ein Fehler war. Er riss ein Blatt aus einem Kalender, kringelte die Tage ein – der Letzte davon war der Valentinstag – und schickte es ihr per Post: *Überraschung*! Er sagte, sie solle ihre Badesachen einpacken. Als sie fragte, ob sie Geld wechseln müsse, erklärte er, sie bräuchte sich keine Gedanken zu machen, weil er sich um alles kümmern würde.

Becky hatte eine ganz besondere Vorstellung davon, was eine Urlaubsreise war. Das lernte er später, als sie seinen Überraschungsurlaub zu einem »Wochenendausflug« deklassierte. Laut ihrer Definition fand ein Urlaub an einem Zielort statt, der mit dem Flugzeug oder per Schiff zu erreichen war. Urlaub bedeutete den Besuch eines anderen Landes (nicht Wales). Freitag bis Montag in einem Apartment in Pontins war *keine* Urlaubsreise.

Es regnete in Strömen. Heftiger, walisischer Scheibenwischer-Turbostufe-Regen. Aber es gab einen Swimmingpool mit Wellenmaschine und Rutsche, und das Kabarett war nicht schlecht – eindeutig besser als die Bon-Jovi-Coverband. Becky *sagte*, dass es ihr gut gefalle. Es gelang ihr, ein Lächeln vorzugaukeln. Aber er war nicht blöd. Auf dem Heimweg baumelte der Holzclown am Rückspiegel, und ihm kam zum ersten Mal der Gedanke, dass ihr Optimismus etwas Zirkushaftes an sich hatte: Er war riskant, balancierte auf Stelzen.

Als sie von ihrer Nicht-Urlaubsreise zurückkamen, war Maureen nach Portsmouth gefahren, um sich mit jemandem zu treffen, den sie im Internet kennengelernt hatte, und hatte Jim allein zurückgelassen. Derek, die Ratte, war tot. Jim glaubte, er hätte eigentlich schon daran gedacht, ihn zu füttern, aber ganz sicher war er sich nicht. Nach Maureens Rückkehr wurde entschieden – nach einem Prozess, den Darren nie ganz durchschaute –, dass es Beckys Schuld war.

Dad hatte nichts gegen Becky. Wenn sie abends vorbeikam, machte sie eine Bemerkung zu was auch immer gerade im Fernsehen lief, ein bisschen wie Mum, und als der Winter endlich taute und das Wetter besser wurde, folgte sie Dad hinaus zum Gewächshaus und half schweigend mit, wodurch sie den Test bestand, durch den Colin vor all den Jahren gerasselt war. Und doch, wenn Dad von ihr sprach, hing am Ende seiner Sätze ein unausgesprochenes *Aber* in der Luft.

»Sie ist ein liebes Mädchen … Sie hat ein gutes Herz …«

Um dann jedes Mal hinzuzufügen: »Dann bleibst du also hier, Sohn? Wirst den Rest deines Lebens bloß Busfahrer sein?«

Mit der Post kamen Studiengangverzeichnisse, die er nicht angefordert hatte. Aus dem ganzen Land, je weiter entfernt, umso besser, wie es schien.

Am Ende des Sommers kam Darren von der Arbeit nach Hause und stand vor einem *ZU VERKAUFEN*-Schild. Er versuchte, einen Scherz daraus zu machen. Erkundigte sich, ob Dad vorhabe, auszuwandern. Doch es war nicht lustig. Es fühlte sich wie eine Strafe dafür an, ein mieser Sohn zu sein. Sich verliebt zu haben, wo er doch eigentlich trauern sollte. Natürlich war er traurig wegen Mum, aber man kann die Dinge nicht voneinander trennen: Gefühle lassen sich nicht nebeneinanderschichten wie Fürst-Pückler-Eis.

»Ich will nicht, dass man mich pflegen muss, wenn die Zeit kommt«, sagte Dad.

Es war das Problem mit seiner Prostata – mehr nicht.

Er war nicht *wirklich* krank, auch wenn man das meinen könnte, so viel Aufmerksamkeit, wie er seinen Körperfunktionen schenkte: untersuchen, abmessen, lauschen, riechen, jede kleinste Veränderung notieren und seinen Verfall aufzeichnen. Er kaufte sich Pantoffeln. Er hatte vorher noch *nie* Pantoffeln getragen – und fing an zu schlurfen. Vielleicht lag es an den Pantoffeln: Er hatte sich für die hinten offenen, Flipflop-artigen entschieden. Trotzdem, er war damals erst Anfang sechzig. Es gab keine Entschuldigung für sein Verhalten, vor allem nicht für das Schlurfen. Es ging Darren auf die Nerven. Er hatte seine Mutter verloren und nicht damit gerechnet, dass sein Vater auch verschwinden würde. Immer wieder versicherte er ihm: Wenn und falls die Zeit kam, würde er sich gern um ihn kümmern. Sie könnten bis in alle Ewigkeit zusammenwohnen. Sie schränkten sich gegenseitig ja nicht ein, und das stimmte. In dem Moment jedoch, als Darren klar wurde, dass vielleicht *Dad* nicht mit *ihm* zusammenwohnen wollte, verstummte er, und Dad begann, nach Wohnungen in Seniorenresidenzen zu suchen, obwohl er noch nicht einmal im Ruhestand war.

»Dann ist da auch ein bisschen Geld für dich da, mein Sohn«, sagte er. »Genug für ein Studium. Ich hab mal recherchiert, wie das mit den Gebühren ist – kein Problem. Du wirst dir keinen Penny leihen müssen, solange du etwas aufpasst.«

Die Doppelhaushälfte in der Siedlung The Grove hatte seit eineinhalb Jahren leer gestanden. Der Vorbesitzer, ein älterer Herr, war dort gestorben. Das Haus lag neben der Bahnstrecke und war seit den Siebzigerjahren nicht mehr renoviert worden. Becky holte in ihrer Mittagspause das Exposé beim Immobilienbüro ab. Nur so ein Gedanke, sagte sie.

Der Makler, der ihnen das Haus zeigte, wirkte resigniert. Lustlos schlurfte er durch die leeren Räume und nuschelte dabei: »Wohnzimmer … Flur … Esszimmer … Küche« – er bemühte sich nicht einmal um ein »günstig gelegen«, »verborgenes Potenzial« oder »mit ein paar kleinen Renovierungsarbeiten«.

Dad sagte, Darren solle das Geld in »Die Zukunft« investieren. Sie machten ein lächerliches Angebot. Es wurde abgelehnt, aber ihr zweites, kaum weniger lächerlich, wurde angenommen. Mit dem Geld von Dad und ihren beiden Gehältern konnten sie es sich leisten. Es war nicht wirklich schwierig, einen Kredit zu bekommen, denn damals wurden die fast verschenkt.

Sie wollten, dass das Haus beim Betreten gleich wie ihres wirkte, deshalb renovierten sie als Erstes den Flur. Es war ein schwieriger Ort, um anzufangen, mit den langen Tapetenbahnen und so vielen Türrahmen, die ausgespart werden mussten. Colin bot seine Hilfe an, aber sie wollten es selbst machen. Die Wände waren rissig, uneben. Bevor sie die erste Schicht aufklebten, malte Darren ein Herz mit ihren beiden Namen darin auf die Wand.

»Eines Tages werden wir neu tapezieren, und *voilà*!«, meinte er.

Sobald sie mit der Tapete fertig waren und die Farbe getrocknet war, schlug er Nägel in die Wand für die fünf Uhren, die Dad nicht mit in seine neue Wohnung genommen hatte. Er zog die Gewichte jeden Morgen auf, und die Kuckucke riefen zur vollen und halben Stunde, sodass es sich wie zu Hause anfühlte.

Sie rissen alle Teppiche heraus und schnitten sie für den Schrebergarten in Stücke. Ohne sein Gewächshaus hatte Dads Interesse daran immer mehr nachgelassen, und nach und nach wurde das Grundstück mehr ihres als seines. Dann kam Weihnachten und das kalte Wetter, und sie wünschten sich die Teppiche zurück, weil nun die Zugluft zwischen den Dielen hindurchblies.

Darren wünscht, er könnte sich an mehr aus dem darauffolgenden Jahr erinnern. Doch Zufriedenheit fehlt es an Details, man kann sie leicht schlucken und problemlos verdauen. Er freute sich auf jeden Morgen, hieß ihn willkommen als Mittel zum Zweck und nahm dabei die Einzelheiten der Tage vor lauter Vorfreude auf den Moment, wenn das Haus fertig sein würde, nicht wahr.

Sie fingen an, die Küche zu richten. Die Einbauschränke aus Kiefernholz und die Nut-und-Feder-Zimmerdecke waren im Lauf der Jahre orange geworden – es sah aus wie in einer Sauna. Sie schliffen das Holz ab und strichen es mit weißem Glanzlack. Das dauerte länger als geplant. Aber das taten solche Dinge doch immer. Becky machte ihre Weiterbildung für die nächste Qualifikationsstufe, sie kümmerten sich um den Schrebergarten, hörten Colin dabei zu, wie er sich ver- und entliebte, brachten Maureen zum Bahnhof und holten sie wieder ab, wenn sie nach Portsmouth fuhr, schauten bei Jim vorbei, der immer wieder im Krankenhaus am Park war, und als das voll war, ratterten sie im Fiesta über die M 57 nach Liverpool. Sie sangen zu Nelly Furtado und Robbie Williams im Radio mit, und Becky war sich sicher, dass Jim *dieses Mal* wieder er selbst geworden war.

In jenem Sommer machten sie keinen Urlaub, nicht mal ein langes Wochenende irgendwo. Sie sparten. Wenn sie genug Geld beisammenhatten, würden sie einen günstigen Flug an irgendeinen aufregenden Ort und ein gutes Hotelangebot buchen. Sie ernteten Gemüse und zupften Unkraut. Sie tapezierten das Esszimmer und das Wohnzimmer, und schließlich war das Erdgeschoss fertig.

Als der Herbst kam, schaute Becky an den dunkler werdenden Abenden Kochsendungen im Fernsehen. Sie probierte verschiedene Gerichte aus, fest entschlossen, sie so zuzubereiten wie die im Fernsehen. Sie züchtete Kräuter auf dem Fensterbrett. Darren fand nicht, dass sie im Essen irgendeinen Unterschied machten, aber wenn es sie glücklich machte, grüne Schnipsel unter jedes Gericht zu mischen, war er absolut dafür.

Nachts schmiegte sie sich an ihn, ihre Brüste und Oberschenkel wie Kissen an seinem Rücken und Po. Sie schlang einen Arm um seinen Bauch, und er nahm ihre Hand. Manchmal hielt er sie, manchmal schob er sie vorn in seine Boxershorts. Manchmal lachte sie leise, manchmal schlossen sich ihre weichen Finger um ihn und pressten ihn aus. Sie schliefen im mittleren Schlafzimmer in einem Secondhand-Bett. Auf beiden Seiten des Bettes standen altmodische Einbaukleiderschränke. Colin hatte ihnen einige Kartons für den Rest ihrer Sachen gegeben. Beckys Schuhe und Bücher lagen ordentlich gestapelt auf dem Boden neben den Dingen, die sie in Erwartung der Fertigstellung des Hauses sammelte: Kissen, Handtücher, Bettwäsche. Es fühlte sich an wie Campen – eine Art Abenteuer, während sie strichen und putzten und die Kulisse für den Rest ihres Lebens zusammenbauten.

Weihnachten kam, und das Haus war immer noch nicht fertig. Maureen zog nach Portsmouth und als Jim aus dem Krankenhaus kam, besorgte ihm sein Betreuer aus der Psychiatrie ein Zimmer in einer Pension in der Stadt. Eines Abends ging Darren nach einer Spätschicht zu Fuß vom Busdepot nach Hause. Als er den Scheitelpunkt der Brücke erreichte, sah er durch eines der Fenster im ersten Stock Becky mit einer Farbrolle in der Hand. Sie strich das größte der drei Schlafzimmer. Es zog sich über die ganze Vorderseite des Hauses und würde mal ihr gemeinsames Schlafzimmer werden. Darren hatte ein großes Doppelbett mit Kopfteil im Messing-Look gesehen, das Becky bestimmt gefallen würde, weil sie alles Altmodische und Romantische liebte, obwohl das »Messing« aus irgendwie überzogenem Plastik bestand. Es würde Monate dauern, bis sie es sich leisten konnten, aber er wusste genau, wo sie es hinstellen würden, und er malte sich aus, wie das Licht an den gemütlichen Morgen der freien Wochenenden durch die zwei Fenster hereinfallen würde. Wie er in Shorts die Treppe hinunterschleichen und sie dann mit einer Tasse Tee wecken würde. Anschließend würden sie sich bis zum Mittagessen miteinander vergnügen. Perfekt.

Er öffnete vorsichtig die Tür und ging auf Zehenspitzen die Treppe hinauf, um sie zu überraschen. Erst als er ihre sanfte, schmeichelnde Stimme hörte, wurde ihm bewusst, dass sie nicht allein war.

»... versprich mir, nichts zu sagen, bevor ich Gelegenheit hatte, mit ihm zu sprechen.«

Er wartete.

»Ich will so ein Bett mit Schubladen drunter. Und einen Fernseher. Da, am Fenster. Und einen neuen Derek.«

»Derek hat gestunken.«

»Er konnte nichts dafür.«

»Ich will keine Ratte in der Küche.«

»Ich würde ihn hier oben bei mir haben.«

»Dann musst du den ganzen Tag über die Fenster offen lassen.«

»In Ordnung.«

»Wir müssten so ein Spray für stinkende Tiere besorgen.«

»Und ich hätte gern so ein Chinchilla.«

»Eines nach dem anderen. Und es wird nicht geraucht – *gar nichts* – hier im Haus. Darren mag das nicht. Seine Mum ist an Lungenkrebs gestorben. Du musst dich benehmen. Versprochen?«

Er hörte das Schmatzen der Farbwalze auf der Wand und das Knarren der Dielenbretter, als Becky ihr Gewicht verlagerte.

Und er hörte Jims Schweigen.

Becky *war* glücklich, denkt er. Aber ganz sicher weiß er es nicht. Das Abspulen alter Erinnerungen kann einen nur bis an einen bestimmten Punkt bringen. Ihm fehlte es an Fantasie, so viel ist ihm klar. Wenn er damals eine Vorstellung davon gehabt hätte, was passiert, wenn jemand, den man liebt, eines Tages zur Haustür hinausgeht und nie wiederkommt, wie das einen Menschen prägt, dann wäre er bestimmt vorsichtiger gewesen. Aufmerksamer. Mehr ... einfach *mehr*. Wenn er das Gewicht ihrer Sorge für Jim verstanden hätte. Wenn es ihm, trotz der mühelosen Änderung seiner eigenen Pläne, gelungen wäre, sich vorzustellen, wie sich enttäuschte Hoffnungen in etwas verhaken konnten, wie ein eingerissener Nagel. Wenn er es gewusst hätte, wenn er nachgedacht hätte, hätte er es vielleicht besser gemacht.

Liebe. Sie füllt einen aus. Es ist nicht so, dass man nicht essen oder schlafen kann, man braucht es nur nicht, weil man von Gefühlen lebt – beschwingt und flirrend, wie auf einer Welle reitend. Wo führt das hin, nachdem das Objekt der Liebe verschwunden ist? Als er noch ein kleiner Junge war, besaß seine Mutter eine Ausgabe der *Pilgerreise*. Sie hatte das Buch in der Schule gewonnen, als Preis für irgendetwas. Christian, der Mann in der Geschichte, trug ein Bündel auf den Rücken geschnürt. Es sah ungemütlich aus, schwer, aber Christian machte trotzdem weiter, kletterte und rannte und kämpfte mit diesem Paket auf dem Rücken. Mit der Liebe ist es genauso, denkt Darren. Sie geht nicht weg. Man kann ihre Lautstärke nicht herunterdrehen oder ihre Intensität erhöhen. Man kann sie zusammenschnüren, ganz fest, aber man muss sie trotzdem mit sich herumtragen.

* * *

Als er vom Sofa aufsteht, schwankt das Zimmer ein wenig. Es dreht sich nicht wirklich, zum Glück, nur die Achse verschiebt sich für einen Moment. Er steht da, die Hände in den Taschen, und wartet auf Stillstand. Er tut sich selbst leid – Idiot. Wenn er nicht aufpasst, hört er sich gleich noch auf YouTube The Smiths an. Na bitte. Das Zimmer ist wieder im Lot, und in diesem etwas betrunkenen Zustand auf der Suche nach besseren Gedanken fällt es auf einmal leicht, eine Idee in ihrer Gesamtheit in Betracht zu ziehen, die ihn seit einiger Zeit ansatzweise beschäftigt hat. Und zwar folgende: Flüsse müssen einem bestimmten Lauf folgen, und es mag so erscheinen, dass Gefühle, wie Wasser, keine andere Wahl haben, als in eine bestimmte Richtung zu fließen. Aber flussabwärts, wo es keine Hindernisse mehr gibt, kann sich ein Strudel bilden, ein Kehrwasser, das in die entgegengesetzte Richtung zum Rest fließt:

ein Ort, an den man geht, wenn man eine Pause von Stromschnellen und Wellen braucht.

Er trottet die Treppe hinauf, wirft seine Bettdecke auf den Boden und legt sich auf die nackte Matratze, den Kopf voll von den Flussdiagrammen seiner alten Schulbücher. Er denkt an Münder und Senkwerkzeug und V-förmige Täler, und von da aus ist es nur noch ein kleiner Schritt zu kurzen Hotpants, gebräunten Beinen und Plateau-Sandalen.

Ausstellung: »Becky Brookfield – die unerzählte Geschichte«

Katalog

Objekt: Goldene Halskette mit Herzanhänger

Beschreibung: Es sieht aus wie ein Anhänger, den man öffnen kann, aber das kann man nicht. Wahrscheinlich ist beides sehr wertvoll. Auf der Rückseite ist eine Stelle grün angelaufen – wahrscheinlich muss der Anhänger von jemandem gereinigt werden, der beruflich mit Gold zu tun hat.

Objekt-Nr.: 24

Herkunft: Darren Quinn (mein Vater) hat diese Kette vermutlich Becky Brookfield (meiner Mutter) geschenkt.

Präsentation: Vielleicht kann ich sie tragen. (Jetzt? Nachdem die Ausstellung geschlossen hat?)

Kuratorin: Clover Quinn

Konservator: Darren Quinn

Kapitel 13

Dad meint, es wäre besser, wenn er Onkel Jim allein besucht, weil der vielleicht inzwischen beim Zahnarzt war, und falls ja, wäre es möglich, dass er ziemlich durcheinander ist. Und Onkel Jim würde nicht wollen, dass sie ihn so sieht. Sie willigt ein, nicht weil sie Angst hat, Onkel Jim so zu sehen – sie hat ihn oft durcheinander erlebt, und er wird immer wieder er selbst, irgendwann –, aber so kann sie Zeit im Zimmer oben verbringen, das langsam Formen annimmt, auch wenn es noch etwas Arbeit braucht.

Sie holt die zusammengefaltete Bettdecke heraus, die unten im Schrank liegt. Darunter befindet sich noch etwas anderes, ein letzter Gegenstand, um den sie sich gleich kümmern wird. Zuerst faltet sie die Decke auseinander und schüttelt sie. Dann nimmt sie das weiche Laken und den Bettbezug, den sie zurückbehalten hat, und macht das Bett. Es verändert etwas im Zimmer. Sie kann nun das Ergebnis vor sich sehen – das Ergebnis, sobald sie die Müllsäcke und zusammengelegten Kartons weggebracht und all die anderen Dinge so arrangiert hat, wie sie es haben will.

Der letzte Gegenstand im Schrank, wenn man einzelne Haare und Staubflocken nicht mitzählt, ist ein Rock. Er war zusammengeknüllt. Zuerst dachte sie, es handelt sich um einen Schal. Er ist wunderschön. Der Rock hat zwei Schichten: Die obere ist glänzend, schwarz mit dunkelroten Blüten. Der Unterrock ist ebenfalls schwarz, aber aus dickerem, undurchsichtigem Material. Clover zieht ihre Handschuhe aus und streicht über den Stoff. Sie hält ihn vor sich hin. Er ist bodenlang. Man könnte darin herumwirbeln. Sie legt die Schneiderpuppe aufs Bett und zieht den Rock über den Ständer bis hinauf zur Taille. Der Kordelzug kann fest geschnürt werden. Perfekt.

Als sie die Puppe wieder aufstellt, ist der einbeinige Look

verschwunden, und es scheint, als könnten sich unter dem fließenden Stoff zwei echte Beine verstecken.

Clover muss kurz auf die Toilette. Als sie das Zimmer wieder betritt, hat sie einen Moment lang den Eindruck, die Puppe wäre eine echte Person.

»Hallo«, sagt sie, und ihre Stimme füllt die neuen Konturen des Raumes. »Gefällt es dir hier? Es ist mein Museum.« Sie macht eine Pause, um eine Falte in der Bettdecke glattzustreichen. »Es gibt so viele Arten von Museen. Ich habe im Internet nachgesehen: Busmuseen, Teemuseen, Marionettenmuseen, Zaubermuseen und Handarbeitsmuseen. Es gibt sogar *Sex*-Museen.« Das Wort S.E.X. sagt sie ganz leise – sie glaubt nicht, dass es ihrer Mutter etwas ausmacht. »Das hier ist ein besonderes Museum. Es gibt davon nur ein einziges. Es ist dein Museum.«

Die Puppe verändert ihre Haltung nicht, gleichgültig und unbeweglich, und Clover kommt sich vor wie ein Trottel. Sie hat keine Zeit, so zu tun als ob – sie hat immer noch keine Karte gemacht wie die, die sie durch die *Titanic*-Ausstellung begleitet haben.

Die Karten stecken hinten in ihrem Notizbuch. Clover liest sie durch. Sie sind so geschrieben, als würden die Passagiere mit einem reden: »Mein Name ist Violet Jessop« und »Mein Name ist Mildred Brown.«

»Mein Name ist Becky Brookfield«, schreibt sie. »Ich bin am 21. Juni 1980 geboren.« Sie ist unsicher, was sie als Nächstes schreiben soll.

»Mein Name ist Becky Brookfield. Ich bin am 21. Juni 1980 geboren. Ich hatte einen Bruder namens Jim und einen Freund namens Darren.«

Nein, das klingt nicht richtig. Diese Dinge sagen nicht wirklich etwas über ihre Mutter aus.

»Mein Name ist Becky Brookfield. Ich bin am 21. Juni 1980 geboren. Ich habe in einem Altenheim gearbeitet. Besonders gern mochte ich …«

Was sollte sie da schreiben? Sie könnte »Reisen« nennen,

wegen der Kataloge. Oder »Bücher«, wegen der Liebesromane und dem Bibliotheksausweis. Oder Westlife, wegen des T-Shirts. Wenn Dad über ihre Mutter spricht, dann eher darüber, wie sie *war*, als darüber, was sie *mochte*. Er sagt, sie war lieb. Und sehr geduldig mit Onkel Jim.

»Ich mochte Reisen und Westlife«, schreibt sie. »Ich war ein lieber Mensch. Ich habe mich um meinen Bruder gekümmert.«

Wie sollte sie enden? Sie schaut noch mal auf den Vorderseiten der *Titanic*-Karten nach und übernimmt die letzte Zeile auf die ihrer Mutter: »Entdecke mein Schicksal am Ende dieser Ausstellung.«

Am Nachmittag packen sie die Schlitten in den Kofferraum und besuchen Grandad. Sie bringen ihm eine Tüte voll Gemüse mit: Kartoffeln, Zwiebeln, Erbsen, Bohnen und einen Salatkopf. Dad fuhrwerkt eine Weile in der Küche herum, öffnet Schränke und brummt irgendwas von wegen Abfluss, bevor er versucht, Grandad zu einem Spaziergang zu Rich's Ice Cream aus der Wohnung zu locken, für jeden eine Kugel Eis nach Wahl. Doch Grandad findet es zu windig und möchte lieber einen ruhigen Nachmittag mit Shakespeare verbringen – er sagt es, als wären sie befreundet.

Mit Shakespeare können sie nicht mithalten, deshalb bleiben sie einfach noch ein bisschen da. Nachdem sie sich ein Video von einer als Haifisch verkleideten Katze angeschaut haben, die auf einem Saugroboter fährt, gehen sie raus auf den Balkon. Grandad verteilt riesige Tomaten, die sie wie Äpfel essen. Er hat immer eine Packung Salz auf dem Balkon, gegen Schnecken. Sie geben eine Prise auf die Tomaten, und der Saft läuft ihnen übers Kinn, warm und süß. Dad lädt Grandad ein, mit zu den Dünen zu kommen, aber er zeigt nur schnaubend auf seine Pantoffeln.

»Dad, du könntest Schuhe anziehen. Du weißt schon, diese Dinger, die Leute draußen tragen.«

»Ich gehe jeden Tag raus.«

»Seit wann das denn?«

»Seit ich gelesen habe, dass Sitzen das neue Rauchen ist. Ich habe mir ein Paar Turnschuhe bestellt. Im Internet.« Er schlurft mit klatschenden Pantoffeln in die Wohnung und kommt mit weißen Hightop-Sneakers zurück. »Die ziehe ich morgens an und drehe eine Runde um den Block. Zwei Mal.«

»Das ist toll, Dad. Alle Achtung.«

»Die sind superschick, Grandad.«

»Ich weiß, Herzchen. Ich hab die Bewertungen gelesen.«

»Alle Achtung«, sagt sie, genau wie Dad, und dann stehen sie zusammen auf dem Balkon und sind alle sehr zufrieden mit sich.

Dad hat die Schlitten nach Weihnachten gekauft, als sie sieben Jahre alt war und fünfundzwanzig Zentimeter Schnee lagen. Seither hat es keinen solchen Winter mehr gegeben, aber die Sanddünen sind das ganze Jahr über da, ziehen sich an der Küste entlang wie der Rücken eines schlafenden Tieres.

Sie steigen auf die höchste Düne. Es ist eine Sicheldüne, sagt Dad, was bedeutet, dass sie wie ein C geformt ist, mit einer Windseite und einer Leeseite. Es gibt keinen richtigen Weg hinauf, und das Dünengras pikst sie in die Beine. Oben angekommen hält Dad ihren Schlitten hinten fest, damit sie hinaufklettern kann. Wie sie so dasitzt, fühlt es sich für einen Augenblick so an, als würde sie auf dem Dach der Welt warten. Sie kann den leeren Strand und das entfernte Band des Meers sehen. Blackpool auf der anderen Seite der Flussmündung, winzig wie ein Modell – der Turm, die geschwungenen Bögen von The Big One und eine Reihe Häuser, klein wie Bleistiftpünktchen. Dann lässt Dad los, und sie fliegt die Windseite der Düne hinunter. Ihr Magen hüpft ihr hoch in den Hals, wie sie so durch den Sand braust.

Als der Schlitten schließlich anhält, steigt sie ab und malt mit der Schuhspitze vorn eine Linie in den Sand, um die zurückgelegte Entfernung zu markieren. Sobald sie die Bahn freigemacht hat, saust Dad herunter. Brüllend und lachend donnert er den Steilhang hinab. Als er an ihrer Linie vorbeifährt, jubelt er.

»Das liegt daran, dass du schwerer bist«, sagt sie.

»Aber dein Schlitten drückt sich nicht so tief in den Sand hinein wie meiner«, antwortet er, »deshalb würde man annehmen, dass du weiter kommst.«

»Du wiegst mehr, deshalb fährst du schneller.«

»Ich glaube nicht, dass es so funktioniert. Das ist Physik. Kannst du später mal wählen, wenn du älter bist, für deine Abschlussprüfung, und dann erklärst du es mir. Wer zuerst oben ist!«

Er packt seinen Schlitten und beginnt das rutschige Rennen zurück auf den Gipfel. Sie jagt ihm nach und schubst ihn leicht, als sie ihn überholt. Prompt stolpert er, und sie bekommt vor lauter Lachen kaum noch Luft, so viel Spaß macht es.

Später spielen sie Monopoly. Dad kauft erst mal alles, worauf er landet, was bedeutet, dass er selten einen ganzen Straßenzug bekommt und fast nie Häuser oder Hotels baut. Sie wartet auf die guten Straßen. Der Wind hat Salz in ihre Haare geblasen. Sie riechen nach Meer, und wenn sie die Haut um ihren Mund herum ableckt, kann sie den Strand schmecken.

»Waren die letzten paar Tage schön?«

»Ja.«

»Drei schöne Dinge?«

»Da kann ich mich gar nicht entscheiden«, sagt sie, und an seiner Miene kann sie ablesen, dass es genau die richtige Antwort ist.

Heute hat Dad Frühschicht. Es ist wieder warm. Der Sommer ist noch nicht ganz fertig mit ihnen: Dieses letzte Aufflammen von Hitze und Licht wird die Blätter als Abschiedsgruß an den Herbst trocken rösten.

Jetzt, wo die Kartons nicht mehr den Weg versperren, kann sie noch mal versuchen, das Fenster zu öffnen. Sie drückt mit ganzer Kraft. Keine Chance. Egal. Stattdessen versprüht sie noch ein bisschen Parfüm – das ist fast so gut wie frische Luft. Dann klemmt sie sich den Discman an den Bund ihrer Shorts und setzt die Kopfhörer so auf, dass sie eine doppelte Funktion erfüllen: als Musiklieferant und Haarreif. »Beautiful Days« läuft, während sie die fertigen Malbilder mit Blu-Tack an die Wand klebt. Auf jedem Bild wird eine überraschte Frau von einer himmlischen Gestalt besucht. Sie hat das Wort ÜBERRASCHUNG angemalt und ausgeschnitten, das sie nun an der Wand neben dem Fenster befestigt, neben den Bildern und den zwei Fotos von ihr mit ihrer Mutter. Sie fügt das belehrende, mit runden Bubble-Buchstaben geschriebene NIL ADMIRARI hinzu. Weil ihr die Babykleider einfallen, die Dad am Tag ihrer Geburt gekauft hat, geht sie kurz in ihr eigenes Zimmer hinüber. Es gibt zwei Strampelanzüge, einen weißen und einen rosafarbenen, außerdem ein winziges rotes Kleid. Ganz unten in ihrem Kleiderschrank liegen mehrere Tüten mit Kleiderbügeln, die Dad aufhebt, nur für den Fall. Wenn ihn im Laden jemand fragt: »Möchten Sie den Bügel behalten?«, dann sagt er Ja. Im Zimmer nebenan hängt sie die winzigen Kleidungsstücke an die Bilderschiene. Sobald sie mit diesem Arrangement fertig ist, lehnt sie die MDF-Platte mit der Urlaubs-Collage und das LIEBE-Brett an die Fußleiste. Sie saust kurz nach unten, um ihre LIEBE-Überschrift zu holen, die sie mitten auf das Brett klebt. Die vollen Müllsäcke lassen das Zimmer unaufgeräumt wirken, deshalb stapelt sie sie hinter der Tür. Die Schneiderpuppe stellt sie ans Fußende des Bettes und drapiert den Zopf so, dass er über eine Schulter hängt. Die schwarzen Lacklederschuhe stehen unten daneben, wie Füße.

Ein Stapel kleiner Gegenstände, viele davon ihre Lieblingsstücke, warten noch auf ihre Zuteilung: Das Little Golden Book, die Nachrichten von Onkel Jim, die Zähne, das Schulzeugnis und Schulfoto. Aber sie beschließt, zuerst die Ausstellungskarte fertig zu machen.

Auf der Rückseite der *Titanic*-Karten erfährt man *das*

Schicksal der Figuren, die einen auf der Reise durch die Ausstellung begleitet haben. Clover dreht die halbfertige Karte ihrer Mutter um und schreibt:

Becky Brookfields Schicksal
Becky Brookfield starb,
als ihr Baby, Clover Quinn, sechs Wochen alt war.

Als sie damit fertig ist, legt sie die vollendete Karte aufs Bett. Der Schrank auf der rechten Seite des Bettes ist immer noch mit Kartons zugestellt. In ein oder zwei davon hat sie kurz reingeschaut: Sie scheinen voll zu sein mit Dads alten Sachen von vor vielen Jahren: alte Klamotten, Schulbücher, Papiere, Briefe – möglicherweise von ihrer Mutter, aber diese Sachen fühlen sich verboten an, weil Dad lebt und sich selbst darum kümmern könnte, wenn er das wollte. Trotzdem … sie klappt die Deckelteile eines kleinen Kartons auf, in den sie noch gar nicht hineingespäht hat. Es sind bloß alte Schulbücher: *Lerntipps für die Abschlussprüfung Geografie; Geografiewissen durch Diagramme; Umweltveränderungen* – langweilig. Aber zwischen *Geografie Direkt* und *Großbritanniens Umwelt im Wandel* findet sie eine mittig zusammengefaltete Seite aus einer Zeitung. Sie faltet sie auf und erblickt ein Foto von Dad im Anzug, den Kopf leicht weggedreht, als wolle er nicht fotografiert werden.

Urteil zum Tod von junger Mutter: Unfall mit Todesfolge

Im Todesfall einer 21-jährigen Mutter, die von einem Auto erfasst wurde, besteht laut Gerichtsurteil kein Fremdverschulden durch den Fahrer des Wagens.
Rebecca Brookfield erlitt schwere Verletzungen im Brustbereich, als sie von einem Land Rover Defender erfasst wurde, und verstarb noch am Unfallort. Die darauffolgende Untersuchung zeigte, dass der Fahrer des

Wagens, Michael Norberry, die zulässige Höchstgeschwindigkeit nicht überschritten hatte. Bei der Verhandlung gab er zu Protokoll, dass er Miss Brookfield erst sah, als es bereits zu spät war.
Die Gerichtsmedizinerin Julia Davis kam zu dem Schluss, dass Miss Brookfield an den Folgen eines unglücklichen Unfalls starb.
Rebeccas Partner Darren (Foto) erklärte unter Tränen: »Wir werden sie so vermissen.«

Clover kennt alle diese Fakten. Aber sie hat sie nie so vor sich ausgebreitet gesehen. So nackt. Ganz ohne Dads sanfte Erklärungen und Ausführungen. Unfall mit Todesfolge – das klingt wie ein blöder Zufall. Sie holt den anderen Zeitungsartikel, den über Mrs. Mackerel – sie muss beide an die Wand mit dem »ÜBERRASCHUNG«-Display hängen. Und die Passbilder. Sie reiht die Sachen auf dem Boden in der entsprechenden Reihenfolge auf, eins, zwei, drei: Dad und ihre Mutter, lachend und küssend; ihre überraschende Ankunft; der Unfall. Alles war prima, und dann wurde sie geboren. Der Gedanke war ihr natürlich schon früher gekommen. Nicht jeder mag Überraschungen. Vielleicht ist es bloß Zufall, so wie Onkel Jim sich nicht gut fühlt, wenn ein wichtiges Ereignis bevorsteht – Weihnachten oder Dads Geburtstag oder so. Aber das eins, zwei, drei deutet auf etwas anderes hin. Clover legt den jüngsten Zeitungsausschnitt auf das frisch gemachte Bett, neben die Karte, denn sie ist unsicher, wie sie ihn präsentieren soll.

Ein einziges Mal, letzten Sommer, hat sie Dad gefragt, wo ihre Mutter denn *hin* wollte.

»Auf die andere Straßenseite«, antwortete er, was wie die Pointe eines Witzes klang.

»Aber *wohin* genau?«

Er zog eine Grimasse, eine Art Schulterzucken mit dem Mund.

»Und wo war ich?«, fragte sie.

»Nebenan bei Mrs. Mackerel.«

»Warum?«

»Ich hab dich vor der Arbeit hingebracht.«

»Warum?«

»Damit deine Mutter sich mal ausruhen konnte.«

»Von mir?«

»Von allem.«

»Und dann ist sie stattdessen rausgegangen?«

Da war es wieder, dieses Mund-Zucken. Eine Geste, die halb »Ich weiß es nicht« und halb »Ich will nicht drüber reden« ausdrückte.

»Warum?«

»Frische Luft ist die beste Medizin, heißt es doch.« Er klang wie Mrs. Mackerel.

Sie ist gerade dabei, den Stapel mit den kleinen Objekten durchzusehen und sie auf dem Boden auszubreiten, als sich die Luft neben ihr bewegt. Erschrocken zuckt sie zusammen. Atemlos rappelt sie sich auf, eine Hand an die Brust gedrückt.

»Dad! Hast du mich erschreckt! Was machst du hier?«

Sie schiebt die Kopfhörer zurück, damit sie seine Antwort hören kann. Als er nichts erwidert, versucht sie es mit einer Erklärung.

»Das ist mein – ich habe das gemacht – aber, ich bin noch nicht fertig – es ist fast – du kannst nicht …«

Sie verstummt wegen seines Gesichtsausdrucks. Der ist *mehr* als alles auf einmal. Sein Gesicht ist überfüllt von Ausdrücken, eine völlig falsche Mischung, wie Pudding und Müsli und Bratensoße zusammen auf einem Teller. Sein Mund bewegt sich, aber es fallen keine Wörter heraus. Er betrachtet die ausgemalten Bilder an der Wand, stößt mit der Fußspitze gegen die schwarzen Lederschuhe ihrer Mutter, macht einen kleinen Laut hinten im Hals, als er den Haarzopf sieht. Streckt einen Finger aus, um ihn zu berühren, und überlegt es sich dann anders.

Clover hört das Geräusch in seiner Brust und seinem Hals. Es beginnt mit einem verknoteten Atemzug, gefolgt von noch einem und noch einem. Gleich wird er weinen, so richtig. Und weil sie nicht weiß, was sie tun soll, lässt sie ihn dort stehen und läuft schnell die Treppe hinunter.

Sie wartet in der Küche in der Annahme, dass er sich zu ihr gesellen wird, sobald er die Überraschung verdaut hat. Aber er kommt nicht. Sie setzt Teewasser auf und feilt in Gedanken an ihrer noch unfertigen Rede, die die *große Enthüllung* hätte begleiten sollen. Was hatte sie zu sagen gehofft? Etwas über das Bemühen um Kultur und Geschichte. Um die Geschichten der Menschen. Ihre Lippen üben die Worte, während ihre Hände die Tassen aus dem Schrank holen und ihr Kopf die Zeitspanne registriert, die er braucht, um zu ihr zu kommen. Sie hätte diese Zeitungsseite nicht auf dem Bett liegen lassen sollen. *Rebeccas Partner Darren (Foto) weinte.*

Sie geht hinaus in den Flur und leise die ersten paar Treppenstufen hinauf. Er braucht vielleicht einfach ein bisschen Zeit, denkt sie. Dann wird alles gut. Sie wird ihm alles erklären. Sie werden zusammen jeden Teil der Ausstellung durchgehen und er wird einsehen, dass es viel besser ist, ihrer Mutter auf diese Weise zu gedenken, als alle ihre Sachen in einem großen Durcheinander aufzubewahren.

Doch als sie um die Ecke biegt, ist die Zimmertür geschlossen.

Colin ist um diese Zeit bestimmt bei der Arbeit. Kelly genauso. Mrs. Mackerel wird ihre Porzellanhäuschen abstauben und sich auf Mrs. Knights Besuch vorbereiten – sie ist sowieso nicht die richtige Person in dieser Situation. Wahrscheinlich würde sie die Treppe hinaufmarschieren und »JETZT REISS DICH ZUSAMMEN!« sagen. Bleiben noch Onkel Jim und Grandad. Onkel Jim ist immer noch im Krankenhaus – wenn er sich benimmt, darf er angeblich zum Wochenende heim. Vermutlich ist er sowieso der letzte Mensch, den Dad jetzt sehen will.

Also holt sie das Telefon und wählt Grandads Nummer.

»Ich bin's«, sagt sie. »Kannst du herkommen?«

Grandad kommt mit dem Taxi. Er trägt kurze Hosen, seine neuen Sneakers, Hemd, Krawatte und eine Baseballkappe. Er bezahlt den Fahrer und schlurft den Weg zum Haus entlang, wobei er in die Sonne blinzelt.

»Hier bin ich«, sagt er. »Ist jemand krank?«

Sie weiß nicht, was sie sagen soll. Wie sie ihm erklären soll, was sie getan hat. Sie zeigt die Treppe hinauf. »Ich hab's gemacht.«

»Was gemacht, Liebes?«

»Und ich glaube, es gefällt ihm nicht.«

Grandad blickt auf all die Sachen, die ihm den Weg versperren, und schüttelt missbilligend den Kopf. »Werd mir noch den Hals brechen.« Mit großen Schritten steigt er um die Zeitungen, die Farbeimer, die Bücher, Kleider und Motorradhelme herum und darüber hinweg.

Clover folgt ihm.

Als er den oberen Treppenabsatz erreicht, zeigt er mit hochgezogenen Augenbrauen auf die geschlossene Tür. Sie nickt.

»Eine Tasse warmes Wasser, bitte«, sagt er, während er sein Notizbuch aus der Tasche zieht. »Du kannst sie einfach hier auf den Boden stellen, Liebes.« Dann betritt er das mittlere Zimmer und schließt die Tür hinter sich.

Ausstellung: »Becky Brookfield – die unerzählte Geschichte«

Katalog

Objekt: Kleiner Holzclown mit Zugschnur

Beschreibung: Eine Clownfigur aus Holz. Er hat ein weißes Gesicht mit roter Nase und blaue Haare. Er trägt eine gelbe Latzhose und lila Schuhe. Hinter seinem Kopf ist eine Schlaufe aus Baumwollband befestigt, damit man ihn aufhängen kann. Zwischen den Beinen baumelt eine Schnur, und wenn man daran zieht, klappen Beine und Arme hoch, sodass er Hampelmann macht. Es ist ein sehr fröhliches Spielzeug.

Objekt-Nr.: 27

Herkunft: Für ein Baby wäre dieses Spielzeug zu knifflig. Ich nehme an, dass Becky Brookfield (meine Mutter) es für später gekauft hat, wenn ich meine Finger richtig bewegen kann. Wahrscheinlich dachte sie, es würde mich zum Lachen bringen.

Präsentation: An einen Nagel an der Wand hängen, sodass man an der Schnur ziehen kann.

Kuratorin: Clover Quinn

Konservator: Darren Quinn

Kapitel 14

Er verließ gerade im 47er die Umgehungsstraße um Formby, als ein Fiesta über die Kreuzung gerutscht kam wie Scheiße von einer Schaufel. Die Fahrerin war noch jung. Sie musste gedacht haben, sie hätte noch Zeit, vor ihm kurz durchzuflitzen. Darren bremste, konnte ihr aber nicht mehr ausweichen. Krachte direkt in die Fahrerseite ihres Wagens rein, von vorn bis hinten alles verbeult. Und dann, *peng!* – knallte ihm hinten ein weißer Lieferwagen drauf. Was alle Insassen mit einem Ruck in die Höhe hob. Menschen jaulten auf. Es klang, als wäre er mit einem Bus voller Tiere unterwegs.

Es war nicht seine Schuld, eine Tatsache, die er irgendwann vermutlich tröstlich finden wird. Er parkte den Bus am Seitenstreifen, kletterte von seinem Sitz und ging den Gang hinunter. »Alles in Ordnung? Ist jemandem was passiert?«, fragte er. Zurück an der Fahrerkabine holte er sein Handy aus der Vespertasche und verließ den Bus. Jemand beugte sich bereits durchs Beifahrerfenster des Fiesta und sprach mit der jungen Frau. Er ging hinüber. Nicht zu nah. Sagte nichts. Sah sie nur an. Sie blutete aus einer langen Schnittwunde an der Schläfe, wo sie gegen das Fenster gestoßen war. Aber sie war bei Bewusstsein, konnte sprechen.

Der Lieferwagenfahrer kam nun auch hinzu, unverletzt und stocksauer. »Ich hab ’nen Krankenwagen gerufen. Die schicken auch die Polizei.«

»Tut mir leid, dass Sie nicht mehr rechtzeitig anhalten konnten.«

»Tja. Nun. *Sie* werden fein raus sein, nicht wahr? Sie sagen einfach ›Mein Hals tut weh‹, und schon kriegen Sie tausend Pfund Schmerzensgeld, wenn Sie in der Gewerkschaft sind. Das hab ich gehört. Sind Sie in der Gewerkschaft?«

»Meinem Hals geht es gut«, erwiderte Darren.

Er musste Fotos vom Schaden machen. Musste seinen

Vorgesetzten anrufen, um einen Ersatzbus zu organisieren. Musste die Namen und Adressen der Leute aufschreiben, die gesehen hatten, was passiert war. Aber es fühlte sich an, als wären seine Füße auf der Straße festgewachsen.

Der Krankenwagen kam. Jemand legte ihm die Hand auf den Arm und sagte: »Vielleicht sollten Sie sich einen Moment hinsetzen.« Also tat er das. Er hockte sich auf den Grasstreifen und sah zu, wie ein älterer Passagier, der sich das Handgelenk hielt, zu der jungen Frau in den Krankenwagen gebracht wurde.

Als er schließlich mit Brian, seinem Vorgesetzten, gesprochen hatte, und die Polizei mit ihm fertig war, fühlte es sich an, als wäre sein Kopf auf den Schultern festgeschraubt. Wenn er nach links oder rechts schauen wollte, musste er den ganzen Körper drehen.

Sie schickten einen Mechaniker und einen Ersatzfahrer samt Bus. Der Mechaniker fuhr Darren und das beschädigte Fahrzeug zurück ins Depot, von wo aus Darren einen Bus in die Stadt nahm, damit er im Büro Meldung erstatten konnte. Dort musste er alles noch einmal durchgehen: seine Fahrtrichtung, die Geschwindigkeit, mit der er unterwegs war, das Wetter, die Details zum Schaden an den Fahrzeugen. Als er zu dem Teil kam, wo er ein Bild des Unfallhergangs zeichnen sollte, musste er eine Pause machen. Sein Kopf fühlte sich an, als würde er in einem Schraubstock stecken.

Brian schickte ihn nach Hause. Jetzt sei es wichtig, in Bewegung zu bleiben, sagte er. Früher trugen die Leute eine Halskrause und hielten still. Inzwischen riet man dazu, sich so normal wie möglich zu bewegen. Also ging Darren zu Fuß und versuchte, so zu gehen wie immer, obwohl seine Hände zitterten und er sich fühlte wie Eagle Eyes Action Man.

Er rief Hallo, als er die Haustür aufschloss und das Haus betrat. Clovers Abwesenheit überraschte ihn nicht – sie war vermutlich im Schrebergarten. Ihm war nach einer Tasse Tee und entzündungshemmenden Tabletten zumute. Gerade wollte er den Wasserkocher einschalten, da hörte er etwas von oben. Ging nachsehen. Erreichte die Hälfte der Treppe und sah, dass die Tür zum mittleren Zimmer offen stand. Nahm die restlichen Stufen. Kam oben an. Trat ins Zimmer. Fühlte, wie sich etwas in seinem Bauch anspannte und hart wurde wie eine Trommel. Stand einen Moment lang da, während jeder Atemzug dagegen schlug.

Er begriff nicht, was er da sah. Das Bett gemacht mit ihrem Bezug, Beckys und seinem. Genau wie es immer gewesen war. Die Kartons auf ihrer Bettseite, weg. Die Schneiderpuppe aus dem Schuppen hatte Beckys Sachen an, die Tasche quer über der Brust, genau wie sie sie immer trug. Beckys *Haare*. Oh Gott. Jeder Atemzug schlug die Trommel seines Bauches: härter, schneller, härter, schneller. Fotos, Babykleider, Fotos von *Stränden*? Und da war Clover, über einen Stapel kleiner Dinge gebeugt, Beckys Discman hinten an den Hosenbund geklemmt.

Als sie ihn bemerkte, war er schon jenseits von Gut und Böse. Die alte hilflose Wut war zurück, und sie war größer als er. Er spürte, wie sie seine Brust ausfüllte, seine Beine lähmte, seine Schultern zementierte, und es so aussehen ließ, als hätte er jahrelang nur so getan – wie konnte er es wagen, die Facetten dieses speziellen Schmerzes zu vergessen? Wie konnte er es wagen?

Er hatte keine Worte. Selbst wenn er in der Lage gewesen wäre, welche zu finden, hätten sie es nicht durch die Sperre seines Kiefers geschafft. Clover sagte etwas und wartete darauf, dass er etwas erwiderte.

Er konnte nicht.

Und dann war er allein im Zimmer. Er schloss die Tür, um sie zu schützen. Um zu verhindern, dass die Wut in den Flur hinaus und die Treppe hinunter entkam.

Das Zimmer riecht nach Becky. Er wirft einen Blick auf den kleinen Stapel an Sachen auf dem Fußboden – das Parfüm, deshalb. Er möchte gern glauben, dass er ein guter Vater war.

Aber so ganz sicher ist er sich nicht. Er hat es versucht. Das steht fest. Eine Eins für redliches Bemühen – ha! Wenn Becky da wäre, und sie sie selbst wäre, dann würde sie Clover wunderbar finden. Sie würde sie auf dieselbe bedingungslose Weise lieben, wie sie Jim liebte. Sie würde mit ihr sprechen, wie sie mit den alten Leuten redete, mit einer Stimme voller Geduld und Güte. Sie würde ihr vorlesen, mit ihr backen, und es würde ein Haustier geben, eines, bei dem Jim bei seinen Besuchen nicht so tun konnte, als wäre es seins.

Er wirft einen Blick auf die Wand neben dem Fenster. Sieht das Wort ÜBERRASCHUNG und den albernen lateinischen Spruch daneben. Die Fotos von Becky mit Clover, und die Seiten aus dem religiösen Malbuch. Babykleider hängen von der Bilderschiene – das winzige rote Kleid, das er an jenem ersten Abend mitgenommen hatte, als er durch den Supermarkt gerast war und sich gar nicht so anders gefühlt hatte, als er es jetzt tut.

* * *

Es war grauenvoll. Er schlitterte durch den Eingang zur Notaufnahme, ohne irgendetwas zu wissen, außer dass Becky dort war und ihn brauchte. Als man ihn auf die Entbindungsstation schickte, rannte er weiter den Flur entlang und hatte keine Ahnung, was es bedeutete. Becky schlief in einem Krankenzimmer, und Gott sei Dank – *es ging ihr so weit gut*. Doch die nächsten Worte der Frau – der *Hebamme* – konnte er kaum glauben. Wenige Minuten später stand er vor dem Baby, und ihre Worte wurden Realität.

Diese Liebe. Die war überraschend. In ihrer Plötzlichkeit. Wie er neben dem Brutkasten stand und aus unerfindlichen Gründen weinen musste. Deshalb über sich selbst lachen musste. Zu erklären, dass mit ihm alles in Ordnung war. Und, nein, ihn hätte nicht der Brutkasten entsetzt, er sei nur einfach überrascht, sehr, *sehr* überrascht.

An ihr war nichts dran. Sie war runzelig und dünn wie ein kleiner Vogel, die winzigen Knochen in pergamentartige Haut eingewickelt. Er ertrug es kaum, sie zu halten. Sie fühlte sich so zerbrechlich an. Was, wenn er sie fallen ließ? Was, wenn er aus Versehen in den Spalt an ihrem Kopf drückte, wo die Schädelplatten noch nicht zusammengewachsen waren? Er beobachtete, wie sich die Stelle mit ihrem Pulsschlag hob und senkte. Sie war noch nicht mal ganz *fertig*, und doch war sie hier, bei Becky und ihm. Ein Mensch, der vollkommen aus ihnen beiden gemacht war. Natürlich gab es noch andere Zutaten: Chardonnay und Pinot grigio, Fish and Chips von South Garden, Toffee Crisps, Energieriegel und experimentelle Nudelgerichte, bestreut mit klein gehackten Kräutern. Die Kleine war in einem hausrenovierenden, möbelschleppenden, sanddünenspazierenden, alteleutepflegenden, Westlife-hörenden, liebesromanlesenden Körper herangewachsen. Und trotz der suboptimalen Wachstumsbedingungen und seiner und Beckys mangelnder Vorbereitung sagten alle, sie würde prima klarkommen.

Dad kam mit seinem Scheckbuch und einer Liste aus dem Internet, welches die sichersten Autositze waren.

»Deine Mutter wäre völlig aus dem Häuschen«, sagt er, und: »Dann geht es allen gut?«, eine Frage, die Darren mit einem »Ja« beantwortete, das fast so eindeutig klang wie erhofft.

Jim schlurfte mit quietschenden Turnschuhen den Gang entlang. Raffgierig wie immer, hob er Dinge hoch und drehte sie um, fasste Sachen an, die ihn nichts angingen. Becky ließ ihn die Kleine halten, und Darren sah zu und hoffte, ihre Ankunft würde jegliche Pläne zunichte machen, dass er bei ihnen einzog.

»Sieh dich an! *Onkel* Jim«, neckte Becky ihn.

»Du kannst ihr deinen Finger nicht in den Mund stecken, *Onkel* Jim – er ist nicht sauber.«

»Schon gut, *Daddy*.«

Er hinterließ eine Reihe von Nachrichten auf Maureens Handy. Irgendwann rief sie zurück, machte aber keine Anstalten, einen Besuch zu planen.

Er verwendete das Urlaubsgeld. Was hätte er sonst tun sollen? Ehrlich gesagt genoss er es ziemlich, es auszugeben. Er bat eine der Verkäuferinnen, ihm zu helfen. Dabei wählte er speziell diese eine Verkäuferin aus, weil er sich vorstellte, wie sehr seine Mutter diese Aufgabe genossen hätte, und die Frau wirkte mütterlich, als würde sie genau die richtige Menge an Aufhebens machen, was sie auch tat. Sie begleitete ihn durch den großen Laden und beriet ihn bezüglich des Nötigsten: Tragetasche, Babywippe, spezielle, winzige Kleider und Strampelanzüge in Babygröße, Windeln und Feuchttücher. Sie erklärte ihm, was Becky brauchen würde, und legte ihm die Sachen in den Einkaufswagen: Stilleinlagen, Einmalslips und Binden so dick, dass man sie als Kissen hätte benutzen können. Und eine Karte, von ihm an Becky, um ihr für das Baby zu danken. Das sei ganz wichtig, versicherte sie ihm. An der Kasse gab sie ihm einen dicken Schmatz und verkündete, er würde einen tollen Vater abgeben. Er mochte sie. Später, nachdem alles passiert war, begegnete er ihr wieder. Sie fragte, wie er klarkam. Als er es ihr erzählte, musste sie ein bisschen weinen und küsste ihn noch einmal.

Auf dem Weg nach Hause machte er eine Liste der Dinge, die er dort lassen würde, bevor er mit den restlichen Sachen ins Krankenhaus zurückfuhr. Becky packte die Tüten aus. Es hätte wie Weihnachten sein sollen. So hatte er es sich vorgestellt. Doch je mehr sie auspackte, umso besorgter sah sie aus, und als er ihr die Liste zeigte – der Tragekorb, die Babywippe und die verschiedenen Kleidungsstücke, die er zu Hause gelassen hatte –, wurde ihr nach und nach klar, wie viel er ausgegeben hatte und wo das Geld hergekommen war.

Als er Colin am nächsten Morgen anrief, sagte der, er solle sich zum Teufel scheren. »Der erste April war schon letzte Woche«, schimpfte er. Abends rief er zurück. »Wir treffen uns draußen an der Bushaltestelle«, sagte er.

Nebeneinander saßen sie auf den gelben Banksitzen. Aus der Plastiktüte auf seinem Schoß holte Colin ein Sixpack Bier, und Darren nahm dankend eines an.

»Du weißt schon, wozu Kondome da sind, oder? Kleiner Tipp, nicht zum Ballontiere-Basteln.«

»Ha ha.«

»Mit Becky alles in Ordnung?«

»Mhm. Müde. Ein bisschen geschockt.«

»Und das Baby?«

»Mhm. Winzig. Das kannst du dir gar nicht vorstellen.«

»Und mit euch beiden auch alles okay?«

»Mhm. Natürlich.«

»Dann ist ja gut.«

Sie tranken, und Darren wartete.

»Es gibt keinen Grund, weshalb sie's geheim halten würde? Sie hat keine Angst vor Krankenhäusern, oder?«

»Nein.«

»Also hat das Baby Purzelbäume gemacht, und Becky wurde dicker und sie dachte einfach ...«

»Wir haben uns beide nichts gedacht.«

»Ihr habt doch aber immer noch Sex, oder? Ich meine, das hättest du doch merken müssen –«

»Hab ich nicht.«

»Wenn ich dich jetzt was frag, versprichst du, mir keine runterzuhauen?«

»Ich würde es nicht wagen.«

»Bist du sicher, dass es von dir ist?«

»Natürlich bin ich das.«

»Und Becky wusste nichts davon?«

»Ja.«

»Na dann«, sagte er.

Das Treffen endete komisch. Es gelang Colin, gleichzeitig schuldbewusst zu wirken *und* im Großen und Ganzen keine Reue zu zeigen wegen allem, was er gesagt hatte.

Am Tag darauf tauchte er mit einem Blumenstrauß und einem Riesenteddy im Krankenhaus auf, der so übertrieben war, dass er ihn gar nicht mit auf die Station bringen durfte. Er musste auf dem Beifahrersitz von Darrens Wagen angeschnallt werden.

Wie *konnte* man nicht merken, dass man schwanger war? Es fiel Darren selbst schwer, sich das vorzustellen. Es war verdammt lächerlich. Aber auch er hätte etwas merken müssen. Und das hatte er nicht. Manchmal wurden Menschen von Babys einfach überrascht, richtig? Jahrelanges *Coronation-Street*-Schauen mit Mum hatte bei ihm zumindest diesen Eindruck hinterlassen. Nicht viele schienen die Entdeckung dermaßen spät zu machen, aber selbst davon hatte man schon gehört. Die Hebamme sagte zu ihm, Beckys sei nicht die erste verdrängte Schwangerschaft, die ihr untergekommen war. Und mit »verdrängt« meinte sie nicht, dass Becky zwangsläufig davon gewusst hatte, man nannte es nur einfach so, wenn die Mutter sich einer Schwangerschaft nicht bewusst oder nicht in der Lage war, diese zu akzeptieren. Sie klang so vernünftig und so sicher. Becky konnte die körperlichen Veränderungen falsch gedeutet haben, erklärte sie, und das machte es etwas leichter zu glauben. Auch wenn er Colin gegenüber das Gegenteil behauptet hatte, er *hatte* sich selbst diese Fragen gestellt – ein schreckliches Gefühl, an Becky zu zweifeln. Er hatte nicht die leiseste Ahnung, weshalb sie hätte lügen sollen. Er liebte sie, und niemals wäre er bei der Nachricht, dass sie ein Baby bekamen, abgehauen.

Immer und immer wieder ging er es durch, auf der Suche nach Anzeichen. Abends und an seinen freien Tagen hatten sie das dritte Schlafzimmer renoviert. Beckys Gang war irgendwie vorsichtig geworden, mit steifer Kopfhaltung, als hätte sie Angst, etwas könnte aus ihr herausschwappen, wenn sie sich zu viel bewegte. Sie hatte Rückenschmerzen, aber sie waren ewig auf der Leiter gestanden, um die Zimmerdecken zu streichen, und hatten sich stundenlang über Fußleisten gebeugt. Ja, sie hatte ein bisschen zugenommen, aber das war nicht verwunderlich, schließlich hatten sie während der Arbeit am Haus ziemlich viel Fastfood gegessen. Sie hatte Verdauungsprobleme. Ihm fiel wieder ein, dass sie rollenweise diese kreideweißen Tabletten gegessen und diesen rosa Saft geschluckt hatte, der den Magen beruhigt. Ihm war nie der Gedanke gekommen, sie könnte schwanger sein.

Bevor sie nach Hause entlassen wurden, gab es einen Termin, um sicherzugehen, dass sie so weit waren. Man stellte ihnen dort Fragen über Beckys Kindheit und wie es ihr mit der Schwangerschaft ganz allgemein gegangen war. Man fragte ihn nach seiner Einstellung zu dem Baby und ob er rauchte. Es fühlte sich an wie eine Prüfung. Die Leute, die die Fragen stellten, entschuldigten sich. Es sei wichtig, sagten sie, unter solchen Umständen, um die Bindung zwischen Eltern und Kind zu überwachen. Darren machten die Fragen nichts aus. Der festgelegte Ablauf half – es konnte also nicht so ungewöhnlich sein, dachte er, wenn es Regeln zu befolgen und eine Liste von Fragen abzuarbeiten gab.

Später brachte eine der Hebammen sie zum Auto und bestand trotz seines Protests darauf, die Babyschale, die Dad empfohlen und bezahlt hatte, zu tragen. Darren verstand nicht, weshalb er das Baby nicht selbst tragen durfte. Es fühlte sich an, als würde die Hebamme sicherstellen, dass der Kleinen nichts zustieß, während sie sich noch auf Krankenhausgelände befand. Er fuhr wie ein Anfänger nach Hause, das Lenkrad mit beiden Händen fest umklammert, die Höchstgeschwindigkeit unterschreitend, und konnte kaum glauben, dass sie so ein winziges menschliches Wesen überhaupt transportieren durften.

Mrs. Mackerel stürzte auf sie zu, sobald sie die Babyschale abschnallten. »Willkommen ZU HAUSE!«

»Was hätten wir nur ohne Sie gemacht!« Darren bedankte sich erneut bei ihr, was sie zum Strahlen brachte.

»Ist sie nicht BEZAUBERND? Was für eine ÜBERRASCHUNG! Haben Sie denn schon einen NAMEN AUSGESUCHT?«

»Noch nicht«, antwortete er an Beckys Stelle, deren Haut im Tageslicht grau wirkte.

»Wie KLEIN sie ist. Machen Sie sich SORGEN? Also, das ist NICHT NÖTIG. Sie kriegen das schon hin. Sie sind zwar noch GRÜN hinter den OHREN, aber am ANFANG ist es für alle GLEICH.«

»Wir sollten jetzt reingehen«, sagte er. »Sonst erkältet sie sich womöglich noch.«

Als sie das Haus betraten, ließen die Uhren im Flur einen Willkommens-Tusch erklingen. Darren schloss die Tür, und sie waren eine Familie.

Becky hatte Schmerzen. Das Baby war zwar klein, aber dermaßen schnell auf die Welt gekommen, dass bei seiner Ankunft einiges gerissen war. Darren hatte die Naht gesehen. Becky hatte sie ihm in einem Anfall von Verzweiflung gezeigt. *Schau her.* Es sah ganz anders aus, als er es sich vorgestellt hatte: eher wie eine Reihe von Knoten als die sauberen Linien, die seine Mutter mit ihrer Nähmaschine gezogen hatte.

»Das wird schon wieder«, sagte er. »Das passiert vielen Frauen, oder?«

Es gab noch einen anderen Riss, den sie nicht genäht hatten, weiter vorn. Der würde von allein abheilen, hatte die Hebamme erklärt. In der Zwischenzeit bewegte sich Becky langsam und weinte, wenn sie pinkeln musste. Man hatte ihr geraten, dabei eine Kanne warmes Wasser über sich laufen zu lassen, aber sie konnte den Harndrang nicht mit dem Gießen koordinieren. Er versuchte zu helfen.

»Ich übernehme das mit dem Wasser, Gnädigste.« Er versuchte vornehm zu klingen, wie er da neben der Toilette kniete.

Sie sagte, sie sei so weit, und hob das schlaffe, leere Nest ihres Bauches beiseite, doch wenn er das Wasser über sie laufen ließ, konnte sie nicht. »Beeil dich«, rief er, was nicht sonderlich hilfreich war. Stattdessen ließ sie sich ein Bad ein, zog sich dann untenrum aus, stieg hinein, pinkelte und kletterte wieder heraus.

Er wusste, es war hart. Er wusste auch, dass auf der ganzen Welt Frauen jeden Tag Babys bekamen. Und sie fütterten sie und wickelten sie und liebten sie. Ja, es war hart, aber es war auch machbar. Andere schaffen es doch auch, oder?

»Wir sollten die Kleine mit nach Peacefields nehmen«, sagte er. »Da wollen sie bestimmt alle sehen. Und dich vermissen sie sicher auch.«

»Vielleicht nächste Woche«, antwortete Becky.

Er musste zurück zur Arbeit. Er verließ das Haus nur widerwillig und eilte heim, so schnell er konnte. Als er nach seiner zweiten Schicht nach Hause kam, wirkte das Baby apathisch. Seine Haut schien irgendwie zu groß geworden zu sein. Als er es hochnahm, sackte es in sich zusammen und die kleinen Beinchen baumelten wie dürre Trommelstöcke herunter.

»Weck sie nicht auf«, sagte Becky. »Sie meldet sich schon, wenn sie Hunger hat.«

»Wann hast du sie das letzte Mal gestillt?«

»Heute Nachmittag.«

»Aber wann? Ich glaube, wir sollten sie aufwecken.«

Im Krankenhaus hatte man ihnen ein Buch mitgegeben. Eine Art Gebrauchsanweisung für Schwangerschaften. Das meiste davon war nun irrelevant, aber im letzten Kapitel ging es um Neugeborene.

»Bei kleinen Babys dürfen nicht mehr als drei Stunden zwischen den Mahlzeiten liegen, da sonst die Gefahr der Dehydrierung besteht. Hab ich dir doch gesagt.« Er war sauer auf Becky, weil sie etwas nicht wusste, was ihm selbst nicht wirklich klar gewesen war.

Er stellte einen Wecker. Alle drei Stunden hob er die Kleine aus ihrem Körbchen, wickelte sie und reichte sie an Becky zum Stillen weiter. Bevor er wieder zur Arbeit ging, sorgte er dafür, dass der Wecker für die nächste Fütterung gestellt war. Innerhalb von vierundzwanzig Stunden sah das Baby schon besser aus, aber er stellte weiterhin den Wecker, einfach um sicherzugehen.

Becky musste so viel Mist aushalten: die genähten Stellen und die Schmerzen, die Verstopfung und die Pinkel-Problematik. Mit den Blutungen hatte er gar nicht gerechnet. Sie zeigte ihm das Blut in den windelähnlichen Binden. Es kam in dicken Klumpen aus ihr heraus, wie Leber. Und mit dem Zustand ihrer Brustwarzen hatte er auch nicht gerechnet. Alle sagten immer, Stillen sei etwas Wunderbares, Natürliches. Er hätte nie gedacht, dass es wehtun könnte. Die Hebamme meinte, Becky würde nicht bluten, wenn sie das Baby richtig anlegen würde, aber irgendwie kriegte sie das nicht hin.

»Du hast ja keine Ahnung, wie weh das tut. Wie Nadeln in deine Eier – stell dir das mal vor.«

»Es sollte nicht wehtun«, versuchte er sie zu unterstützen. »Ist sie richtig angelegt? Hat sie den Kopf weit genug nach hinten gebogen? Ich sollte ihre Nase sehen können. Du musst dich entspannen.«

Becky ertrug eine Demütigung nach der anderen. Milch und Blut und Tränen flossen aus ihr heraus. Sie war so tapfer und so gut. Mein Gott, wie sehr er sie liebte.

Mrs. Mackerel kam mit einem Strauß Gänseblümchen vorbei.

»Becky sieht GAR NICHT GUT aus«, sagte sie beim Gehen. »Hat sie so eine POST-MORTALE Depression?«

»Das ist nur der Babyblues«, wiederholte er die Worte von der Website, die er gefunden hatte. »In ein paar Tagen wird es ihr schon wieder besser gehen.«

»Kennst du das, wenn jemand stirbt und man wacht am nächsten Morgen auf und für einen kurzen Moment ist alles okay?«

»Ja.«

»Bis es einem wieder einfällt.«

»Ja.«

»Und alles nur noch schlimm ist.«

»Ja.«

»Wenn ich aufwache und mich an sie erinnere, dann fühle ich mich genau so.«

»Nein, das tust du nicht«, sagte er. »Sei nicht albern.«

Er kaufte Blumen. Schöne, in einem richtigen Blumenladen. Wählte sie selbst aus. In Rosa und Weiß und dazu dieses fluffige Zeug – »Schleierkraut«, nannte es die Floristin. Das würde sie aufmuntern, dachte er.

Als die Hebamme kam, gab er ihr Rückendeckung.

»Becky, wie kommen Sie klar?«

»Sie macht das richtig gut, stimmt's, Schatz?«

Was sollte er auch sonst sagen? Becky schützte Jim und Maureen, indem sie ihr Handeln immer im bestmöglichen Licht darstellte. Dasselbe würde sie von ihm erwarten, also tat er es. Und begriff zum ersten Mal, dass jemanden um seiner selbst zu lieben bedeutete, denjenigen auch zu lieben, wenn er nicht er selbst war.

»Wir sollten das Baby mit nach Peacefields nehmen«, sagte er. »Bestimmt wollen alle die Kleine anschauen. Außerdem vermissen sie dich.«

»Vielleicht nächste Woche«, erwiderte sie.

Becky stand an die Küchenzeile gelehnt, geistesabwesend und unkonzentriert. Seine Worte schienen an ihr vorbeizuschweben. Er wiederholte seine Frage, fest entschlossen, die Geduld nicht zu verlieren.

»Was meinst du? Wir müssen uns langsam entscheiden.«

Er hatte den Tragekorb vom Ständer im Wohnzimmer genommen und mit in die Küche gebracht, wo er neben ihm stand, während er Tee kochte. Das Baby wurde unruhig, wie immer kurz bevor es aufwachte. Die Beinchen zuckten und es gab ab und zu ein Wimmern von sich. Becky betrachtete den Korb mit einer Skepsis, die ihn beunruhigte.

»Daisy«, sagte sie.

»Hm, ich weiß nicht.«

»Rosemary.«

»Nicht schlecht. Ich glaube –«

»Clover.«

Sein Blick fiel auf die gelbe Butterpackung mit dem Kleeblatt-Logo auf der Arbeitsplatte, streifte das kleine Sträußchen mit den weißen Gänseblümchen von Mrs. Mackerel, die Kräutertöpfe auf dem Fensterbrett.

»Sagst du einfach irgendwelche Namen auf? Klapperst das Zimmer nach Vorschlägen ab? Genau das machst du, stimmt's? Mensch, Becky, ich hab die Idee: Wie wäre es mit Toaster? Na? Daisy? Rosemary, *Clover*! Du willst sie nach einer Margarine nennen?«

»Es ist Butter.«

»Butter? Ach, *dann* ist es natürlich in Ordnung!« Er ging mit großen Schritten zum Kühlschrank, riss die Tür auf und ließ den Blick über den Inhalt schweifen. Bierdosen. »Weißt du was, lass sie uns doch Stella nennen. Das gibt eine gute Geschichte ab, wenn sie mal älter wird.«

Er knallte die Kühlschranktür zu und suchte wild entschlossen nach essbaren Namen. Er wusste, dass er sich wie ein Arschloch benahm, aber er konnte einfach nicht aufhören.

»Olive – zu vornehm. Sherry? Komm schon, was meinst du?«

Die Worte kamen ihr nur ganz langsam über die Lippen, als würde ihr das Sprechen allergrößte Mühe bereiten. »Es. Ist. Mir. Wirklich. Egal.«

»Na gut, na gut.«

Sie sah aus, als würde sie gleich losheulen. Er wusste, dass es ihr eigentlich nicht egal war, tief drinnen.

»Dann nehmen wir einen von deinen.« Er dachte über ihre Vorschläge nach: Daisy und Rosemary waren mädchenhafte Namen, Namen, die er niemals ausgewählt hätte. »Wie wäre es mit Clover? Das ist ehrlich gesagt gar nicht so schlecht – klingt schön, weich. Und sie wird damit die Einzige in ihrer Klasse sein, was? Ich finde, es passt zu ihr. Was meinst du?«

»Wenn du willst«, sagte sie.

Das Baby – *Clover* – fing an zu weinen. Er hob sie aus dem Körbchen und reichte sie Becky. Erst Jahre später, als Clover schreiben lernte, fiel ihm auf, dass sich das Wort *Love* mitten in ihrem Namen versteckte.

Er war anpassungsfähig, ein alter Hase, was über Bord geworfene Pläne anging. Aber Becky schien den Verlust der ihren zu betrauern. Ein stahlharter Teil von ihr verweigerte sich einer Kursänderung. Und etwas war in ihr zerbrochen, merkte er. Da war ein Riss in ihrem unerschütterlichen Optimismus. Nach und nach begann er zu sehen, wie ihr Jim, trotz ihrer Hartnäckigkeit und Geduld, das Herz brach, genau wie ihre Mutter und der Vater, dessen Erinnerung sie so gewissenhaft pflegte – ihre ganze verdammte Familie brach ihr das Herz, und wenn er nicht bald etwas unternahm, würde er sich womöglich zu dieser Runde gesellen.

Eine Familienpackung Boost-Schokoriegel. Ihre Lieblingssüßigkeit. In Geschenkpapier verpackt mit einer Schleife drumherum.

»Schokolade ist die beste Medizin«, sagte er.

Früher hätte sie gelacht.

Er fuhr zu Dad rüber und bat ihn um einen Scheck für einen Fläschchensterilisator. Obwohl auch er von *Stillen ist das Beste* überzeugt war, mussten sie an irgendeiner Stelle ansetzen.

Beckys Milch weichte die Stilleinlagen durch, während sie Clover das Fläschchen gab, und durchnässte ihre T-Shirts mit runden Milchflecken. Sie weinte immer noch beim Füttern. Jetzt aus Schuldgefühlen.

»Wir sollten Clover mal mit nach Peacefields nehmen«, sagte er. »Bestimmt wollen alle sie sehen. Außerdem werden sie dich vermissen.«

»Noch nicht«, antwortete Becky.

Nach jedem Füttern spuckte Clover Becky voll. Es war fast schon witzig, ein Zufall, der sich zum Running Gag hätte entwickeln können, wie der, dass Colin grundsätzlich eingesprüht wurde, wenn er Flaschen mit Kohlensäure öffnete, oder dass sich halbbetrunkene Herbstwespen immer im Sturzflug auf Dad stürzten. Es war einfach so eine Sache, mehr nicht. Aber Becky nahm es persönlich – sie nahm alles persönlich. Irgendwann wünschte er sich, Clover würde auch mal ihn vollspucken, nur so zum Ausgleich. Ein oder zwei Mal klopfte er sie zum Aufstoßen besonders kräftig, um ihren Würgereiz auszulösen.

Das Erbrochene blieb in Beckys Haaren hängen, und da sie keine Zeit hatte, jeden Tag Haare zu waschen, fing sie an, sich einen Zopf zu flechten. Sie sah damit anders aus, älter. Wie eine Mama. Er war daran gewöhnt, dass sie ihr Haar offen trug – selbst für die Arbeit steckte sie höchstens die Frontpartie hoch.

»Irgendwas muss ich beim Füttern falsch machen«, sagte sie.

Er versuchte zu helfen, sah dabei zu und gab gute Ratschläge: vielleicht wenn sie Clover anders hielt, sich aufrechter hinsetzte, entspannter wäre.

»Mach du's«, sagte sie dann. »Du kannst es besser.«

Auf dem Weg von der Arbeit nach Hause ging er in der Bücherei vorbei. Sobald er sich angemeldet und seinen Ausweis bekommen hatte, schnappte er sich einen kleinen Stapel Bücher aus dem Bereich mit den Liebesromanen. Als er sie gerade zur Ausleihe bringen wollte, kam ihm der Gedanke, dass es gut sein könnte, wenn ein paar Babys darin vorkämen. Die Cover waren alle kinderlos, aber das hieß ja nicht automatisch, dass es die Geschichten auch waren. Er fand einen Sessel und machte es sich bequem, um durch die letzten Seiten in jedem Buch zu blättern. Ein paar endeten mit einer Hochzeit, eines mit einer ziemlich heißen Sexszene – er schob den Bücherstapel auf seinem Schoß zurecht –, ein anderes mit der Nachricht von einer Schwangerschaft. Die Figuren verliebten sich, und dann? Was kam danach? Vielleicht war der nächste

Teil der Geschichte für die Autoren nicht so reizvoll? Hoffentlich war er für Frauen allgemein und für Becky ganz besonders aber doch ansprechend.

Irgendwann gab er die Suche auf und brachte den Stapel zur Ausleihe. »Die sind nicht für mich«, erklärte er. »Sie sind für meine Freundin.«

Die Dame nickte. Es war ihr egal, und ihre Miene drückte aus, dass sie ihm nur halb glaubte. Er spürte, wie ihm die Röte ins Gesicht und den Nacken hinauf kroch.

Und nach alledem las Becky die Bücher nicht einmal.

Die Nachsorge-Besuche der Hebamme endeten, und stattdessen kündigte sich die Familienberaterin vom Jugendamt an.

»Sag der Frau, wie du dich fühlst. Sie wird wissen, was man da macht.«

»Dann nimmt sie uns Clover weg, oder?«

»Warum um alles in der Welt sollte sie das tun?«

»Wenn ich ihr sage, dass ich mich nicht richtig um sie kümmere.«

»Aber du kümmerst dich doch richtig um sie. Du machst dir nur Sorgen. Viele Sorgen. Und du bist müde. Das sagst du ihr.«

»Was macht sie dann?«

»Sie redet mit dir. Und dann fühlst du dich besser.«

»Ist das alles?«

»Ja, das wird sie machen. Versprochen.«

»Aber wenn das alles ist, wie soll es dann helfen?«

Er wusste es nicht. Er wusste gar nichts.

Die Familienberaterin bat, sich kurz die Hände waschen zu dürfen, aber Darren wusste, worum es wirklich ging: Sie wollte sie beide überprüfen, nachsehen, ob die Fläschchen sterilisiert wurden und das Geschirr abgewaschen war. Das war der Fall. Er hatte aus dem Händewaschen der Hebamme gelernt und dafür gesorgt, dass alles aufgeräumt war.

An diesem Tag hatte er Spätschicht und wollte den beiden Frauen etwas Privatsphäre lassen, Zeit für ein richtiges Gespräch, also wartete er mit Clover in der Küche und genoss die Gelegenheit, sie zu halten, während sie schlief. Nach einer Weile packte ihn doch die Neugier, und er schlich auf Zehenspitzen durchs Esszimmer in den Flur hinaus, von wo aus er sie reden hören konnte.

»… Fragen, die wir stellen. Ist das in Ordnung?«

»Ja.«

»Haben Sie Probleme mit dem Schlafen?«

»Nicht wirklich.«

»Fühlen Sie sich ängstlich oder bedrückt?«

»Manchmal.«

»Weinen Sie mehr als üblich?«

»Ich glaube – ich glaube nicht.«

»Machen Ihnen die Dinge, die Sie gern getan haben, bevor das Baby zur Welt kam, immer noch Freude?«

»Ich denke, das *würden* sie, wenn ich die Zeit dazu hätte.«

Die Frau lachte mitfühlend, während Darren draußen im Flur unruhig wurde. Was würde die Dame denken, wenn er das Gespräch unterbrach? Wenn er ins Zimmer platzte, um Becky zu widersprechen, würde er sie damit verraten. Aber ihr Leugnen war auch Verrat. Wenn er sich einmischte, gäbe es Streit, und Becky würde weinen. Konnten die ihnen Clover wirklich wegnehmen, wenn sie wüssten, dass Becky Probleme hatte? Er wartete auf einen günstigen Moment und tat so, als käme er gerade zur rechten Zeit, als ihre Besucherin den ungewöhnlichen Namen des Babys kommentierte.

Ein Kochbuch von Oxfam: *Schnelle Pasta-Gerichte für die ganze Familie*. Diesmal kein Geschenkpapier und keine wohlmeinenden Sprüche. Auch keine Begleitworte: Seine Taten würden für sich sprechen – *Ich liebe dich, ich habe an dich gedacht*.

»Ich weiß, ich hab nicht viel gekocht, aber –«

»Das hab ich doch nicht gemeint.«

»… jedes Mal, wenn ich versuche, was zu tun, fängt sie an zu weinen. Ich kriege überhaupt nichts fertig –«

»Ich wollte doch nicht, dass du –«

»… ich weiß, ich mache nicht genug, und es tut mir leid.«

»Nein, es ist meine Schuld.« Er nahm das Buch an sich. »Mir tut es leid.«

Becky hatte braun-violette Ringe unter den Augen. Wenn sie sich mal richtig ausruhen könnte, würde sie sich gleich viel besser fühlen, davon war er überzeugt.

»Du musst schauen, dass du schläfst, wenn das Baby schläft«, sagte er.

Sie zuckte zusammen, und obwohl er gar nichts getan hatte, kam er sich bei ihrer Reaktion vor, als hätte er sie geschlagen. Sie war wie ein Kaktus; man wusste gar nicht mehr, wie man sie anfassen sollte.

Darren kam zu dem Schluss, dass sie tagsüber Unterstützung brauchten. Da Becky das Haus nicht verließ, würde er ihr Gesellschaft organisieren, jemanden, der ein Auge auf alles hatte und dafür sorgen würde, dass sie sich ausruhte. Er fragte seinen Vater, der unter der Woche immer noch in der Philips-Fabrik arbeitete, aber an den Wochenenden, an denen Darren Schicht hatte, potenziell Zeit hatte. Dieser riet zu Zurückhaltung: Kindererziehung sei Frauensache, und wenn Frauen eines nicht leiden könnten, dann war das Einmischung. Außerdem habe er noch nie ein Baby gefüttert oder eine Windel gewechselt. Er sei aber nicht abgeneigt, sich eine Runde um den Garten zu kümmern, falls das hilfreich sei. Darren sagte, er würde sich wieder melden, und fragte stattdessen Mrs. Mackerel, ob es ihr etwas ausmachen würde, ab und zu nachmittags ein paar Stunden rüberzukommen. Mrs. Mackerel musste jedoch die Dachdecker bei sich im Haus überwachen, und sobald das erledigt war, ließ sie den Garten hinten asphaltieren, deshalb musste sie vor Ort bleiben, für die Handwerker Kaffee kochen und ein Auge auf alles haben. Ha! – wohl eher denen zeigen, wer das Sagen hatte, sich in alles einmischen und bei jeder Gelegenheit herumnörgeln. Colin lachte, als Darren ihn fragte, ob er mal vorbeikommen und es mit dem Baby versuchen wolle. Letzten Endes rief er Maureen an.

»Ich glaube, Becky hätte dich wirklich gern da«, sagte er. »Und du hast ja auch Clover noch gar nicht gesehen.«

Maureen kam mit dem Zug aus Portsmouth, nur für einen Tag. Becky war schrecklich nervös. Sie machte sich Sorgen wegen der unfertigen Baustellen: den herausgerissenen Teppichen im ersten Stock, den nackten Wänden und dem fehlenden Mobiliar. Darren putzte das Bad und wischte die Küchenflächen, kaufte einen Biskuitkuchen und neue Lufterfrischer für die Steckdose, weil Becky die gern mochte – Wäschefrische und Flieder.

Maureen kam beladen mit Tüten voller Babykleider. Eine große Geste und komplette Geldverschwendung – sie hätte wenigstens verschiedene Größen nehmen können oder, noch besser, sich die Mühe machen, zu fragen, ob es irgendetwas Spezielles gab, das sie brauchen konnten. Kaum hatte sie ein paar Augenblicke lang Clover gurrend begrüßt, legte sie los:

»Was macht dein Bruder in einem B&B, wenn du hier so viel Platz hast?«

»Wir waren dabei, das vordere Schlafzimmer für ihn herzurichten, bevor …«

»Das stimmt.« Darren war fest entschlossen, als Einheit aufzutreten, obwohl sie es immer noch nicht richtig besprochen hatten und Clovers Existenz den Plan doch sicherlich infrage stellte – zumindest hoffte er das.

»Es wird eine Weile dauern, bis wir alles fertig haben, Mum. Wir mussten Babysachen kaufen. Oben hat es keinen Teppich und –«

»Wenn du dir Sorgen machst, könntest du Jim natürlich auch jederzeit mit nach Portsmouth nehmen«, schlug Darren vor, und Beckys Gesichtszüge entgleisten. Er hatte versprochen, keinen Ärger zu machen.

»Vielleicht sollte ich das. Wann hast du ihn das letzte Mal gesehen?«

»Letzte Woche«, sagte er. »Er kam zum Abendessen vorbei. Ich habe gekocht. Wann hast *du* ihn das letzte Mal gesehen?«

»Heute Nachmittag, bevor ich hierherkam. Und es geht ihm nicht gut. Das wüsstet ihr, wenn ihr euch um ihn gekümmert hättet.«

»Mann, sein Timing ist echt perfekt.«

»Darren, lass gut sein.«

»Es gibt keinen Grund, warum nicht einer von euch das Baby in den Kinderwagen legen kann und –«

»Wir haben noch keinen –«

»... und mal hinspazieren, um nach ihm zu sehen. Das würde dir guttun, Becky. Etwas von dem Speck loswerden.«

»Wie wär's mit einer Tasse Tee, Maureen?«

Ohne auf Antwort zu warten, verließ er das Zimmer so schnell er konnte. Die Schimpfwörter schwammen in seinem Hals herum wie Fische.

Beim Gehen nahm Maureen Becky zur Seite und zischte in gut hörbarem Flüsterton: »Reiß dich lieber zusammen – kämm dir die Haare und leg ein bisschen Make-up auf. Sonst haut er dir ab.«

Noch nie hätte Darren ihr so gern eine reingehauen. Er hatte nicht vor, *irgendwo* hinzugehen. Aber später am selben Abend, als er gerade die Fläschchen spülte, fing Clover an zu weinen, und als er nachsehen ging, saß Becky neben dem Körbchen und starrte ins Leere, als hätte das Baby nichts mit ihr zu tun. Ihm wurde bewusst, dass er ständig mehr als nur seinen Teil der Aufgaben übernahm, und er rief Colin an.

»Was treibst du gerade?«

»Bin im Zug, nach Liverpool.«

Im Hintergrund waren Johlen und ein paar Pfiffe zu hören, und Darren verspürte einen Stich des Selbstmitleids. Er sollte auch unterwegs sein und Spaß haben; nichts davon hatte er sich gegönnt.

»Ich warte in Moorfields auf dich, wenn du willst. Was meinst du, wie lange brauchst du?«

»Ich zieh nicht mit dir um die Häuser, um jemanden aufzureißen.«

»Warum nicht? Haben wir doch früher auch zusammen gemacht.«

»Da haben wir noch Mädels angebaggert«, antwortete Darren, aber was er wirklich sagen wollte, war: *Ich brauch jemanden zum Reden.*

»Ach, sei kein Feigling. Die G-Bar wird dir gefallen, das ist echt witzig da, und gemischt sowieso. *Jetzt gib dir einen Ruck!*«

»Nee, passt schon.«

Er ging allein was trinken. Zu Fuß die Straße runter ins Blue Anchor, wo er langsam ein Pint Cider trank und dauernd auf die Uhr sah. Clover sollte inzwischen ihr Zehn-Uhr-Fläschchen bekommen haben. Hoffentlich kam Becky klar.

Auf dem Heimweg kaufte er bei Bargain Booze eine Flasche Malibu und zwei Flaschen Limo. Als er das Ende der Siedlung erreicht hatte, lag das Haus dunkel da. Er war froh, denn das bedeutete, dass Clover nach dem Trinken gleich eingeschlafen war und Becky ebenfalls. Es milderte sein schlechtes Gewissen, dass er die beiden alleingelassen hatte. Er schaute sich irgendeinen Mist im Fernsehen an und trank, bis er angenehm einen sitzen hatte. Etwas ungeschickt stolperte er nach oben ins Bett, über einen Stapel von Beckys Büchern, stieß sich den Zeh an der Bettkante an und weckte Clover.

»Du hast keine Ahnung, wie lang ich gebraucht habe, sie zum Einschlafen zu bringen.«

Ihre Stimme war matt, und ihm wurde klar, dass sie gar nicht geschlafen, sondern vielmehr die ganze Zeit hellwach hier gelegen hatte.

»Tut mir leid.«

»Ich nehm sie, du bist betrunken.«

»Nicht betrunken, nur ein bisschen.«

»Von mir aus.«

»Tut mir leid.«

Sobald sie Clover gewickelt und beruhigt hatte, kam sie ins Bett zurück. Er war schon halb am Einschlafen, leicht benommen, entspannt.

»Ich hab Angst«, flüsterte sie. Ihre Stimme war so leise, dass es sich anfühlte, als würde er ihre Gedanken hören. »Dass ich was Dummes mache.«

Das konnte er so nicht stehenlassen. »Was meinst du mit was Dummes?«

»Ich weiß auch nicht.«

»Wirst du nicht. Du bist ja nicht dumm.«

Am Morgen, als es hell war, wirkten ihre Worte wie ein Traum, ein Albtraum. Und er wusste nicht, wie er sie danach fragen sollte. Sein Vater hatte mal einen Mann überredet, nicht von einer Brücke zu springen – wo war *seine* Notration an Worten?

Er bemerkte sofort, dass die Uhren verschwunden waren, als er das Haus betrat. Der Flur wirkte kahl und fremd.

»Die haben mich wahnsinnig gemacht.«

»Wo hast du sie hingetan?«

»Zurück in ihre Kisten. Im Esszimmer.«

»So sieht es scheiße aus.«

»Dann besorg ein paar Bilder, wie andere normale Menschen auch.«

»Du brauchst nicht gleich –«

»Versuch du mal, den ganzen Tag hier zu sitzen mit fünf tickenden Uhren, die alle halbe Stunde schlagen, einem Wecker alle drei Stunden und einem schreienden Baby, das du gar nicht haben wolltest.«

»Okay«, sagte er. »Wir hängen sie wieder auf, wenn es dir besser geht.« Und er zog die Nägel aus der Wand, damit sie nicht aus Versehen im Vorbeigehen daran hängen blieb und sich verletzte.

Etwas später in derselben Woche kam er nach Hause und fand Clover in ihrem Tragekorb im Wohnzimmer vor – das kleine Gesicht ganz zerknautscht und dunkelrot angelaufen. Sie schien fast ausschließlich aus Mund zu bestehen, aus dem inzwischen nur noch ein wütendes Jaulen erklang. Darren versuchte, sie zu beruhigen, während er sich mit klopfendem Herzen auf die Suche nach Becky machte.

Er fand sie im Badezimmer, wo sie leise vor sich hin schluchzte. Sie sah seltsam aus: Irgendetwas war komisch an ihrem Gesicht. Nein, es waren ihre Haare. Sie waren weg. *Weg* – Scheiße. Sie lagen auf dem Boden neben ihr, ein Haargummi am einen Ende und die sich aus dem Zopf lösenden Locken am anderen. Mit Clover im Arm bückte er sich nach den Haaren, um sie dann idiotischerweise einen Moment lang an Beckys Kopf zu halten, als könnte er sie wieder dort befestigen. Die Unmöglichkeit seines Wunsches begreifend, legte er die Haare ins Waschbecken und ging nach unten.

»Kannst du herkommen?«, fragte er Kelly. »Mit deinen Frisörsachen?«

»Ist alles in Ordnung?«

»Nicht wirklich«, erwiderte er und verspürte Erleichterung, das endlich jemandem gegenüber zuzugeben.

Becky saß auf dem Badewannenrand, das Gesicht fleckig und verquollen. Ihre trockenen Schluchzer waren verstummt, und auch Clover war still. Nachdem das Weinen verklungen war, erlaubte er sich das Gefühl, dass ihm Unrecht geschehen war. Er liebte ihre Haare, und sie wusste das. Ja, sie gehörten *ihr*, aber sie hätte es ihm zumindest sagen können, ihn wissen lassen, was sie vorhatte. Es war schwer, es nicht persönlich zu nehmen, es nicht als Protest zu empfinden.

»Hallo, Becky«, rief Kelly, als sie ins Bad kam. »Darren meinte, du hättest gern – oh, du bist selber schon ans Werk gegangen …« Sie hielt inne und betrachtete Beckys schiefe Frisur. »Keine Sorge.« Sie strich ihr eigenes Haar glatt, das sie elfenkurz und feuerwehrrot trug. »Ich kenn das Gefühl! Manchmal will ich einfach eine Veränderung, und zwar schnell.«

Sie hob Beckys Haare aus dem Waschbecken, ließ Darren das Ende mit dem Gummi halten und flocht den Rest wieder zum Zopf. Wie er so dastand, mit seiner Halteaufgabe, gegenüber einer plaudernden Frau mit emsigen Händen und konzentrierter Miene, musste er daran denken, wie er als kleiner Junge mit seiner Mutter Laken gefaltet hatte. Auf einmal vermisste er sie ganz schrecklich. Als Kelly die Haare zum Flechten ausgingen, fischte sie aus ihrer Hosentasche eine Spange und befestigte sie am Ende des Zopfes.

»Ihr könntet damit was machen. Es spenden, damit man eine Perücke daraus machen kann.«

Darren wusste nicht, was er sagen sollte. Bei der Vorstellung, dass jemand mit Beckys wunderschönen Haaren herumlief, wurde ihm elend. Becky sagte nichts. Sie schien, zumindest jetzt im Moment, nicht mehr in der Lage zu sein zu sprechen.

»Nein? Na ja, ihr könnt es ja einfach aufheben, wenn ihr mögt. Das wäre auch prima. Ich hab noch die Zöpfe von meiner Oma. Mit zwölf hat sie sich die Haare abschneiden lassen. Wollte eine Erwachsenenfrisur. Wenn ihr mich fragt, sah sie am Ende aus wie Paul McCartney – ich hab die Fotos gesehen –, aber ihr hat es gefallen, und das ist ja das Wichtigste. Sie ist einfach nach der Schule in den Frisörsalon gegangen und die haben ihr als Erstes die Zöpfe abgeschnitten. Die durfte sie dann mit nach Hause nehmen. Darren, könntest du einen Stuhl hochbringen … nein? Keine Sorge. Becky, kannst du dich einfach in Richtung Badewanne umdrehen?«

Becky stellte die Füße in die leere Wanne und richtete den Blick auf die Wand, wie zur Strafe.

»Ich kämm deine Haare jetzt erst mal durch, damit keine Knoten mehr drin sind, okay? Jedenfalls hab ich sie in einer Schublade gefunden – die Zöpfe von meiner Oma –, als ich etwa sechs war. Die Haare waren dunkelbraun. Schwer zu glauben, dass sie mal meiner Oma gehört haben, weil damals war sie weißblond. So wie manche Leute auf blond machen, um das Grau zu verstecken. Ich hab die Dinger geliebt. Hab dauernd damit gespielt.«

Darren war so froh, sie da zu haben. Mit ihrem stetigen Fluss an normalen Worten verringerte sie seine Angst. Sie kannte Becky nicht besonders gut, aber sie berührte sie wie eine Freundin, und obwohl sie schnell sprach, waren ihre Hände ganz sanft, als sie die gezackten Haare in Beckys Nacken fasste und mit einer streichelnden Bewegung glattstrich, die »alles gut, alles gut« zu sagen schien.

»Also, ich würde vorschlagen, wir bringen deine Haare mal auf eine Länge, aber so, dass sie eine gute Form haben, während du sie wieder wachsen lässt – falls du das vorhast?«

Becky antwortete nicht.

»Haare wie deine sind schwierig – also ich meine, sie sind wunderschön und du hast großes Glück, aber sie sind nicht einfach zu schneiden. Ich hab da nicht viel Erfahrung. Man muss weniger wegnehmen, als man will, weil lockiges Haar sich noch zusammenzieht. Ich muss ein bisschen von der Fülle rausnehmen und dafür sorgen, dass sie sich schön locken. Dann kannst du sie dir aus dem Gesicht stecken wie Andie MacDowell in *Vier Hochzeiten und ein Todesfall*. Das wäre doch hübsch, oder?«

»Mach dir nicht so viel Mühe, Kel. Bring sie einfach nur auf die gleiche Länge.«

»Na gut.« Kelly machte sich mit ihrer Schere an die Arbeit. »Und, habt ihr einen Urlaub geplant?«

Becky gab einen erstickten Laut von sich. »Frag Darren«, sagte sie.

Kelly warf ihm einen Schulterblick zu. Er schüttelte den Kopf. Daraufhin hörte sie auf zu reden und konzentrierte sich auf Beckys Haare.

»Wir sollten Clover mal mit nach Peacefields nehmen«, sagte er. »Bestimmt wollen alle sie sehen. Und dich vermissen sie garantiert sehr.«

»Ich vermisse es auch.«

»Na, siehst du. Das sag ich doch schon die ganze Zeit. Genau deshalb musst du rausgehen, Leute treffen –«

»Dort hingehen macht es nur noch schlimmer.«

An seinem freien Tag brachten sie Clover in die Klinik, um sie wiegen zu lassen.

»Sie hat sich die Haare abgeschnitten«, sagte er zur Familienberaterin, während Becky Clover auszog.

»Sieht hübsch aus.«

»Aber sie hat immer lange Haare gehabt.«

»Viele Menschen wünschen sich eine Veränderung, wenn sie ein Baby bekommen haben.«

»Sie hat es selber gemacht. Mit der Küchenschere.«

»Das war mutig! Aber es steht Ihnen, Becky.«

»Es ging ihr gar nicht gut.« Becky würde stinksauer auf ihn sein, aber seine Sorge war inzwischen größer als seine Angst, sie zu verletzen. »Sie hat geweint.«

Die Dame legte den Kopf schief. »Wie fühlen Sie sich?«

»Müde«, gab Becky zu.

»Emotional?«

»Ein bisschen.«

»Essen Sie normal?«

»Ja.«

Er begriff nicht, was Essen damit zu tun hatte. »Sag ihr, was du mir neulich nachts gesagt hast.«

Becky erstarrte. »Was?«

»Neulich nachts.«

Sie sah nachdenklich zwischen ihm und der Dame hin und her. »Du meinst, als du *ein bisschen* betrunken warst?«

Ihm fiel die Kinnlade runter, und die Familienberaterin legte wieder den Kopf schief. Diesmal sah sie ihn an.

»Sie sollten in Gegenwart des Babys weder rauchen –«

»Das tue ich nicht!«

»… noch Alkohol trinken.«

»Es war das erste Mal, dass ich Becky mit ihr abends alleingelassen habe, abgesehen vom Krankenhaus. Ich war ein bisschen angeheitert, als ich ins Bett kam, mehr nicht. Becky hat sich um Clover gekümmert.«

»Was hat sie denn gesagt, das Ihnen Sorgen macht?«

»Ich weiß nicht, was er *glaubt*, gehört zu haben, aber er war betrunken.« Becky legte Clover auf die Waage. »Nun sehen Sie sich das an!«

»Oh, das ist ja toll. Ich hab mir schon gedacht, dass sie ein bisschen zugenommen hat, als ich sie gesehen habe. Wie viel wiegt sie jetzt?«

Und einfach so wurden seine Sorgen weggewischt und von einer Unterhaltung über Clovers Gewicht, Schlafverhalten und Verdauung abgelöst.

»Ich kann nicht fassen, dass du das gemacht hast«, zischte er auf dem Weg zurück zum Auto.

»Das Gefühl beruht auf Gegenseitigkeit«, erwiderte sie.

Der schwarze Rock von Dorothy Perkins. Er hatte zuvor im Schaufenster gehangen, und sie hatte gesagt: »Der ist aber hübsch«, oder so etwas in der Art. Jetzt war er nicht mehr im Schaufenster, aber nicht allzu schwer zu finden: rote Blumen, weiter Rock, feiner Stoff.

»Ich hab ein Geschenk für dich.«

Ihre Miene zeigte eine kurze Regung, und er war zufrieden mit sich.

»Probier ihn an. Na los.«

Er wartete im Wohnzimmer, doch sie kehrte in Jogginghose und T-Shirt zurück.

»Er ist zu klein.« Ihre Stimme klang leise, verletzt.

»Aber der Bund ist elastisch.«

»Ich weiß.«

»Und es war der größte, den sie hatten«, sagte er, was alles nur noch schlimmer machte.

Clover weinte, seit er um sechs nach Hause gekommen war. Länger, wenn er die Stunde vor seiner Rückkehr mitzählte, von der Becky berichtet hatte. Händchen zu Fäusten geballt, die Beine angezogen, zwei ganze Stunden Geschrei. Seine Ohren klingelten, seine Stirn und sein Nacken waren verkrampft vor Anspannung, sein Hals zugeschnürt vor Sorge.

Es klopfte an der Tür, und er ging mit der brüllenden Clover auf dem Arm aufmachen.

»KOLIK!«, rief Mrs. Mackerel. »FAHREN Sie mit ihren BEINEN RAD. Geben Sie ihr KAMILLENTEE ins FLÄSCHCHEN oder besorgen sie was gegen BLÄHUNGEN.«

Sie wandte sich zum Gehen, entschloss sich dann jedoch anders und betrat ungebeten das Haus. Sie nahm ihm Clover ab und setzte sich mit ihr aufs Sofa. Etwas in ihrem sicheren, geübten Griff brachte Clover dazu, mit dem Weinen aufzuhören. Mrs. Mackerel bewegte Clovers Beinchen auf und ab.

»DAS REICHT JETZT. Wenn du weiter so schreist, brauch ich eine SCHALLSCHUTZDÄMMUNG an der WAND.«

Clover lauschte aufmerksam.

»ES GIBT GAR KEINEN GRUND FÜR SO EIN GESCHREI. Deine Mutter sieht FURCHTBAR aus.«

Clover hörte mit hochgezogenen Augenbrauen und gerunzelter Stirn zu.

»Besorgen Sie das MITTEL gegen KOLIKEN *und* den KAMILLENTEE. Schreiben Sie nicht ALLES auf EINE KARTE.« Sie stand auf.

»Setzen«, sagte er.

»DANKE, aber ich MUSS WIEDER RÜBER.«

Sie reichte ihm Clover zurück und marschierte aus dem Haus. Wenige Augenblicke später fing Clover wieder an zu brüllen.

Es ist möglich, dass ein liebevoller Mensch das eigene Kind nicht liebt. Er sah es, aber er verstand es nicht, konnte es nicht glauben. Bei Becky dauerte es einfach ein bisschen, beschloss er. Es war wie mit den anderen Arten von Liebe: Manchmal brauchten die Gefühle ein Weilchen, bis sie gewachsen waren. Wenn Becky erst ihre zerbissenen Brustwarzen vergessen hatte und die Blutungen aufgehört hatten, wenn sie das wahrnahm, was alle anderen sahen, nämlich dass Clover eine Miniaturausgabe ihrer selbst war, vielleicht wäre sie dann in der Lage, Clover ihre Existenz zu verzeihen.

Am Rand seines Sichtfelds zuckten Blitze, als er auf dem Weg zum Busdepot das Ende der Siedlung erreichte. Es war die schlimmste in einer Reihe schlimmer Nächte gewesen. Clover steckte mitten in ihrer ersten Erkältung. Als sie endlich einschlief, hielt der blubbernde Schleim in ihrer Nase und ihrem Hals Becky und ihn wach. In den frühen Morgenstunden machte sie die Windel voll und die Scheiße quoll oben zum Rand hinaus bis hoch zu den Schultern. Er säuberte die Sachen im Baby-Körbchen, während Becky sich um Clover kümmerte. Nach dem Fläschchen musste Clover husten und erbrach die ganze Milch in ihr Bett. Er bezog Decke und Kissen neu und wischte die Matratze ab, während Becky Clover umzog und ein zweites Fläschchen zubereitete. Während der restlichen Nacht gab es ruhige Phasen. Es gelang ihm, wenigstens *etwas* Schlaf zu bekommen, indem er jedes Mal eindöste, wenn Clover sich beruhigte. Doch Becky hatte überhaupt nicht geschlafen. Jedes Mal, wenn er in den letzten paar Nächten aufgewacht war, lag sie hellwach neben ihm. Sie musste schlafen.

Er machte kehrt, eilte die Straße zurück, die Auffahrt hoch und im Haus die Treppe hinauf. Die beiden schliefen tief und fest. Clover hatte sich mit erhobenen Armen endlich dem Schlaf ergeben. Becky lag, alle viere von sich gestreckt, komplett unter der Decke und nahm das Bett in seiner Abwesenheit für sich ein. Diese Erinnerung ist ziemlich abgenutzt: *Heb die Decke an und küss sie zum Abschied*, drängt er manchmal sein Selbst, das an jenem Morgen dort im Schlafzimmer steht. *Weck sie und sag ihr, dass du sie liebst*, weist er sich an. *Noch besser, bleib daheim, lass sie nicht aus den Augen*. Doch das Selbst im Zimmer kritzelt stattdessen eine Nachricht: *Clover für ein paar Stunden nebenan. Ruh dich aus. Kuss.* Er hebt Clover aus ihrem Bettchen, schnappt sich ein paar Windeln und das Paket mit den Feuchttüchern und geht leise nach unten, um die Dose mit der Babynahrung und zwei sterilisierte Fläschchen einzupacken.

Mrs. Mackerels Klingel spielte Brahms' »Wiegenlied«. Es

war noch früh, ihre Arbeiter nirgendwo zu sehen. Die Tür wurde aufgerissen, und da stand sie, die Füße hüftbreit auseinander, bereit zum Angriff.

»ACH, SIE sind's«, erklärte sie, offensichtlich enttäuscht darüber, nicht von einem frühmorgendlich an der Tür klingelnden Einbrecher belästigt zu werden. »Und *die Kleine.*« Ihre Stimme wurde weich, als er ihr Clover und die Tasche mit den Babysachen hinstreckte.

»Bitte«, sagte er.

* * *

Er sitzt auf dem Fußboden neben der geschlossenen Tür, den Kopf an die Wand gelehnt. Wie soll er Clover sagen, was als Nächstes passiert ist? Er kann die Puzzleteile der Geschichte nehmen und so oder so hinschieben, aber die Sache ist die: Er weiß es einfach nicht. Er weiß nicht, ob er Becky unabsichtlich den Weg geebnet hatte, etwas Dummes zu tun, indem er sie allein ließ. Er weiß nicht, ob er Clover gerettet hat, indem er sie nach jener schlimmsten aller schlimmen Nächte weggebracht hat. Er weiß nicht, ob es ein Unfall war, ein durch Erschöpfung begangener Fehler. Er weiß nicht, ob es geplant war; eine Vorstellung, die er hätte unterbinden, ausreißen können, wenn er es mehr versucht hätte. Und er wird es nie wissen. Mitten in ihm drin ist dieses Loch des Nicht-Wissens, das er mit jeder erdenklichen Art von für Nur-für-den-Fall- und Vielleicht-eines-Tages-Gegenstand gefüllt hat, den er finden kann. Und mit Scham. Ein schreckliches, taumelndes Schamgefühl. Scham darüber, dass sie vielleicht den Tod einem Leben mit ihm vorgezogen hat. Scham über den Trost, den er aus der Vorstellung zieht, dass ihr Verlust ein Unfall war. Es ist so lange her, seit er in diesen Fragen herumgewühlt hat. Zu der Zeit, als Clover eingeschult wurde, war er überzeugt davon, dass es keine neuen Varianten dieses Schmerzes gab, und doch sitzt er jetzt hier, in einem Zimmer voll davon – und wird erneut von einer Woge des Nicht-Wissens überrollt.

Tränen laufen über seine Wangen. Idiot. Er wischt sie mit dem Handrücken weg.

Dann wird auf einmal die Zimmertür geöffnet und wieder geschlossen, aber es ist nicht Clover, die hereinkommt, sondern Dad, der sich mit einem leisen Pfiff ans Ende des Bettes setzt.

Darren starrt auf die knöchelhohen Sneakers und nackten Beine seines Vaters, auf das Netz aus Adern und die schlaffe Haut, die sich in einer Reihe Lachfalten in seinen Kniekehlen sammelt.

»Soso«, sagt Dad und macht dann eine Pause, um Luft zu holen.

Darren hört das gleichmäßige Atemgeräusch und wartet auf den Wurf.

»Wenigstens hat sie nicht alles mit Wasser übergossen, was?«

Darren lacht. Es kommt ungewollt als Bellen heraus, fast ein Husten – auf jeden Fall schmerzt es wie ein Husten, kratzt hinten an seinem Hals, schlägt gegen die Furcht, die seine Innereien häutet.

»Dann hast du also das alles hier aufgehoben?«

Er nickt, und sein Hals brennt.

»Für Clover?«

Er weiß es nicht.

»Ist es das, was sie den ganzen Sommer über gemacht hat? Also doch kein Freund?« Dad nimmt einige Papiersachen vom Bett. »Und du – ist das für dich in Ordnung, dieses … *Arrangement*? Es macht dir nichts aus?« Er hält inne, um Darren Gelegenheit zu einer Antwort zu geben.

Er kann es nicht.

»Aber natürlich macht es dir was aus«, sagt er. »Sie hat ein Ding daraus gemacht. Eine Art Anleitung zu allem hier.« Er macht es sich auf dem Bett bequem und studiert die Papiere und ein Notizbuch.

»Erinnerst du dich an Paul?«, fragt er, als er mit dem Lesen fertig ist.

»Mums …«

»Genau, der Paul deiner Mutter.«

»Ja, sie hatte so ein Foto.«

»Hatte sie. Sie hat auch noch ein paar andere Dinge aufgehoben. Nur ein paar. Als Erinnerung. Ihren alten Ring, eine Kette, die er ihr geschenkt hat, ein paar Karten von ihrer Hochzeit, das Foto. Andere Situation, das bei ihr, nicht wie bei dir ... Das hier – das ist ... ich will dich nicht kritisieren, mein Junge, ich will nur sagen – das hier, was du da aufgehoben hast, ist *eine Menge*.«

»Es war keine Absicht.«

»Nun. So ist das mit der Zeit. Sie holt einen ein.«

Dad steht auf und öffnet die Tür. Fast sofort kommt er mit einer Tasse zurück, die Clover für ihn hingestellt haben muss. Er macht eine kleine Notiz in seinem D&B-Buch, bevor er einen Schluck trinkt.

Die Wand hinter Darrens Kopf fühlt sich hart an. Sein Nacken ist verkrampft, und wenn er schluckt, spürt er es in den Schultern.

»Ich werde einfach hier mit dir warten, mein Junge.« Dad nimmt noch einen Schluck, und Darren hört, wie das Wasser durch seine Kehle rinnt. »Warmes Wasser«, erklärt er. »Ist gesund.«

Die Sonnenstrahlen fallen durchs Fenster ins Zimmer: das letzte Hurra des Sommers. Bald wird wieder Herbst sein und sich ein weiteres Jahr dem Ende zuneigen.

»Du und ich, wir waren die zweite Chance deiner Mutter. Und sie war glücklich. Oder? Manchmal bekommen Menschen das – eine zweite Chance. Natürlich müssen sie auch offen dafür sein. Empfänglich.«

Darren schließt die Augen. Er hört das klebrige Geräusch, das Dads alter Mund beim Öffnen macht, und wartet auf die Worte, aber sie kommen nicht. Er hört das Geräusch wieder, und fragt sich, was es mit diesen speziellen Worten auf sich hat, dass sie so schwer zu artikulieren sind.

»Es gibt Möglichkeiten, jemanden zu lieben, der keinen Körper mehr hat.«

Darren öffnet die Augen.

»Aber die größte Liebe muss man für die Person aufheben, die atmet, für jemanden, der einen zurücklieben kann.«

»So wie du es tust?«

»Ich bin alt genug, um Ratschläge zu erteilen, die ich nicht vorhabe selbst anzunehmen. Das ist ein Privileg des Alters, und wenn du vernünftig bist, dann hörst du mir zu, statt klug daherzureden.«

Darren hört zu und fragt sich, wo all diese Worte herkommen.

»Deine Mum hat Pauls Mutter dann und wann besucht. Nette Dame, hat sein Zimmer genau so gelassen, wie es war, als er starb. Hat seine Sachen abgestaubt, sie jahrelang gehütet, als würde sie damit rechnen, dass er zurückkommt. Es war eine Form von so tun als ob. Die Menschen tun seltsame Dinge.«

»Ich mache nicht … das ist nicht so tun als ob. Ich kam einfach nur nie dazu.«

»Du kommst zu einer Menge Dinge nie.«

»Ja.«

»Das ist schade.«

»Du hast in letzter Zeit selber auch nicht so arg viel gemacht.«

»Ja, und?«

»Vermutlich sagst du jetzt, dass auch das ein Privileg des Alters ist.«

»›Sir, ich bin zu alt, um noch zu lernen‹ – das ist aus *King Lear*.«

»Und das hast du *wann genau* gelernt? Letzte Woche?«

Dad lacht leise. »Touché.« Er prostet ihm mit seiner Tasse zu.

Etwas entspannt sich zwischen ihnen beiden, das es Darren erlaubt, die nächste Frage zu stellen: »Was soll ich dann mit all dem hier machen?«

»Das bleibt dir überlassen, mein Junge.«

Darren betrachtet die Müllsäcke und die Collagen, den kleinen Haufen Dinge auf dem Boden neben dem Bett, von denen einige nicht einmal ihm gehören, und er fühlt sich verloren.

»Du hast das wirklich gut gemacht. Ich hab mich damals gefragt, wie du das hinkriegen würdest. Ohne jemanden, der dir hilft.«

»Einige Menschen *haben* geholfen.«

»Keine Ehefrau, die dir hilft.«

»Nein.«

Dad tippt mit dem Zeigefinger gegen die Tasse. *Klopf, klopf, klopf.* »Hättest du jetzt gern Hilfe?«

Während Darren darüber nachdenkt, versucht er, eine bequemere Haltung für sein schmerzendes Genick zu finden. Heute ist es nicht so schwer zu glauben, dass es seinem Dad einmal gelungen war, einen Mann davon abzubringen, von einer Brücke zu springen.

Ausstellung: »Becky Brookfield – die unerzählte Geschichte«

Katalog

Objekt: Schwarzes T-Shirt mit der Aufschrift »I'm flying without wings« in weißen Buchstaben quer über der Brust. Das war der Name eines Popsongs von der Boyband Westlife im Jahr 1999.

Beschreibung: Genau dieses T-Shirt trug Becky Brookfield (meine Mutter), als Darren Quinn (mein Vater) im Krankenhaus ein Foto von ihr gemacht hat.

Objekt-Nr.: 28

Herkunft: Becky Brookfield trug dieses T-Shirt, als sie ins Krankenhaus musste, nachdem sie in der Küche unerwartet ein Kind (mich, Clover Quinn) zur Welt gebracht hatte.

Präsentation: Auf einer Schneiderpuppe

Kuratorin: Clover Quinn

Konservator: Darren Quinn

Kapitel 15

Am nächsten Tag wirkt Dad älter, trauriger. Es ist die Kombination aus seinem steifen Hals und seinem *Alles-auf-einmal*-Gesicht, der Art, wie er die Verletzungen des Unfalls *und* die Verletzungen der Vergangenheit trägt.

»Ich hab Mrs. Mackerel gefragt, ob du den Tag heute bei ihr verbringen kannst.« Seine Teetasse landet auf der Arbeitsplatte wie ein Punkt am Satzende.

»Was? Warum denn?«

»Ich weiß, du wolltest was Schönes machen. Die Ausstellung und das Sortieren, alles, was du organisiert hast. Ich muss darüber nachdenken, was ich damit mache.«

»Ich bleibe unten.« Sie will nirgendwohin gehen, während er in ihrer Ausstellung herumfuhrwerkt. Sie ist noch nicht mal fertig damit. Und es gehört *ihr*: Die Objekte, um die sie sich gekümmert hat, die Geschichte, die sie erzählt, die Frau, die sie aufgebaut hat – alles ihrs. Das kann er nicht einfach durcheinanderbringen. »Ich komm auch nicht hoch. Ich bin ganz still. Du wirst nicht mal merken, dass ich da bin.«

»Nein, ich glaube nicht.« Sein steifer Hals beeinflusst seine Mimik. Er kann den Mund nicht richtig öffnen, wodurch schwer zu erkennen ist, ob sein strenger Gesichtsausdruck beabsichtigt ist. »Hast du irgendwas weggeworfen?« Der Gedanke scheint ihm gerade erst gekommen zu sein. Sie wünschte, sie könnte verneinen. »Clover?«

»Ja, hab ich.«

»Das hat nicht dir gehört. Du kannst nicht einfach Sachen wegwerfen, die dir nicht gehören.«

»Kann ich von meinen Sachen was wegwerfen?«

»Was denn?«

»Sachen, die ich nicht will.«

»Was willst du denn nicht?«

Sie denkt an all das Zeug in ihrem Zimmer: den Plattenspieler, die Gitarre, die Bücher, für die sie zu alt ist, das Skateboard, auf dem sie noch nie stand, eine Unmenge an Stofftieren, die sie nicht wollte und nicht mag. Das ist die Gelegenheit, es ihm zu sagen. Das würde den traurigen *Ich-Armer*-Ausdruck von seinem Gesicht wischen und ihn mal daran denken lassen, wie es *ihr* geht, nachdem sie den ganzen Sommer an ihrer Ausstellung gearbeitet hat und er jetzt so tut, als hätte sie etwas Schlimmes, Gemeines getan. Es ist, als würde er glauben, dass ihre Mutter nur ihm gehört. Aber sie ist nicht sein Eigentum; sie gehört auch ihr.

»Nichts.« Sie sagt es in einem Tonfall, der klarmacht, dass es tonnenweise Sachen gibt, aber sie sich jetzt nicht dazu herablassen wird, diese aufzuzählen.

»Lass uns nicht streiten«, sagt er mit verkrampften Schultern und unbeweglichem Kopf.

Doch, denkt sie, *lass uns streiten*. Lass uns einen riesengroßen Streit haben wie die Leute im Fernsehen. Lass uns Dinge sagen, die wir so nicht meinen, und uns so reinsteigern, dass du mir aus Versehen alles über meine Mutter erzählst. Jedes. Kleinste. Detail. Sie ist wütend. *So* wütend auf ihn. Die Wut schwappt in ihr herum, erhitzt ihre Backen, zerrt an ihrem Gesicht. Wenn es in der Küche einen Spiegel gäbe, könnte sie es sehen. Ihre Wut war garantiert *ad oculos* – sofort erkennbar für jeden, der sie ansah. Und *zack!* Noch etwas anderes ist *ad oculos*: Dad, der sonst so ruhig und freundlich und oft resigniert ist, ist auch *wütend*. Richtig, richtig wütend. Wenn er ärgerlich ist, dann besteht sein *Alles-auf-einmal*-Gesicht gar nicht aus allem auf einmal, sondern aus dem, was fehlt: einer großen Portion Wut.

»Ich hab Edna gesagt, du kommst gleich.«

»Es ist *meine* Ausstellung. Ich hab sie *gemacht*.«

»Clover …«

»Wenn die Sachen so wichtig sind, dass ich sie nicht anfassen darf, warum hast du dich dann nicht richtig darum gekümmert …?«

»Sie sind nicht *wichtig*, das ist nicht der Grund –«

»Nur weil du total sauer bist –«

»Ich bin nicht *sauer* auf dich, ich bin nur –«

»Nur deshalb«, versucht sie es wieder.

»Das reicht jetzt.«

»Nur weil du total –«

»Das hilft jetzt nicht, hör auf.«

»Nur weil du wütend bist auf –«

»Ich bin *nicht wütend* auf irgendjemanden, ich bin nur –«

»Du kannst sie nicht ganz für dich allein behalten. Sie ist nicht *deine* Mutter, sie ist *meine*.«

Ein Atemstoß kommt aus Dads Mund. Er sucht nach Worten, aber Clover findet zuerst welche. Angefüllt von der Geschichte ihrer Mutter – der Liebe, der Überraschung und dem Unfall, dem Erstens, Zweitens, Drittens – sagt sie: »Vielleicht wünschst du dir ja, ich wäre tot und nicht sie.«

Seine Füße rühren sich nicht vom Fleck, aber sein ganzer Oberkörper schwankt, als wäre er geschlagen worden.

Wie kann man so etwas Schreckliches sagen? Und es stimmt nicht. Sie weiß es, tief in sich drin, an dem Ort, wo ihre Gefühle entstehen. Es ist vollkommen falsch.

Er nimmt seine Teetasse und hält sie mit beiden Händen fest. »Bist du fertig?« Seine Miene ist starr, entschlossen, und sie kann sehen, dass die gesamte Unterhaltung pure Zeitverschwendung war. Sie hat furchtbare Dinge gesagt und damit noch nicht mal seine Meinung geändert.

»Ja.«

»Dann geh nach nebenan.«

»Okay«, murmelt sie. »Ich hol nur noch meine Sachen.«

Die Türklingel spielt »Amazing Grace«. Clover wartet, im Arm eine Tasche mit dem Schal, den sie für Dad strickt, und versucht, ein neutrales Gesicht aufzusetzen. Der Schal ist nicht länger geworden, seit sie das letzte Mal hier war. Mrs. Mackerel wird mit ihr schimpfen.

Die Tür geht auf.

»BETRETEN auf EIGENE GEFAHR!«

Als sie ins Haus geht, muss sie an letzten Sommer denken, als sie noch *viel* jünger war, und sie fühlt sich wie ein riesengroßes Baby, das man nicht allein zu Hause lassen kann.

Sie trinken Tee und essen Kekse und sehen Leuten in der *Jeremy Kyle Show* dabei zu, wie sie sich anschreien: Ein Mann, der sich keine Arbeit suchen will, streitet mit seiner Mutter, und eine Frau, die im Lotto etwas Geld gewonnen hat, erklärt, weshalb sie es nicht mit ihrer Schwester teilen will.

»DUMMES DING.«

Jeremy setzt sein besorgtes Gesicht auf und wirft sich am Rand der Bühne in Pose, während hinter ihm ein Handgemenge ausbricht. Mrs. Mackerel schüttelt missbilligend den Kopf und seufzt.

»Du bist heute SEHR STILL.«

»Hmm.«

»Normalerweise bist du ein KIND VON FRÖHLICHKEIT. Machst du dir SORGEN wegen deinem DAD?«

»Nein.«

»Er ist VERLETZT. Du solltest dich um ihn KÜMMERN.«

»Ich weiß.«

»Na ja. Vielleicht ist es dein ALTER.«

Mrs. Mackerel streift ihre Hausschuhe ab. Eine kleine Talkumwolke steigt auf und legt sich wieder – ihre kurzen Socken sind an der Ferse ganz staubig davon.

»Also, ich WERFE DEN ERSTEN HANDSCHUH: Ich werde dich beim WETTSTRICKEN BESIEGEN!«

Sie steckt die Füße wieder in die Schuhe und beugt sich über die Armlehne zu ihrer Tasche mit dem Strickzeug hinunter.

»Warten Sie. Ich mach das.« Clover steht auf und hebt die Tasche hoch.

Mrs. Mackerel wühlt darin herum, bis sie ein Knäuel dicke, senffarbene Wolle und ein Paar grobe Stricknadeln gefunden hat.

»Oh, nicht diese Nadeln. Die sind ja riesig. Damit sind Sie viel schneller als ich. Das ist nicht fair.«

»NICHT FAIR? Ich bin ÄLTER und LANGSAMER.«

Mrs. Mackerel fuchtelt hilflos mit den Händen herum und setzt ein zitterndes Greisenlächeln auf. Doch während Clover noch die Tasche neben dem Sessel zurück auf den Boden stellt, schlägt sie schon die erste Masche an.

Zur Mittagszeit liegt Clover weit hinter dem locker gestrickten senffarbenen *Teil*.

»Was wird das überhaupt?«

»VÖLLIG EGAL. Du wirst von einer RENTNERIN GESCHLAGEN. ZIEH dich besser mal DICK an.«

Sie teilen sich einen Teller Brote mit Krabbenpaste, und Clover isst dazu noch eine Tüte Frazzles und trinkt ein Päckchen Traubensaft. Als sie hinterher auf die Toilette geht – »Lieber jetzt noch einmal AUSTRETEN, bevor *Mord ist ihr Hobby* anfängt« –, ist Blut in ihrer Unterhose.

Ich bin *verletzt*, denkt sie. Ich *sterbe*.

Mit geschlossenen Augen sucht sie nach dem Schmerz. In der flackernden Dunkelheit konzentriert sie sich auf den Ort hinter ihren Lidern, wo der Teil lebt, der *sie* ausmacht. Und dann wandert sie hinunter, an ihrem Hals vorbei in ihren Bauch. Und noch tiefer, auf der Suche nach dem Leck. »Geht es euch gut?«, fragt sie die fleischigen inneren Teile ihres Selbst, die sie bisher nur auf Schaubildern gesehen hat.

Sie sitzt auf Mrs. Mackerels taubenblauer Toilette und wartet. Aber es kommt keine Antwort.

Kein Schmerz.

Nichts.

Es geht ihr gut.

Was bedeutet, dass es *das* ist. Ihre Periode. Und obwohl sie wusste, dass es eines Tages passieren würde, ist sie trotzdem etwas verblüfft und erlebt ein seltsames Gefühl der Loslösung von ihrem Körper, der diese Vorbereitungen ganz hinter ihrem Rücken getroffen hat. *Überraschung!*, scheint er zu sagen, *erwischt!* Überraschungen wie diese gehören zum Frausein dazu, denkt sie.

Und sie *ist* eine Frau.

Sie ist eine *Frau* – der Gedanke ist zu groß, um ihn im Sitzen zu denken, also steht sie auf, Shorts und Unterhose um die Knöchel, und starrt ihr Spiegelbild in Mrs. Mackerels Medizinschrank überm Waschbecken an: Haare wie ihre Mutter, das Gesicht ganz ihr eigenes. Zumindest jetzt gerade sieht sie äußerlich noch genau gleich aus wie vorher.

Sie möchte es jemandem erzählen, aber sie wüsste nicht, wem. Kelly vielleicht. Es wäre schön, jemanden zu haben, der ein bisschen Wirbel um einen macht und die Sachen erklärt, an die sonst keiner denkt – garantiert gibt es eine lange Liste, da ist sie sich ganz sicher, denn als sie ihre BHs bekommen hat, war das auch so. Niemand hat ihr gesagt, dass die Träger in die Schulter einschneiden und manchmal rutschen. Niemand hat gesagt, dass das Etikett hinten am Verschluss jucken würde und es vielleicht am besten ist, den BH zuerst vorn zuzumachen und dann nach hinten zu drehen, bevor man die Arme durchschiebt. Diese Entdeckungen machte sie selbst. Vielleicht wird sie auch die Periodenentdeckungen selbst machen müssen.

Sie wischt noch einmal. Es kommt etwas mehr Blut. Es ist nicht wie Nasenbluten, sondern weniger rot und dafür mehr wie Rotz, irgendwie. Es ist nicht viel, aber möglicherweise fließt bald mehr davon – so funktioniert das doch, oder? Was soll sie machen? Sie ist zu Hause rausgeworfen worden, *verbannt*, bis mindestens vier Uhr nachmittags. Wenn sie *deswegen* früher heimkommen würde, müsste Dad nett zu ihr sein. Sie stellt es sich einen Moment lang vor, dann verwirft sie die Idee. Sie zieht ihre fleckige Unterhose aus, faltet sie zusammen und dann noch mal, bis sie klein genug ist, um vorn in die Tasche ihrer Shorts zu passen. Und dann … und dann … sie kann das … dann greift sie nach der Packung, die neben der Toilette auf dem Boden steht.

Die Tena-Bindenhöschen sind weiß mit einer lila Libelle auf der Seite. Sie fühlen sich genau so an wie eine Windel, abgesehen vom Abschluss oben – am Bauch und der Taille. Da sind sie dünner und weicher als erwartet. Clover schiebt die Füße durch die Beinöffnungen. Sie kann sich nicht mehr daran erinnern, wie es war, Windeln zu tragen, aber vielleicht hat es sich so angefühlt. Sie zieht ihre Shorts darüber und dreht einen Kreis im Bad, um zu sehen, ob es beim Gehen ein Geräusch macht. Tut es nicht, aber sie fühlt sich wie ein Sumoringer.

Sie sitzt strickend in ihren Tena Lady Pants (Diskret) auf Mrs. Mackerels Sofa und schaut *Mord ist ihr Hobby*. Ab und zu blickt sie zur Jungfrau Maria an der Wand hinauf, deren Gesichtsausdruck gleichzeitig überrascht und erfreut ist – genau so, wie Dad hätte dreinschauen sollen, um genau zu sein. Sie fühlt sich innerlich völlig anders und fragt sich, ob man das schon sieht. Fast rechnet sie damit, dass Mrs. Mackerel es bemerkt und plötzlich herausplatzt: »Ich weiß ja, es GEHT mich NICHTS AN, aber …« Gerade so wie die scharfäugige Jessica Fletcher.

So wird das Leben sein, wenn sie eine alte Dame ist – stricken, Nachmittagsfernsehen und spezielle Unterhosen –, aber sie ist noch nicht alt, und sie wird auf gar keinen Fall den ganzen Nachmittag auf Mrs. Mackerels Sofa verbringen.

»Ich glaube, ich sollte jetzt gehen und im Schrebergarten gießen.«

»Bist du SICHER? Davon hat dein Dad GAR NICHTS GESAGT. Ich will nicht ZWISCHEN die SCHUSSLINIEN GERATEN.«

»Ist schon in Ordnung.«

»Wann kommst du ZURÜCK?«

»Es dauert nicht lange.«

Mrs. Mackerel legt ihr hässliches Strickzeug auf die zugedeckte Lehne ihres Sessels und drückt sich hoch. Sie wirkt langsam und alt, und etwas zieht in Clovers Brust.

»Bleiben Sie ruhig sitzen«, sagt sie. »Ich finde selber raus. Und ich bringe Ihnen eine Rote Bete mit.«

»Oh, das wäre WUNDERBAR.«

Clover schleicht sich hinten ums Haus und holt ihr Fahrrad aus dem Schuppen. Sie schiebt es über den Gartenweg hinaus auf die Straße. Das Windelhöschen an ihrem Po wirkt wie ein Kissen. Es ist eine gemütliche Fahrt den Hügel hinauf und wieder hinunter, an den Geschäften und der Post vorbei, *zischhh* – mit wie Fahnenbänder wehenden Haaren.

Das Tor wurde noch nicht repariert: Bereits auf sanften Druck gibt der Riegel nach und es schwingt gähnend nach innen. Sie rutscht vom Fahrrad und hält das warme Metall fest. Mit wenig Kraftaufwand drückt sie es zurück, bis es, *klick*, wieder schließt. Dann schiebt sie ihr Fahrrad den Pfad entlang, und als sie sich dem Garten nähert, stellt sie fest, dass Dagmar da ist. Sie liegt auf dem Teppich neben ihrem Trolley und zeichnet.

»Hallo«, ruft sie Clover zu und rollt sich vom Bauch auf die Seite. »Ich habe gewartet am Laden und du bist nicht gekommen. Also ich denke, du bist hier. Ich habe das Tor geschoben und es ist aufgegangen. Du nicht sauer?« Ihr typisches Lächeln blitzt so kurz auf, dass man es leicht verpassen kann.

»Nein.« Clover setzt sich ebenfalls auf den Teppich.

Der Sommer geht schnell zur Neige. Inzwischen gibt es Lücken, leere Reihen aufgewühlter Erde, wo mal Zwiebeln, Kartoffeln und Rote Bete wuchsen. Nur ein paar traurige Nachzügler sind noch da, ungeerntet in der Hoffnung, dass sie noch etwas wachsen. Der Brokkoli und die Kürbisse werden langsam was, aber alles andere geht zu Ende. Blätterspitzen rollen sich ein. Stängel werden gelb. Der Apfelbaum im verwilderten Garten nebenan hängt voller Früchte. Wenn sie niemand pflückt, fallen sie alle runter. Für die Wespen der Himmel auf Erden.

Clover wirft einen Blick auf Dagmars Zeichenblock. »Das ist gut. Mir gefällt, wie du die Bohnen von ganz unten gezeichnet hast, sodass es aussieht, als würden sie so richtig hoch wachsen. Wie etwas aus dem Märchen.«

»Danke.« Mit Dagmar ist es unkompliziert. Keine vorgetäuschte Bescheidenheit, kein heimlicher Wunsch nach Komplimenten.

»Soll ich dir was sagen?«, fragt Clover.

»Ich weiß nicht. Will ich es wissen?«

»Heute ist was passiert.«

Dagmar wartet, gelassen, geduldig.

»Ich hatte einen großen Streit mit meinem Dad.« Clover ist selbst überrascht von ihren Worten – eigentlich hatte sie vor, Dagmar von ihrer Periode zu erzählen. »Und ich habe ein paar furchtbare Sachen gesagt.«

»Bist du wütend?«

»Ja.«

»Hněv je špatný rádce.«

»Hen-jew je sch-patnei rad-ste«, versucht Clover.

»Es bedeutet, Ärger ist schlechter … Helfer. Nein, Ratgeber? Meine Mutter sagt das. Zu meine Vater.«

»Wie geht's ihm?«

»Es ist gute Woche. Er schläft jede Nacht.« Sie streicht sich den Pony aus den Augen. »Und wie geht es deine Vater, nachdem du warst furchtbar?«

»Ich weiß nicht.«

»Tut es dir leid?«

Sie denkt nach. »Größtenteils.«

»Wirst du es sagen?«

»Ja, ich denke schon.« Clover lässt sich auch zurück auf den Teppich sinken. Ihr Po wird von den Tena Pants gewärmt. Sie spricht die Worte aus, die sie eigentlich hatte sagen wollen. »Ich habe meine Periode bekommen.«

»Du bist zwölf. Es ist normal.«

»Ich *weiß*. Aber …«

»Aber?«

»Ich weiß auch nicht! Es ist irgendwie auch eine große Sache, oder?«

»Bist du glücklich darüber?«

Sie hat keine Ahnung, ob das etwas ist, worüber man glücklich ist. Sie wirft einen Blick zur Seite, die Augen mit der Hand gegen die Sonne abschirmend. »Ich rede gern mit dir. Du sagst Sachen, die man nicht erwartet.«

Dagmar scheint ein bisschen rot zu werden, erfreut. »Ich weiß nicht, was ich jetzt soll sagen.«

»Das ist okay.«

Obwohl die Sonne scheint und der Teppich warm ist, liegt etwas in der Luft, ein Geruch vielleicht, eine leichte Stacheligkeit, die sich an den kommenden Herbstmorgen verschärfen wird. Die Sonne schiebt sich hinter eine fluffige Wolke und mit einem leichten *Wuuusch* streicht der Wind durch die Spitzen der hohen Bäume, die an die Schrebergärten angrenzen.

»Nächste Woche«, fängt Dagmar an, und Clover wünscht, sie würde still sein. Die nächste Woche ist etwas, woran sie sich noch nicht zu denken erlaubt. Der Herbstgeruch scheint jetzt stärker, begleitet von einem Gefühl des zu Ende Gehens: die Nächte werden dunkler, der Garten leerer und die Morgen kälter. Dad wird den Grünschnitt verbrennen. Sie werden in Gummistiefeln und dicken Jacken neben den züngelnden Flammen stehen, windabwärts vom quellenden Rauch, und hinterher werden sie die Asche auf der Erde verteilen, bereit für die neuen Dinge, die dort nächstes Jahr gepflanzt und geerntet werden. Halloween wird kommen und Bonfire Night und Weihnachten, und dann beginnt schon das nächste Jahr.

»Nächste Woche, wir gehen wieder in die Schule und … du musst mich nicht kennen.«

»Aber ich *kenn* dich doch«, erwidert Clover, entsetzt, dass Dagmar sich auf die Möglichkeit einstellt, ignoriert zu werden. Allein beim Gedanken daran wird ihr schlecht. »Und außerdem« – während sie die Wörter formt, wird ihr klar, dass es stimmt und dass in diesen Ferien wenigstens etwas Gutes passiert ist – »außerdem sind wir Freundinnen.«

»Da bin ich froh.« Dagmar spielt einen Moment lang mit ihrem Bleistift herum. »Ich habe die Namenstage angeschaut, und ich finde Cecílie am zweiundzwanzigsten November. Es ist der einzige Mädchenname mit ›C‹. Also ich habe gedacht, das kann dein Namenstag sein.«

»Okay.«

»Und ich bringe dir ein Geschenk.«

»Klasse!«

»Jetzt ich zeichne. Und du machst den Garten.«

Mrs. Mackerel kommt mit ihrem Strickzeug an die Tür.

»DU WARST LANGE WEG.«

Das Senf-*Teil* ist gewachsen. Es ist zu breit für einen Schal und zu lang, um Teil eines Pullis zu werden.

»Ich DACHTE, ich muss KOMMEN UND DICH HOLEN. Aber das wäre ja wie die SUCHE in einem HEUHAUFEN voller NADELN.«

»Tut mir leid. Hier ist Ihre Rote Bete. Sie ist nicht besonders groß, inzwischen sind nur noch kleine übrig. Ich sollte nach Hause gehen und Abendessen machen.«

»IN ORDNUNG. Ich hoffe, dein Vater hatte ETWAS RUHE für seinen HALS.«

»Was stricken Sie denn?«

»ABWARTEN.«

Sobald sie die Tena Pants gegen eine Binde eingetauscht und zusammen mit der fleckigen Unterhose in mehrere Plastiktüten verknotet im Mülleimer entsorgt hat, macht sie sich ans Kochen. Sie mischt grüne Bohnen mit gekochtem Kabeljau und einem Päckchen Käsesauce. Als es fertig ist, klopft sie an die Zimmertür.

»Komme gleich«, ruft Dad.

Sie wartet, plant ihre Entschuldigung. Als es später und immer später wird und der Teller auf ihrem Schoß abkühlt, fängt sie langsam an, auf eine Entschuldigung von ihm zu warten, weil er das Essen verdirbt. Doch als er schließlich auftaucht, erwähnt er die Temperatur seines Abendessens mit keiner Silbe.

»Ich hab über heute Morgen nachgedacht«, sagt er zwischen zwei käsigen Bissen.

»Ich auch.« Ihre Stimme ist leise, mäusepiepsig.

»Ich hab mir *nie* gewünscht, dass du tot bist. Das weißt du, oder?«

Sie nickt. Natürlich weiß sie das. Sie versucht, auch etwas zu essen. Die Käsesauce schmeckt kalt total eklig. Sie hat eine Art Haut entwickelt. Und die Bohnen quietschen beim Kauen gummiartig zwischen ihren Backenzähnen. »Es tut mir leid, dass ich das gesagt habe.« Sie legt die Gabel weg. »Ich war wütend.«

»Ich weiß.« So wie er das kalte, quietschende Zeug in den Mund schaufelt, fragt sie sich, ob er überhaupt was zu Mittag gegessen hat. »Und das, was du gesagt hast, über mich mit dem Wütendsein?«

Sie nickt wieder. Ihre Haut kribbelt, so unangenehm ist es ihr.

»Das hat mich wütend gemacht – ha!«

Sie versucht, über seinen Scherz zu lächeln, aber sie muss ihre Mundwinkel dabei anstrengen wie ein Gewichtheber seine Arme. Sie schafft es nicht. Nichts von alledem ist lustig.

»Vertraust du mir?«

»Ja«, sagt sie, weil es die richtige Antwort ist.

»Schau her.« Er zieht sein Handy heraus und zeigt ihr eine Reihe von Fotos, die er gemacht hat. Fotos von der Schneiderpuppe und den dekorierten Wänden, dem Heizkörper mit den Magneten und dem gemachten Bett, von der Becky-Brookfield-Ausstellungskarte und den MDF-Platten. »Damit du dich daran erinnern kannst«, sagt er, woraufhin sie am liebsten weinen würde. Teils, weil es so klingt, als hätte er alles weggeräumt, und teils, weil er so sehr versucht, nett zu sein. »Wenn ich alles durchgeschaut habe, dann gehen wir zusammen hoch und reden darüber, okay?«

»Okay.«

Und das war's. Er fragt nicht nach ihrem Tag, also wird sie ihm auch nichts erzählen. Irgendwann wird er das mit ihrer Periode merken, spätestens wenn sie »Binden« auf den Einkaufszettel schreibt. In der Zwischenzeit wartet sie, hält die Neuigkeiten zurück wie eine Strafe. Sie wird kein Wort darüber verlieren, bevor er nicht fragt, ob mit ihr alles okay ist.

Sie sorgt dafür, dass Stift und Papier bereitliegen, wenn *Bake Off* anfängt, damit sie wie versprochen mögliche Rezepte mit

Himbeeren mitschreiben kann. Die Bäcker fangen mit Nachtischvarianten an, und zwei von ihnen verwenden Himbeeren. Die Rezepte sind kompliziert: Der eine macht Schoko-Limetten-Himbeer-Fondants, der andere Erdbeer-Rhabarber-Himbeer-Orangen-Pudding. Es klingt schwierig, aber sie macht sich trotzdem einige Notizen.

Dad kommt nicht nach unten, obwohl sie das immer zusammen anschauen. Als die Bäcker schließlich zu ihrem Meisterstück kommen, hört sie auf, nach ihm zu lauschen. Das Meisterstück ist heute eine gebackene Eistorte. Dazu wird zuerst ein Kuchen mit einer Schicht Eis überzogen, dann komplett mit Baisermasse eingestrichen und im Ofen gebacken. Drei von den Bäckern machen ihre Torten mit Himbeeren. Es gibt eine mit Mango, Himbeeren und Kokosnuss, eine mit Pistazien, Himbeeren und Schokolade und eine mit Himbeer-Vanille.

Eine der Eistorten, aber keine mit Himbeeren, schmilzt, weil es in dem Zelt, wo sie backen, so heiß ist. Das Eis rutscht einfach wie Butter vom Kuchen. Der Bäcker wird total sauer und schmeißt das ganze Ding in den Mülleimer. Es ist ziemlich aufregend, und für ein paar Augenblicke vergisst sie, dass Dad oben ihre Ausstellung abbaut. Aber als die Sendung vorbei ist und er nicht mit einer seiner albernen Leckereien auftaucht – kein Cornetto oder Schäumchen in Sicht –, ist das echt totaler Mist.

Egal, sie ist jetzt eine *Frau*. Richtiges Blut fließt aus ihr heraus. Sie glaubt, dass Mrs. Mackerel mal *das Blut des Lebens* erwähnt hat, wobei es vielleicht auch Brot war … Aber, *das Blut des Lebens* – das klingt gut, oder? Sie sitzt auf dem Fernsehsessel, während *das Blut des Lebens* in die Binde (mit Flügeln) sickert, die in ihrer Unterhose klebt. Sie fühlt sich reif und verantwortungsvoll. Erwachsen. Bis ihr Szenen aus *One Born Every Minute* wieder einfallen, wo *Blut des Lebens* ganz andere Bedeutungen hat: Schmerz und Schreie und Nabelschnüre, violett-verknotet und pulsierend. Eigentlich ist es nur *Blut*, denkt sie. Und streicht lieber das *Leben*.

Als Erwachsene beschließt sie, großzügig auf ihren Nachtisch zu verzichten. Ihr fällt noch etwas ein, was Mrs. Mackerel gern sagt. Sie hat es von Jesus, der gut darin war, den rechten Weg zu wählen: *Vergib ihm, denn er weiß nicht, was er tut.*

Ausstellung: »Becky Brookfield – die unerzählte Geschichte«

Katalog

Objekt: Magneten und Tassen

Beschreibung: Eine kleine Sammlung an Kühlschrankmagneten und Tassen (plus ein Eierbecher und ein Geschirrhandtuch) mit Sprüchen darauf:

»Du kannst mir keine Angst machen, ich habe Kinder.«

»Die ersten dreißig Jahre Elternsein sind immer die schwersten.«

»Ich brauche eine Auszeit.«

»Wenn ich was von Glück sagen kann, dann rede ich von dir.«

»Zu Hause ist da, wo die Umarmungen wohnen.«

»Eine Familie ist ein kleines Wort, das aus Liebe entsteht.«

»Für die Welt magst du nur ein Mensch von vielen sein, aber für einen Menschen bedeutest du die Welt.«

»Gott konnte nicht überall sein. Deshalb hat er die Mütter erschaffen.«

Objekt-Nr.: 30–37

Herkunft: Becky Brookfield (meine Mutter) hat sie gesammelt. Vielleicht wollte sie so eine Küche haben wie die Leute im Fernsehen. Mit einem Kühlschrank voller Magneten und Bildern und einem Plan, was jedes Familienmitglied macht. Clover Quinn (ich) wurde in der Küche geboren, deshalb ist es ein besonderer Ort, und vielleicht wollte Becky Brookfield deshalb diese Sachen haben.

Präsentation: Die Magneten an den Heizkörper hängen, weil sie dort haften können. Die anderen Gegenstände vor der Heizung auf dem Boden drapieren.

Kuratorin: Clover Quinn

Konservator: Darren Quinn

Kapitel 16

Nachdem die Haustür ins Schloss geknallt war, blieb er allein in der Küche zurück und trank mit zitternden Händen und schmerzendem Nacken seinen Tee. »Vielleicht wünschst du dir ja, ich wäre tot und nicht sie« – wie konnte sie so einen Gedanken überhaupt denken, geschweige denn ihn aussprechen? So hatte er sie noch nie erlebt. Hatte sich einen solchen Streit nie vorstellen können. Das war aber doch wieder zu kitten, oder? Fast-Teenager sagten alles Mögliche, oder?

Er spülte die Tasse aus und ging nach oben. Zu seinen Sachen war Clover noch nicht gekommen. Er war dankbar, bis er selbst mittendrin steckte und feststellen musste, dass es sich bei so gut wie allem, was er aufgehoben hatte, um Müll handelte. Er fand Schulhefte, Schwimmurkunden und Fußballkarten. In einer anderen Kiste erwarteten ihn eine Fliegerbrille, ein *Spiderman*-Jahresheft und seine alte Schulkrawatte. Wieder in einer anderen stieß er auf Kassetten, eine CD-Booklet-Vorlage und Albumcover-Entwürfe für Colin und seine Band, Mad Scouse.

Er faltete eines der Booklets auf: eine Zeichnung von Colin und ihm – Strichmännchen mit albernen Frisuren und Boxhandschuhhänden –, wie sie aus dem obersten Fenster eines schlecht gezeichneten Hochhauses heraushingen. Ihr erstes Album sollte *Mad Scouse in the House* heißen. Er hatte sich mit viel Gebettel zu seinem Geburtstag eine Gitarre gewünscht und war enttäuscht, weil er von Mum und Dad eine gebrauchte bekam, die hinten verkratzt war. Wenigstens schenkten sie ihm auch ein Gitarrenlernheft dazu. Sobald er die Übungen aus dem Kapitel »Die sieben Grund-Akkorde« beherrschte, kam Colin mit seinem tragbaren Ghettoblaster vorbei und sie nahmen sich selbst auf, indem sie die Kassetten überspielten, auf denen sie zuvor sonntagnachmittags die Top 40 aus dem Radio mitgeschnitten hatten. Darrens

Gitarrenspiel klang bemüht, und Colin konnte nicht singen. Sie übten »Sweet Caroline«, »Love Me Do« und »Leaving on a Jet Plane«, allesamt gesungen und gespielt mit nicht vorgesehenen Pausen, in denen seine Finger auf dem Griffbrett den nächsten Akkord suchten. Sie waren scheiße, malten sich aber aus, dass sie eines Tages gut sein würden. »Die Oasis von morgen«, meinte seine Mum ermunternd, und obwohl sie wussten, dass es sehr unwahrscheinlich war, sonnten sie sich in ihrem Optimismus und verschlangen die Curly Wurlys und tranken die Limonade, die sie auf einem Tablett vor der Zimmertür bereitstellte. Mad Scouse: Was für ein beknackter Name für eine Band. Eine Mischung aus nordenglischem Stolz – diese ganze Madchester-Geschichte –, einem Hinweis auf die nächstgrößere Stadt (Liverpool) und einer lässigen Anspielung auf BSE. Damals fanden sie das zum Brüllen komisch.

Zwischen all dem Müll fand er auch einen Stapel alte Fotos. Endlich etwas, das sich aufzuheben lohnte. Es waren nur Abzüge von einer einzigen Filmrolle, und die Bilder waren, wenn er ehrlich war, ziemlich mies. Sie waren mit einer Einwegkamera aufgenommen worden. Vielleicht könnte er sie mit dem Handy abfotografieren und dann mit einem Filter nachschärfen, glänzende Gesichter bearbeiten und rote Augen korrigieren. Es waren Fotos vom Haus, als Becky und er es frisch gekauft hatten. Es gab viel zu viele nutzlose Aufnahmen von leeren Räumen. Darren wünschte, er könnte die Zeit zurückdrehen und darauf bestehen, dass entweder Becky oder er auf jedem Bild auftauchte. Aber wenigstens kamen sie auf einigen vor. Er blätterte den Stapel durch: Er mit einem Pinsel in der Hand wie ein Mikrofon; Becky, wie sie eine Tapetenbahn einkleistert; er, eingerollt in einen alten Teppich, das Gesicht voller Lachfalten. Becky, wie sie mit einem Blatt Sandpapier in der Hand in die Kamera grinst. Abschleifen war verdammt harte Arbeit, aber sie *war* glücklich – hier hatte er den Beweis. Er studierte ihren Mund und sah etwas von Clover in der Stellung ihrer Zähne und der kleinen Falte links und rechts ihres Lächelns. Als Clover alt genug war, um zu fragen, ob es noch irgendwelche anderen Fotos außer denen auf dem Kaminsims und dem in ihrem Zimmer gab, fielen ihm nur die beiden von Clover und Becky zusammen ein, und die waren furchtbar. Die Bilder aus dem Stapel sollten irgendwo hängen, beschloss er. Er würde sie Clover geben, damit sie sie richtig präsentieren konnte, am besten im Wohnzimmer – etwas Reales, Echtes, so viel besser als ihre Sackgassen-Hinweise und halbgaren Annahmen.

* * *

Es passierte am Fuß der Brücke, genau da, wo die Einfahrt zur Wohnsiedlung in die Hauptstraße mündet. Wenn man sich im vorderen Schlafzimmer auf einen Stuhl stellt und sich aus dem Fenster lehnt, kann man die exakte Stelle sehen – noch ein Grund, Clover das größte Zimmer zu überlassen und sich auf die Rückseite des Hauses zurückzuziehen. Der Wagen kam über die Hügelkuppe gerast, und Becky trat genau in dem Moment hinaus auf die Straße. Das sind die Fakten.

Hier sind noch einige weitere: Er war mit den Einkäufen up to date, Milch war im Kühlschrank und die Teedose war voll. Becky hatte ihre Tasche dabei. Die rote. Sie wurde beim Aufprall weggeschleudert und schrammte über den Asphalt. Ihren Geldbeutel und ihre Schlüssel hatte Becky dabei, und sie war dem angenehm milden Wetter entsprechend angezogen. Es hatte an diesem Morgen nur einen einzigen Anruf gegeben. Er kam von dem Münztelefon in Jims B&B. Hinterher versicherte die Polizei ihm, es hätte keinerlei Anzeichen dafür gegeben, dass sie ihn hatte verlassen wollen. Der Gedanke war ihm gar nicht gekommen, bis die Beamten es erwähnten.

An dem Tag war die Straße gesperrt und die Busse wurden umgeleitet. Er war gerade eine Schleife auf der Umleitungsstrecke gefahren, als er es erfuhr. War schon im Zeitplan hinterher und machte sich Sorgen, wie er seine Haltestellen pünktlich erreichen sollte. Sie warteten an der Lord Street auf ihn. Zwei Polizeibeamte, ein Mann und eine Frau, und Dave Newton, der Ersatzfahrer, der seine Schicht übernehmen würde. Darren stieg aus dem Bus und hatte auf einmal so schwammige Knie, dass er fast über die eigenen Füße gestolpert wäre. Es war was mit seinem Dad, dachte er: ein Herzinfarkt oder Schlaganfall. Während sie ihn zu dem Wagen geleiteten, den sie hinter der Bushaltestelle auf der durchgezogenen Linie geparkt hatten, bereitete er sich innerlich darauf vor. Es blieb sogar noch Zeit für einen Moment der Peinlichkeit, als er neben die Polizistin auf die Rückbank rutschte – sah das für Außenstehende jetzt so aus, als würde er verhaftet werden? Es war noch Zeit, sich anzuschnallen, Zeit, sich in Erwartung des Schlages zu verkrampfen. Die Frau fing an zu sprechen, und die Zeit zog sich in die Länge und verzerrte sich. Er war sich auf einmal der sich kreuzenden Muskeln in seinem Gesicht bewusst, und wie viel Anstrengung es ihn kostete, den Mund geschlossen zu halten. Er erinnerte sich an die Schuhe der Frau. Während sie sprach, zählte er die kleinen Löcher, die vorn an der Spitze ein Muster bildeten. Mit ihren Worten stimmte etwas überhaupt nicht. Wenn er sich nur auf das Muster konzentrierte, wenn er die Zähne fest zusammenbiss, dann konnte er das Aufheulen vielleicht unterdrücken.

Sie fuhren, bis sie die Brücke erreichten. Der Polizeibeamte an der Absperrung winkte sie durch. Sie rollten langsam an einem Land Rover vorbei, der quer auf der Straße stand, seine Endposition nach dem Bremsen und Schlingern, und krochen weiter bis ans Ende der Wohnsiedlung. Mrs. Mackerel kam sofort aus dem Haus, Clover im Arm. Sie folgte Darren und den Beamten ins Haus.

»SETZEN SIE SICH«, sagte sie, als wäre sie hier zu Hause. »*Jesus, Maria und Josef*. Ich mache ihm EINEN TEE.«

»Möchten Sie jemanden anrufen?«

»Nein«, sagte er.

Aber *sie* taten es. Im Lauf des Nachmittags und Abends kamen sie. Alle: Dad, Jim, Colin und Maureen. Wie die Tiere aus einem Bilderbuch seiner Kindheit. Als er sie um Hilfe gebeten hatte, hatten sie abgewehrt. Sie kamen erst, als es nichts mehr zu tun gab. Sie waren zu spät. Er hasste sie.

In den darauffolgenden Tagen war einer von ihnen ständig da.

»Wie gut, dass Clover nicht gestillt wurde«, sagte jemand und löffelte Babynahrung in ein wartendes Fläschchen.

»Du musst für das Baby stark bleiben.«

»Du wirst immer einen Teil von Becky bei dir haben.«

Ihre Dummheit machte ihn sprachlos, genau wie ihr Bedürfnis, die Luft mit Worthülsen zu füllen. Er konnte kaum sprechen vor lauter Angst loszubrüllen. Sie redeten, als wäre Clovers Anwesenheit ein Trost, aber sie war nicht der Teil von Becky, den er wollte.

Er wanderte durchs Haus, geistesabwesend und umgeben von Rätseln. Er konnte nicht begreifen, wie Beckys Zahnbürste noch existieren konnte, wenn sie es nicht mehr tat. Wie konnte das Datum auf den Konservendosen im Schrank hinter dem Ende ihres Lebens liegen? Wie konnten an sie adressierte Briefe auf dem Fußabstreifer landen? Wie konnte ihre Bettseite leer bleiben? Wie konnte das Baby, das ihn nachts aufweckte, für mindestens die nächsten achtzehn Jahre seine Aufgabe sein? – Menschen verbrachten für Mord weniger Zeit im Gefängnis.

Sie verwöhnten Clover. Trugen sie den ganzen Tag herum. Überhäuften sie mit all der Liebe und dem Mitgefühl, das sie ihm gezeigt hätten, wenn er sie gelassen hätte. Nachts ließen sie ihn allein mit ihr, und sie weinte. Wenn die anderen am nächsten Morgen wiederkamen, verzauberte sie alle mit einem neu erlernten Trick, indem sie zahnlos in alle Richtungen lächelte – fütter mich, wickel mich, spiel mit mir. Er hasste auch sie.

Jim konnte sich nicht mehr daran erinnern, weshalb er angerufen hatte. Auf Nachfrage sagte er, er hätte hören wollen, wie es Becky ging. Oder ihr von der neuen Zoohandlung erzählen, die in der Stadt aufgemacht hatte. Oder rausfinden, ob die Nummer 60 auf der Waschmaschine die Dauer des Waschzyklus oder etwas anderes bedeutete. Oder ihr sagen, dass er die

Fernbedienung für den Fernseher in seinem Zimmer verloren hatte. Ob sie wüsste, wo er eine neue herbekommen könnte. Schließlich hörte Darren auf zu fragen. Was machte es auch für einen Unterschied?

Die Nächte waren am schlimmsten. Sein Gehirn fabrizierte »Such«-Träume. Er suchte nach Becky, suchte in weit abgelegenen Gegenden: auf Berggipfeln, über grasbewachsene Weiten hinweg, in den vollen Straßen einer Stadt, immer auf der Suche, immer kurz davor, sie zu finden ... und dann wachte Clover auf. Manchmal hörte er völlig desinteressiert zu, wie sie so angestrengt brüllte, als würde sie vor Zorn gleich platzen. Manchmal weinte auch er. Zog mit ihr Schluchzer für Schluchzer in einem seltsamen Wettbewerb des Leids gleich. Dann hörte sie einen Moment lang auf und lauschte, neugierig auf die Quelle dieses anderen Geräuschs, während sich sein Schmerz und die Wut in die Dunkelheit ergossen.

Die Leute banden Blumen an den Laternenpfahl am Fuß der Brücke. Was hatte der Laternenpfahl mit Becky zu tun?, fragte er sich. Jemand fand heraus, dass er genau dort wohnte, unten in The Grove, in dem der Brückenböschung zugewandten Haus. Blumen tauchten oben am Zaun auf und dann auch vor dem Haus. Mit dabei waren an den »Vater des Babys« adressierte Karten mit Teddys und Helium-Luftballons für Clover. Zwei Fotografen standen mit um den Hals baumelnden Kameras in der Einfahrt. »So leidet ein Vater«, hieß es über ihn in der Zeitung.

Es regnete, und die Karten wurden zu Pappmaché. Colin kam mit einer Gartenschere und einer Rolle Müllsäcke vorbei. Er fing am Laternenpfahl an, schnitt alles ab und stopfte es in einen Sack. Als Nächstes war das Brückengeländer dran. Und schließlich die Hauswand und die Einfahrt. Aufgeweichte Karten, triefende Teddybären, verrottende Blumen – er schmiss alles weg.

Das war besser so.

Irgendwann hörten die Leute auf, an der Brücke die Geschwindigkeit zu drosseln, um am Zaun und den Bäumen hinweg einen Blick aufs Haus unten an der Böschung zu erhaschen. Und die Einfahrt fühlte sich nicht mehr wie ein Friedhof an.

Nach der gerichtlichen Untersuchung gab es wieder mehr Blumen.

»Verdammte Idioten«, schimpfte Colin mit griffbereiter Gartenschere samt Müllsack. »Machen hier alles dreckig. Schmeißen den ganzen Mist irgendwo aus dem fahrenden Auto. Wie würde es denen denn gefallen, wenn ich ihnen auf die Treppenstufen scheiße?«

Darren hatte das Gefühl, dass Colin den Ärger spielte, um ihn auszuhorchen, um herauszufinden, wie es ihm mit der unheimlichen Zurschaustellung kollektiver Trauer ging. Er war wütend, natürlich war er das. All diese Leute, die Becky nicht einmal gekannt hatten, vereinnahmten einfach seine Traurigkeit. Aber die Wut war dunkel und stark, und er lernte bereits, sie dünn aufzutragen wie Marmite.

Mit vierundzwanzig war er sich zum ersten Mal bewusst, wie sich die Jahre in die Länge zogen. Er hatte keinen Hunger auf Leben mehr, sondern war daran gebunden – zum Weiterleben verpflichtet, wie eine mehrjährige Pflanze, wegen Clover. Wegen ihr war er auch allein – er erlaubte sich den Gedanken, obwohl er gefährlich war: ein Drahtseil, das es mit der Zehenspitze zu testen galt. Anschließend zog er sich schnell an die Kante des Podestes zurück, wo er wartete, stets gefährdet und auf wackeligem Untergrund.

Einkaufen ging er spät abends, wenn die Supermärkte voll waren von grobschlächtigen Kerlen mit Hubwagen, die die Regale auffüllten. Dann versuchte niemand, mit Clover zu reden, oder blieb stehen, um ihm dazu zu gratulieren, dass er sein eigenes Kind babysittete.

Er fuhr rüber zum Schrebergarten, wobei das Geräusch des Motors Clover in den Schlaf sang, und stellte ihren Autositz auf den alten Teppich, während er reihenweise Kartoffeln pflanzte: rote Desiree, Maris Piper und Charlotte; hart wie Kieselsteine, so tief drin war das Leben in ihnen verborgen.

Auf Clovers Lächeln folgten Geräusche. Manchmal, wenn sie nachts aufwachte, beruhigte sie sich selbst mit wortlosem Gebrabbel, und schlief wieder ein. Sie fing an, sich umzudrehen, wenn er ins Zimmer kam, und streckte ihm die Ärmchen in Erwartung einer Umarmung entgegen. Damit schliff sie die gröbste Rauheit seiner Gefühle ab.

Ihm fiel wieder ein, dass Geliebtwerden Babys am Leben hält. Und er liebte sie. Natürlich tat er das. Sie war kein Trostpreis oder ein »wenigstens das«. Sie war seine Tochter.

Edna passte auf Clover auf, während er arbeitete. Wenn er Spätschicht hatte, holten Colin oder Kelly sie um sechs bei Edna ab und beschäftigten sie zu Hause, bis er zurückkam. Als Dad in den Ruhestand ging, half auch er manchmal aus. Er kam dann mit seinem D&B-Buch zu ihnen nach Hause, und wenn er ihre Windel wechseln musste, band er sich ein Taschentuch vor Nase und Mund und notierte ihre Nahrungsaufnahme und Ausscheidungen neben seinen.

Dad und er hätten sich gegenseitig Trost spenden können. Doch Darren bemerkte Dads hängende Schultern und das Schlurfen seiner Füße, und es regte ihn auf. Am liebsten hätte er gerufen: »Mir geht's schlechter! Diesen Wettbewerb gewinne ich!« Er machte keine Zugeständnisse und erlaubte keine Vergleiche zwischen ihrer jeweiligen Trauer. Als er irgendwann merkte, wie lächerlich er sich verhielt, war der Schaden schon angerichtet, die Distanz entstanden und die Grenzlinien gezogen.

Jeden Tag fuhr er seinen Bus über die Brücke, am Haus und der Stelle vorbei, wo der Land Rover Becky überfahren hatte. Vielleicht würde es helfen, dachte er, sein Leben fern der Orte zu verbringen, wo sein Glück begonnen und geendet hatte.

Er bot das Haus zum Verkauf an.

Vielleicht würde es helfen, riet ihm die Maklerin Monate später, etwas auszumisten, oder, wenn er ihr die Bemerkung erlaube, in *Stauraumlösungen* zu investieren.

Er nahm das Haus vom Markt.

Clover war achtzehn Monate alt, als die Familienberaterin wissen wollte, wie viele Wörter sie kannte. Er war sich nicht sicher. Redete er denn mit ihr?, fragte sie. Ja, er glaubte schon. Sprach er die Dinge laut aus, oder dachte er sie nur?, hakte sie nach. Er wusste es nicht, konnte es nicht sagen. Er sollte es mal mit einem laufenden Kommentar versuchen, wie beim Fußball im Radio, erklärte sie ihm für den Fall, dass er es nicht kapiert hatte. »Sagen Sie ihr, was Sie gerade tun, während Sie es tun. Das wird ihr gefallen.« Also machte er das: Daddy kocht dir ein Mittagessen. Daddy stopft die Wäsche in die Maschine, damit deine Sachen wieder sauber werden. Daddy bringt dich zum Spielen nach nebenan, damit er zur Arbeit gehen kann. Daddy singt dich in den Schlaf, damit du keine Angst hast. Die Frau vom Jugendamt hatte recht, Clover liebte es. Und als sie das nächste Mal vorbeikam, hatte er eine ganze Liste an Wörtern vorzuweisen. Doch er hatte ein schlechtes Gewissen wegen seines Schweigens, wenn es denn so gewesen war. Er wusste es nicht, konnte sich nicht erinnern – er *weiß* es nicht und *kann* sich an diese frühen Jahre nicht erinnern.

Eines Tages tauchte Colin mit einer Ukulele auf.

»Erinnerst du dich noch an Mad Scouse? Ich hab bei einem Entrümpelungsjob diese Babygitarre gefunden. Dachte, du könntest es Clo beibringen. Vielleicht könnte *sie* ja eines Tages in einer Band spielen.«

»Das ist keine Babygitarre.«

»Oh.«

»Das ist eine Ukulele.«

»Ah.«

»Was völlig anderes als eine Gitarre.«

»Aha.«

»Zwei ganz verschiedene Dinge.«

»Okay.«

»Und Clover ist noch viel zu klein, um ein Instrument zu lernen.«

»Manchmal bist du echt bescheuert«, sagte Colin und ging. Aber die Ukulele ließ er auf dem Tisch liegen.

Clover spielte im Schrebergarten mit Eimer und Schaufel in der Erde, während er pflanzte und Unkraut jätete. Sie goss die Samen und die daraus entstehenden Pflänzchen mit ihrer eigenen kleinen Gießkanne. Die Zeit fühlte sich dort anders an. Gleichmäßiger, neigte weniger dazu, plötzlich davonzurasen oder zäh dahinzufließen – die guten Momente fühlten sich länger an, die schlechten kürzer.

Es wäre toll, wenn Mädchen wie Samen in Tüten geliefert würden, dachte er und sah zu, wie sie in ihren Peppa-Wutz-Gummistiefeln durch den Matsch stapfte. Wenn es dazu eine klare Anleitung gäbe – *mit vielen Büchern im Haus aufziehen*, oder *mag Sonnenlicht und Hochklettern an Zäunen* –, dann könnte er die richtigen Gerätschaften besorgen und die besten Bedingungen für optimales Wachstum schaffen.

Ungefähr zu der Zeit, als Clover in den Kindergarten kam, kam Colin vorbei und erklärte ihm, er solle sich jetzt mal zusammenreißen.

»Es ist an der Zeit, zum Normalzustand zurückzukehren«, sagte er. »Es war ein Unfall. Es war nicht deine Schuld. Wenn Becky nicht so selbst…«

Bevor Darren sich's versah, war er aufgesprungen und schob Colin mit gesenktem Kopf von einem Ende des Wohnzimmers ans andere, als wären sie gegnerische Teams in einem Streit um Penaltypunkte. Colin hob die Arme, um sich zu ergeben. Doch sobald Darren aufgab, schlug ihm Colin mit der Faust in den Bauch. Hart.

»Das ist für Kelly, du Scheißkerl.«

Sie waren auf dem Weg zum kleinen Lebensmittelladen am Eck, um einen Becher Pudding zu kaufen, den sie zum Apfelkompott essen wollten, das sie aus Fallobst vom Schrebergarten nebenan gekocht hatten. Er hatte Clover in der Wohnsiedlung beigebracht, wie man die Straße überquert. Dort war es ungefährlich. *Stehen bleiben, schauen, lauschen* – sie wusste genau, was sie tun musste. Doch sie sah das Geschäft auf der anderen Straßenseite und rannte los. Darren packte sie am Arm und riss sie so fest zurück, dass sie durch die Luft flog. Sie schwang wie ein Äffchen hin und her, leicht, elastisch, und als sie landete, rutschte ihm die Hand aus. Aber heftig.

Sie schluchzte den gesamten Heimweg über. An diesem Abend sah sie ihn nicht an. Seine Handfläche brannte, aber das war nichts gegen den Schmerz in seinem Bauch, als er beim Zubettgehen ihr Bein ansah und entdeckte, dass der Abdruck seiner Finger ihren Oberschenkel wie ein Flussdelta zierte.

Die nächste Woche über lebte er in ständiger Angst, jemand in der Kita könnte sehen, was er getan hatte. Clover vergaß es, lange bevor die Flecken verblasst waren. Er selbst jedoch vergaß es nicht.

Er studierte sie wie ein Seismologe, immer Ausschau nach Wellenausschlag haltend. Er versuchte, ihr Inneres aufzuzeichnen, um die Stärke und das Timing zukünftiger Erdbeben vorhersagen zu können. »Brauchst du irgendwas?«, fragte er. Und dann besorgte er ihr so oder so etwas. Nur für den Fall. Verwechselte Impuls oft mit Instinkt. Aber lieber auf Nummer sicher gehen, dachte er.

Sie feierten Clovers ersten Schultag. Um halb neun Uhr morgens drängten sich alle in der Einfahrt: Edna, Dad, Colin, Jim und er. Clover stand auf der Türschwelle, einen winzigen Turnbeutel und eine Barbie-Vesperbox fest umklammert, die Uniform noch ganz steif, so neu war sie, mit knubbeligen Knien, die unter ihrem Faltenrock hervorschauten. Sie zückten alle ihre Kameras, und Darren musste an die anderen

Kameras denken, die sich damals auf den Hauseingang gerichtet hatten.

Als er Clover zur Schule gebracht hatte und zurückkam, warteten sie vor Ednas Haus auf ihn. Eine Intervention nannte Colin es. Da er allein erfolglos geblieben war, hatte er nun die anderen rekrutiert. Bei Dad schien es sich eher um eine Zwangsanwerbung gehandelt zu haben, während Jim aussah, als hätte er Konzertkarten für die erste Reihe gewonnen. Zu den Punkten auf der Liste gehörten das Gerümpel im Haus, der Zustand des Gartens und sein Unvermögen, *darüber hinwegzukommen* und *nach vorn zu schauen*. Sanft erklärte er ihnen, sie sollten sich gefälligst um ihren eigenen Kram kümmern.

Colin versuchte es noch ein letztes Mal, nicht lange nachdem er mit Mark zusammengekommen war und Kelly Pete geheiratet hatte. Mark kannte jemanden, eine Kollegin. Sie war hübsch, total nett. Nur ein Date, sagte er. Ein einziges, verdammtes Date.

Darren weigerte sich. Ein Date wäre sinnlos – lediglich eine Übung im Häkchenmachen.

Cock-sticking – auch das könnte eine Übung sein, scherzte Colin, bevor er sich räusperte und eine kurze Rede darüber hielt, wie wichtig es war, Dinge zu überwinden. Die Rede klang hektisch und auswendig gelernt. Darren hörte zu. Und dann begleitete er Colin zur Tür.

Menschen sind keine Bremsschwellen, die man überwindet. Er war einer neuen Beziehung gegenüber nicht abgeneigt. Er konnte es sich vorstellen, eines Tages. Es war die Vorstellung, wieder von vorn anzufangen, die ihn abschreckte. Die Aussicht, es zu vermasseln. Die Möglichkeit, nicht zu genügen. Das Wissen, dass er einst mit der Absicht begonnen hatte, das Beste zu sein, was jemandem passiert war, und zum Schlimmsten geworden war.

* * *

Er schlug Clovers Notizbuch auf und begann zu lesen. Auch wenn es ihr nicht gelungen war, Becky in ihrer Präsentation der verschiedenen Gegenstände heraufzubeschwören, hier auf diesen Seiten fanden sich Bruchstücke von ihr, in den Kommentaren der Leute und den Geschichten, die sie erzählt hatten.

Er blätterte das Heft durch. Jim, Edna, Colin, Maureen, sogar Kelly – alle da. Nur seine Stimme fehlte. Er hatte immer gedacht, er würde Worte finden, um oft über Becky zu sprechen, dass es ganz natürlich wäre und sie immer irgendwie da wäre, weil er sie zu einem Teil ihres täglichen Lebens machte. Aber weshalb sollte er sie erwähnen, wenn er sich dann scheiße fühlte? Und was sollte er sagen? Er war sich ja nicht mal sicher, was er zu sich selbst sagen sollte, geschweige denn zu einem Kind. Sobald Clover alt genug war, dass das Thema in Unterhaltungen auftauchte, hatte es überhaupt nichts Natürliches an sich. Er kämpfte um die richtigen Worte und sah, wie sich ihr Mund verkrampfte und ihr kleines Gesicht erstarrte.

Er möchte gern glauben, dass sie, wenn Jim nicht Jim wäre, sondern stattdessen ein verlässlicher Zeuge seines eigenen Lebens, in der Lage gewesen wären, über seine Kindheit zu reden. Vielleicht wäre es ihnen gemeinsam gelungen, eine Art Geschichte zu formulieren, die Sinn ergab: Das ist passiert, und dann ist das passiert, und danach das – eine leicht verständliche Ursache-und-Wirkung-Geschichte, wie man sie mit Kindern teilen kann. Stattdessen war es ein einziges Chaos, und die Verwirrung ging weiter: Wäre Becky besser klargekommen, wenn sie von der Schwangerschaft gewusst hätte? War sie schon unglücklich, bevor Clover auf die Welt kam? Hätte er etwas, irgendetwas anders machen können? Hätte er? *Hätte er das?*

Wenn jemand stirbt, dann hat man das Bedürfnis, alle Teile dieser Person zu sammeln und an einen Ort zu bringen, jede Geschichte von den Menschen zu hören, die die Person kannten, aus den Zeiten, als man nicht anwesend war. Doch als er schließlich das Bedürfnis verspürte zu reden, hatte er bereits alle vergrault. Das Bedürfnis, alles, was zu ihr gehörte, an einem Ort zu versammeln, jedoch blieb. Die falschen Dinge, wie ihm nun klar wurde, als er da im Schlafzimmer saß. Der falsche Ort. Und ihn traf auf einmal die Erkenntnis, wie unmöglich es war, jemanden über seine Besitztümer zu rekonstruieren. Wenn man sich vorstellte, es ginge um ihn: die Motorradhelme und Farbeimer auf der Treppe, die Ukulele-Teile und in Kisten verpackten Uhren, die gesammelten Zeitungen und der Bootsmotor – was würde das alles bedeuten? Genau dasselbe war der Fall hier. All die *Dinge*, die er aufgehoben und verstaut hatte, all das Zeug, das hier im Zimmer lagerte – es hatte keinerlei Bedeutung.

Er knotete die Mülltüten auf und hob Stapel von Beckys Kleidern heraus, als Clover an die Tür klopfte.

»Abendessen ist fertig«, rief sie.

»Komme gleich«, sagte er.

Er fing an, sich zu beeilen, überlegte es sich dann aber doch anders und beschloss, sich Zeit zu lassen. Er strich glatt und faltete, berührte alles ein letztes Mal. Eines hat er während des letzten Jahrzehnts gelernt: Trauer geht nie weg. Und das ist nichts Schlechtes – schließlich ist es nur die Kehrseite von Liebe.

Donnerstag, und die Verhärtung in seinem Nacken und seinen Schultern hat sich etwas gelockert. Er kann immerhin den Kopf ein Stückchen nach links und rechts drehen und die Arme heben, ohne vor Schmerz das Gesicht zu verziehen. Vorsichtig rollt er sich aus dem Bett und geht ins Bad. Die Fensterscheibe ist beschlagen, deshalb reißt er ein Stück Klopapier ab, um sie frei zu reiben. Als er es anschließend wegwerfen will, ist der Badmülleimer ungewöhnlich voll, und bei genauerem Hinsehen entdeckt er die Binden, eingerollt in ihre bunten Verpackungen, die denen von Süßigkeiten ähneln. *Scheiße.*

Er setzt sich auf die Toilette, stützt die Ellbogen auf die Knie und den Kopf in die Hände. Gegenüber, neben der Badewanne, wartet der preisreduzierte Weihnachtsbaum immer noch darauf, auf dem Dachboden verstaut zu werden. Wenn er genau genug hinsieht, erkennt er die Wahrheit hinter den Dingen. Wie bei dem Bild von dieser Frau, die gleichzeitig alt und jung ist, ist das Haus gleichzeitig ein Zuhause und eine Müllhalde.

Er wird mit Clover sprechen müssen. Wenn es darauf hinausläuft, mit ihm oder mit niemandem zu sprechen, wird sie doch Ersteres vorziehen, oder? Er kann sie nicht wie das mollige, blutende Mädchen in dem Buch übers Frausein allein lassen. Das arme Ding hatte niemanden zum Reden. Er wird Clover heute nirgendwo hinschicken. Sie kann sich aufs Sofa legen und fernsehen oder zum Schrebergarten radeln oder an ihrem heimlichen Schal stricken – was immer sie will.

Zurück im Zimmer packt er die verbliebenen unbenutzten Gegenstände ein. Er macht einen kleinen Stapel aus Sachen, die aufgehoben werden sollen, im Bewusstsein, dass auch sie, wie ihre lockigen Haare und ihr sonniges Gemüt, Clovers Erbe sind, und sie ein Mitspracherecht darin haben sollte, was mit ihnen passiert. Er nimmt die Malbuchseiten von der Wand, unsicher, was sie repräsentieren sollen. Es sind Heilige. Ist es einfacher, überlegt er, eine Tote in eine Heilige zu verwandeln, als sich so an sie zu erinnern, wie sie war? Als er fast fertig ist, setzt er sich auf den Boden, den Rücken an die geschlossene Tür gelehnt, und öffnet wieder Clovers Notizbuch. Wenn nur die Vergangenheit dieser wunderschöne Ort wäre, für den andere Leute ihn zu halten scheinen.

Es gibt, beschließt er, einen Unterschied zwischen dem, was wahr und was notwendig ist; zwischen dem, was korrekt und was lieb und gut ist. Er greift nach dem Stift, den er mitgebracht hat.

»Ich habe Becky im 43er-Bus kennengelernt«, beginnt er.

Freitag, und alle Müllsäcke sind auf der gegenüberliegenden Seite des Bettes aufgestapelt. Das Bett selbst ist abgezogen und nun ein Ablageort für den Stapel zusammengefalteter

Umzugskartons. Es hat so viel Zeug hier. Er wird ewig brauchen, um alles loszuwerden. Darren versucht, in einer rollenden Bewegung die Schultern an die Ohren zu ziehen. Schmerz schießt ihm in den Kiefer, das Schlüsselbein und die knubbeligen Knochenhöcker hinter den Ohren, die sicherlich einen Namen haben, den er aber nicht kennt.

Wenn er nicht aufpasst, verliert er seinen Schwung, und er wird die Tür hinter einem neuen, etwas aufgeräumteren Chaos schließen. Er spürt bereits, wie sich der Impuls formt, das Bedürfnis, alles einzumauern. Doch er hält bewusst inne, und da fällt ihm Colin ein, der eine Jahreslizenz für Hausmüllentsorgung besitzt, die ihm zwanzig Besuche auf dem Sperrmüll und der Deponie erlaubt. Er besitzt außerdem einen kleinen Anhänger fürs Auto, den er zusammen mit Baseballkappe und Sonnenbrille benutzt, um sich als Privatperson zu verkleiden.

Darren zieht das Handy aus der Tasche.

»Hallo«, sagt er. »Spricht dort der Handyman?«

»Ja, am Apparat.«

»Ich würde gern einen Termin für eine teilweise Haushaltsauflösung vereinbaren.« Beim Reden geht er zwischen Bett und Fenster hin und her und wirft dabei einen Blick hinunter auf den Rasen. »Und auch einige Dinge aus dem Garten«, fügt er schnell hinzu, bevor er es sich wieder anders überlegen kann.

Am Ende der Leitung herrscht Stille. Er wartet ab, bis Colin schließlich erwidert: »Wann würde es Ihnen denn passen, Sir?«

»Wie wäre es mit diesem Wochenende?«

»Ich denke, da ließe sich für Samstag etwas arrangieren. Das wäre dann morgen, um genau zu sein, Sir.«

»Vielen Dank.«

Eine weitere Pause entsteht. Darren wartet.

»Aber arbeitest du nicht am Wochenende?«

»Bin krankgeschrieben.«

»Alles okay?«

»Schleudertrauma.«

»Unfall?«

»Ja.«
»Scheiße. Deine Schuld?«
»Nein.«
»Puh.«
»Ja.«

Er stellt sich Colin vor, wie er mit einer Hand das Telefon hält, mit der anderen über die Haarstoppeln an seinem Hinterkopf fährt, die Lippen geschürzt, und sich eine Reihe an Fragen verkneift, die er gern wie Pfeile abschießen würde, sich aber nicht traut, weil sie verstörend oder kontraproduktiv sein könnten.

»Dann am Samstag, Sir?«
»Ja.«
»Elf Uhr?«
»Vielen Dank.«

Darren sitzt am Fuß des Bettes und denkt an all die Dinge, die Becky verpasst hat, Dinge, die sie dazu gebracht hätten, Clover zu lieben. Als Clover »Klappersteine« zum Hagel sagte und »Fußfinger« zu ihren Zehen. Wie sie mal »Bauchweh im Kopf« hatte. Wie sie ihn lobte, wenn er etwas richtig machte: »Braves Mädchen, Daddy!« Ihre obligatorischen »Knuddels« vor dem Einschlafen. Das Mal, als sie ihn »missgehört« hatte. Die Hamburger von »Old MacDonald's«. Ihr Verlangen nach einem »Pony-Kopf«, als sie in die Schule kam. Der Tag, an dem sie einen gebutterten Bagel um ihren Finger kreisen ließ und verkündete, sie habe beschlossen, einen Riesen zu heiraten.

Es gab Zeiten, da hatte er das Gefühl, dass er das Vatersein toll meisterte. Einmal kaufte er eine Tüte Mini-Schokoeier und legte sie in einer Reihe oben auf die Heizung. Die Wärme ließ das Innere schmelzen, und wenn Clover und er sie sich in den Mund schoben, platzten sie auf, ganz warm und schokoladig. Ab und zu macht er es immer noch. In der Zeit vor Ostern, wenn es noch kalt genug ist, die Heizung einzuschalten. Dann kauft er welche und reiht sie auf, ehe er Clover ruft. »Ach, *Da-ad*«, sagt sie dann, aber er weiß, dass sie es mag.

Einmal hatte sie Läuse. Er kaufte das Mittel, las die Anleitung durch und befolgte sie *eins zu eins*. Was für eine Erleichterung, endlich mal einem Aspekt des Elternseins zu begegnen, für den es eine Schritt-für-Schritt-Anleitung gab. Er fuhr mit dem Kamm an jedem einzelnen dieser kleinen Biester vorbei und wischte ihn an zerknüllten Blättern Klopapier ab, die er dann im Klo runterspülte. Hinterher sah er sich ein YouTube-Video an, um zu lernen, wie man einen festen Zopf flicht, damit keine kleinen Haarsträhnen entwischen konnten. Jeden Freitag kontrollierte er Clover auf Läuse. Wenn es um Läuse ging, war er echt unschlagbar.

Er erinnert sich auch an die beschissenen Momente. Wie er Clover eines Tages bei Edna abholte und noch das Ende der Kinder-Geschichtssendung mitbekam, die sie sich ansah. Der Tod tauchte auf, mit Sichel und allem drum und dran, und fing an, ein Lied zu singen: *»Blödes Sterben, blödes Sterben, hoffentlich trifft es das nächste Mal nicht dich.«* Eine Bardame pikte einen Tiger, ein König wurde von seiner eigenen Kanone weggeballert, und es war verdammt lustig. Man könnte sich wegschmeißen vor Lachen, wenn jemand einen echt blöden, sinnlosen Tod stirbt, oder?

Er weiß noch, wie er Clover oft von der Schule abgeholt hat. Wie sie sich rübergebeugt und das Radio ausgemacht hat. Sie fragte nie vorher. Ging einfach davon aus, dass es in Ordnung war. Oder sie redete trotz Radio drauflos. »Jemand hat in der Lesestunde gefurzt, und Mrs. Regan hat gesagt, sie liest die Geschichte erst vor, wenn derjenige sich meldet und es zugibt, aber alle waren mucksmäuschenstill, und wir saßen zehn Minuten schweigend da …« Es gab Zeiten, da ging sie ihm auf die Nerven. Wenn ihr Mund irgendwelches belangloses Zeug ausspuckte, immer und immer weiter. Ich verlange doch nicht viel, dachte er dann. Nur ein bisschen Ruhe und Frieden, ein paar Momente, um etwas zu genießen. Aber später, wenn er vor dem Zubettgehen noch mal bei ihr reinschaute und sie da liegen sah, mit rosigen Wangen, die Arme im Schlaf nach oben geworfen, die langen Wimpern auf ihren Wangenknochen ruhend, dann fragte er sich, wie er sich nur hatte ärgern können. Was für ein Mensch wünschte sich wegen einiger Augenblicke Ruhe, seine eigene Tochter wäre nicht da? Und er sagte sich, dass es gut war, dass sie einfach annahm, gut, dass sie sich nach vorn, in die Mitte drängte, dass sie keine Zurückhaltung verspürte, dass sie gern redete, und redete, *und redete*. In ihr war kein Zögern; sie war sich seiner Zuneigung und seines Interesses sicher, und das war doch etwas Gutes, nicht wahr?

Von diesem Zimmer, diesen Sachen und dem Ausbruch von gestern mal abgesehen – insgesamt hat er es doch ganz gut hingekriegt. Oder?

Ausstellung: »Becky Brookfield – die unerzählte Geschichte«

Katalog

Objekt: Staub

Beschreibung: Staub von zwischen den Lamellen des altmodischen Kleiderschranks im mittleren Zimmer

Objekt-Nr.: 38

Herkunft: Der Staub befindet sich seit Jahren in diesem Raum. Wahrscheinlich enthält er winzige Hautpartikel und Haarzellen.

Präsentation: In einem durchsichtigen Gefrierbeutel, sodass der Staub sichtbar, aber eingeschlossen ist.

Kuratorin: Clover Quinn

Konservator: Darren Quinn

Kapitel 17

Onkel Jim sitzt am Bettende, hinter ihm ein Stapel zusammengefalteter Kartons. Als er dort Platz nahm, tat er so, als würde er die Matratze auf Gemütlichkeit testen, hörte aber gleich wieder damit auf. In Wahrheit hat ihn das Treppensteigen nach oben ziemlich fertiggemacht, aber er würde lieber sterben als das zuzugeben. Er ist erst gestern Abend aus dem Krankenhaus gekommen. Dad und sie haben ihn abgeholt und unterwegs noch bei South Garden gehalten. Dann haben sie in Onkel Jims Einzimmerwohnung Pommes gegessen, nebeneinander aufs Sofa gequetscht, die fettigen Schachteln auf dem Schoß. Danach haben sie ein bisschen aufgeräumt – Dad ist so richtig in Fahrt! Beim Gehen fragte Dad Onkel Jim, ob er bereit wäre, bei etwas zu helfen. Und Onkel Jim, der so froh war, wieder zu Hause zu sein, und den Bauch voll hatte mit »dem besten Essen seit Wochen«, sagte aus Versehen sofort Ja, ohne so zu tun, als müsste er erst darüber nachdenken. Deshalb sitzt er heute hier, im mittleren Zimmer, immer noch ein bisschen wackelig auf den Beinen. Seine Haut sieht im Tageslicht aus wie ein alter Apfelbutzen.

Dad ist fleißig gewesen. Es hat jetzt noch mehr Müllsäcke, die er in zwei Stapel aufgeteilt hat: einen für den Wohltätigkeitsverband und einen für die Müllhalde. Die Schneiderpuppe ist unberührt, aber die Wände sind leer, und die MDF-Platten und verschiedenen Teile ihres Kunstwerks liegen unterm Fenster auf dem Boden neben einigen anderen uneingepackten Dingen.

Da sind sie also: Familie, ob es ihnen nun gefällt oder nicht. Ihr gefällt es. Dad und Onkel Jim sehen nicht so überzeugt aus.

»Sollen wir anfangen?«, fragt Dad.

Onkel Jim presst die Lippen fest aufeinander, was bedeutet, dass er kurz davor war, etwas Unhöfliches zu sagen, und versucht, es zu unterdrücken.

»Also los. Hier gibt es wahrscheinlich ein paar Sachen, die ihr beide behalten wollt.«

Onkel Jim sieht aus, als würde er gleich platzen.

»Deshalb dachte ich, wir könnten alles nacheinander …«

»Darren, verdammt – das ist, als würde man plötzlich rausfinden, dass du Leichen im Keller hast oder so was.«

So. Jetzt hat er es gesagt, und nun ist Dad an der Reihe, sich etwas zu verkneifen, was er auch tut, bevor er noch mal neu ansetzt.

»Also, lasst uns anfangen. Wir sind heute hier, um –«

Onkel Jim lacht. »Wir sind heute hier zusammengekommen, um der feierlichen –«

»Halt's Maul.«

Onkel Jim sieht aus, als täte es ihm leid. Dann platzt er heraus: »Ich kann nicht fassen, dass du ihre Haare behalten hast. Das ist gruselig.«

»Es sind bloß Haare.«

»Ich weiß, was es ist.«

»Das sind die Haare deiner Schwester. Überhaupt nicht gruselig.«

»Für dich vielleicht.«

»Was hätte ich damit machen sollen? Sie im Garten vergraben?«

»Nein.«

»In den Müll werfen?«

»Nein.«

»Willst du sie haben?«

»Du?«

»Nein.«

»Nein.«

»Na dann.«

»Na dann.«

»Ich nehm sie«, sagt Clover. Beide wirken erleichtert, froh, dass sie jemand behält. »Aber«, fügt sie hinzu, »ich möchte gern die Geschichte dazu wissen.«

»Sie hat sie sich selber abgeschnitten.« Dads Mund formt

die Worte vorsichtig, mit Bedacht. »Bist du sicher, dass du darüber reden möchtest?«

»Ja.« Sie ist froh, dass der enge Raum und Onkel Jims Anwesenheit verhindern, dass er wie üblich ablenkt.

»Aber du machst wieder dieses Gesicht.«

»Was für ein Gesicht?«

»Das, das du immer aufsetzt, wenn ich von ihr spreche.«

»Ich mache kein Gesicht.«

Auch Onkel Jim starrt sie an. Als hätte sie zwei Köpfe, echt.

»Was denn?«

»So ungefähr.« Dad kneift die Lippen zusammen und runzelt die Stirn, bis seine Augenbrauen fast an den Haaransatz stoßen.

Onkel Jim macht das gleiche Gesicht.

»So sehe ich *nicht* aus.«

»Doch, tust du«, gibt Onkel Jim Dad unerwartet recht. »Du siehst total besorgt aus.«

»Tja, bin ich aber nicht. Ich konzentrier mich nur.«

»Bist du sicher?«

»Du sagst fast nie was über sie, und wenn, dann muss ich mir das doch merken.«

Dad lehnt sich an die geschlossene Tür. »*Mein Gott*, Clover.«

»Was denn?«

»Nichts.«

»Du hast von den Haaren erzählt«, drängt sie und versucht dabei, ein möglichst neutrales Gesicht zu machen.

Er hebt das Kinn und rollt die Schultern nach hinten, ehe er sich von der Tür löst. »Becky ging's nicht gut. Sie war furchtbar müde. Ich glaube, sie hat sich gewünscht, sie hätte es nicht getan, hinterher.«

»Ging es ihr wegen mir nicht gut?«

Man sieht, wie unangenehm ihm die Frage ist. »Ihr ging es wegen allem nicht gut, wegen allen.«

»Also ja.«

»Hier, bitte.« Er greift nach ihrem Notizbuch, das bei den

anderen Sachen auf dem Boden liegt. »Ich hoffe, es macht dir nichts aus.«

Sie nimmt es und blättert es durch, wobei sie hinten anfängt, auf der Suche nach etwas, das ihr etwas ausmachen könnte. Besorgt, dass er etwas durchgestrichen oder Seiten herausgerissen haben könnte. Doch er hat nichts weggenommen. Auf der leeren Seite gegenüber von ihrer Überschrift FRAGEN hat er eine neue Spalte ANTWORTEN eröffnet. Sie kann sehen, dass einige davon kurz sind – JA oder NEIN –, aber sie sind da. Sie blättert weiter. Auch zu dem Abschnitt GEDANKEN ÜBER BECKY BROOKFIELD hat er etwas hinzugefügt. Bisher trugen die Seiten die Überschriften ONKEL JIM, COLIN, KELLY, GRANDAD, GRANDMA MAUREEN. Jetzt gibt es einen neuen Teil mit dem Titel DAD, gefolgt von mehreren eng beschriebenen Seiten. Schnell klappt sie das Notizbuch zu, damit seine Worte nicht entkommen können.

»Ich glaube, die gehören dir.« Dad reicht Jim den Umschlag mit den Zähnen.

Er öffnet ihn und lacht. »Die kann ich gut brauchen!« Mit der Zunge tastet er nach der Lücke hinten in seinem Kiefer, wo der Zahnarzt zwei vergammelte Backenzähne entfernt hat. »Becky hat für mich immer die Zahnfee gespielt. Ich glaube, das Geld hat sie Mum aus dem Geldbeutel geklaut. Ich sollte nicht wissen, dass sie es ist.«

»Es gibt da auch ein paar Nachrichten«, sagt Dad. »Von dir an Becky. Ich bin nicht sicher, ob du … vielleicht geben sie dir das Gefühl …«

»Gib schon her, du Arschwaffel.«

Dad tut, wie ihm geheißen. Onkel Jim wirkt erfreut, macht aber keine Anstalten, die Nachrichten anzusehen. Wahrscheinlich hebt auch er sie sich für später auf.

»Was ist damit?« Dad hält das alte Schulfoto in die Höhe.

»Ich fass es nicht! Das hatte ich ganz vergessen. Vielleicht möchte Clover das haben?«

Möchte sie. Aber sie kann sehen, dass Onkel Jim es auch haben will, also schüttelt sie den Kopf.

»Möchtest du die Schulzeugnisse?«, fragt Dad sie.
»Ja«, antwortet sie. »Was ist mit dem Rock?«
»Magst du den behalten?«
»Hat *sie* ihn gemocht?«
»Sie hat ihn nie getragen.«
»Oh. Nein, dann nicht. Kann ich die Kette haben?«
»Wenn sie dir gefällt.«
»Hat *sie* sie getragen?«
»Manchmal. Sie wird allerdings schon grün.«
»Wir können sie sauber machen.«
»Ich glaube nicht. Der Metallüberzug geht ab. Das ist kein echtes Gold.«
»Kann ich sie trotzdem haben?«
»Wenn du magst. Möchtest du das T-Shirt?«
»Hat *sie* es gemocht?«
»Ja.«
»Hat sie es getragen?«
»Ja«, antworten Jim und Dad im Chor.
»Dann behalte ich es«, sagt sie.
»Westlife waren aber scheiße, oder? *Was denn?* Na, komm schon – das waren sie! Ich wette, du spielst keins von deren Liedern auf deiner winzigen Gitarre.«
»Das ist eine Ukulele«, sagt Dad zum hunderttausendsten Mal. Er zeigt auf die wenigen Dinge, die noch am Boden liegen. »Was ist damit? Wollt ihr die behalten?«
Clover greift nach dem Little Golden Book. »Ich will das hier.« Dad öffnet den Mund, wie um zu widersprechen. Als Antwort schlägt sie das Titelblatt auf und zeigt ihm die Widmung: *Alles Liebe von Mummy, Kuss.* »Siehst du?«, sagt sie. »Es gehört *mir*.«
»Ja«, stimmt er schließlich zu. »Es gehört dir.«
»Und ihre Magneten«, sagt sie.
»Die sind doch Schrott, die willst du nicht.«
»Doch, will ich.«
»Die sind nicht von deiner Mutter. Sondern von mir.«
»Von dir?«

»Ich hab so was früher mal … gesammelt.«

Sie betrachtet die ganzen schönen Sprüche. »Und die Tassen.«

»Auch.«

»Und das Geschirrhandtuch und der Eierbecher?«

Er nickt.

»Der kürzeste Weg zwischen zwei Menschen ist ein Lächeln.« Onkel Jim macht ein Würgegeräusch.

»Die stellen wir in die Küche!«, sagt sie und ignoriert ihn.

»Äh … na gut«, meint Dad.

»Ihr Kunstbuch.«

»Das war auch meines.«

Wieder hat er sie überrascht. Wenn das Rubens-Buch nicht ihrer Mutter gehört hat, dann will sie es nicht, aber vielleicht gefällt es Dagmar. »Ich nehm's trotzdem«, sagt sie. »Und den Clown hätte ich auch gern.«

»Der gehört auch mir. Er war ein Geschenk, von ihr an mich.«

»Oh. Und ich dachte, es ist meiner.«

»Nein. Sie hat ihn mir bei unserem ersten Date geschenkt. In meinem alten Auto hing er immer am Rückspiegel.«

»Ihr zwei solltet euch über das alles mal in Ruhe unterhalten.«

Dads Kiefermuskeln arbeiten, und es liegt nicht nur an seinem steifen Hals. »Das tun wir doch gerade.« Er reicht ihr die Sachen, die sie gebastelt hat. »Darüber kannst du selbst entscheiden. Es sind deine.«

Clover fährt mit den Fingern über das Urlaubs-Brett.

»Mochte sie Urlaube?«

»Sie hat gern Ferienkataloge bestellt und sich ausgemalt, wo wir hinfahren könnten.«

»Mum redete dauernd davon«, sagt Onkel Jim. »*Nächstes Jahr* fahren wir in den Urlaub. Nächstes Jahr, nächstes Jahr. Ich habe immer gedacht, wir würden schon wissen, wann wir mal nicht mehr weiterziehen und irgendwo bleiben würden, weil wir *dann* in den Urlaub fahren würden.«

Dad lauscht so aufmerksam wie sie selbst. Vielleicht haben er und Onkel Jim auch nie über diese Dinge geredet.

»Und weil sie aufgehört hat umzuziehen und sich mit Dad fest eingerichtet hat, wollte sie in den Urlaub fahren.«

»Gut möglich«, sagt Onkel Jim.

Ihre Finger spielen mit den Seiten aus Mrs. Mackerels Malbüchern. Die himmlischen Boten, die die überraschten Frauen begrüßen. »Das hier war keine gute Überraschung, hab ich recht?«

»Na ja … ich war schon ein bisschen geschockt.«

»*Ich* war keine gute Überraschung, hab ich recht?«

Dad sieht aus, als wäre ihm das Herz in die Socken gerutscht. Onkel Jim funkelt ihn an, und es ist einer dieser Momente, in denen jemand was sagen muss, aber alle Angst haben, dass es das Falsche ist. »Für *mich* warst du eine gute Überraschung«, versucht es Dad.

Das war's. Sonst sagt niemand etwas. Es ist peinlich und scheußlich, und da es ihre Schuld ist, setzt sie sich in Bewegung, indem sie alles einsammelt, was ihr gehört: die Bretter, die Malbuchseiten, ihr Notizbuch und die Sachen, von denen Dad gesagt hat, dass sie sie behalten kann. Sie legt alles aufs Bett, neben Onkel Jim, und schiebt sie zu einem Stapel zusammen. Am liebsten wäre sie jetzt eine Weile allein, aber sie will nicht, dass es so aussieht, als würde sie beleidigt abdampfen.

»*Ad perpetuam memoriam* von Becky Brookfield.«

»Und was bedeutet das?«, fragt Dad mit gespielter Geduld.

»In ewigem Gedenken. *Ad perpetuam memoriam.*«

»Jawohl«, sagt Jim. Dann singt er »A-a-men« wie ein Pfarrer und zwinkert ihr zu. »Ich brauche eine Tasse Tee.«

»Du weißt ja, wo der Wasserkocher steht.« Dad klingt sauer, aber er hilft Onkel Jim beim Aufstehen, öffnet die Zimmertür und ruft ihm »Pass auf der Treppe auf!« hinterher, als der sich auf den Weg nach unten macht.

Clover geht auch zur Tür, im Arm ihren Stapel Sachen.

Dad legt einen schwarzen Umschlag ganz oben drauf. »Für

dich«, sagt er. Sie betrachten das Zimmer. Es nimmt bereits die Form an, die es haben wird, wenn es leer ist. »Anders, oder?«

Sie nickt. »Das Fenster lässt sich nicht öffnen«, erklärt sie ihm.

Er schiebt die Finger unter den Rahmen und drückt. Clover bemerkt Feuchtigkeit innen an der Scheibe. Er versucht es mit einem Hoch-runter-Manöver. Das Glas klirrt ein wenig, als das Fenster mit einem Ruck nach oben rutscht und die letzte Wärme des Sommers hereintröpfelt, während ihre Mutter nach draußen entschwindet.

Clover tritt auf den Flur hinaus. »Dad?«

»Ja.«

»Es gibt da ein paar Sachen, die ich nicht haben will. In meinem Zimmer.«

»Verstehe.«

»Wenn Colin kommt, kann er die dann auch mitnehmen?«

Er rollt die Schultern. »Wenn du dir sicher bist.«

Oh, es ist furchtbar, ihm wehzutun. Sie dreht sich um, um in ihr Zimmer zu gehen.

»Clover?«

Sie bleibt stehen, wartet.

»Das Überraschendste überhaupt«, sagt er, und seine Worte stolpern auf dem Weg aus seinem Mund fast übereinander, »war, wie sehr ich dich geliebt habe, sobald ich dich das erste Mal sah.«

Während Clover die Sachen vor ihrem Zimmer stapelt, muss sie an die vielen Male denken, als Dad sie gefragt hat: »Brauchst du irgendwas?«, und wie sie immer »Nein« gesagt hat. Jedes Mal war sie seiner Frage ausgewichen, und jedes Mal hatte er ihre Antwort ignoriert. All die Gelegenheiten, bei denen sie hätte erwidern sollen: »Ich würde gern über meine Mutter sprechen«, es aber nicht getan hat.

Der Sitzsack aus zwei Lippen, der Plattenspieler, jedes babyhafte Buch, das sie besitzt, zehn Radiergummis in unterschiedlichen Formen, sechzehn Stofftiere, ein *Monster-AG*-

Bleistiftset – so viele Sachen. Wenn sie alle zu einer Art von Geschichte anordnen müsste, wo würde sie sich dann darin befinden? Die Geschichte würde von Dad handeln, oder? Es würde nur darum gehen, was er gedacht hat, als er die Sachen gekauft hat. Und was *hatte* er sich gedacht?, überlegt sie.

Dann wird es ihr klar.

Clover – das hat er gedacht. Clover, Clover, Clover – *deshalb* ist es so schwer, sich von diesen Dingen zu trennen.

Sie beugt sich über das Treppengeländer und wirft einen Blick auf die vollgestellten Stufen. Aus Sorge, Colin könnte beim Runtertragen stürzen und sich verletzen, und weil Dad mit seinem schlimmen Nacken nichts heben sollte, öffnet sie die Haustür und fängt an, die Sachen von der Treppe in der Einfahrt aufzustapeln: ihre alten Kleider, die Dad nie geschafft hat wegzugeben, die Bücher, die es vergangenes Jahr für zwanzig Pence das Stück gab, als die Bücherei zugemacht hat, und die Dulux-Satin-Farbe – vermutlich wird man sie nicht eines Tages gut brauchen können. Die kostenlosen Zeitungen und die Motorradhelme legt sie ins Esszimmer. Vielleicht kauft sich Dad eines Tages ein Motorrad und sie fahren irgendwohin in den Urlaub – das wäre der Hammer!

»Am besten fangen wir hier an.« Colin steht mitten auf dem Rasen, die Hände in die Hüften gestützt, mit Oberarmen wie Luftballons. »Ich zeige auf einen Gegenstand, und ihr habt fünf Sekunden Zeit, um zu sagen, ob ihr ihn behalten wollt oder nicht.«

»Machst du das immer so?«, fragt Clover.

»Nein«, antwortet er. »Ihr bekommt eine Sonderbehandlung.«

Dad schnaubt.

Die Gartenstühle und der Tisch wurden aus dem Schuppen getragen und im Gras aufgestellt. Möglicherweise ist es das erste Mal, dass sie benutzt werden. Guter Schachzug, Dad, denkt sie – Colin kann den Leuten ja schlecht die Stühle unterm Hintern wegziehen.

Grandad ist gekommen, und Kelly auch. Vermutlich hat Colin es ihr erzählt. Als Jim sich eine Zigarette anzündet, rutscht Kelly ein Stück von seiner Rauchwolke weg, bevor sie ihre E-Zigarette aus der Handtasche holt.

»Alles, was zu klein für die aktuellen Hausbewohner ist, wird automatisch entfernt.«

»Moment mal«, protestiert Dad, aber Clover stimmt zu.

»Das ist eine gute Idee. Ich brauche zum Beispiel keins meiner alten Fahrräder mehr.«

»Vielleicht behalten wir einfach dein allererstes«, schlägt Dad vor. »Erinnerst du dich noch, wie du geübt hast? Erst mit den Stützrädern, und dann hab ich dich hinten am Sattel gehalten und bin neben dir hergerannt. Die Straße rauf und runter, bis du ganz allein davongeradelt bist.«

Colin holt sein Handy heraus und macht ein Foto von den gestapelten Fahrrädern. »Wann immer sich jemand an eines der Räder erinnern will, kann er sich das Foto anschauen«, sagt er. »Als Nächstes: das Planschbecken. Clo, wann hast du das zum letzten Mal benutzt?«

Sie kann sich nicht daran erinnern.

»Hast du vor, in naher Zukunft mal hier rauszukommen und dich in ein paar Zentimeter Wasser zu stellen?«

Sie schüttelt den Kopf.

»Vielleicht möchte Kelly es haben, für die Jungs«, schlägt Dad vor.

»Die haben ihr eigenes«, entgegnet sie freundlich.

»Fahrräder und Schwimmbecken – raus auf den Anhänger.«

»Vielleicht könnten wir sie verkaufen.«

Nebenan im ersten Stock wird ein Fenster geöffnet. »OH NEIN, DAS WIRST DU NICHT. Du hast gesagt, DU RÄUMST AUF. Du hast es VERSPROCHEN.«

»Das mach ich doch. Bin gerade dabei.«

»SCHÖNE WORTE MACHEN DEN KOHL NICHT FETT.«

»Keine Sorge«, ruft Colin zu Mrs. Mackerel hinauf. »Das

wird heute alles erledigt. Kommen Sie doch runter und helfen mit.«

»Du Mistkerl«, zischt Dad.

»Ach, jetzt komm schon. Wer will schon auf fetten Kohl verzichten?«

»BIN GLEICH DA!« Sie verschwindet für einen Moment, ehe sie wiederkommt, um einen riesigen senffarbenen Heiligenschein aus Wolle aus dem Fenster zu hängen. »DARREN, ICH HAB DIR EINEN KAPUZENSCHAL GESTRICKT. Für deinen HALS.«

Das Fenster schließt sich mit einem Klick.

Jim lacht. Kelly sieht Clover an und verdreht die Augen, was sich gut anfühlt, als wären sie zusammen im Frauenteam, gegen die Jungs.

Colin fährt die erste Ladung zur Müllhalde und kommt dann zurück, um die Säcke für den Wohlfahrtsverband zu holen. Grandad begleitet ihn, weil er denkt, sie sollten beim Krebsforschungszentrum vorbeischauen, aber das liegt in der Lord Street, wo man schlecht parken kann.

Während sie weg sind, fängt Kelly mit dem Grillen an. Auf dem einen Grill macht sie Würstchen und auf dem anderen Hähnchen. Als Dad und Colin zurückkommen, reibt sie das Hähnchen mit Jack Daniel's Sauce ein und reißt es in kleine Stücke, die sie dann mit Salat in Wraps einpackt. Mrs. Mackerel ist sich nicht sicher, was sie mit ihrem Wrap tun soll. Sie holt Teller und Besteck aus der Küche und verteilt sie auf dem Tisch.

»Ich FAHRE vielleicht nach AUSTRALIEN«, verkündet sie, während sie ihren Wrap mit Messer und Gabel attackiert.

Grandad steckt sich sein Taschentuch vorn ins Hemd und hält es mit einer Hand fest, sodass es einen Latz bildet. »Ich kann das für Sie im Internet recherchieren«, bietet er an.

Es fühlt sich an wie eine Party. Eine Willkommen-zurück-Onkel-Jim-Party, eine Aufräumparty, eine Auf-Wiedersehen-Sommer-Party. Dad kocht Tee und bringt die Tassen nach draußen, immer zwei auf einmal. Sein Hals und die obere

Hälfte seiner Brust sind unter dem senffarbenen Kapuzenschal verborgen.

Clover hebt ihre Tasse zu einem Toast: *»Ad multos annos!«*

»Hat sie gerade *Anus* gesagt?«

Kelly stößt Onkel Jim den Ellbogen in die Rippen. »Clover, was heißt das?«

»Auf viele Jahre«, sagt sie.

»Mein Gott, bist du clever.«

»Wir könnten auch sagen *ad fundum*. Das heißt so viel wie: Hoch die Tassen!«

»Prost!«, ruft Kelly und alle fallen mit ein, weil ihnen ihr Trinkspruch besser gefällt als die ungewohnten lateinischen – *ad interim*.

Während Colin noch mal eine Fuhre zur Deponie bringt, dieses Mal mit Onkel Jim, den sie überredet haben mitzufahren, und Mrs. Mackerel in der Küche den Abwasch macht, schleicht sich Clover leise davon. An Grandad vorbei, der im Flur versucht, den Heizkörper wieder zu montieren, die Treppe hinauf.

Ohne all die Dinge, die sie nicht benutzt oder braucht, wirkt ihr Zimmer anders: größer, luftiger. Sie öffnet den schwarzen Umschlag, den Dad ihr gegeben hat, und verteilt den Inhalt auf ihrem Bett. Dad sagt, er wird einen dieser speziellen Bilderrahmen mit vielen Ausschnitten besorgen. Es ist dann ihre Aufgabe, die Fotos zu arrangieren, bevor sie ihn im Wohnzimmer an die Wand hängen. Das Foto von ihrer Mutter mit einem Blatt Schleifpapier in der Hand ist ihr Lieblingsbild. Aber es gibt noch andere gute – wie ihre Mutter voll angezogen grinsend in der leeren Badewanne liegt; ihre Mutter, wie sie ein Stück Tapete abschneidet, die Stirn konzentriert in Falten gelegt; ihre Mutter mit ausgestreckten Armen hinten im Garten, als würde sie sagen: »Das gehört alles mir, alles.« *Da* ist ihre Mutter. *Da* und *da* und *da*.

Das Notizbuch liegt auf ihrem Schreibtisch wie ein eingepacktes Geschenk. Sie öffnet es.

Ich traf Becky das erste Mal im 43er-Bus. Es war April, und es schneite. Ihr Gesicht war gerötet und ihre Haare glitzerten. Ich fand, sie sah aus wie ein Engel. Ihre Handtasche hing hinter mir in der Fahrerkabine. Jemand hatte sie mir gebracht, weil Becky sie früher am selben Tag im Bus hatte liegen lassen.

Das ist nichts Neues. In Grundzügen weiß sie es bereits, aber Dad hat versucht, dem Ganzen Leben einzuhauchen: der Schnee, die glitzernden Haare, ihre Mutter wie ein Engel. Sie klappt das Notizbuch zu. Sie will nicht alles auf einmal lesen. Sie wird es sich einteilen. Jetzt, wo die Versatzstücke da sind, kann sie jedes einzelne für sich betrachten.

Dann geht sie ins mittlere Zimmer hinüber. Bis auf das abgezogene Bett ist es jetzt leer. Sie steht am Fenster, in einen der grünen Vorhänge gewickelt, die schon hier waren, bevor ihre Eltern eingezogen sind, und späht durchs geöffnete Fenster in den Garten hinunter.

Was sie dort sieht, ist Folgendes: Dad und Kelly, die neben den abkühlenden Grills im Gras sitzen und sich nach hinten lehnen – Kelly stützt sich auf die Ellbogen, Dad auf die gestreckten Arme. Sie berühren sich an keinem Punkt, aber ihre Hände sind nur wenige Zentimeter voneinander entfernt, und sie kann sehen, dass sie sich beide dieser wenigen Zentimeter bewusst sind. Da ist so ein Knistern zwischen ihnen. Dad hat die Beine überkreuzt, und einer seiner Füße wippt. Er ist *nervös*. Clover hat ein komisches Gefühl im Bauch – ein bisschen wackelig und ein bisschen angewidert, aber auch interessiert.

Ausstellung: »Becky Brookfield – die unerzählte Geschichte«

Katalog

Objekt: Fotos

Beschreibung: ein Umschlag mit Fotos aus der Zeit bevor Clover Quinn (ich) geboren wurde

Objekt-Nr.: 40

Herkunft: Darren Quinn (mein Vater) und Becky Brookfield (meine Mutter) haben diese Fotos gemacht, als sie in das Haus gezogen sind, in dem ich geboren wurde.

Präsentation: Die Ausstellung »Becky Brookfield – die unerzählte Geschichte« wurde abgebaut, und die wichtigsten Exponate werden im Museumslager verstaut. Die Fotos fürs Erste in ihrem Umschlag aufbewahren. Früher oder später in einem Bilderrahmen arrangieren und an einem gut sichtbaren Ort im Erdgeschoss präsentieren.

Kuratorin: Clover Quinn

Konservator: Darren Quinn

Kapitel 18

Mit Kelly hatte er nicht gerechnet. Sie kam in ihren Arbeitsklamotten – schwarze Leggings und ein schwarzes, ärmelloses Top –, in der einen Hand zwei Einmalgrills und in der anderen eine Tüte mit Fleisch, Brötchen und Salat.

»Stehe ganz zu deiner Verfügung«, sagte sie. »Pete hat übers Wochenende die Jungs. War auch höchste Zeit – er hat sie den ganzen Sommer nicht gesehen.«

Den Teil mit Pete hätte er beinahe verpasst. Er war viel zu sehr damit beschäftigt, ihre neue Frisur zu betrachten, die wie ein Donutring auf ihrem Kopf saß und die nackte Rückseite eines langen, weichen Nackens zeigte – *ganz zu deiner Verfügung*, hatte sie gesagt. *Oh Gott.*

Momentan sind sie nur zu zweit. Der Garten wirkt leer, obwohl er es vermutlich nicht ist. Das gelbe Teil, das Edna gestrickt hat, liegt neben ihnen im Gras wie eine schlafende Katze. Die Gartenstühle und der Tisch stehen draußen. Clovers aktuelles Fahrrad lehnt am Schuppen. Colin hat nur eine einzige Milchkiste übriggelassen. »Bitte schön, heb eine auf, wenn's dir dann besser geht«, erklärte er, während er die anderen stapelte und zum Anhänger hinaustrug. Er nahm auch die Bälle und Wasserpistolen mit. Genau wie die Rutsche und die Luftmatratzen – »Clo, hast du vor, übers Meer nach Blackpool zu fahren? Nein? Gut, dann kommen die mit.«

Nachdem Colin und Jim zur Deponie gestartet waren, verschwand Clover nach oben. Dad war mit dem Heizkörper im Flur beschäftigt, und Edna sammelte die Teller ein.

»DARREN, ich brauche DEINE HILFE.«

Er folgte ihr durch die Terrassentür bis in die Küche. »Lass das Geschirr ruhig stehen«, sagte er. »Da kümmere ich mich später drum.«

Sie ignorierte ihn. Stellte die Teller ins Spülbecken und drehte den Wasserhahn auf. Dann zeigte sie mit nassem Finger in Richtung Fenster und Kelly, die im Gras ausgestreckt auf seine Rückkehr wartete.

»Ein VOGEL in der HAND ist besser als ZWEI im BUSCH.«

»Aha. Vielen Dank.«

Mein Gott, was für ein Tag.

Der Boden ist warm und trocken. Ein bisschen Wachstum steckt noch in ihm. Darren kann Kelly neben sich atmen hören. Wenn er den Kopf ein wenig dreht, sieht er, wie sich ihr Bauch hebt und senkt. Er erinnert sich noch an die Zeit, als sich in seiner Vorstellung die Welt in zwei Gruppen unterteilte – Leute, die Sex gehabt hatten, und die anderen, die es nicht hatten. Als er Becky traf, verwandelte sich die Unterscheidung in die, die geliebt hatten, und die, die es nicht getan hatten. Dann fiel er aus allen Gruppen, ein Überbleibsel, nicht länger Teil von irgendetwas.

»Also«, sagt sie.

»Also«, antwortet er.

»Das ist gut. Viel mehr Platz.«

»Ja.«

»Das hast du gut gemacht.« Sie streicht mit der Handfläche übers Gras. »Das Zimmer hast du auch ausgeräumt?«

Manchmal vergisst er, dass sie es gesehen hat. »Ja«, sagt er.

Ein Zug kriecht quietschend Richtung Bahnhof. Sie warten die Unterbrechung ab und lauschen dem Klagelaut seiner Bremsen.

»Und es geht dir gut damit?«

»Mir geht's prima.«

»Ich würde mir nicht anmaßen … Ich weiß nicht, was sie wollen würde und ich würde auch nie versuchen … aber sie würde Clover lieben, oder?«

»Ja.«

Der Zug fährt wieder an. Sie warten.

»Vielleicht wäre es einfacher gewesen, wenn du allein gewesen wärst.«

Er weiß nicht genau, was sie meint. »Der reinste Zirkus hier heute. Es geht zu wie am Bahnhof.«

»Ich meine nicht heute.«

»Oh. Aber … wenn ich Clover nicht hätte, ich weiß nicht, was ich dann …«

Sie schüttelt den Kopf. »Was ich sagen will, ist, es ist nicht so, als wärst du wirklich allein gewesen.«

»Ich versteh nicht, worauf du raus… Da gab es nie irgendjemanden.«

Nun sieht sie ihn direkt an, ein fester, herausfordernder Blick. Sie haben nie darüber geredet, was vor all den Jahren passiert ist. Es tut ihm nicht leid. Was ihm leidtut, ist, dass er nicht wusste, wie er mit ihr reden sollte, hinterher. Und auch der Abend, als sie, Monate später, mit Colin vorbeikam, der verkündete: »Pete hat Kelly einen Heiratsantrag gemacht.« Sie warteten alle, einschließlich ihm selbst, auf seine Reaktion, die, als sie endlich kam, aus einem laschen »Das ist schön« bestand. Er wusste nicht, wie er sagen sollte, dass er sich wünschte, dass sie glücklich wurde, oder wie er erklären sollte, dass zwar ein kleiner Teil von ihm erkannte, wie schade es war, und auch glaubte, dass eines Tages zwischen ihnen beiden etwas laufen *könnte*, sich dieses »eines Tages« aber erst einmal etwas näher anfühlen musste.

Er öffnet den Mund, doch sie wischt seine entstehenden Worte weg. »Ich war noch ein Kind, und du warst nicht bereit. Das war alles ganz falsch.«

Sie hat recht. Doch so ausgesprochen klingt es schrecklich endgültig, und er merkt, dass er ihr gern widersprechen möchte.

»Du lebst«, beginnt sie und wirft einen Blick zum mittleren Schlafzimmer hinauf, dann auf den fast leeren Garten, und hält inne, ehe sie neu ansetzt: »Du *hast gelebt* … du hast im Schatten von etwas Unvergesslichem gelebt. *Das* ist nicht dasselbe wie allein, oder? Nicht wirklich.«

Auf einmal ist er todmüde. Es fühlt sich an, als wären seine Schultern an seinem Kinn angewachsen. Statt sich auf die

Arme zu stützen, zieht er nun die Knie an die Brust und legt die Ellbogen darauf.

»Darren?«

»Ja.«

»Meinst du ...?«

Sie verstummt. Obwohl er eine Vorstellung hat, was sie vielleicht sagen wollte, hält er sich zurück für den Fall, dass er falsch liegt.

»Meinst du ... wir – glaubst du, wir könnten ... können wir mal *schauen, was passiert*?«

Die Worte, obwohl er damit gerechnet hat, machen ihm kurz Angst.

Auch sie stemmt sich nun hoch und überkreuzt die Beine, sodass sie neben ihm sitzt. »Ich hab immer gedacht, wenn ich warte ... Und ich hab gewartet, eine ganze Weile ...«

Er unterdrückt das Bedürfnis, sich zu entschuldigen. Dazu hat er kein Recht. Egal was Colin sagt, sie und Pete waren eine Zeitlang glücklich. Und dann gibt es da auch noch die Jungs.

»Ich hab es auf mich genommen – das Warten. Es war bescheuert.« Sie dreht den Kopf. Sieht ihn direkt an. Wartet.

»Ja, ich fände es schön, wenn wir ... mal schauen, was passiert.«

Sie lächelt. Zuerst hält sie es zwischen zusammengepressten Lippen zurück, doch dann lässt sie es rausplatzen, während sie den Kopf zur Seite neigt. »Ich bin bei der Arbeit ziemlich eingespannt«, warnt sie, immer noch lächelnd – er kann es in ihren Worten hören.

»Ich weiß.«

»Die Jungs sind auch nicht immer einfach.«

»Stimmt.«

»Pete ist ein Idiot.«

»Jep.«

»Ich werde nie wieder heiraten.«

»Okay.«

»Ich will keine Kinder mehr.«

»In Ordnung.«

»Mein neuer zweiter Name ist Lasse-mir-nichts-gefallen.«

»Schöner Name.«

»Danke.«

Er hört die unausgesprochene Frage in jeder scherzhaften Warnung. »Bist du dir sicher? Bitte, willige nicht ein, dass wir abwarten, was passiert, wenn du dir nicht wirklich sicher bist.« Je mehr Raum sie seinem Rückzug gewährt, umso entspannter wird er.

»Ist das nicht ein BILD für GÖTTER?«, ruft Edna, die aus dem Haus in den Garten kommt. »Das ist ein BEWEIS, dass die KATZE das MAUSERN doch nicht lässt.«

Beim Lachen kräuseln sich Kellys Nase und ihre Stirn. »Und heute tanzen die Mäuse mal so richtig auf dem Tisch!«

Kapitel 19

Mrs. Mackerel und Grandad sitzen nebeneinander, die Gesichter dem diesigen Sonnenschein zugewandt wie Blumen. Colin taucht auf, Onkel Jim am Ellbogen stützend. Er hilft ihm in einen Gartenstuhl und kehrt bald darauf mit einem Sixpack Bier zurück, das er auf den Boden stellt. Clover beobachtet von oben, wie er den Karton aufreißt und jedem eine Dose reicht, sogar Mrs. Mackerel, die daraufhin in der Küche verschwindet, um sich ein Glas zu holen.

Es gab Momente im Lauf des Nachmittags, da wirkte Dad irgendwie gefangen, in die Enge getrieben. Aber jetzt nicht. Vielleicht *wollte* er gefangen werden, denkt sie.

»Dazza, hol doch mal deine Mini-Gitarre.«

»Das ist keine Mini-Gitarre«, sagt Colin.

Onkel Jim grinst. Er weiß es genau.

Grandad holt die Ukulele und bittet um anständige Musik, also die Beatles. Dad entscheidet sich für »I Wanna Hold Your Hand«, ein einfacher Song, weil man ihn mit Geschrammel begleiten kann – runter, rauf, runter, rauf. Sie singen alle mit, und Clover muss auf ein Stück Vorhang beißen, weil Colin *wirklich* nicht singen kann und Mrs. Mackerel eine dieser Kirchenchorstimmen hat, die bei Wörtern wie »wanna« völlig falsch klingen. Onkel Jim ist hin- und hergerissen, ob er mitsingen oder sich lustig machen soll. Er blickt in die Runde in der Hoffnung, dass irgendjemand einen Witz reißt, aber sie haben alle viel zu viel Spaß. Schließlich fällt er mit ein.

Das ist Glück, denkt Clover und streicht den alten grünen Vorhang glatt. Die sanfte Brise im Zimmer. Der Gesang im Garten. Der lavendelblaue Himmel.

Colin winkt ihr zu. »Komm runter, Clo. Dein Dad spielt als Nächstes was von Oasis.«

Da sie nun entdeckt wurde, lehnt sie sich aus dem Fenster, um besser hören zu können. Grandad nuschelt irgendwas über die Beatles, und Colin erklärt ihm, dass Oasis eine Coverversion von »Helter Skelter« aufgenommen haben. Dad sagt, davon kennt er die Akkorde nicht und er kann sich auch nicht vorstellen, weshalb irgendjemand »Helter Skelter« auf der Ukulele spielen wollen sollte. Grandad wünscht sich »With a Little Help from My Friends«. Onkel Jim stöhnt – die Leute sind viel zu nett zueinander. Kelly beugt sich rüber, um Dad was ins Ohr zu flüstern, der daraufhin die Einleitung zu »Do You Want to Know A Secret?« anstimmt. Onkel Jim stöhnt weiter, woraufhin Colin, der bis dahin damit beschäftigt war, Dad und Kelly anzustarren, sein Bier abstellt und Onkel Jim sanft und scherzhaft in den Schwitzkasten nimmt.

»IHR ZWEI seid doch WIE PECH und SCHWEFEL«, erklärt Mrs. Mackerel, die es auf sich nimmt, die beiden trennen zu wollen.

Clover hebt die Arme, um das Fenster runterzuschieben, doch wie ihre Finger das warme Holz des Rahmens berühren, überlegt sie es sich anders. Vorhin hat sie ihre Mutter nach draußen gelassen, aber vielleicht entscheidet sie sich ja zurückzukommen, wenn sich die Gelegenheit bietet. Ihrer Mutter hat es hier auch mal gefallen. Wenn Dad das nächste Mal fragt: »Brauchst du irgendwas?«, dann wird sie ihn fragen, ob sie in dieses Zimmer umziehen kann. Der Geist ihrer Mutter ist jung, ungefähr in ihrem Alter. Sie können sich gegenseitig Gesellschaft leisten. Vielleicht kann Colin die Blumentapete abreißen und was Neues hinmachen. Vielleicht darf sie ja mithelfen.

Sie füllt sich mit immer mehr Plänen. Wenn die Schule nächste Woche anfängt, wird sie sich neben Dagmar setzen, und sie werden zusammen sie selbst sein. Abends wird sie Dads Aufschriebe lesen. Stück für Stück, einen Happen nach dem anderen, wie Löffel voller Schokokekscreme. Der Herbst wird sich den Rest des Sommers schnappen und ihn braun und trocken machen, bevor er die Sonne zu dem Punkt runterzieht, wo sie die Äpfel reifen lassen und die Bienen während ihrer letzten Arbeitswochen wärmen wird. Die Kürbisse werden wachsen und die Bäume sich entblättern. Kastanien werden aus ihren Hüllen platzen und nachmittags wird die Luft diesig vom Holzrauch sein. Der Erntemond wird orange am Himmel leuchten, und die Erde schlafen.

Als sie vom Fenster zurücktritt und sich auf den Weg die Treppe hinunter macht, platzt sie fast vor diesem Gefühl, dass da so viel Glück vor ihr liegt. Es ist nur eine Frage der Zeit. Der Geduld. Des Wartens. Und sie ist es gewohnt zu warten. Am Anfang jeden Jahres warten sie und Dad darauf, dass die Erde warm und weich wird, dass die gepflanzten Samen ihre Köpfchen zeigen; sie warten auf die Blüten; auf die Früchte. Jeder Teil des Wartens birgt sein eigenes Glück. Und manchmal ist das Warten das Beste daran, nicht wahr? Zu wissen, dass etwas kommen wird, und das Gefühl zu genießen, dass es demnächst passiert – wie an Heiligabend, der immer besser ist als der erste Weihnachtstag.

Danksagung

Ich möchte ein großes Dankeschön an einige wunderbare Menschen aussprechen:

An Sarah Franklin, die den Roman in verschiedenen Entwicklungsstadien gelesen hat. Ich bin dir so dankbar für dein Feedback und unsere vielen Gespräche über Darren und Clover. Ich bin so froh, dass wir uns begegnet sind – man findet nicht oft jemand Gleichgesinntes.

An Rodge Glass, der den ersten fertigen Entwurf des Buches gelesen hat. Ich danke dir für dein Feedback und unsere folgenden Unterhaltungen beim Kaffee.

An meine Busfahrerfreunde Rob und Beverly, die mir von ihrem Beruf erzählt haben. Danke, Beverly, dass du dir die Bus-Stellen durchgelesen, mich zum Kaffee eingeladen und mir erlaubt hast, dich per Facebook zu nerven.

An Eleanor Moffar, Kuratorin der »Maritime Collections« im *Merseyside Maritime Museum*. Herzlichen Dank, dass Sie mit mir über Ihren faszinierenden Beruf gesprochen haben.

An David und Lyn, meine Eltern, die mir von ihren drei Jahren in der Tschechischen Republik berichtet und mir Bilder und Postkarten geschickt haben. Und an Iveta Kolková für unsere Skype-Chats darüber, wie es ist, Englisch zu lernen.

An Rachael Sellers, die mir gezeigt hat, wo ich Informationen über verdrängte Schwangerschaften finde.

An Deb und Bob von Retreats for You, die sich so lieb um mich gekümmert haben.

An meine Facebook-Freunde für ihre unterhaltsamen Antworten auf meine Fragen zu Keksen, Bier, Slang und einem Haufen anderer Dinge.

An meine Agentin, die wunderbare Veronique Baxter. Danke, dass du mir zugehört hast, wenn ich von Darren und Clover erzählt habe, als alles immer noch sehr vage war, und für all deine Hilfe und Unterstützung.

An alle bei Hutchinson dafür, dass sie mir das Gefühl gegeben haben, willkommen zu sein. An meine fantastische Lektorin Jocasta Hamilton. Danke, dass du mich hast schreiben lassen, wenn es gut lief, und mit mir Dinge durchgesprochen hast, wenn ich feststeckte. Danke für deine schnellen Antworten auf die zeitweise wahrscheinlich endlos scheinende Flut an E-Mails. Danke an Rose Waddilove. Und danke an Laura Deacon und Laurie Ip Fung Chun bei Windmill Books. Außerdem möchte ich mich bei Charlotte Busch bedanken, die bei einigen meiner besten Abenteuer so eine tolle Begleiterin war. Und bei Millie Seaward und Jess Gulliver.

Ein herzliches Dankeschön geht an verschiedene Mitglieder meiner Familie, die mir sprachliche Verdreher geliefert haben!

An Lizzie und Esther, meine wunderbaren Schwestern, für unsere Online-Chats und dafür, dass ihr euch immer meine Sorgen angehört habt.

Liebe und Dank an Sam, Daniel, Joseph und Alice – ihr seid fantastisch.

Und an Neil. Für alles.